齐心鲁力——山东战「疫」全景录

齐心鲁力
——新华社山东分社战「疫」报道集

《齐心鲁力》编委会 编

山东文艺出版社

图书在版编目（CIP）数据

齐心鲁力/《齐心鲁力》编委会编. -- 济南：山东文艺出版社，2020.9
ISBN 978-7-5329-6114-6

Ⅰ.①齐⋯ Ⅱ.①齐⋯ Ⅲ.①新闻报道—作品集—中国—当代 Ⅳ.①I253

中国版本图书馆 CIP 数据核字（2020）第 077532 号

齐心鲁力
——新华社山东分社战"疫"报道集
《齐心鲁力》编委会 编

主管单位	山东出版传媒股份有限公司
出版发行	山东文艺出版社
社　　址	山东省济南市英雄山路 189 号
邮　　编	250002
网　　址	www.sdwypress.com
读者服务	0531-82098776（总编室） 0531-82098775（市场营销部）
电子邮箱	sdwy@sdpress.com.cn
印　　刷	山东临沂新华印刷物流集团有限责任公司
开　　本	787 毫米 ×1092 毫米 1/16
印　　张	21.5
字　　数	478 千
版　　次	2020 年 9 月第 1 版
印　　次	2020 年 9 月第 1 次印刷
书　　号	ISBN 978-7-5329-6114-6
定　　价	68.00 元

版权专有，侵权必究。如有图书质量问题，请与出版社联系调换。

《齐心鲁力——山东战"疫"全景录》编委会

编 委 会 主 任：王红勇
编委会副主任：余孝忠　赵念民　王世农　吕　芫　张志华
编 委 会 成 员：孙文利　朱德全　李海燕　张桂林　盛　利
　　　　　　　　王之明　范　波　李运才　杨大卫　冯　晖

本 册 主 编：余孝忠
本 册 副 主 编：栗建昌　杨守勇
本 册 编 委：邓卫华　刘宝森　郝桂尧　赵大勇

CONTENTS 目录

1
一级响应 闻令而动

97
"搬家"支援 鲁鄂同心

161
全力以"复" 春潮涌动

251
山东故事 国际传播

277
精彩融媒 扫码视听

337
后记

一级响应
闻令而动

2

齐心鲁力——新华社山东分社战"疫"报道集

1月 27

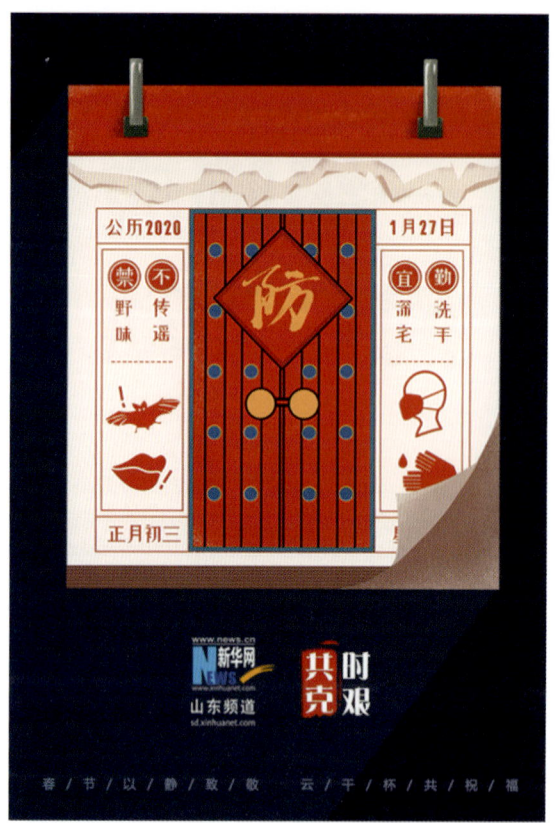

海报 / 众志成城克时艰 同心协力筑防线

策划：吕放
编辑：宋玮
设计：赵南
出品：新华网山东频道

3

一级响应 闻令而动

1月 28

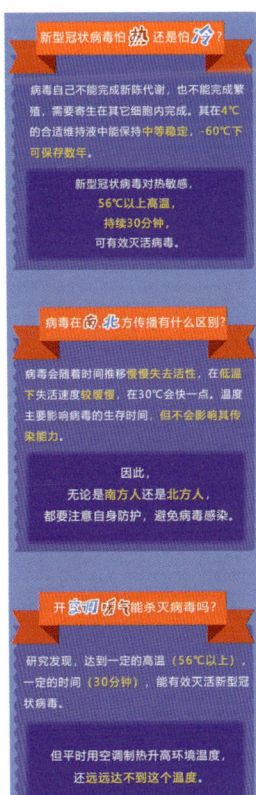
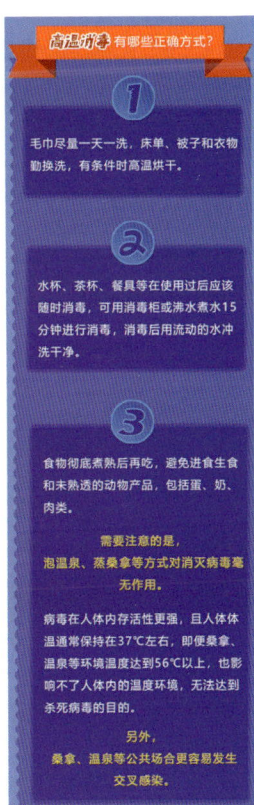
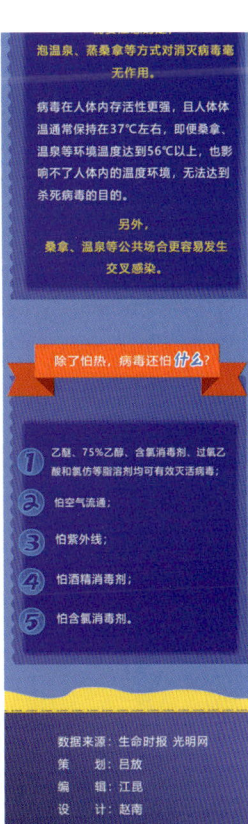

一图看懂 / 新型冠状病毒都怕啥？

策划：吕放
编辑：江昆
设计：赵南
出品：新华网山东频道

4

齐心鲁力——新华社山东分社战"疫"报道集

1月
29

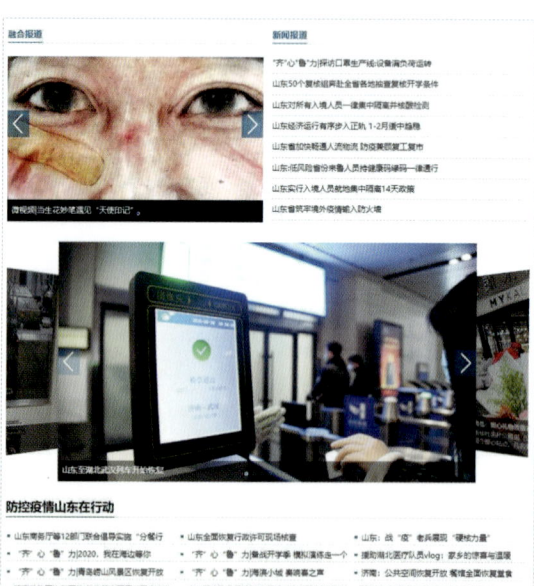

新华网专题 / "齐"心"鲁"力 奋勇战"疫"

简介： 战"疫"如战斗，自疫情发生以来，新华社山东分社、新华网山东频道充分发挥主流媒体的使命担当，聚焦疫情防控和群众关切，围绕省委、省政府应对疫情的中心工作，以融合报道为引领，担负起特殊时期权威信息发布和舆论引导的重要职责。在"'齐'心'鲁'力 奋勇战'疫'"专题页面上，新华网针对疫情讯息，综合整理、发布了多角度、多类型的稿件，从实时要闻到科普资讯，各类型报道一经推出便取得了良好的传播效果，收获了积极的网络评论。该专题的各类内容屡次成为传播热点，助力战"疫"信息公开透明，为凝聚社会力量、共克时艰提供了积极健康正面的信息支持。

统筹策划：邓卫华、吕放
设计制作：王媛媛
技术支持：谭青

中国基层用"土办法"筑起春节防疫"铜墙铁壁"

新华社济南 1 月 29 日电（记者刘宝森、魏圣曜、王阳、张旭东、张武岳） 2020 年中国农历新年之际，新型冠状病毒感染的肺炎疫情来势汹汹。人口众多的中国农村群众在村级组织带领下，用大喇叭喊话、取消登门拜年、拉警示横幅、封村自我隔离等"土办法"，筑起一道道防控疫情的"铜墙铁壁"。

"老少爷们请注意，最近有肺炎疫情，请大家不要慌张，戴口罩、少串门、勤洗手，拜年用电话就行了！"在位于中国东部的山东省嘉祥县纸坊镇李村，高悬的大喇叭一天喊话三遍。村里等待晚辈拜年的老人、靠拜年讨压岁钱的孩子们意识到，这个春节"不一样"。

春节假期历来是中国农村地区走亲访友的高峰期，然而今年春节，这一习惯因疫情被打破。

在大喇叭那头喊话的是李村党支部书记魏德利。他说，全村有 2000 多人，现在进入"非常时期"。从 25 日起，他和村民们实施"封村计划"，在进出村子的四条路上，每个路口都横停着一辆汽车，并有 2—4 名村干部、党员志愿者 24 小时值守。魏德利说，除有看病、就医、购物等必要外出情况，值守人员会把其他想出村村民劝回家中。"村民们都很赞成这些做法，目前，大家最先考虑的是防疫。"他说。

中国目前有近 70 万个村，一般每个村设有一个村委会，村支书是主要负责人。这个基层群众性自治组织，也是中国共产党建在执政末梢上的重要"抓手"。在一些关键时刻，村委会能够起到迅速通知、组织、动员群众的作用。

大喇叭广播，这个看似原始的通信方式，却成为这一时期提醒村民知晓最新政策和医疗知识的重要手段。

国家卫健委日前印发《新型冠状病毒感染的肺炎诊疗方案（试行第四版）》，各地村委会对此迅速响应、广泛传播。

"新版诊疗方案发布了，大家都从手机上看一下……再提醒下，春节年年有，今年不串门。"在泰山脚下的泰安市泰山区邱家店镇姚家坡村，村支书石西军借助大喇叭提示诊疗方案、劝告不拜年，增强村民的防疫意识。姚家坡村因生产秋裤名声在外，有 160 多户针织专业户，保守估算年产 5000 多万条秋裤。今年春节，这里的缝纫机明显安静了许多。

国家卫健委疾病预防控制局一级巡视员贺青华说，目前疫情防控正处于关键时刻，必须

7
一级响应 闻令而动

充分发挥基层社区包括农村社区的动员能力，才能有效实现防输入、防蔓延、防输出。"农村的医疗条件还相对比较差，是眼下防疫的薄弱环节。要想把这个短板补齐，首先要把基层党组织动员起来，把群众动员起来。"贺青华说，进行外来人员管控追踪，入网入格入家庭，是当前社区防控工作的重中之重。

中共高层近日强调，要"紧紧依靠人民群众坚决打赢疫情防控阻击战"。

"少出门，多居家，网络拜年乐大家！""看好自己门，盯住外来人！"……在山东省胶州市里岔镇张应社区前小河崖村，防疫横幅随处可见，村里广播一天三次介绍疫情，提倡用微信、电话拜年。

张应社区管区书记刘汝镇说，社区有2名自武汉返回的大学生，社区卫生院工作人员对其进行了14天的持续观察，目前2人已解除隔离。

河北省青县北王庄村党支部书记于焕立说，春节前已经返村的外来人口，都要到村委会登记姓名、身份证号，确保掌握外来人员流动情况，大喇叭是通知所有村民最直接有效的方式。

很多村庄都行动起来，这在中国社交平台微博上受到广泛关注。安徽省亳州市一位村支书用方言喊话不拜年的视频浏览量达159万，河南省"春节在家发微信，情到意到人安全""本户有武汉返乡人员，请勿来往"的短信提醒、警示横幅被广泛转发，更有一位老人戴口罩堵在家门口劝返拜年的孙子……

大量中国网民转发或留言表示，这些防疫举措"看似无情实则大爱"，特殊时期的劝返值得称赞，相关话题登上微博热搜，阅读量高达5亿。

中国疾控中心副主任冯子健日前接受媒体采访时说，自己也看到网络上关于农村社区防范疫情的各种短视频，通过各种手段，大家互相提醒、互相劝告，尽量减少接触、聚会和走亲访友。"这些都是村民们为积极配合防控所做出的努力，相信这都会有利于我们阻断疾病传播。"

"'土方法'虽然'原始'，但对当下阻断疫情传播非常有效。"石西军说，村民们相信，不久后缝纫机又会叮叮当当地响起来。

1月31日

从武汉到济南，她做出了"教科书式"的自我隔离

新华社济南1月31日电（记者王阳） "父老乡亲：我是从武汉回来的学生，因武汉疫情严重，虽然身体状况良好，但不排除可能携带病毒，为预防疫情扩散，闭门谢客，敬请原谅。疫情面前，人人有责，祝大家新年快乐！"

一张贴在家门上的警示书经过网络传播让小月收获网民点赞。

小月是山东省济南市莱芜区寨里镇边王许村人，在武汉就读研究生。从武汉返乡后，小月就进行了一场"教科书式"的自我隔离。

"我是1月19日回到家乡边王许村的，下车第一件事就是去医院检查，没什么事。"介绍起自己回济南的过程，小月说，"学校1月18日就放假了，当时疫情发展较快，但没有限制出行，因此，在做好防护的情况下，我在19日回家了。"

因为有当年非典的经历，回来前，她就意识到应该自我隔离。于是叮嘱家人收拾出一间单独的通风房间和一套自己单独使用的餐具。回到家后她哪里都没去，主动联系村委会，报告自己在进行隔离观察并征求了指导意见。

村委会对此很重视，当即汇报给镇党委和卫生院，并一直在跟她沟通，了解她的需求，同时发放《新型冠状病毒感染的肺炎健康宣传手册》，对她进行专项提示。村医、镇医院院长也打电话询问她的身体状况。

"我并没有感觉身体不舒服，但还是觉得有必要隔离，不出家门。"小月说，"今年过年，乡亲们都不时打电话过来关心我的身体情况。"

返乡在家第一天，小月就在家门口贴上了警示告示，在专用垃圾袋上也贴了标签，还采购了医用酒精、喷雾等，村委也送去了84消毒液，用于每天对家门口附近、居室环境的消毒。

隔离在家，她也没有放任自己，而是每天坚持简单锻炼一下身体。每天坚持2次测量体温并把情况向村委报告，做到"无瞒报、不见人、不出门"。回家10天了，她身体正常，无咳嗽、无发热。

9
一级响应 闻令而动

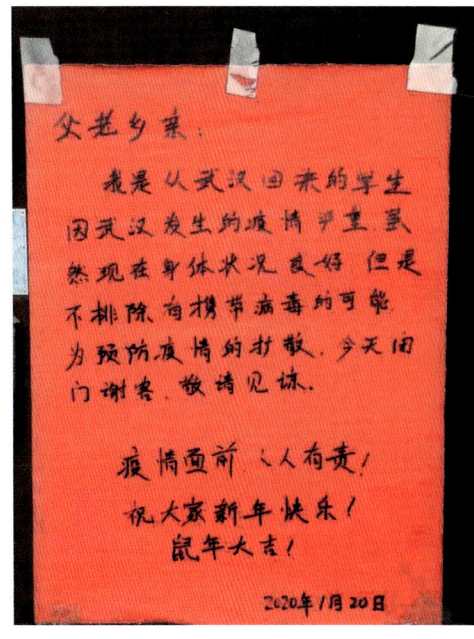 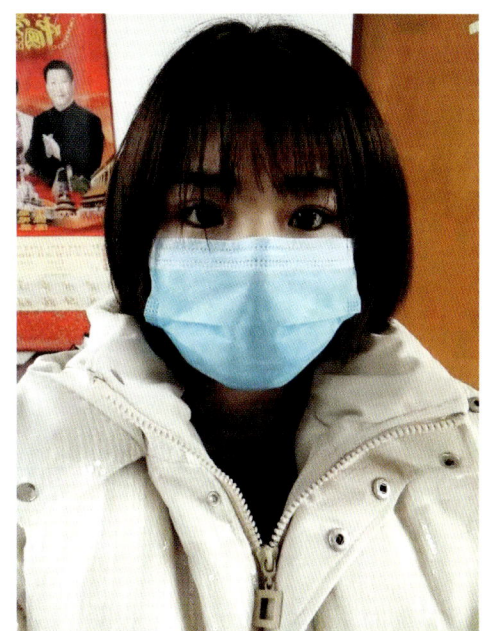

小月说，按照 14 天隔离期计算，到 2 月 1 日她就隔离期满了。之所以把情况随时发送给村委，是想让大家都了解一下自己的隔离情况、身体情况。

随着春节假期接近尾声，返程高峰即将到来。山东省疫情防控专家建议公众，从离开疫情流行地区的时间开始，连续 14 天每天 2 次进行自我健康状况监测，希望更多居民主动报告、主动隔离、主动参与防控，群防群控，早日战胜疫情。

2月 1

图说海报 / **这些天、这些人、这些话**

疫情严峻

压不垮英雄们的信念

挡不住逆行者的柔情

总有一些身影让我们心中安稳

总有一些话语让我们泪流满面

铮铮的誓言

出征的号角

人间的大爱

……

这些天、这些人、这些话

它们如同江河

汇流成磅礴汪洋

给予武汉最深情的拥抱

没有一个冬天不可逾越

武汉

请你务必相信！

作者：潘林青、江昆、杨文

鸣谢：山东省立医院、德州市公安局高速交警支队、济南市公安局槐荫区分局、中共博兴县委宣传部、胶东在线、中共济南市莱芜寨里镇党委

11
一级响应 闻令而动

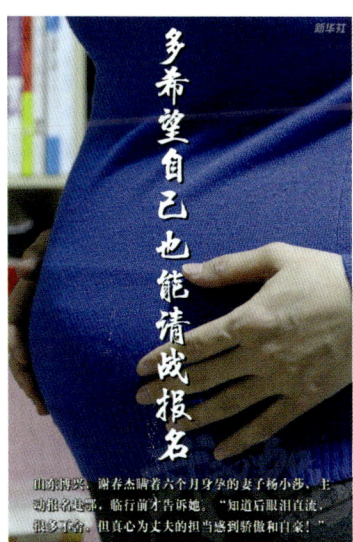
多希望自己也能请战报名

山东博兴，谢春杰瞒着六个月身孕的妻子杨小莎，主动报名援鄂。临行前才告诉她。"知道后眼泪直流，很多不舍。但真心为丈夫的担当感到骄傲和自豪！"

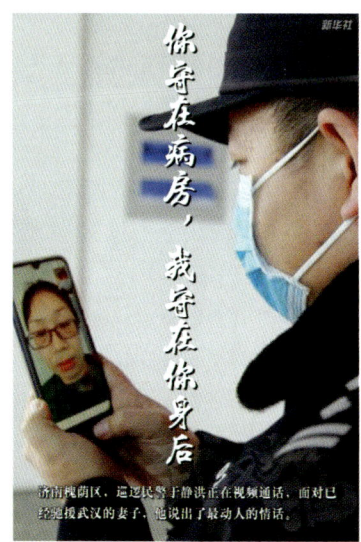
你奋战在病房，我奋战在你身后

济南视荫区，迎送民警王寿洪正在视频通话，面对已经驰援武汉的妻子，他说出了最动人的情话。

关键时刻我上！我是老党员，

高速交警王寿成入警19年，一直在一线从事交通管理工作。面对这次疫情，他第一个站了出来，春节假期也没有休息。

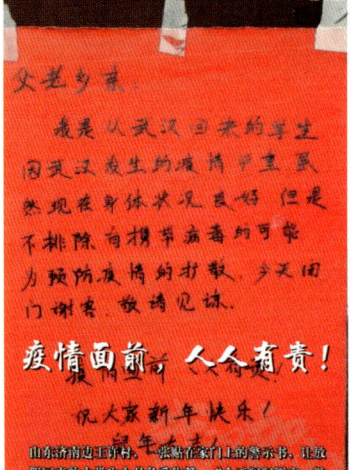
疫情面前，人人有责！
祝大家新年快乐！

山东济南迈王新村，张贴在家门口的警示书，壮哉假回来的大学生小月备受称赞。"今天闭门谢客，敬请见谅。" 2020年1月20日

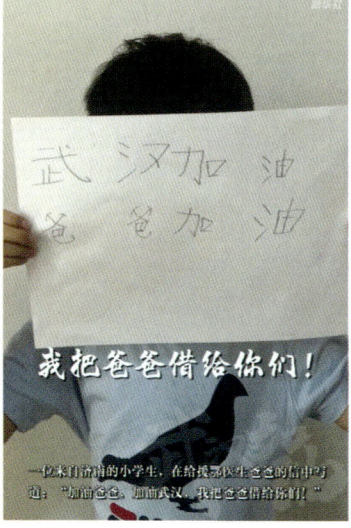
我把爸爸借给你们！

一位来自济南的小学生，在给援鄂医生爸爸的信中写道："加油爸爸，加油武汉，我把爸爸借给你们！"

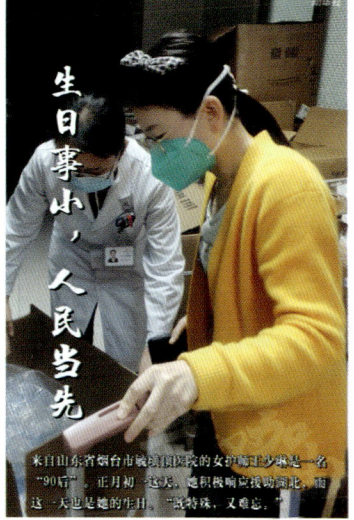
生日事小，人民当先

来自山东省烟台市蓬莱县医院的女护师张少娜是一名"90后"。正月初二这天，她积极响应援助湖北，而这一天也是她的生日。"既特殊，又难忘。"

山东寿光：积极保障蔬菜供应

为保障新型冠状病毒感染的肺炎疫情防控期间的蔬菜供应，"蔬菜之乡"山东省寿光市启动应急预案，发挥蔬菜集散地优势，积极调配蔬菜到寿光农产品物流园进行交易。目前，寿光市除每日供应武汉600吨蔬菜外，还能满足北京、上海等地及省内蔬菜供应。（记者郭绪雷摄）

2月1日，菜农在寿光农产品物流园整理蔬菜。

一级响应 闻令而动

2月1日,菜农在寿光农产品物流园搬运蔬菜。

2月2日

中国推迟春季开学 "云课堂"来救急

新华社济南2月2日电（记者萧海川、孙晓辉、胡浩） 1月30日下午，在距离湖北武汉850多公里外的山东泰安新泰市，高中物理老师申伟正在录制新一期网课，课程名叫"力与物体平衡"。

45分钟的课程录制完毕，申伟摘下耳机，舒了一口气。"虽然原来接触过网课，但自己主讲还是第一次。说实话，心里还是有点儿紧张。"申伟说，未来几天，他还要为100多个学生直播10堂高三物理课。

中国当前疫情形势仍然严峻复杂。为阻断疫情向校园蔓延，确保师生身体健康，中国教育部日前下发通知，要求2020年春季学期延期开学。停课不停学，"云课堂"、网上学校、虚拟教室成为当下中国教育领域对抗疫情冲击的重要对策。这一期间，越来越多像申伟一样的中国教师将在网络上授课。

"学校从2014年起就探索'互联网+教学'的模式。"山东省青岛第二中学教务主任闫云龙说，如今学校的课堂讲授、自主学习与课后答疑都能通过互联网进行。全校200多名教师，一年能为学生在线答疑100多万次。眼下，学校正准备录制2周左右的新课，及时给学生提供线上学习资源。

"不能面对面课堂上课，我们就搭建'云课堂'，让孩子们在家也能开展学习。"中国教育部基础教育司司长吕玉刚说，教育部正在统筹整合国家、有关地方和学校相关教学资源，以便给师生提供丰富多样、可供选择、覆盖各地的优质网上教学资源，全力保障教师在网上教、学生在网上学。

"其实家长最担心的是，延迟开学会不会耽误孩子学业。"山东济南历下区龙德学校英语老师李民说，短短几天时间，老师们的备课方式就从制作PPT变成录制视频。假期里，她也习惯了在当地教育资源公共服务平台的虚拟课堂上为学生批改作业。

李民打开手机上的应用程序，输入账号密码，就能登入自己的虚拟班级。"你看我28日布置的新单词预习、轻重音发音练习、朗读句子作业，

山东省日照市优质课一等奖获得者刘相周正为高三学生做物理学科网络教学直播。（山东省教育厅供图）

山东省泰安市泰山区凤台学校小学部教师王玲正在录制"万以上数的写法"一课。（山东省教育厅供图）

山东省济南第三中学高三（2）班学生王喆在"空中课堂"在线学习中；高三地理组教师孙玉玺在线讲课中。（山东省济南第三中学供图）

孩子们在家上传自己的发音音频，我就能在线点评与纠正。"李民表示，学校还准备列出课程表，帮助学生在家养成良好的作息习惯，并将体育活动添加到每日课程中。

这样的教学方式，也得到了家长的理解与支持。"上午半小时、下午半小时，孩子有收获，家长不担心。"济南家长杨晓琳的孩子刚上小学一年级，每天在网上看网课、学新知已成为常态。疫情形势严峻之后，孩子的班主任还几乎全天在线，这让她放心不少。

得益于多年来的互联网基础建设投资，中国互联网正覆盖得越来越广。据中国互联网络信息中心统计，截至2019年6月，中国网民规模达8.54亿，互联网普及率达61.2%。同时在线教育蓬勃兴起，在线教育用户规模达2.32亿，名校名师课堂下乡、家长课堂等形式逐渐普及，这也为乡村教育发展提供了新的解决方案。

"为更好发挥'云课堂'作用，我们正加紧制定相应工作细则，并积极协调精品网络教学资源。"山东省教育厅总督学邢顺峰说，山东各地市"云课堂""空中课堂"将陆续开课，有力保障"学生停课不停学，教师离校不离教"。

"考虑到部分农村地区和边远贫困地区网速慢或无网络等情况，教育部将安排中国教育电视台通过电视频道播出有关课程和资源，以解决这些地区学生在家学习问题。"吕玉刚说。

山东省济南市长清区第一初级中学英语教师房杰通过互联网为学生讲授英语课。（山东省教育厅供图）

市场供给充足 部分菜价走低
——中国蔬菜之乡寿光走访见闻

新华社济南 2 月 2 日电（记者邵琨） 2 日上午，经过测量体温，记者进入中国最大的蔬菜集散地——寿光地利农产品物流园。园内仍然繁忙，不少人在询价、打包、装车、过磅……一车车蔬菜有序进出几个交易大棚。大棚内人人都戴着口罩，大棚上方的电子屏幕滚动播放着如何防控新型冠状病毒的科普知识。

从事蔬菜交易 10 多年的菜商王杰运来的 30 吨菜花正在等待分销。他有自己的蔬菜基地、仓库，货源不是问题。他说："蔬菜供给完全没问题，但来买菜的人少了。今天的菜花批发价不到 1 元/斤，与几天前相比，每斤下降 1 元钱左右。"

记者走访的多位萝卜、白菜、西红柿经销商均表示，目前寿光及全国市场货源都很充足。但由于疫情期间全国各地的很多农贸市场延长闭市时间、企业延期开工、学校延期开学，导致下游市场需求量大幅减少。

王杰原来每天销售 30 吨菜花，如今一天只能销售 10 多吨，基地的仓库里现有 70 吨存货。

在寿光市文家街道桑家庄村，菜农桑雪梅正在大棚里为黄瓜掐蔓。"这几天价格比较低，产量跟往年差不多。"桑家庄村党支部书记桑汉平说，村里有 256 个大棚，主要种植黄瓜、西红柿、辣椒、芸豆等蔬菜，每天生产黄瓜、西红柿、辣椒、芸豆等各类蔬菜约 5 万斤。

根据中国寿光蔬菜日价格指数显示，黄瓜、白萝卜等价格下跌幅度超过 20%，鲜土豆、长南瓜等涨幅超过 15%，蔬菜综合日价格指数已连续 3 日下跌。

寿光地利农产品物流园总经理助理国明茜认为，由于供应充足，部分蔬菜价格出现下降，这是正常的市场规律。目前，蔬菜总体价格处于合理区间。

目前，寿光物流园蔬菜供给能力大于下游蔬菜市场需求。寿光市商务局信息显示，受下游需求量减少影响，近几日寿光发往北京、上海等地的蔬菜品种、数量、价格整体呈现下跌态势。

17

一级响应 闻令而动

2003年非典期间，寿光向北京捐赠22.5万公斤新鲜蔬菜。此次新型冠状病毒感染的肺炎疫情发生以来，寿光在全力防控疫情的同时，加强源头生产、质量检测和市场流通服务，再次为全国各大城市蔬菜供给提供全力保障。

与近20年前相比，寿光蔬菜大棚种植技术有了很大提升。改火炉供暖为日光取暖，改立柱竹竿顶棚为无立柱钢架结构，改土坯墙为砖砌体保温墙，改草帘覆盖为轻型保温被覆盖……大棚不断升级换代，蔬菜产量、质量都有了提升，寿光保障全国"菜篮子"的底气更足。

这几天，寿光每天向武汉提供平价蔬菜600吨。国明茜说，物流园有好几百辆运输车，除发往武汉的20辆车有保障外，供应北京等城市的车辆、货源也都没有问题。

寿光地利农产品物流园还制定了应急预案，保证蔬菜供应充足、价格稳定。国明茜说，利用物流园的电子结算中心跟价格指数预警，一旦发现某一类蔬菜品种供给量不足，园区会第一时间找到相关蔬菜品种的业户，把蔬菜从产地调到物流园交易。

此次疫情期间，为保证蔬菜购销畅通，寿光市针对1000多个供销点陆续开通了绿色通道，保证蔬菜运输车辆进得来、出得去。

在寿光纪台镇，当地为外来拉菜人员配备了公交线路图，建立蔬菜经营和购销人员台账，为进出车辆登记、消毒。寿光市纪台镇亮福果蔬专业合作社负责人张婷婷说，包括外来拉货人员在内的所有人必须戴口罩，每天2次测体温，外来车辆必须消毒。

当地还派出20个督导组，每个合作社、销售市场全部覆盖，对全市的所有交易市场进行全面检查，所有上市蔬菜批批进行检测，保证蔬菜质量安全。

与此同时，为保证蔬菜的正常生产，山东省潍坊市专门派出蔬菜技术团队，组织农业专家深入大棚产区，实地指导菜农生产管理，协助寿光市解决蔬菜生产问题，保证蔬菜正常生产。

山东成立省级专家组确保蔬菜稳产保供

新华社济南 2 月 4 日电（记者张志龙） 记者从山东省农业农村厅获悉，疫情发生以来，山东农业部门已成立省级专家组分赴蔬菜主产区，指导蔬菜生产，确保蔬菜稳产保供。

作为全国最大的蔬菜产区，山东蔬菜素有"北寿光、南兰陵，山东'菜园子'、京沪'菜篮子'"之称。疫情面前，山东以实际行动和有效举措全力确保北京、上海、湖北蔬菜供应充足，并确保省内市场稳定。

据介绍，专家组成立后，坚持问题导向，积极对接蔬菜主产区，逐步开展了蔬菜生产现状、种子种苗供应、肥水管理和病虫害发生以及食用菌工厂化生产等方面的调研，分析面临的技术难题，并研究提出有针对性对策措施，提供现场指导服务。

据介绍，近日专家工作组已分别赴寿光、兰陵等蔬菜主产区，调研指导"菜篮子"产品生产、流通工作，针对雾霾天气管理、病虫害绿色防控等问题，为基地菜农进行了现场指导。

同时，山东省级专家组指导市、县开展技术服务活动，仅 2 月 2 日，山东省在一线的技术人员就达 678 人，现场指导农户 4255 户，在线多媒体技术指导人员 1342 人，指导农户 24355 户，帮助菜农解决生产中遇到的困难和问题，提高蔬菜生产水平。

山东省农业农村厅种植业管理处处长杨武杰说，今年属暖冬，气候条件比较适宜，近期也没有出现严重的灾害性天气，总体上生产情况良好。随着天气逐渐转暖，设施蔬菜产量将大幅度增加，蔬菜市场供应充足，能够满足各地需要。

山东:"互联网法庭"确保疫情防控期间庭审"不打烊"

新华社济南2月4日电(记者潘林青) 3日,在山东省滨州市中级人民法院第十审判庭,法官王杰开庭审理了一起劳务合同纠纷案,被上诉人(原审原告)李某向上诉人(原审被告)河南某城建集团索要劳动报酬。原、被告及委托诉讼代理人并没有到达庭审现场,而是通过互联网法庭进行了法庭调查。

在滨州市中级人民法院互联网法庭的电子显示屏上,通过多人视频模式,清晰显示了承办法官和原、被告代理人的画面。这次庭审进行了70多分钟,当事双方分别答辩、举证、质证,顺利完成法庭调查。当事人还可以在线审阅调查笔录,确认无误后,进行远程签字。庭审结束后,经征求当事人意见,法律文书将通过邮寄方式送达,庭审全程无接触。

滨州市中级人民法院有关负责人表示,在疫情防控的特殊时期,法院既要做好疫情防控工作,避免人员聚集,规避疫情扩散的风险,又要保障诉讼当事人的合法权益,不让公平正义因疫情受阻,要做到防疫、开庭两不误。

记者了解到,近日山东多地法院都已通过互联网平台进行了庭审。同一天,在莱州市人民法院,一场特殊的线上庭审也正在紧张有序地进行,三位当事人的高清影音图像出现在了审判席正前方的LED大屏幕上。

这是一起民间借贷纠纷案件,原告宋某某起诉被告隋某、黄某某夫妻二人,要求其偿还借款本金4万元及利息。经过法庭调查、法庭辩论、法庭调解、最后陈述等程序,不到1个小时,一场同步录音录像的互联网庭审顺利结束。这也是莱州市人民法院在新型冠状病毒感染的肺炎疫情防控期间通过互联网法庭进行的第一场庭审。

新型冠状病毒感染的肺炎疫情防控期间,山东省高级人民法院要求,针对申请立案、缴费、退费、阅卷及补充材料等事项,鼓励当事人选择山东法院电子诉讼服务平台或"山东移动微法院"微信小程序进行网上办理,尽量减少出行。案件审理能通过互联网开庭的,当事人可申请网上开庭。

2月 4

连续6天坚守一线 用生命诠释担当
——记倒在疫情防控一线的交通干部于正洲

新华社济南2月4日电（记者袁军宝）从大年初一到初六（1月25日至1月30日），齐鲁交通发展集团有限公司淄博分公司收费管理部部长于正洲一直坚守在高速公路上，不停奔波于当地13个高速公路收费站疫情监测点之间，做到对疫情严防死守。1月30日上午，于正洲因过度劳累引发心源性猝死，47岁的他倒在了战"疫"一线，山东目前已号召全省党员向于正洲同志学习。

冲在战"疫"一线，
他负责的疫情监测点有13个

疫情就是命令，防控就是责任。好不容易有一次休假的于正洲得知疫情后主动请缨，成为淄博市新型冠状病毒感染的肺炎疫情防控工作领导小组办公室交通联防组成员，齐鲁交通发展集团淄博分公司新型冠状病毒感染的肺炎疫情处置工作领导小组办公室副主任、现场工作组组长。

1月25日，大年初一，于正洲告别妻女，冲到了防疫一线。齐鲁交通淄博分公司下辖13个收费站，日过境车辆达1.7万车次。于正洲积极与当地卫生、交警、公安等部门联系，第一时间在13个收费站全部设立了疫情监测点。

拦下每一辆车，敲开车窗，测量体温……从大年初一（1月25日）开始，于正洲便奔波于13个疫情监测点之间，指导安排工作人员做好疫情防控工作。

连续6天，于正洲一直坚守在一线。1月30日上午9点多，淄博西收费站站长卞福伟接到于正洲的电话，来到收费站办公楼前。按照上级要求，当天上午辖内有9处高速公路收费站要暂时关闭，于正洲就是来讨论其他收费站关闭后，淄博西收费站怎样做好疫情防控和保畅通工作的。

"讨论了没几分钟，他就觉得有点儿胸闷，还说可能是口罩过敏。"卞福伟说，摘下口罩、被扶着坐在路边上的于正洲，脸上很快就开始冒汗。

赶快去医院！大家急忙开车往最近的医院赶。然而，虽然两家医院先后接力抢救，突发心脏病的于正洲还是离开了人世。

连续6天"钉"在公路上，
"出门倒水放茶都没顾上"

从大年初一到初六（1月25日至1月30日），于正洲几乎"钉"在了公路上。他每天至少要把13个收费站全部巡查一遍，反复查找可能疏漏的地方，力求所有收费站都严格落实防疫要求。

同事告诉记者，于正洲工作极其仔细、有耐心，遇到过往司乘人员因各种原因不配合卫生部门人

于正洲的工作牌。（齐鲁交通发展集团有限公司淄博分公司供图）

员检测时，他都会耐心细致地劝说，直至司乘人员主动接受检测。

6天时间里，于正洲顾不上休息，早上天不亮就出发，等检查完回家已是深夜。有时实在困极了，就在办公室或者收费站职工宿舍眯一会儿，然后再继续工作。卞福伟说，于正洲有时晚上11点还在工作群里转发防疫文件、部署工作。同事张辉清楚地记得，大年初一（1月25日）晚上11点多，于正洲还给值夜班的她打来电话，嘱咐她一定要通知各收费站做好办公区的消毒工作和收费员的安全防护工作。

"最近他特别忙，我们见面的时间很少。"正在上大学的女儿于思源没想到，放假回家也难和父亲碰面。于思源回忆说，26日晚上，父亲回家后就记录总结当天的工作，两张纸上写得密密麻麻。1月30日一大早出门的时候，连倒水放茶都没顾上，拿着空杯子就出门了。

舍小家为大家，几乎每年都在岗亭上过除夕

"他工作认真仔细，很拼很敬业，为人和善，爱交朋友，平时只想到工作和他人，不顾自己。到现在，我们还无法相信，他已经走了……"张辉说起于正洲，眼泪夺眶而出。

一心扑在工作上的于正洲，留给自己及家人的时间总是很有限。不仅这个春节他奋战在工作岗位上，在于正洲妻子的记忆中，他一直很少陪家人过除夕，几乎每年都在岗亭上跟收费员一同过年。

于思源说，因为爸爸于正洲平时工作就非常忙，她放寒假后还跟妈妈商量，要让爸爸去做个体检，但又因为爸爸节前节后都在忙，一直没有成行，这成了她现在"最大的奢望"。

近日，山东省主要领导号召全省党员干部向于正洲同志学习，不忘初心、牢记使命、勇于奉献、担当作为，在防控疫情一线充分发挥党组织战斗堡垒和党员先锋模范作用，凝聚起众志成城、全力以赴、共克时艰的强大正能量，让党旗在防控疫情斗争第一线高高飘扬。

2月 5

百姓居家防疫 干部跑腿代办
——山东乡村疫情防控见闻

新华社济南2月5日电（记者贾云鹏）"老马，你要的菜放门口了，一会儿别忘了取。"2月2日下午4点多，在山东省武城县郝王庄镇西李古寺村村民马长明家门口，村党支部书记马守良戴着口罩，一边喊着一边把菜放下。

原来，当天上午10点多，马守良在微信群发了消息："大家把所需要的菜和斤数报一下，今天村里去统一采购，下午送菜上门。"不到10分钟，就有40多户人家在群里报了名。

在统计好每户的需求后，马守良便到农贸市场进行采购。在仔细对比每处摊点蔬菜的价格后，他最终选定了价格最低的一家进行购买。"帮村民买菜，要买到最新鲜的、价格最低的，这样才能让老百姓吃得放心、吃得安心。"马守良说。

挑选完蔬菜，马守良就匆匆赶回村里，在村支部按照各户所需的蔬菜种类、斤数进行分装，再由村干部使用电动车或三轮车逐家逐户送到家门口，采购的蔬菜全部按进价结算。

"因为疫情，我们不能出去买，村里把菜直接送到了家门口，价格比自己平时买的还便宜，感觉很温暖。"马长明说。

农村处于疫情防控的第一线。为了加强疫情防控，这个有170多户、560多口人的村子，采取了减少人员流动、村民居家防疫的措施。为解决百姓因抗击疫情出现的生活不便的问题，西李古寺村每隔两三天就会通过微信群，对群众的基本生活需求进行统计，由村干部义务跑腿"代购"。目前，西李古寺村已为150余户村民集中采购蔬菜3次，包括黄瓜、洋葱、土豆等共2000余斤。

记者了解到，在武城县的鲁权屯镇、武城镇等地，越来越多的基层干部变身"店小二"，

（受访者供图）

（受访者供图）

逆行走上街头采购，为村民送去生活物资，成为疫情防控队伍中一道靓丽的风景线。

2月3日，武城镇大邢王庄村党支部书记邢立芹为村民张俊全15岁的女儿送来了地理知识、鲁迅散文等方面的书籍。邢立芹说："我们了解到，村民居家生活已久，所以按照群众的阅读习惯选了村阅览室的图书给大家送上门。"

"这样就解决了群众的后顾之忧，让老百姓能够安心在家生活，安心防疫。只要老百姓安心了，心稳下来了，那我们的疫情防控就能取得胜利。"马守良说。

2月 7

哄抬物价伸手必罚
——山东加强价格监管保障生活物资稳定

新华社客户端济南 2 月 7 日电（记者邵鲁文） "你公司销售的白菜售价 9.98 元/千克、白萝卜售价 9.98 元/千克、韭菜售价 59.8 元/千克，涉嫌构成哄抬价格的违法行为。"近日，山东省市场监督管理局会同德州市市场监管部门对德州某超市进行检查，针对其哄抬物价行为拟做出罚款 100 万元的行政处罚。

100 万元的高额罚金是山东各级市场监管部门近日严查疫情防控期间哄抬物价行为的一个缩影。1 月 27 日，山东省市场监督管理局发布《关于维护新型冠状病毒感染肺炎疫情期间市场价格秩序提醒告诫书》，要求山东省内各相关经营者及行业协会认真对照《提醒告诫书》的要求，积极开展自查整改，进一步规范自身价格行为。

1 月 29 日，山东省发展和改革委员会、山东省市场监督管理局、山东省医疗保障局联合发布《关于在疫情防控期间哄抬价格违法行为认定有关问题的通知》，对疫情防控期间哄抬物价违法行为进行明确认定。通知规定，与疫情防控相关的口罩、消毒水、药品等防疫用品，以及与人民群众日常生活密切相关的肉、蛋、菜、米、面、油等生活必需品，购销差价超过 35% 的，各级市场监管部门将按照哄抬价格依法查处。

青岛某医药公司销售的口罩购销差价超过 200%，被当地市场监管部门处以 230 万元罚款的行政处罚；济南某药店将进价 4.5 元/只的口罩提价到 38 元/只销售，被济南市场监管部门处以 40.5 万元罚款；烟台多家超市哄抬蔬菜价格，共被当地市场监管部门罚款 100 万元，并被勒令退还多收价款……这些案例，是山东省市场监督管理局近日来连续曝光的 9 批价格违法案件中的典型案例。

25

一级响应 闻令而动

　　山东省市场监督管理局党组书记、局长侯成君告诉记者，连日来，山东各级市场监管部门持续加强口罩、消毒杀菌用品、抗病毒药品等防疫用品市场价格监管，坚决打击囤积居奇、哄抬价格、不明码标价等借疫情牟利的违法行为。

　　"对疫情期间哄抬物价、影响社会稳定的行为，市场监管部门不仅要第一时间查处，还要第一时间公开，并且直接点名到人、到具体单位，形成'过街老鼠人人喊打'的声势。"侯成君说。

　　山东多个地市基层市场监管部门负责人表示，通过及时的价格监督检查，有效保证了区县及农村地区的食品、药品价格稳定。"目前，淄川区市场监管局累计出动监管执法人员562人次，检查个体经营户741家次，商场、超市252家次，药品器械经营单位258家。"淄博市淄川区市场监管局局长孙启喜告诉记者，通过告诫约谈、发放价格提醒告知函、立案查处等方式，居民日常生活物资供应得到保障。

　　山东省发改委近日发布的数据显示，山东消费品市场价格稳中趋降。其中，蔬菜鸡蛋价格持续回落，鲜肉、水产价格稳中有降。目前山东牛羊肉、鸡蛋、蔬菜和水果价格已低于节前水平。

　　"凡是囤积居奇、哄抬物价、扰乱市场、发'国难财'的人，要罚得他倾家荡产。"山东省委常委、常务副省长、省新型冠状病毒感染肺炎疫情处置工作领导小组副组长王书坚此前这样向公众承诺。

防疫关键期 中国依法战"疫"

新华社济南2月8日电（记者刘宝森、吴书光、杨文） 中国东部山东省潍坊市的新冠肺炎患者张某某，3日被地方公安部门立案侦查，原因是他故意隐瞒旅行史和接触史，导致68名医务工作者和49名其他人员被隔离观察。

在中国抗击新冠肺炎疫情形势仍然严峻的背景下，这一连日来引发广泛关注的案例7日被山东省公安部门有关负责人作为"警示教材"，在省新冠肺炎疫情防控工作新闻发布会上强调。

山东省公安厅一级巡视员槐国栋回答记者提问时说："张某某因涉嫌以危险方法危害公共安全罪，被公安机关采取相关措施并隔离收治。"

潍坊的案例不是个案。近期深圳、张家口、西宁、青岛、泰安等地也发生了类似案件，严重扰乱了疫情防控秩序，多地警方立案侦查。

与此同时，中国多地出台相关规定，并宣布依法严厉打击10余类危害疫情防控的违法犯罪行为，其中就包括故意传播新冠病毒或造成病毒传播危险，另外还有制假售假、非法经营、造谣传谣、非法捕猎销售野生动物等破坏疫情防控的其他违法犯罪行为。

法律人士认为，在疫情防控的关键时期，多地的做法凸显中国地方政府正不断运用法治思维和法治方式，绷紧法治"高压线"，加强依法战"疫"力度，为打好疫情防控阻击战提供法治支撑。

在山东省发布会的前一天，山东省高级人民法院、省人民检察院、省公安厅、省司法厅联合发布《关于敦促新型冠状病毒感染的肺炎高危重点人员如实登记申报的通告》，通告规定，故意传播新冠病毒或造成病毒传播危险，危害公共安全的，按照以危险方法危害公共安全罪追究刑事责任。

记者注意到，山东省政法委和山东省公安厅微信公众号播发这一通告后，阅读量迅速突破10万。不少网民留言点赞称，"法治越严，越是对人民负责"，"抗'疫'是一场全民战争，只有人人重视，积极响应和配合政府的指令，才能取得最终的胜利"。

山东公孚律师事务所主任于加华认为，山东省的通告对检察院、法院等司法机关依法惩治涉嫌危害疫情防控的违法犯罪行为提供了明确的指导意见。可以看出，地方各部门运用法治思维和法治方式施政的能力进一步提升。

不仅是山东，北京、上海、浙江也在7日出台依法防控新冠肺炎疫情的地方法规。其中，上海市第十五届人民代表大会常务委员会第十七次会议表决通过《上海市人民代表大会常务委员会关于全力做好当前新型冠状病毒感染肺炎疫情防控工作的决定》，提出个人隐瞒病史、逃避隔离医学观察等将被列入社会信用失信名单。

法律界人士认为，上海市规定的对个人隐瞒病史等行为可以采取信用惩戒措施，增加了个人违反疫情防控措施的违法成本，这对于督促个人如实申报并配合地方疫情防控工作有着重要意义。

中国疫情防控形势依然严峻复杂，还有不少硬仗要打。国家卫健委数据显示，截至2月7日24时，31个省（自治区、直辖市）和新疆生产建设兵团累计报告，现有确诊病例31774例，现有疑似病例27657例，累计追踪到密切接触者345498人，尚在医学观察的密切接触者189660人。

中共高层在日前举行的中央全面依法治国委员会第三次会议上强调，要在党中央集中统一领导下，始终把人民群众生命安全和身体健康放在第一位，从立法、执法、司法、守法各环节发力，全面提高依法防控、依法治理能力，为疫情防控工作提供有力法治保障。

会议强调，当前，疫情防控正处于关键时期，依法科学有序防控至关重要。疫情防控越是到最吃劲的时候，越要坚持依法防控，在法治轨道上统筹推进各项防控工作，保障疫情防控工作顺利开展。

在这次防控疫情的战"疫"中，各地推出的规范性文件和规定充分体现了法治原则的要求。山东大学法学院教授胡常龙说："这些规定能够保障疫情防控中的所有举措都纳入法治轨道，疫情防控做到依法有序规范，防止因为措施不当、应对不当而出现不应有的混乱和无序。"

槐国栋说，当前疫情防控处于关键时期，个人应当自觉接受相关机构采取的有关登记调查、检验、隔离观察等防控措施，主动如实报告病情、密切接触人员等相关情况。

在严格执法的同时，中国多地还发布了有关疫情防控的法律规定汇编，加强疫情防控法律知识普及力度。如全国普法办、广东省人大常委会、湖南郴州人大常委会等发布新冠肺炎疫情防控工作法律知识集锦。

分析人士认为，当前，随着各地陆续复工、开学、开业，大量人员将大流动大聚集，疫情防控任务十分艰巨。加大立法、修法以及执法、普法等工作力度，就是用法治力量和法律武器来保护广大人民群众的合法权益，就是为坚决打赢疫情防控阻击战做贡献。

胡常龙认为，一系列有效措施和规定的出台，充分表明了中国政府打赢防疫战的坚强决心和必胜信心。"这些规定将有助于督促相关人员申报情况，接受检测、隔离和治疗，进而对有效防控疫情起到不可替代的作用。"他说。

2月 8

山东兰陵：群众不出门 菜肉送上门

新华社济南2月8日电（记者潘林青） 最近，为响应防控疫情的政策，山东省兰陵县兰陵镇公庄村村民孙晋月一直"宅"在家里。虽然没有外出买菜，却吃喝不愁，享受着和城里一样的"外卖"服务。不同的是，送"外卖"的不是快递小哥，而是当地的党员干部和群众志愿者。

"虽然因为防疫不能出门，但生活上没有感觉到困难。"孙晋月说。

新冠肺炎疫情发生以来，公庄村在村头设卡、昼夜值守，在动员群众尽量"不出门、不聚餐"的同时，组织村里党员和群众志愿者，到周边菜农家里或超市集中采购群众生活物资，并免费送货上门。

"我们要求群众减少外出，但这样群众吃喝就成了问题，所以我们才想了这个办法。这样既能保障群众基本生活需求，又能减轻防疫压力。"公庄村党支部书记魏光波告诉记者，截至目前，公庄村已经累计为群众采购发放5500多斤蔬菜、450多斤豆腐，以及1000多斤鸡蛋、肉等食物。之后，还将根据群众需要，陆续采购并发放各种生活物资。

近日，在兰陵县兰陵镇瑞福苑社区一处空地上，摆满了由社区物业公司统一采购的猪肉、生姜、大葱、甘蓝、藕等20多种食物。"我们社区居民1万多人，疫情防控任务重。为了让群众在家就能吃到新鲜蔬菜和猪肉，社区专门安排一辆车每天出去采购食品，回来后根据群众需求分成小包，平价出售并送货上门。"瑞福苑社区物业副经理王兴华说。

不仅是公庄村和瑞福苑社区，目前兰陵镇"群众不出门，菜肉送上门"现象非常普遍。兰陵镇孙楼村村民孟现法从事蔬菜运输和销售工作，看到当前村民难以出门买菜，主动把5000多斤蔬菜免费发放给全村村民；西北圩村也免费向每户人家发放了10斤黄瓜、5斤辣椒、1桶酒精……

兰陵镇党委副书记、镇长羿艳飞说，为让全镇群众都能不出门就吃到新鲜肉菜、购买到生活必需品，镇政府还协调多家超市对各种生活必需品进行分类，并公开每类物品的价格和配送电话，根据群众需求及时送货上门或集中送到村头。

"为了更好地满足群众需求，我们还开发出了肉、水果、蔬菜等生活必需品不同搭配的'套餐'。每份'套餐'25—60元不等，根据群众需要，我们平价送到门口。"兰陵镇恒丰农贸超市负责人孙文超说，"特殊时期，哪怕赔钱，我们也送货上门。"

截至目前，兰陵镇已向群众发放各类蔬菜8万多斤，鸡蛋、面粉、大米、面条等食物2.2万斤，75%消毒用酒精8000多斤。

2月 10

"我是如何被治愈的？"
——对话多名新冠肺炎出院患者

新华社济南 2 月 10 日电（记者潘林青） 国家卫健委 2 月 10 日发布的统计数据显示，截至 2 月 9 日 24 时，我国已累计治愈出院新型冠状病毒感染的肺炎病例 3281 例。许多人关心，患者入院后会接受怎样的治疗？各家医院有何治病"良方"？当前的成功案例对下一步尽快消除疫情有何借鉴意义？……为此，记者近日采访了多名新冠肺炎治愈出院患者和医护人员，听他们讲述了战胜病魔的心路历程。

精心护理照料 中西结合治疗

9 日下午，在山东省临沂市人民医院多日精心诊治和护理下，郑某某、杜某某 2 名新冠肺炎确诊患者顺利出院。医护人员送上鲜花，祝贺他俩康复出院。"谢谢大家的关心。最想感谢的是临沂市人民医院的医生和护士们，是他们冒着生命危险，把我们从死神手中拉了回来。"走出负压隔离病房，郑某某手捧鲜花激动地说。

临沂市人民医院副院长张清华说，郑某某于 1 月 22 日确诊后症状较重，经抗病毒、抗炎、调节免疫、营养支持及对症治疗、中医药治疗，病情仍呈加重趋势。后来，经医院核心专家组会诊讨论及省级中西医联合专家组会诊，调整了治疗方案，患者住院 8 天后肺部病灶逐渐吸收好转，目前已连续两次核酸检测阴性，符合解除隔离和治愈出院标准。

8 日，新型冠状病毒感染的肺炎患者魏某某、迟某某、丛某某从山东省威海市胸科医院治愈出院。"是这些医生护士日夜精心守护，才把我从鬼门关拉了回来！"威海市一名治愈出院患者说，"住院时，每天都有许多专家对我的病情进行会诊，医护人员也是 24 小时全天候护理，这才让我一天天好起来。"

6 日下午，在山东省烟台市奇山医院医护人员的陪护下，刘某走出隔离区，成为烟台首批两例新型冠状病毒感染的肺炎确诊患者治愈出院者之一。"这些天，我的病一天天好起来，医生和护士眼里却熬出了血丝，真是太感谢他们了。"刘某说。

烟台市奇山医院重症医学科主任牛传振说，刘女士住院以后，我们采用了全市最好的专家、最优的治疗方案。经过中西医结合治疗，患者身体逐渐康复。并且，目前在奇山医院收治的其他患者，绝大多数都出现了好转的迹象。

记者了解到，截至 9 日 24 时，在山东已经治愈出院的 63 例患者中，多名患者接受了中西医结合的治疗方式，且疗效很好。6 日上午，青岛市城阳区首例确诊的新型冠状病毒感染的肺炎患者治愈出院。患者住院期间，城阳区人民医院每天组织专家进行多学科会诊，同时共有16名医护人员给予患者认真细致的诊疗和照顾，治疗过程中还融入了中西医结合治疗理念。

"我们医院也使用了中西医结合疗法，目前来看疗效非常好。"从业35年的山东省莱州人民医院副院长、主任医师于志刚说，西医主要是抗病毒抗细菌感染用药以及短效的激素疗法，中医则针对病人的体质、伴随症状等进行辩证用药，治疗效果也是非常好的。

消除不良情绪 坚定治愈信心

8日下午，山东省德州市第9例、第16例确诊的新冠肺炎感染者治愈出院。主治医师认为，治愈的"秘诀"不光是为患者提供精细的医疗护理，还有随时观察患者情绪，适时进行心理疏导。

"人的情绪状态与免疫力密切相关，稳定的情绪是抗击病毒的强有力武器之一。所以，我们不仅担负防疫、医治工作，也是心理医生，在克服自己内心恐惧的同时，还要安慰隔离的患者，帮助他们克服负面情绪。"德州市人民医院感染科副主任程慧桢说。

山东省莱州市收治的首例患者王先生入院时，正逢新春佳节。因远离家人且饱受疾病折磨，"病人入院后，一开始比较烦躁、焦虑，甚至有些害怕"。曾参加过2003年抗击"非典"的山东省莱州市人民医院医生李明寿说，为缓解患者情绪，医院专门安排了心理医生对患者进行心理疏导。每天查房时，医护人员还会对他进行相应的心理劝慰，将贴心关怀送到他的心坎上。不久后，王先生就变得乐观开朗，并积极配合治疗，目前已经治愈出院了。

山东省威海市胸科医院救治专家组组长、威海市立医院感染性疾病科副主任张静说，除了日常护理，医院还建立了一个医患交流微信群。患者有任何疑问，都可以通过微信群与医生、护士进行交流，"很多时候，我们还要对患者进行心理疏导，将已经出院的例子讲给他们听，鼓励他们坚定治愈的信心"。

"感谢政府对我的关心，感谢医护人员的悉心照顾和治疗。"烟台市新冠肺炎治愈出院患者刘某说，"希望广大病友不要悲观失望，要克服不良情绪、坚定治愈希望。只要听医生的话配合治疗，是可以治愈出院的，我就是一个活生生的例子。"

饮食科学合理 出院不忘隔离

多名新冠肺炎治愈出院患者告诉记者，要想战胜病魔，科学合理的饮食必不可少。"医生根据我的身体状况，专门为我制定了提升免疫力的营养餐，每餐都吃得津津有味。现在回过头想想，要是吃不下喝不下，再好的医药也不行，肺炎不可能这么快治愈。"山东新冠肺炎治愈出院患者王先生说。

在抗击新冠肺炎的过程中，山东多家医院都特别注重患者饮食的科学合理性，借此提升患者自身免疫力。于志刚说，在饮食方面，患者每天两荤三素，蔬菜水果科学搭配，确保营养。

山东省滨州市中心医院重症医学科主任孔令贵说，治愈者出院回家后，还须做好居家观察和随访工作，勤洗手、多通风等防范措施也不可或缺。他还提醒广大群众，新冠肺炎是可防可控可治的，一定要相信医生、相信科学，积极配合医生进行隔离、检测、治疗等，争取早日取得战"疫"胜利。

2月 12

"山川异域 风月同天"折射中日历史文化纽带

新华社济南 2 月 12 日电（记者魏圣曜、萧海川）新冠肺炎疫情发生以来，不少国家向中国伸出援手，既有物质支持，也有精神鼓励。其中，在日本有关组织、友好城市捐助中国的物资包装上，印有含意隽永的偈子、诗句，引发中国网民共鸣。

其中，日本汉语水平考试 HSK 事务局支援湖北高校的物资纸箱上印有一句话——"山川异域 风月同天"；日本舞鹤市向友好城市大连捐出的物资上也印着一句诗——"青山一道同云雨，明月何曾是两乡"；日本东京都知事小池百合子也在接受媒体采访时公开表示要给中国提供 10 万件防护服，采访中她还用纸板展示成语"雪中送炭"。

山东大学历史文化学院教授马光在接受记者电话采访时说，"山川异域，风月同天"源于中日历史上的佛教典故，日本相国长屋赠送中国唐代佛教大德上千件袈裟，袈裟边缘都绣着一首偈子——山川异域，风月同天。寄诸佛子，共结来缘，感动了高僧鉴真。这首偈子记载于《全唐诗》第 732 卷，诗题为"绣袈裟衣缘"。

"历史上，佛教在中日文化交流中发挥过重要的纽带作用。鉴真东渡，实际开启了日本佛教正规化的路径。"马光说，无须中文、日文之间的翻译，便能感受到字里行间的文化气息，说明双方民众的心灵有着共通点，这种心灵共鸣是自然而然产生的，更暗含着共同面对疫情的努力与期待。

在中日佛教交流上，中国东部省份山东也颇有渊源。山东省东阿县内，不仅坐落着三国时期著名文学家、东阿王曹植的墓，还有一处"梵音洞"，据传曹植听到的梵乐正是从这个山洞中传出。

曹植做东阿王时创作了中国最早的汉语梵呗——鱼山梵呗，被中国佛教界认作汉语梵呗的鼻祖，日本也将之奉为日本佛乐的源头。时至今日，日本佛教界仍会来鱼山参拜曹植墓，鱼山梵呗也成为中国第二批国家级非物质文化遗产。

此外，"青山一道同云雨，明月何曾是两乡"则出自唐代诗人王昌龄的送别诗《送柴侍御》，用来表达虽异地相隔但"云雨相同、明月共睹"的共情和宽慰；"雪中送炭"则是指在他人急需时给予物质、精神帮助，是中国家喻户晓的成语。这些偈子、古诗、成语的走红，正代表中日两国有着相似的文化基础、互通的历史文化纽带。

马光认为，近年来，中日两国的民间友善力量始终会在对方遇到困难时伸出援手，提供力所能及的帮助。"这种友好交流值得肯定与保护。"

正如中国外交部发言人华春莹4日在网上例行记者会上所说，病毒无情人有情，中方注意到了日本人民温暖人心的举动，对包括日本在内的其他国家人民给予中国的同情、理解和支持表示衷心感谢，铭记在心。"疫情是一时的，友情是长久的。"

中国高校开展心理辅导为学子增强免"疫"力

新华社济南2月12日电（记者杨文、张力元、黄庆刚） "请问老师，现在学校的情况怎么样？留校的同学状态还好吗？""学校什么时候开学？毕业会受影响吗？""疫情会影响春招吗？"大学生王慧戴着耳机，打开摄像头，正在家里直播，这一行行弹幕不断在她的手机上出现。

近日，为帮助同学们化解心理焦虑，位于中国东部省份的山东大学连续开展"陪你云战'疫'——连麦我的辅导员"活动，辅导员老师通过手机直播，与同学们线上交流。连麦直播由王慧主持，她负责把同学们的问题转达给屏幕另一头的辅导员老师们。

连麦成功后，山东大学电气工程学院辅导员宋思利的头像也出现在了屏幕中。"现在留校的研究生学生有170人左右，学校的图书馆和食堂都正常开放，饮食正常供应。学院有一名提前返校的武汉学生在自行隔离，已为其购置生活物品。"宋思利说。

针对大家关心的开学、春招等问题，连麦的辅导员老师们一一进行了回答。"请同学们耐心等待学校通知，具体开学时间还要观望疫情进展。""对春招会有一定的影响，同学们还要从自身做准备。"……

这场连麦直播持续了3个多小时，10个不同

山东大学学生王慧正在主持与辅导员的"连麦"。（山东大学供图）

学院的辅导员老师在线"唠嗑"，与同学们共话疫情应对。

为打好心理防疫战，中国许多高校关于疫情防控心理服务进行部署，组织专家开通面向学校师生和社会大众的心理援助渠道。

广西民族大学相思湖学院2018级法学专业学生余珈从未想过校长也会在抖音平台开网络直播。2月3日晚上8时，该校校长农克忠与众学生在抖音平台开展了一场约50分钟的"隔空安全对话"，约2500名学生参与直播讨论。

直播前一周，学校安排相关老师通过QQ和微信等网络平台收集了100多个问题。直播通报

山东大学（威海）海洋学院副教授范蕊正在回答学生问题。
（山东大学供图）

了学校在疫情防控期间采取的防控措施，向学生强调了疫情期间不聚众、不外出的要求，解答学生关心的开学时间、课程设置、实习安排和校园安全等问题。

"农老师是我们公认的'网红'老师，听到他在直播中说'同学们，有什么问题打电话给我'，我特别感动。虽然疫情严峻，但是只要大家团结一致，我们一定会渡过难关。"余珈说。

参与此次直播的不仅有身处国内的学生，还有在国外留学的学生。"在异国他乡看到农老师，倍感亲切，用这种创新的方式宣传疫情防控很接地气，我们感受到了母校的温暖。"在泰国留学的 2017 级泰语专业学生陆佳昕说。

广西民族大学相思湖学院党委副书记黄大周说，通过网络平台，师生间的互动更加频繁。"中国互联网产业发展迅速，这给大家的生产生活提供了极大便利，尤其是在疫情面前，互联网更是体现出了优越性。"

越来越多的学校加入云战"疫"行列。滨州医学院组建了由 20 名心理专业老师组成的咨询团队，每天安排 3 名老师为学生"云解忧"；曲阜师范大学的 7 名心理咨询师轮流值班，每天线上工作 10 小时，截至目前，已有 30 多名学生通过 QQ 聊天、发邮件等方式完成了咨询；山东艺术学院则发挥艺术特色，在公众号上开设音乐治疗专栏服务。

中国海洋大学心理健康教育与咨询中心主任牟宏玮介绍，除服务本校师生外，该校心理中心专家教师团队也积极投身于校外各类心理援助工作，帮助校外人士培育理性平和的心态，提升情绪调控能力。10 多天来，已提供线上心理疏导 100 余次。

"通过心理疏导直播，老师向学生们传达了一种观念——我是和你在一起的。疫情并不可怕，战胜疫情的永远是人与人之间不变的温情。"山东大学（威海）海洋学院副教授范蕊说。

倒在抗"疫"一线的"拼命书记"

新华社济南2月13日电（记者杨文） "坚决不能遛门子，不能串门，有个别不自觉的人还在串门……"1月27日，临沂市费县薛庄镇城阳村村"两委"办公室里，孙士贞正用大喇叭广播。

这是记者看到的一段视频。地道的方言、朴实的话语，孙士贞向村里喊话的场景，被村民用手机录了下来。但没想到几天后，这段视频成了孙士贞生前留下的最后一段影像。

孙士贞，男，汉族，1961年11月出生，中共党员，生前任山东省临沂市费县薛庄镇城阳村党支部书记。2020年2月1日早上，在抗击疫情一线连续奋战6个昼夜后，孙士贞因过度劳累突发疾病，不幸去世，终年59岁。

城阳村是费县薛庄镇的南大门，有2000多人。1月下旬，新冠肺炎疫情严峻，像城阳村这样的大村成了重点防控的区域。人多地方大，村头上的大喇叭成了孙士贞最方便的宣传工具。

喇叭响一整天，孙士贞就要忙上一整天。一开始，孙士贞用接地气的话在大喇叭广播："生命重于泰山"，"你现在在家中自我隔离，就是对国家最大的贡献"。官方下发正式宣传材料后，他组织党员干部分头悬挂条幅，张贴各类宣传材料，并通过广播喇叭反复宣传疫情防控知识。

怕看不准念错字，孙士贞就戴着老花镜，用手指着材料逐字逐句念，力求把上级精神一字不落地传达给群众。四邻八村都说："城阳村的大喇叭喊得最勤、喊得最响。"

城阳村地理位置优越、交通便利，7个路口延伸到周边各村。晚1分钟到路口检查，就有可能导致疫情蔓延。孙士贞和村干部们1个小时内封闭了7个路口、设立了1个检查站，用1天多的时间完成了村里900多户村民的逐户逐人排查，24小时全天候对过往车辆、行人进行检查、消毒。

1月27日凌晨1点20分左右，值守人员发现村里有外来人员非法采砂。孙士贞等人立即前往阻止，忙到5点多才处理完。刚靠在办公椅上稍事休息，到了6点，孙士贞就又开始了每日例行的大喇叭宣传。

孙士贞在村里工作。

城阳村妇联主任吴士英说:"就那天听着他说有点儿透支,一夜都没睡好觉,天又这么冷,我们觉得实在是太不容易了。"

在孙士贞儿子孙召的印象中,父亲一直是忙碌的。"早晨我起来上班,我吃完饭走了他还没回家吃饭,我中午回家也见不到他,晚上回家才能见着。一个电动车都不够他骑的,骑没电了,他就回家再换一个。"

2月1日6点30分,像往常一样,城阳村大喇叭里又响起了孙士贞的声音。只是没过多久,孙士贞就突发疾病,倒在了防控疫情的路上。

"每天的喇叭里,都是老孙的声音,喇叭头子天天响,突然间没有他的声音……"城阳村村主任王涛哽咽地说。

孙士贞去世后,家人没有举行任何仪式。当天火化下葬,一切从简从速。孙召说:"现在疫情这么严重,爸爸在村里领着我们村里人宣传(防范),咱得做个榜样。"

城阳村头的大银杏树下,检查点的工作人员依然十分忙碌。

中国多地宣判涉疫情妨害公务案 彰显依法战"疫"决心

新华社济南 2 月 14 日电（记者杨文、潘林青） 2 月 12 日上午，山东省济南市莱芜区人民法院公开开庭审理并当庭宣判该省首例涉疫情妨害公务案，被告人邓某某被判处有期徒刑 10 个月。

济南市莱芜区人民法院认为，被告人邓某某在新冠肺炎疫情防控期间，以暴力手段阻碍人民警察依法执行职务，其行为已构成妨害公务罪。

该案的主审法官柳俊海说，被告人邓某某不服从公司疫情防控人员劝阻，未佩戴口罩强行进入公司并对防控人员实施殴打，且暴力袭击处警警察，依法应从重处罚，鉴于其认罪认罚，依照《中华人民共和国刑法》第二百七十七条第一款、第五款，第六十七条第三款及《中华人民共和国刑事诉讼法》第十五条之规定，法院遂做出上述判决。

中国多地已开庭审理涉疫情防控妨害公务案。2 月 12 日，安徽省宣判首例涉疫情防控妨害公务案件，被告人杨某某被判处有期徒刑 7 个月。同一天，辽宁省盘山县人民法院利用微信群，开庭审理首例涉疫情防控期间妨害公务的刑事犯罪案件，被告人被判处拘役 5 个月。

分析人士称，各地坚持从立法、执法、司法、守法各环节发力，有力维护了疫情防控的工作秩序和公职人员的合法权益，为疫情防控树立了法律红线，彰显出中国政府依法战"疫"的决心。

在疫情防控期间，中国各级法院积极发挥职能作用，通过"云审判"等方式依法妥善处理涉疫情相关案件。2 月 11 日上午，四川省眉山市仁寿县人民法院采用远程视频的方式，快速隔空审理了一起妨害疫情防控工作的案件，以妨害公务罪判处被告人王某拘役 4 个月。

山东颐衡律师事务所副主任戚威说："近期多地宣判涉疫情妨害公务案，公、检、法三机关紧密衔接、高效办理，充分体现了疫情期间依法从严打击涉疫情防控犯罪的法律效果和社会效果。"

2月12日,山东省宣判首例涉疫情妨害公务案,被告人邓某某被判处有期徒刑10个月。(山东省高级人民法院供图)

公安部有关负责人表示,根据刑法及有关司法解释,故意或者放任传播新型冠状病毒,危害公共安全的,应当以以危险方法危害公共安全罪追究刑事责任。公安机关将坚决依法严厉打击此类违法犯罪行为。

针对防控新冠肺炎疫情期间易发的各类违法犯罪活动,公安部专门印发指导意见,部署各地公安机关依法严厉打击查处,有效维护疫情防控期间的社会秩序。

以山东为例,截至目前,山东省公安机关共依法处置涉疫情案事件950余起,行政处罚434人,采取刑事强制措施125人,其中有10人涉嫌实施妨害传染病防治、以危险方法危害公共安全等违法犯罪行为。

2月10日,中央依法治国办、中央政法委等6部门联合举行的新闻发布会上,公开公布了制定实施《最高人民法院 最高人民检察院 公安部 司法部关于依法惩治妨害新型冠状病毒感染肺炎疫情防控违法犯罪的意见》的有关情况,强调对于在疫情防控期间实施有关违法犯罪的,要作为从重情节予以考量,依法体现从严的政策要求。

"全国正在全力抗击新型冠状病毒感染的肺炎疫情,希望广大人民群众能够自觉配合工作人员排查及各类相关工作,切勿以身试法。"柳俊海说。

山东：为新冠肺炎疫情防控一线医务人员办好十二件实事

新华社济南 2 月 15 日电（记者闫祥岭） 为进一步激励关爱疫情防控一线医务人员，解除其后顾之忧，确保打赢疫情防控阻击战，山东省委办公厅、省政府办公厅 15 日发出通知，要求为新冠肺炎疫情防控一线医务人员办好包括休息休假休养、职务晋升、子女教育等十二件实事。

开展职工关爱行动。工会组织定期为一线人员家庭发放蔬菜等生活必需品，直至疫情防控任务结束。对一线人员配偶，所在单位可采取远程办公、弹性工作制、合理安排调休等方式予以适当关心支持，满足其照顾老人、孩子等需要。通过工会 12351 职工热线、微信公众号、"齐鲁工惠"手机应用程序、上门服务、志愿帮扶等方式，依托专业力量对有需要的一线人员及其家属提供心理健康服务。

加强家庭成员爱心照顾。对一线人员无人照看的高龄老人、未成年子女，根据需要由所在乡镇（街道）负责，由老人所在社区等协助安排托管照顾，由子女所在学校安排送教服务。

落实休息休假休养待遇。所在单位要统筹保障一线人员必要休息，合理安排轮休、调休、补休，对长时间超负荷工作的人员安排强制休息。疫情结束后及时组织一次免费健康体检和疗养休养，赴湖北人员所需经费由省级财政承担，其他一线人员由同级财政承担。

落实福利保障政策待遇规定。落实疫情防治一线人员临时性工作补助。对于直接接触待排查病例或确诊病例，参与诊断、治疗、护理、医院感染控制、病例标本采集和病原检测等工作的相关人员，按照每人每天 300 元予以补助；对于参加疫情防治的其他医务人员和防疫工作者，按照每人每天 200 元予以补助。对赴湖北参加疫情防治的人员，按照每人每天 200 元的标准发放伙食补助费，对省内参加疫情防治一线人员，按照每人每天 100 元的标准发放伙食补助费，所需费用由财政保障。省总工会对赴湖北参加疫情防控人员发放慰问金。向防控任务重、风险程度高的医疗卫生机构核增一次性绩效工资总量，不作为绩效工资调控基数。

此外，山东省还对建立关心关爱小组、建立家属就医绿色通道、优先纳入人才工程和科技项目支持、给予职务晋升政策倾斜、落实工伤保险待遇、提供商业保险保障、加大表彰奖励激励力度、给予子女教育政策照顾等实事项目，进行了详细说明。

2月19日

青岛启动专项工作机制严防"因疫返贫"

新华社客户端青岛2月19日电（记者徐冰、张旭东） 在新冠肺炎疫情防控中，青岛市根据排查中发现的"因疫返贫、因疫致困"情况，出台专门政策和专项工作机制，严防"因疫返贫"现象发生。

日前，青岛市组织有关部门对全市各社区7万户、9.9万名低保、特困群众，以及可能受疫情影响导致生活困难人员，进行了网格化摸底排查，并紧急下发《青岛市社区居民服务保障存在问题及因疫情变困家庭数量统计表》。

青岛市在摸排中发现：个别居家隔离观察的贫困家庭，家庭生活支出增加，生活出现临时性困难；部分以送快递、开网约车等为生的无固定职业人员，因无法开工，导致生活出现困难；一些农村养殖户，生产原材料供应不足，销售渠道不通畅，出现生产销售困难。

青岛市立即出台《关于加强疫情防控期间社区居民基本生活保障工作的通知》，对社区居民特别是因疫情导致生活困难的城乡居民基本生活需要，启动社会救助绿色通道；简化优化疫情防控期间社会救助审批程序；全面加强分散供养特困人员照料服务等10条针对性临时政策，防止困难群体扩大。

此外，青岛市建立主动发现贫困人员机制，开通"先行救助，后补手续""一事一议"等绿色通道，提升救助额度，实行24小时内解决需救助家庭临时性、突发性生活困难等紧急措施，效果明显。

居住在青岛市市北区河西街道河崖社区的白先生一家均为外地人，在青岛无其他亲属。近期，白先生夫妇因疑似感染在医院进行医学隔离观察，其5岁儿子一时无人照管。青岛市市北区民政部门了解情况后，立刻协调街道寻找白先生信任的朋友，妥善安置其子女。同时，民政部门及时落实急难型临时救助，给予临时寄养家庭低保标准3倍的临时救助金1980元，用于保障孩子的基本生活支出。

近日，青岛市调拨50万只口罩，配发给全市的低保、分散供养特困人员。胶州市里岔镇西安家沟村、朱戈刘村的工作人员在为困难群众送口罩时，还化身"代购小哥"，为每户困难群众送去新鲜蔬菜。

"我们之前就发现部分困难群众缺少口罩，这次民政部门拨发的口罩太及时了。为了让他们少出门，我们就买好蔬菜一块带过去，并对困难群众进行心理疏导，让他们做好防范措施，不恐慌、不信谣。"里岔镇社会事务办负责人张培森说。

2月20日

山东省第十二批支援湖北抗击新冠肺炎疫情医疗队出发

2月20日,山东省第十二批支援湖北抗击新冠肺炎疫情医疗队共170名医务人员从济南出发,前往湖北参加疫情防控和救治工作。(记者郭绪雷摄)

2月20日,山东省第十二批支援湖北抗击新冠肺炎疫情医疗队在济南遥墙国际机场集合,准备出发。

一级响应 闻令而动

2月20日，在济南遥墙国际机场，山东省第十二批支援湖北抗击新冠肺炎疫情医疗队队员准备登机。

2月20日，在济南遥墙国际机场，机场工作人员手持自制的纸牌，为医疗队队员加油鼓劲。

2月20日，在济南遥墙国际机场，山东省第十二批支援湖北抗击新冠肺炎疫情医疗队队员在宣誓。

2月20日，在济南遥墙国际机场，山东省第十二批支援湖北抗击新冠肺炎疫情医疗队队员（左）和同事相拥告别。

一级响应 闻令而动

2月20日，在济南遥墙国际机场，山东省第十二批支援湖北抗击新冠肺炎疫情医疗队队员在机舱内点赞加油。

2月21日

山东省任城监狱出现新冠肺炎疫情
排查筛查隔离救治工作有序进行

新华社济南2月21日电（记者潘林青、魏圣曜） 记者21日上午从山东省政府召开的新闻发布会上获悉，山东省任城监狱发生新冠肺炎疫情，截至2月20日24时，当地全面完成了对任城监狱相关人员的核酸检测，确诊病例207人，目前已对所有确诊人员采取有效隔离和救治措施。

据介绍，2月初，位于济宁市的任城监狱的个别管教人员出现咳嗽症状。2月12日下午，该监狱一封闭值班干警因咳嗽到医院就诊被隔离收治，13日22时经核酸检测后被诊断为新冠肺炎确诊病例；同日18时，该监狱一封闭备勤干警经核酸检测后被诊断为确诊病例。2月13日23时，山东省委、省政府接到报告后，迅即组织有关方面对相关区域进行封闭管理，全力开展排查、筛查、隔离、救治等工作。

中央政法委、司法部对任城监狱发生新冠肺炎疫情高度重视，做出具体指示并派员指导工作。2月13日晚，山东省委书记刘家义接报并立即责成省司法厅采取措施，对该狱全部人员实行医学隔离，全力救治感染患者，防止疫情扩散蔓延。连日来，山东省委、省政府主要负责人多次召开紧急会议，听取任城监狱新冠肺炎疫情汇报，就疫情防控做出具体安排，并多次赶赴济宁市现场察看，调度疫情处置和病患救治等工作。

目前，山东省任城监狱疫情防控处置工作正有序进行。一是全面开展筛查隔离，对密切接触人员开展拉网式排查，并全部转运至指定地点进行隔离。二是全力做好治疗工作，成立医疗救治领导小组，调集全省专家和救护力量，制定个性化医疗救治方案，积极实施科学救治措施。三是迅即组建专门医院，抢建方舱医院，从全省紧急调拨呼吸机、CT机等医疗设备和口罩、防护服等物资，全力保障救治需要。四是及时组织开展调查，根据调查情况对相关责任人启动问责程序。五是举一反三开展全面排查，派出15个专项检查组和9个督察组，分赴全省其他押犯监狱及看守所、拘留所、戒毒所、强制医疗所开展拉网式排查，坚决消除隐患。

因任城监狱疫情防控不力，经山东省委常委会会议研究决定，免去省司法厅党委书记、厅长，省监狱管理局党委书记、第一政委解维俊，省监狱管理局党委副书记、政委姜运华，省监狱管理局党委委员、副局长王文杰，任城监狱党委书记、监狱长刘葆善，任城监狱党委副书记、政委刘勇刚，任城监狱党委委员、副监狱长陈为宁，任城监狱党委委员、副监狱长（试用期）邓体贺，任城监狱党委委员、副监狱长（试用期）房德峰的职务，有关问题继续深入调查。对上述相关人员及其他责任人员，由纪检监察机关依程序进行调查，依规依纪依法做出处理。

"鲁菜"出行一路无阻 终端消费正在恢复
——从蔬菜物流看交通运输

2月21日

新华社济南 2 月 21 日电（记者邵琨） 新冠肺炎疫情发生以来，山东各地纷纷采取措施，保障蔬菜等基本生活物资畅通，助力疫情防控。记者近日走访多个蔬菜经销商和生产地发现，"鲁菜"出行畅通，运输司机和交易市场防疫各有高招，蔬菜终端消费市场正在恢复，运输能力还有上升空间。

绿色通道畅通无阻

这些天，联丰山东供应链有限公司的 15 辆卡车开始将蔬菜从产地山东省商河县运往北京。公司总经理李永超说，公司从菜农的大棚里收菜后分割、净菜，直接运往北京各大社区，由社区物业送到业主家里，1 天 5 万单左右。

济南曲堤黄瓜批发市场的工作人员为进出人员测量体温。（受访者供图）

2月20日，联丰山东供应链有限公司在商河县运输蔬菜的车辆。（受访者供图）

　　为方便车辆进出山东和北京，联丰山东供应链有限公司工作人员携带公章、车辆行驶证、驾驶员驾驶证等到济南市历城区工信办，报备司机身体状况、车辆行驶路线、运送物品等信息后，为卡车司机办理了通行证。李永超说："一个车牌对应一名司机。有了通行证后，运输蔬菜畅通无阻。"

　　十几天前，由于道路运输不畅，山东蔬菜生产大县商河县出现蔬菜滞销现象。那时，外地车下高速到不了县里的采购基地，需要当地商务部门带证明到高速路口接外地车，再将车送到蔬菜采购基地去。"就2天左右的时间，通行证办好了，问题就不存在了。"商河县商务局办公室主任孙凤国说。

　　如今，商河县的蔬菜已货畅其流。在京沪高速临邑收费站出口处，记者看到入境车辆需要熄火，司乘人员下车登记、测量体温，体温正常方可放行。

　　从事蔬果交易多年的徐州客商岳强经常从山东收购贝贝西红柿，再将其运往徐州雨润农副产品全球采购中心。他说："只要有通行证，体温正常，蔬菜水果等运输畅通无阻。"

　　山东省政府办公厅已出台文件，保障鲜活农产品免费通行。对装载鲜活农产品的运输车辆，简化查验手续和程序；疫情防控期内放宽装载比例要求，优先对驾驶员进行体温测量，保障绿色通道车辆快速免费通行。

疫情防控各有高招

　　蔬菜交易市场人员流动频繁，运菜司机经常进出交易市场。为降低风险，各大蔬菜市场和运输司机各有高招。

　　中午时分，用消毒液擦拭完车门、门把手、方向盘等后，常年往返济南、天津的菜商安锁太把消毒液放到车里，戴好口罩和手套，拉着一车菜从济南向天津出发。与此同时，他的同伴做完同样的准备工作后，开着一辆空卡车从天津向着济南方向出发。

下午2点左右，安锁太和他的同伴来到约定好的长深高速滨州服务区。安锁太下车，把车锁好，穿过高速公路下的桥洞，来到同伴的停车区，掏出同伴驾驶车辆的钥匙，打开车门通风30分钟，再用消毒液擦拭门把手、方向盘等，然后开这辆空车返回济南。

安锁太说："我们都随身带着两辆车的钥匙，每辆车都有消毒液，每人上下车前都先消毒。我俩不见面，全靠手机交流。在滨州，他开着装菜的车到天津卸货，我开着他开来的空车回济南。下次运输再这样重复操作。"

为减少接触，有的运输司机到北京后把卡车停到指定地点消毒，由蔬菜交易市场的工作人员将车开入市场；有的司机将车开进蔬菜交易市场后，不下车，不开车窗，等蔬菜卸完后，立即驶离市场。

在济南曲堤黄瓜批发市场，记者看到园区门口有几个蓝色罐子，进出车辆经过时，会升起一片水雾。工作人员介绍说："这是给所有车辆进出园区消毒用的，所有进出人员还需要测量体温、登记。"

整体运能还有增加潜力

疫情期间，企业延期开工、学校延期开学、餐饮延期开业等，导致下游市场需求量减少。

记者走访的多位萝卜、白菜、西红柿经销商均表示，目前蔬菜产地货源都很充足。疫情期间，居家不出门的市民相比以往人均蔬菜消费量下降，部分城市的市场消费需求不旺，导致蔬菜运量低

济南曲堤黄瓜批发市场的工作人员为进出车辆消杀。（受访者供图）

于往年同期。

安锁太说，去年同期1天运送10吨蔬菜到天津，但如今隔一天运送不到10吨。但相比十几天前，蔬菜运输量已有大幅改观。"那时候，3天才运5吨。"安锁太说。

在寿光文家街道桑家庄村，村里前些天曾经萎缩到只有4个蔬菜代收点，发往国内4条线路，现在已基本恢复到20条线路的正常水平。

最近，在商河县商务局的积极帮助下，商河各乡镇的蔬菜种植基地与济南市的各大商超做好了对接，部分乡镇的蔬菜有时还出现供不应求的现象。商河县商务局局长白朝阳说："前两天华联、银座等超市来村里都拉不到货。交易量高了，价格也上来了。黄瓜从最低时的0.8元/斤涨到现在2.7元/斤。"

据济南曲堤黄瓜批发市场统计，这几天市场每天交易黄瓜40万斤左右，与去年同期基本持平，发往北京、天津、南京、西安等地的客户陆续开工收发货。

业内人士预计，随着疫情好转、城市企业复工复产率提高等，未来蔬菜运量有望大幅回升。

中国全方位守护战"疫"一线医务人员

新华社济南 2 月 21 日电（记者魏圣曜、徐海波、张玉洁）"作为一个被山东宠着的孩子，很幸福！点个赞，特别好吃。"在视频直播中，正在湖北战"疫"一线工作的山东大学第二医院护士常超吃着家乡的馒头，笑着感叹。

在武汉抗"疫"一线的山东大学第二医院援助湖北国家医疗队近日获赠一批特殊的礼物——从家乡山东运来的大馒头、苹果等。陈晓琳、张倩、王莉、常超等年轻医护人员兴奋地进行了一次"在线分享"吃馒头。

这只是中国各地全方位守护战"疫"一线医务人员的一个暖心缩影。

山东省援助湖北医疗队队员、山东省立医院呼吸与危重症医学科主治医师王星光说："来黄冈时带的衣物不多，降温前后方紧急送来两套羽绒服、保暖衣；队员们住宿的酒店中，有一位小伙子专门负责采购日常生活用品，随叫随到；还有医护人员过生日、过元宵节时，当地也送上了生日蛋糕、元宵……让我们暖心的事太多了。"

湖南对口援助黄冈前方指挥部总指挥高纪平说，为避免交叉感染、杜绝医务人员非战斗减员，一方面医疗队按国家卫健委"先培训后上岗"要求，

元宵节当天，永顺县人民医院护理部为战"疫"一线医务工作者准备好了汤圆。（湘西州永顺县人民医院供图）

湖南省中医药研究院附属医院心血管大科主任肖长江（左一）、心血管一科主任李志（右一）会同医院专家一行，跟值班医生讨论交流病例并进行心理疏导。（湖南省中医药研究院附属医院供图）

开展防护业务培训和实战演练；另一方面强化消杀措施，制定科学的隔离病房防护用品使用、穿戴规范，严格按"12步流程图"执行，为医务人员从防疫培训、建章立制方面构建疫病"防火墙"。

医疗物资是医务人员的"铠甲"和"弹药"。"考虑到前方医疗物资紧缺，我们建立了计划性供给、责任性使用的工作机制，精确测算、科学调配医疗物资每天的基本用量，提高物资使用效率，保障供应能力。"山东省卫健委二级巡视员、山东第一批援助湖北医疗队领队张韬介绍。

科学轮换休整也尤为关键。"济宁市不仅收治本地确诊病人，周边菏泽、枣庄的部分确诊病人也由我们收治。"山东济宁市第一人民医院副院长肖要来告诉记者，全院有7名医务人员参加山东省第一批援助湖北医疗队。

肖要来说，医院格外重视女性医务工作者的身心健康，特别要求减轻她们在生理期期间的工作时长、安排临时调岗调班等，"目前在一线直接参与防疫救治的有约300人，女性占80%"。

湖南省湘西州永顺县人民医院院长彭武治说，医院尽全力为抗"疫"一线医护人员的工作、生活提供全方位保障；同时合理排班，原则上每班不超过8小时，做到既满足医疗服务需求，又保障医务人员正常休息。

湖北、湖南和山东等地医院还组建起"心理疏导专家组"，对参与一线救治的医务人员开展心理健康评估，有针对性地开展心理危机干预、心理疏导，减轻和释放医务人员的心理压力。

"我们医院配备6名资深心理专家，除了在本地对医护人员进行面对面疏导，对支援黄冈一线的医护人员，还提供在线远程服务。"肖要来说，及时对情绪波动较大的一线医务人员进行开导，也是提升抗"疫"核心战斗力的一项重要举措。

山东省济宁市第一人民医院组建爱心服务队，做好战"疫"一线医护人员，尤其是援助湖北医疗队队员的家庭的后勤保障。（济宁市第一人民医院供图）

为疏导隔离病房内医护人员的心情，湖南省中医药研究院附属医院心血管科的两位主任肖长江、李志，每天都与一线医护人员电话沟通，与值班医生见面聊天。这套"话疗"法得到一线医护人员的认可，还被推广至他们赴武汉方舱医院的队伍中。

为改善医务人员工作和休息条件、落实医务人员待遇，国家卫生健康委、人力资源社会保障部、财政部发布《关于改善一线医务人员工作条件切实关心医务人员身心健康的若干措施》，提出多项措施。

山东省近日出台政策，为一线医务人员重点办好"十二件实事"。包括定期为一线医务人员的家庭发放蔬菜等生活必需品；对一线人员配偶予以适当关心支持；对一线人员无人照看的高龄老人、未成年子女，根据需要由所在乡镇（街道）负责；等等。

"我妻子在山东省千佛山医院超声科工作，医院最近给她减少了排班，以便照顾家人。"王星光说，从中央到地方出台的"全方位"政策，不仅解除了他的后顾之忧，还让他更有底气冲锋在前。

这对11个月大的双胞胎，真让人捏了15天汗

新华社济南2月23日电（记者王志） 经过医护人员15天的精心救治，近日，一对11个月大的双胞胎宝宝与其父母同日从济南市传染病医院治愈出院。作为济南市目前治疗的年龄最小的新冠肺炎患者，他们出院的背后凝聚着全体战"疫"白衣天使们的爱与责任。

1月22日，长期在武汉居住的宋先生夫妇带着自己的双胞胎儿子，乘坐高铁返回济南。1月27日，宋先生夫妇分别出现乏力、咳嗽等症状。经核酸检测，2月6日，一家4口均被确诊感染新冠肺炎，当晚转入济南市传染病医院隔离病房治疗。

济南市传染病医院院长张忠法说，作为济南市新冠肺炎患者收治定点医院，自1月23日，济南第一例确诊患者被送到这里，全院300多名医护人员成立了3个救治梯队，立即投入战斗，济南市传染病医院成为济南与病毒短兵相接的"主战场"。

"救治11个月大的患儿，确实有难度。"济南市传染病医院隔离病房（肝病三科）主任张照华手里捏着一把汗。尽管这对双胞胎入院时症状并不明显，是普通型患者，但CT检查均显示肺部有炎症和毛玻璃样改变，心肌酶指标也增高。医院为他们制定了个性化的科学治疗方案，一些

一对11个月大的双胞胎宝宝与其父母同日从济南市传染病医院治愈出院。（济南市传染病医院供图）

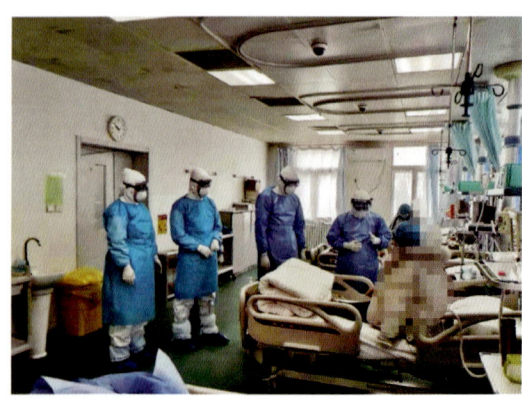

医护人员在隔离病房救治确诊患者。（济南市传染病医院供图）

医护人员相互加油鼓劲。（济南市传染病医院供图）

抗病毒药物不能用，就进行雾化治疗。

护理如此幼小的患儿也是一大考验。隔离病房有9名医生、26名护士，每4小时轮一班，最多时同时治疗28名确诊患者。

护士们穿着厚厚的隔离服，戴着护目镜和双层防护手套，打针没有手感，给患儿抽血难度可想而知。但她们顶住压力，凭着高超的技术，每次都是一次采血成功，还帮忙喂奶粉、换尿不湿，把患儿照顾得无微不至。

经过专家组和医护团队的精心治疗和护理，

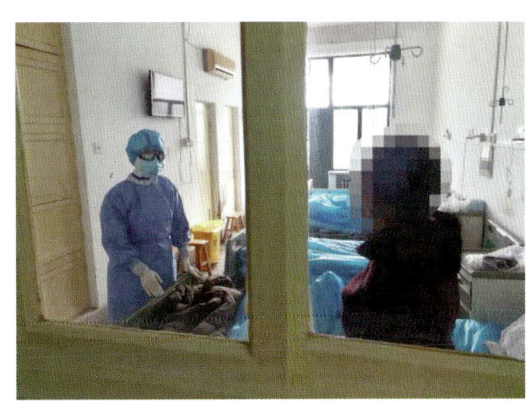

医护人员在隔离病房救治确诊患者。（济南市传染病医院供图）

这对双胞胎宝宝及其父母的病情逐渐好转，15 天后就治愈出院了。

医者仁心、大爱无疆。那些患者们看不到脸庞的白衣天使们，身后都隐藏着不为患者所知的感人故事。

"每天下班后的第一件事就是大量补水，最多时一口气喝了 2000 多毫升。" 55 岁的张照华苦笑着说。从事传染病临床工作 32 年的他，参加过抗击"非典"战"疫"，如今已连续奋战在战"疫"一线 18 天，每天上岗 10 多个小时，怕上厕所就不喝水。

副护士长肖嘉安进入隔离病房的第二天，突然得知妻子先兆流产的消息。一边是急需救治的患者，一边是情况紧急的妻子，两难之下他毅然选择了坚守岗位。当被问及没能陪在妻子身边，会不会感到愧疚时，肖嘉安说道："国家安宁了，家庭才幸福！"

"最后一面也没见到，太难过了。"护士郝莹莹时常边哭边说这句话。进入隔离病房前夕，郝莹莹的公公因病住院，科室劝说她先照顾好家人，但性子执拗的她选择把病人的生命放在第一位。没能见到老人最后一面，成为她永远的遗憾。

"在这场抗击疫情的阻击战中，医院所有医护人员同时间赛跑、与病魔较量，构筑起一道坚不可摧的防线，让党旗在疫情防控一线高高飘扬。"济南市传染病医院党委书记袁玉伟说。

截至 22 日，济南市累计报告确诊病例 47 例。济南市卫健委党组成员、疫情防控医疗救治组组长成昌慧说，通过采用抗病毒、抗炎、免疫调节、营养支持、心理疏导及中医中药等综合治疗方案，中医药参与治疗率达 95.74%，目前累计治愈出院 24 例。

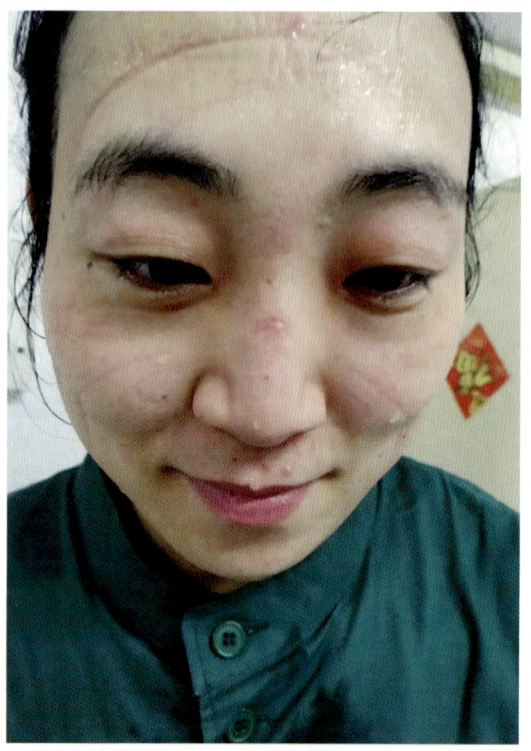

在确诊患者顺利治愈出院的背后是全体医护人员的"逆行"付出。（济南市传染病医院供图）

口罩产量曲线折射"中国制造"动员力

2月25日

新华社济南2月25日电（记者杨守勇、袁军宝、邵鲁文）"现在公司每天能生产4000多只口罩，过几天新设备到厂后，日产能将达到8万只。"在山东省临朐县富山集团有限公司车间里，员工们正加紧生产口罩，由于部分设备尚未到货，工人们先暂用手工缝制代替部分机器生产。

新冠肺炎疫情发生以来，诸多中国企业克服人员不足、原材料及设备供应紧张等困难，通过增加生产班次、扩大产能及转产等措施，全力生产重点医疗防疫物资。

中国工信部等部门公布的数据，勾勒出一条中国口罩产能的变化曲线——

1月底，全国口罩产量达到一天800万只，复工复产率达到40%。

2月7日，全国口罩企业复工复产率达73%，其中医用口罩产能利用率达87%。

山东富山集团有限公司的工人们在加紧生产口罩。（山东富山集团有限公司供图）

2月22日，全国医用N95口罩的产能达91.19万只，是2月1日的8.6倍；口罩的日产量已经达到5477万只，比2月1日增长2.8倍，口罩产能利用率达110%。

"近20天以来，累计生产口罩5.7亿只。"24日上午，国家发展改革委党组成员、秘书长丛亮在国务院新闻办公室举办的发布会上表示。

中国是世界最大的口罩生产和出口国，年产量约占全球50%，疫情以前的最大产能为每天2000多万只。随着疫情蔓延，口罩需求量爆发式增长，短期内供求矛盾明显。

为此，中国政府部门、企业各界齐心协力，优先保障口罩企业用工、资金、物流、关键原辅料供应等需求，全力推动口罩企业开足马力生产。

位于山东日照市的大型口罩生产企业三奇医疗卫生用品有限公司，口罩日产能达到100多万只。为帮助这家企业满负荷生产，日照市内4家缝纫企业紧急加入三奇医疗加工队伍；环宇纸制品厂火速启动生产线，一天为三奇医疗生产包装箱10万个；天一生物医疗无偿为三奇医疗生产的口罩消毒；莒县浮来春化工、五莲银河酒业、日照尧王酒业这3家保障酒精供给；亚太森博公司日产次氯酸钠12吨，全力供给三奇医疗消毒液。

除了现有企业全力生产外，更有一大批企业紧急转产。如富士康、比亚迪、广汽集团等企业纷纷跨界生产口罩。据统计，自疫情发生以来至2月7日，中国已有超3000家企业经营范围中新增了"口罩、消毒液、防护服、测温仪、医疗器械"等业务。

"中国除西藏外有30个省（自治区、直辖市）都陆续新上了口罩生产线，同时还不断有新的口罩生产线投产。"丛亮表示，今年2月以来，已组织3批企业通过技术改造增产、扩产、转产，增加口罩供给，下一步，还将视疫情防控需要，继续加强政策支持。

金融等部门也为企业提供全方位支持。疫情

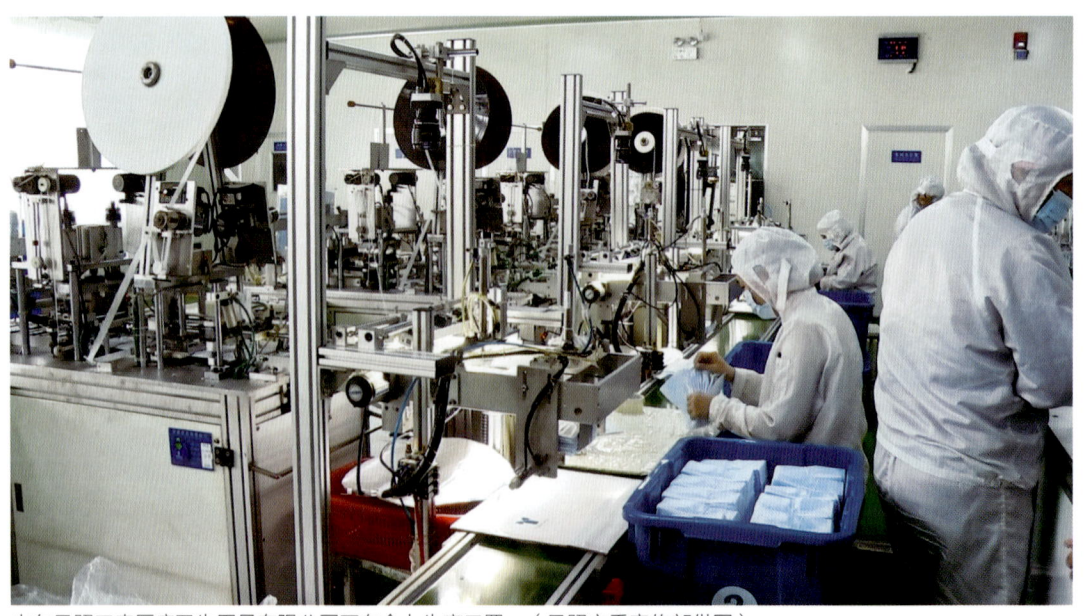

山东日照三奇医疗卫生用品有限公司正在全力生产口罩。（日照市委宣传部供图）

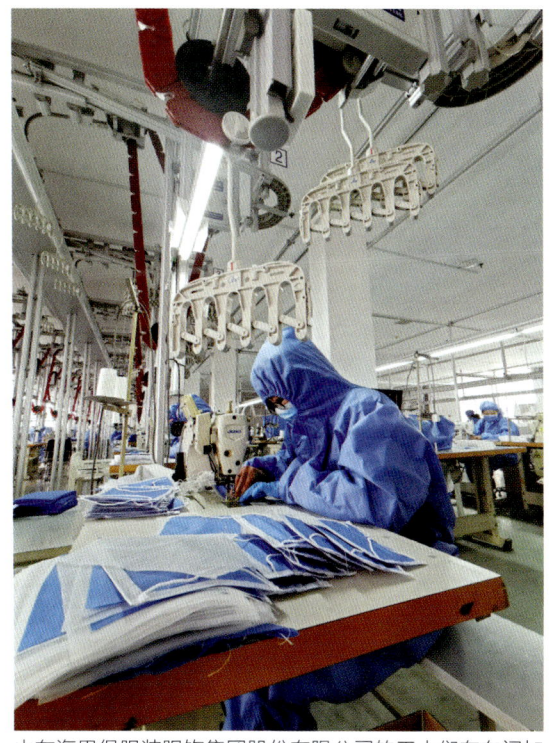

山东海思堡服装服饰集团股份有限公司的工人们在车间加班加点制作口罩。（桓台县委宣传部供图）

期间恒丰银行为一家急需资金的口罩生产企业紧急发放抗击疫情专项贷款1000万元，贷款从审批到发放只用了数小时。至2月14日，这家银行为抗"疫"医疗机构与相关企业提供的授信支持已超过100亿元。

"刚开始转产的时候，是不计成本的。我们用缝纫机做的口罩，成本在4.5元左右，但对外供应的价格只有3元。想到300只口罩就能支持一个小微企业复工，我们坚持了下来。"山东海思堡服装服饰集团股份有限公司董事长马学强说。

对于疫情过后，产能过剩是否会给企业带来经济损失这一问题，不少企业表示，当前最重要的是做好战"疫"物资保障，今后他们会根据供需关系变化，及时做好再转产准备。

为保障口罩等医疗物资生产企业的利益，中国政府部门也出台不少措施。国家发改委、财政部、工信部此前已发布关于发挥政府储备作用支持应对疫情紧缺物资增产增供的通知，对列入相关产品目录中企业多生产的重点医疗防护物资，全部由政府兜底采购收储。第一批政府兜底采购收储的产品目录包括医用防护服、N95医用级防护口罩、医用外科口罩、医用一次性使用口罩等。

"口罩产量曲线的背后，体现出企业界合力支援抗'疫'的决心，也体现出中国政府部门与企业通力合作的强大动员能力。"山东省宏观经济研究院战略规划研究所所长刘德军说。

滞销怎么办？山东助推农产品线上销售解难题

新华社济南2月25日电（记者张志龙、邵琨、孙晓辉）受新冠肺炎疫情等因素影响，农业大省山东一些地区的生鲜农产品遇到价格走低及销路不畅问题，这不仅损害了农民利益，也影响到市场保供。线上平台销售、县长直播带货、打通各类梗阻……山东一系列举措助推解决农产品滞销难题。

菠菜挂上网 滞销苹果成爆款

"泰安市岱岳区范镇的170万斤菠菜因为疫情遭遇销售难问题，我们及时把它发到了信息平台上，一能解决农户销售问题，二能让市民吃上新鲜菜。"山东绿地头电子商务有限公司总经理陈峰说。

在新冠肺炎疫情背景下，交通不畅、线下渠

山东省商务部门发布"山东生鲜农产品产销对接平台"。

道受阻，原本在春节期间不愁销路的农产品价格下跌、局地堆积，市场陷入农民"卖难"、市民"买难"的困境。

陈峰所说的信息平台，是山东省商务厅 21 日发布的"山东生鲜农产品产销对接平台"。这个平台通过互联网实现农产品种植基地、合作社、供应商与商超、电商平台、批发市场以及大中型企事业单位等各类渠道的对接。

平台运营方数据显示，截至 23 日，已经有 57 家线下商超和 71 家线上平台加入"山东生鲜农产品产销对接平台"，已累计带动农产品成交量 179 吨，成交额 141 万元。

山东省商务厅副厅长张义英说，希望能打造生鲜农产品线上数字供应链，解决供应链不匹配带来的局部地区农产品卖难问题。

山东不少地区农民主动求变，从疫情危机中看到新机遇。烟台蓬莱市郝家村有 1000 多亩果园，去年苹果喜获丰收，收获苹果 600 多万斤，还有 500 多万斤储藏在冷库里销不出去。在抖音和快手宣传后，郝家村的优质苹果由难销变成了爆款。

泰安市岱岳区范镇农民种植的菠菜。

副县长搞直播 "带货"成风景

"我向全国网友发起挑战，看看 10 秒钟一个人能吃多少西红柿，先吃为敬。"在直播平台上，商河县副县长王帅开始了网络直播：他一边吃，一边向网友推荐当地难销的西红柿。王帅开的两场网络直播，吸引了超过 18 万网友关注，当场有 1000 多斤"粉贝贝"西红柿被预订。

商河县是个农业大县。在王帅的影响下，当地不少干部、群众开始用短视频、网上直播的方式帮当地农民卖菜。2 月 20 日，商河县商务局局长白朝阳与前来洽谈蔬菜购销合作的济南客商来到郑路镇的黄瓜大棚里。他拿着一根黄瓜，摘下

2 月 5 日，商河县副县长王帅通过淘宝直播平台帮当地菜农推销小西红柿。

2月19日，商河县副县长王帅通过网络直播推销当地生产的萝卜。

口罩，对着手机镜头录了一段短视频。"绿色无污染、好吃不贵……我是商河小货郎，商务局局长白朝阳。"

最近，商河各乡镇的蔬菜种植基地已经不愁销路，部分乡镇的蔬菜还出现供不应求的现象。白朝阳说："前两天华联、银座等超市来村里都拉不到货。"

在山东各地，网络"带货"已成一道风景线。惠民县的食用菌龙头企业齐发食用菌基地的客户以北上广等地居多，疫情期间省外销售渠道已走不通。"到了初三（1月27日）时，香菇已积压30吨。"齐发食用菌基地总经理吴元元说。

当地政府利用融媒体平台、社区群等，鼓励菜农主动联系市场、直销门店、社区取货点等销售点。线上销售方式"带货"效应明显，最多的一天卖了1.6万斤香菇，卖难问题得以解决。

打通各类梗阻 为复产提速

有关专家表示，传统上中国绝大多数的农产品都是通过批发商外销的，已经形成了一条由农户、各类批发商、批发市场、菜场超市，再到消费者的销售网络。疫情期间，多个环节停滞，造成了农货销售中断。

记者了解到，防疫期间物流困难，县村道路、高速公路路网运行不畅通是造成农产品难销的重要因素之一。

为此，山东交通运输部门已根据国家部署要求，积极恢复正常交通运输秩序，全力打通因防控疫情临时封闭的高速公路出入口，保障高速路网畅通。截至21日18时，这个省因疫情影响封闭的高速公路收费站，全部解除封闭，恢复通行。

此前，山东还为一些农业龙头企业办理了"特别通行证"，确保原料和产品的交通运输畅通无阻。东营市民兴食品有限公司总经理刘安民说，公司在保证员工安全的前提下，加班加点处理外地运来的平菇和杏鲍菇，以保障终端市场供应。"通行证"为企业复工复产添了油加了速。

此外，随着交通逐步畅通，农产品发货打包需要的纸箱、泡沫等包材的紧缺压力得到了较大程度的缓解，劳动力也在逐步恢复中。以东营市利津县为例，全县市级农业龙头企业累计复工复产18家，具备生产能力的市级以上农业龙头企业复工率达到了70%，返岗率达到了90%。

2月24日，车辆行驶在济南经十路上。当日，山东济南出现"早高峰"，车流增大，部分交通节点缓行。目前，济南市已进入全面复工期，规模以上工业企业复工率达98.2%。（记者朱峥摄）

2月 25

山东66个外资项目集中"视频签约" 预计总投资143.9亿美元

新华社济南2月25日电（记者魏圣曜） 在全国战"疫"的形势下，25日上午山东省重点外商投资项目签约仪式以视频连线的形式在16个市同步举行，住友商事青岛中日绿色智慧城市项目、韩国SK集团威海LNG码头接收站及燃电热电联产项目、法国苏伊士环境集团固废综合处置项目等66个项目集中"视频签约"，预计总投资143.9亿美元，协议或合同外资42.7亿美元。

这66个集中签约项目涉及制造业、高端化工、新能源新材料、新一代信息技术、医养健康、文化创意、现代海洋、现代物流、环保等行业领域，外资主要来自韩国、新加坡、日本、德国、美国、法国等13个国家（地区），其中日韩项目15个，预计投资总额28.2亿美元，预计协议或合同外资19.1亿美元。

视频集中签约反映了山东推动高质量发展、深入推进对外开放的坚定信心。山东省16市具体签约情况为：济南、青岛各签约了10个外资项目，烟台8个，潍坊和淄博各6个，威海5个，枣庄和东营各4个，济宁3个，菏泽、临沂、滨州各2个，泰安、日照、德州、聊城各1个。

2月 25

"米袋子""菜篮子"能否拎得好、装得满？

——从供给侧看山东百姓餐桌保障

《经济参考报》2020年2月25日（记者王阳）

疫情还在持续，防疫工作到了最吃劲的关键阶段，老百姓餐桌是否有保障？记者走访山东省主要食品生产企业、蔬菜物流集散地、农业大县发现，目前，保障民生供应的食品企业全面开工，米、面、油、肉、蛋、菜等货源丰富，可保证市场供应，预计后期民生商品价格将平稳运行。

米面油不愁：主要企业提前复工

走进已全面复工的益海嘉里（兖州）粮油工业有限公司，眼前有序而忙碌。在企业大门门卫处，戴着口罩的员工在排队登记、测量体温，车辆正在被消毒，经过一系列严格的程序后，人、车、货物方可入内，而外来无关者，谢绝入内。目前，厂区到岗360余人，为了避免人员更加密集地聚集，还有一部分人在家办公。

采访时，企业负责人郭经田正在企业生产车间巡查，眼前3条面粉生产线已开足马力生产，每天有约1400吨面粉产出，经过下游加工销售，最终在商超、粮油商店与民众见面。成品仓里，刚从生产线下来检验合格的面粉并排码放，仓库门前运输车正准备装货出发。春节后至今，共向市场发运面粉约2.2万吨、食用油脂5500吨。

山东省新型冠状病毒感染肺炎疫情处置工作领导小组2月3日下发通知，要求各地狠抓保障生活必需品生产等涉及重要国计民生的企业复工，开足马力、扩大生产。

济宁市市场监管局有关负责人说，粮油企业产品关系到日常民生，保障市场供应责任重大。在济宁，已有约123家食品生产企业陆续复产复工，为民众供给小麦粉、大米、食用植物油、挂面、糕点、方便面等生活物资。

消毒、戴口罩、测体温，这些非常时期的防疫举措已经成为山东已开工粮油企业的日常操作。

"为了保证开工安全，我们所有人员提前到岗到位，对车间设备及地面、化验室、公共卫生区域进行消毒，集中统一学习新型冠状病毒感染的肺炎防控知识，做好生产加工前各项防疫准备工作。"山东鲁粮集团军粮储备库主任丁进介绍，近期复工后，他们要求所有从业人员均配戴口罩上岗，保障作业环境可控、人员健康安全。

郭经田大年初四（1月28日）就从济南回到济宁市兖州区，开始为复工做各项准备。"复工前一天，我们在多次部署复工防疫工作重点的基础上，又给公司中高层开了一次会，与消杀、物资、运营、物流等工作部门的负责人再次碰头，让大家对安全生产和防范疫情既高度重视，又充满信心。"郭经田介绍，企业复工后，每天在厂区及办公场所消毒。厂区每天消毒4次，部分特殊区域增加2次，车间1个班次1次；饮食供应方面，食堂统一配餐，职工在各自的工位就餐，避免交叉感染。此外，厂里还成立了专门的领导机构，领导成员每天到车间、工位进行巡查。

"不仅要保民生供给，还要稳定物价，我们集团向经销商要求，防疫期间产品不能涨价，履行企业社会责任。"益海嘉里（兖州）粮油工业有限公司人事行政部经理朱翠玲说。

蔬菜已上路：绿色通道解运输难

2月上旬，山东就已要求，科学应对"菜篮子"产品出不了村、进不了城的问题，确保重点地区有效供给。针对有市民反映绿叶菜难买的问题，记者来到了济南的"菜篮子"——山东匡山农产品综合交易市场。

与时下济南大多数市场的冷清成鲜明对比，匡山市场可谓车水马龙——进出市场的车辆排成了长队，门口工作人员正在对车辆进行消毒，检查进场人员的口罩佩戴情况并为其测量体温。"一旦发现发热者，我们会马上劝离，确保市场安全。"匡山市场蔬菜分公司副总经理王长勇告诉记者。

上述防疫举措得到了商户的认可，市场内的每个交易大棚都几无空闲摊位，前来采购蔬菜的客商络绎不绝。据市场方面提供的数据，目前市场商户到位率近90%，供应了济南市场约70%的新鲜蔬菜。

据统计，山东16市蔬菜在田面积约319.2万亩，主要时令蔬菜品种为西红柿、黄瓜、辣椒、绿叶菜和食用菌，日产能5万—6万吨，上市量约4万吨。匡山市场的一位商户也表示，今年他们合作社菌菇的产量略高于去年，"供稍大于求"。

产能无忧，但蔬菜产得出，还得运得出，不能烂在地里。在中国蔬菜之乡寿光市，政府专门开辟蔬菜运输绿色通道，蔬菜专业合作社全力配合，以发挥好绿色通道的运输保障作用。目前，寿光市15个镇街区共制作指示牌782块，悬挂"蔬菜运销绿色通道"横幅2705幅。当地政府对防控疫情、运输生资的外出车辆发放通行证，各蔬菜专业合作社（市场）负责人向联系的客商提供购菜"路线图"，确保购菜客商进得来、出得去、运得顺。

寿光市农业农村局有关负责人介绍，疫情发生以来，寿光市1300余家农民专业合作社积极拓宽销售渠道，通过减免服务费平价购进销出、联系连锁超市等，争取到多地客户到本地蔬菜基地商超直采、增大购菜量等。从2月2日起，蔬菜价格回升、销量大幅增加。截至目前，每天蔬菜日产量3000吨，向全国供应地产蔬菜2700余吨，基本实现了蔬菜日产日销。

肉食供应恢复：生产与防疫并重

在农业产业化国家重点农业龙头企业山东诸城外贸有限责任公司，肉鸡宰杀生产线正在加班加点生产中，现在生产线每天的屠宰量达到15万只，较往常的产量下降了30%。

"按照正常生产能力，我们今年计划屠宰1亿只。目前复工，一方面是基于市场需求，保证市民的'菜篮子'；另一方面，是为了维护近千家养殖户的利益，保证养殖户饲养的肉鸡能够及时出栏。"诸城外贸有限责任公司肉鸡事业部总经理彭焕义介绍说。

肉食是百姓餐桌必备，但屠宰过程又面临人员密集和畜禽消毒等问题。诸城外贸公司负责人说，为维护群众的切身利益，保障肉类食品的稳定供应，他们确定了"稳生产、保供应"的目标，并在第一时间成立了疫情防控领导小组，制定了切实的应急预案。在保证员工生命安全和身体健康的前提下，开足马力、扩大生产，有效满足物资需求，助力物价平稳运行。

不过，疫情致使这家企业部分员工滞留家中，仅肉鸡宰杀生产线的人力缺口就达到300多人。企业积极动员后勤人员在做好防护的前提下，主动到一线支援生产，全力复工。

山东德州市平原县是生猪养殖大县，这里的猪肉加工企业也已经忙活起来。平原县翔皓食品厂经理张利国每天行程表的第一件事就是去村镇收购生猪，不能去有疫情发生的地区，只能联系本县和周边养殖户，还要提前了解村庄道路情况。一大早出发，上午收猪，下午4点宰杀，晚上10点出厂，第二天一早摆上各大商超。作为平原县生猪定点屠宰企业，平原县翔皓食品厂在县农业农村局的帮扶下，从正月初六（1月30日）就开始努力恢复生产。

平原县农业农村局刘保华介绍，定点屠宰企业基本是一个县一家，平原县是生猪调出大县，在适养区有多家中小型养殖场。新希望六和、温氏、牧原等大企业也在平原县有合作项目，但这些企业的销售一般不在本地。在当前情况下，要保证供应，生猪来源不稳定是需要破解的难题。

除了破解生猪来源问题，提升检验防疫水平也成为张利国的重点工作。为帮助企业尽快恢复生产，平原县农业农村局目前在翔皓食品厂派驻4名兽医，并支援了进出厂消毒设施、体温测量设备，以及职工口罩、隔离服等防护物资。从1月30日到现在，日均宰杀生猪200头，可基本满足本县各大商超需求。

随着山东部分食品企业陆续复工，民众生活所需得到保障。滨州中裕食品有限公司总经理张志军说，公司旗下的生猪养殖屠宰车间、蔬菜基地、便利商超目前正常运营；面粉、面条生产车间正在全力生产；15家快餐店暂时转型为便利超市，保障米面粮油肉菜供应。"目前，我们不仅满足了本市市民的需求，也确保了省内外其他合作超市货源充足，上海、北京很多超市自派车辆前来公司采购货物。"

山东省发展改革委介绍，目前，山东省米、面、油、肉、蛋、菜等货源丰富，可保证市场供应，商超购销衔接有序，主要生活必需品市场运行平稳，交易秩序良好，预计后期民生商品价格将平稳运行。

中国司法机关依法从严惩治疫情防护用品犯罪

新华社济南2月26日电（记者杨文、吴书光） 日前，山东首例涉疫情网络诈骗案审结。山东省德州市德城区人民法院通过远程视频开庭审理了一起涉疫情口罩网络销售诈骗案。被告人朱某某被判处有期徒刑6个月，并处罚金2000元。从法院立案到最后宣判，仅用时48小时。

"这体现了中国司法机关对于涉及疫情防护用品犯罪严格依法从快处理、有力维护法律实施和法律权威的坚决态度。"九三学社中央法律专门委员会委员、山东公孚律师事务所主任于加华说，司法机关依法从快办理，有助于有力打击涉及疫情防护用品的违法犯罪行为。

新冠肺炎疫情发生以来，中国上下万众一心、众志成城，但也有极少数人囤积居奇、制假售假，用违法犯罪手段敛财。

为此，2月10日，中国最高人民法院、最高人民检察院、公安部、司法部印发《关于依法惩治妨害新型冠状病毒感染肺炎疫情防控违法犯罪的意见》，对制假售假、哄抬物价犯罪进行明确。最高人民检察院检察委员会副部级专职委员万春表示，要依法严惩生产、销售伪劣医用器材、防护用品，以及囤积居奇、哄抬物价犯罪，维护正常经济秩序。

依据《意见》，中国多地快办、快审、依法从重惩处相关案件。2月21日，安徽省长丰县人民法院24小时内审结一起口罩诈骗案，被告人被判处有期徒刑5年；同日，广西柳州市审理一起口罩诈骗案，判处被告人有期徒刑3年6个月，自法院立案到宣判用时不到3小时。

中国多地公安机关则以打击制售假劣口罩犯罪为重点，同时紧盯制售护目镜、防护服、防护手套、卫生消毒用品、病毒抑制药品等产品，快速侦破了一批大要案件，查获了一大批不符合质量标准、没有任何防护作用的假劣产品，形成了对相关违法犯罪活动的严打震慑态势。

2月6日，山东省临沂市兰山公安分局红埠寺派出所接到报警称"在临沂买到假口罩"。警方成功抓获嫌疑人，并查获假冒口罩8万余只，

德城区法院公开宣判"口罩诈骗"案，判处被告人朱某某有期徒刑6个月。（德城区法院供图）

兰山公安分局红埠寺派出所破获售卖假口罩案。（涂玉龙摄）

总涉案价值达 20 余万元。嫌疑人已被刑拘，案件正在进一步侦查中。红埠寺派出所所长续涛说，在当前疫情防控的"特殊时期"，制售假劣口罩性质更为恶劣，有可能严重危害群众身体健康。

在 26 日上午召开的国务院联防联控机制新闻发布会上，中国公安部副部长杜航伟表示，截至目前，已侦破制售假劣口罩等防护物资案件 688 起，抓获犯罪嫌疑人 1560 余名，查扣伪劣口罩 3100 余万只，及一批防护物资，涉案价值达 1.74 亿元。

2 月 11 日，最高人民检察院对外发布首批 10 个妨害新冠肺炎疫情防控犯罪典型案例。该批典型案例共涉及抗拒疫情防控措施、暴力伤医、制假售假、哄抬物价、破坏野生动物资源等七类犯罪，其中就包括依法严惩制假售假犯罪。

"当前新冠肺炎疫情防控正处于关键期，涉及疫情防护用品的犯罪，严重影响整个疫情防控工作的大局。在特殊时期，司法机关依法严惩此类犯罪行为，为有效防控疫情和稳定社会秩序提供了坚强的司法保障，真正实现了办案的政治效果、法律效果和社会效果的高度统一。"山东大学法学院教授胡常龙说。

勇做"挑山工" 夺取"双胜利"
——山东统筹推进疫情防控和经济社会发展纪事

2月29日

新华社客户端济南2月29日电（记者潘林青） 精准抓好疫情防控、全力做好患者救治、加快完善公共卫生体系，落实国家宏观政策、推动企业复工达产、加快重点项目建设，确保重点农产品供应、释放"宅经济"发展潜能、加快培育新经济增长点……28日，山东省委、省政府统筹推进疫情防控和经济社会发展工作的"52条意见"正式出台。

27日，山东省委、省政府召开省、市、县、乡2万余名干群参加的视频会议，对统筹做好疫情防控和经济社会发展工作进行大动员、再部署。省委书记刘家义号召全省干部群众认真落实习近平总书记重要指示和党中央决策部署，勇做新时代泰山"挑山工"，将疫情防控和经济社会发展"一肩挑"，坚决打赢疫情防控的人民战争、总体战、阻击战。

宜将剩勇追穷寇 坚决彻底驱毒魔

近日，在山东省临沂市人民医院多日精心诊治和护理下，郑某某、杜某某2名新冠肺炎确诊患者顺利出院。医护人员送上鲜花，祝贺他们康复出院。

"谢谢大家的关心。最想感谢的是临沂市人民医院的医生和护士们，是他们冒着生命危险把我们从死神手中拉了回来。"走出负压隔离病房，郑某某手捧鲜花激动地说。

新冠肺炎疫情发生后，山东着力抓好"防输入、防扩散"工作，启动环鲁防控圈查控，开展"地毯式"排查，做到县不漏乡、乡不漏村、村不漏户、户不漏人，累计摸排140.5万人次，随访登记19.8万人，核酸检测16.55万人次，做到"早发现、早报告、早隔离、早治疗"。

山东省委、省政府把人民群众生命安全和身体健康摆在首位，要求各级集中优势资源力量，确诊病例及疑似病例一律在定点医院进行隔离治疗，2月13日起全部集中到10所条件最好的医院救治，全力提高救治成功率。

截至2月26日24时，山东新冠肺炎患者累计确诊病例756例，治愈出院381例，占50.4%；重型、危重型病例69例，50例已明显好转，占72.5%。

城市社区和乡村是疫情联防联控的第一线。山东着力抓好联防联控、群防群控，发动省、市、县、乡四级机关干部，组织26.3万名退役军人、1.5万名青年志愿者、1800支青年突击队，深入一线开展防控，汇聚起全员防控、全面防控的强大力量。

"当前，疫情防控工作到了最吃劲的关键阶段，山东疫情防控形势依然严峻，任务依然艰巨。"山东省卫健委主任袭燕说，山东持续织密防控网，围绕压紧压实防控责任、实行差异化分区分级精准防控、从严抓好城乡社区（村）管理、强化重点人群重点场所管理等方面，采取了更加明确、更加细致的15条防控措施。

全国一盘棋，鲁鄂一家亲。湖北缺什么，山东就送什么。1月31日，山东能源新华医疗的厂区内，2辆满载医疗消毒产品的大货车奔着武汉方向疾驰而去。车上装载的是12000瓶手消毒液、70套空气消毒机等战"疫"物资。

"疫情发生后，我们集中力量、加班加点，连续24小时不间断生产，医疗物资产量比以前提高了3倍，尽最大产能支援湖北防疫。"山东能源集团党委书记、董事长李位民说。

目前，山东已陆续派出援助湖北医务人员12批次、1743人，累计发往湖北等地口罩2164万多只、防护服30万多件、防护面罩38万多只、护目镜13万多副、消杀用品2800多吨，捐赠蔬菜、水果等农产品3700多吨。通过红十字会和慈善总会，累计向湖北捐赠款物7.4亿多元，其中省级领导带头的省本级捐款达2.11亿元。

全力增援湖北，对口支援黄冈。山东还在黄冈成立由省委副书记杨东奇任指挥长、副省长孙继业任副指挥长的前方指挥部，并成立了临时党委，靠前指挥，加强领导。

复工复产不放松　化危为机促增长

2月5日晚，山东德州下起了大雪。这里的"山东有研半导体大尺寸硅材料规模化生产项目"建设现场却是一片火热，40多名工人正在紧张忙碌着。

"目前，主体厂房的结构都已封顶，内部二次结构也基本完工，计划在3月底进行生产设备的搬入。"山东有研半导体材料有限公司副总工程师肖清华说。

2月3日，山东省委就对统筹抓好经济社会发展做出部署，成立经济运行应急保障指挥部，制定加快企业和项目复工复产的具体措施。

一批企业全力加大口罩、防护服等生产力度。日照三奇公司负责人累倒在工作岗位上，将紧急生产出的2万多件防护服连夜发往武汉；潍坊、日照、菏泽的企业，从自己车间拆卸设备，连夜运往枣庄康力公司支持生产……短短1个月，山东口罩产量提升3倍多，医用防护服产量提升6倍多。

同时，裕龙岛炼化一体化、山东重工绿色智造产业城、潍柴数字化动力产业基地等重大项目开工建设，一批重点项目加快推进，为经济发展积蓄了后劲。目前，山东规模以上工业企业复工率达到97.2%。

补短板就是挖潜力，强弱项就是增后劲。泰山学者、山东省社科院二级研究员张卫国说，此次疫情暴露出山东公共卫生设施、应急能力建设、物资储备体系等方面存在一些短板弱项，这实际上也是潜力和后劲。

为补短板、堵漏洞、强弱项，山东已初步规划重点项目270多个，包括建设三大传染病防治中心、培育医疗龙头企业和产业链、推进疫苗医疗研发生产等，总投入近9000亿元，目前正加快推动实施。

疫情对经济发展带来了冲击，同时也孕育着新的"风口"。"山东省委、省政府出台的统筹推进疫情防控和经济社会发展的'52条意见'，覆盖面广、含金量足、可操作性强，为我们基层工作指明了方向，也为统筹经济社会发展注入了强劲动力。"27日参加视频会议的胶州市洋河镇党委书记宋振祥说。

山东省委、省政府明确，下一步山东将重点围绕医养健康、5G网络、人工智能、线上消费等加快产业和项目布局，培育催生一批新经济模式。同时，加快工业互联网、智能城市等基建项目发展，着力构建"云数智"一体化生态系统，并发展无人零售、服务型机器人等新业态。

稳价保供必需品　统筹抓好民生事

最近，为防控疫情，临沂市兰陵镇公庄村村民孙晋月一直"宅"在家里。虽然没有外出买菜，却吃喝不愁，享受着和城里一样的"外卖"服务。不同的是，送"外卖"的不是快递小哥，而是当地的党员干部和群众志愿者。

"防疫期间虽然不能出门，但生活上没有感觉到困难。不管白天还是晚上，想吃啥了只要打个电话，就有人免费送货到家，米面菜肉都不缺，真方便。"孙晋月说。

目前，山东各地生活秩序正在逐步恢复。在济南经四路万达广场的超市中，肉蛋奶、米面油、蔬菜、水果等生活必需品摆满了货架，顾客在门口接受体温测量，体温无异常便能有序进入。

"超市里不仅品种多，而且价格也便宜，日常生活基本没受影响。"济南市市中区林祥南街一名正在购物的居民说。

越是疫情防控的关键时期，越要扎实做好民生工作。疫情发生以来，山东出台了一项项"真金白银"的惠民政策：

省财政拿出2亿多元补贴，及时调拨储备物资，加大粮食、蔬菜、肉类、蛋奶等生活必需品稳价保供力度，确保群众基本生活需求；

强化对鳏寡孤独残等特困群体的救助，决不允许出现因疫情导致困难群众无人照顾的问题；

盯紧决战脱贫攻坚，完善防止返贫有效机制，强化即时帮扶措施，扎实做好因疫情致贫、返贫农户的帮扶工作；

落实援企稳岗政策措施，统筹抓好高校毕业生、农民工、困难群体就业；

聚焦教育、医疗、社保、养老、居住、环境等方面突出问题，扎实办好一批民生实事，真正让老百姓满意；

……

"沧海横流显本色，大事难事显担当。"山东省委书记刘家义说，各级干部必须统筹推进疫情防控和社会发展，两副担子一起挑，两手抓、两手硬，奋力夺取疫情防控和经济社会发展"双胜利"。

2月29日

"笔尖"上战疫情：将中国预防措施翻译给全世界

中国石油大学（华东）外国语学院副教授朱珊正在给学生上课。（中国石油大学供图）

新华社青岛2月29日电（记者张旭东） 面对新冠肺炎疫情，中国石油大学（华东）外国语学院副教授朱珊和合作伙伴展开了一场"笔尖"上的疫情"抗击战"，将中国在疫情预防等方面的处置措施，翻译给全世界。

武汉市疾病预防控制中心组织专家紧急编写的《新型冠状病毒肺炎预防手册》一书，由中国工程院院士钟南山作序，湖北科学技术出版社出版。电子版一经推出便成为"网红"，点击率超过5000万人次。

"中国是最早的疫情暴发国，我想中国对疫情的认识、治疗和预防措施，对其他国家和地区肯定很有借鉴意义。"专注于医学翻译研究方向的朱珊说，"我们有责任主动将这本书的翻译工作承担下来。"

与编译合作伙伴沟通后，朱珊向中国翻译协会主动请缨。在翻译过程中，朱珊和团队伙伴遇到很多问题。比如，病毒的名字有不同的英文说法，仅这个问题，编译团队就同原书作者反复讨论了10余遍，做了多次修改。

"上下文之间存在必然联系和逻辑关系，在翻译时，无法实现上下文一致和逻辑衔接的译文，无疑就是失败的译文。"朱珊说，书中有80多处内容在英语语境下很难找到对等表达，都需要反复推敲和讨论，否则就容易让英语读者找不到上下文逻辑关系。

例如，原文中有一句话："不要吃未经检疫的野生动物和生鲜食品，比如在路边售卖的肉食，不要为了尝鲜而冒险。"路边售卖的肉食是生食还是熟食？尝鲜指的是什么鲜味？在英汉两种语境中，此类表达差异较大，再加上饮食习惯差异，如果直译，会给英语读者造成困惑。

朱珊和合作伙伴结合多年的翻译实践经验，经过反复推敲、讨论、修改，采取多种翻译策略，尽力保证译文与原文在语义上的一致性。

"小到词汇的选择，大到疫情最新进展的录入，在科学事实面前，容不得半点儿马虎。"朱珊说，"只要有不同看法，我们就会马上停工，认真讨论。"

KN95 和 N95 口罩有什么区别？临床上怎样识别新冠肺炎病例？解除隔离和出院的标准是什么？……随着翻译工作的持续深入，这些原本陌生而专业的问题，也渐渐在朱珊脑海中清晰起来。"我们开玩笑说，译完这本书，自己也能算上'半个大夫'了。"她说。

据了解，《新型冠状病毒肺炎预防手册》英文版已收到来自俄罗斯、西班牙、德国、新加坡、菲律宾、泰国、印度尼西亚等国家和地区的 11 家出版机构的出版合作意向。

中国石油大学（华东）外国语学院副教授朱珊与编译团队的微信群截图，他们凌晨 1 时 40 分还在讨论。（中国石油大学供图）

3月3日

山东巨野：村民"错峰"下田 900亩芦笋免受损

新华社济南3月3日电（记者闫祥岭）"既要做好疫情防控，同时也不能怠慢了好不容易发展起来的产业。"山东省巨野县龙堌镇后董西村党支部书记董东亮说。

董东亮所说的产业，是已在当地形成较大种植规模的芦笋产业。依照芦笋生长习性，芦笋封土的田间管理在半个月前就应该完成。但因为受到疫情影响，这项当地农民眼中非常重要的农活，一直延期到现在。

人误地一时，地误人一年。村民们看在眼里、急在心里。为了保障芦笋种植户一整年的收入，村干部们根据村里实际情况，决定利用2天时间，让种植户们"错峰"下地，分批次对芦笋进行田间管理。这样既顾得上农业生产，又能尽量减少人员聚集，降低疫情传播风险。

"村里统一采购化肥等农资，统一进行技术指导，让大伙儿把芦笋管理好。"董东亮说。

村民董青军抓住了这个有利时机。他告诉记者，村里不仅统一采购肥料，还把肥料给送到了地头上，"村里的大喇叭下了通知，让抓紧时间进行田间管理，我2亩地的芦笋，一天就能忙活完"。

后董西村原来贫困户较多，在900多亩芦笋产业的带动下，农忙时节，村民每月可增加务工收入1000余元，很多贫困户也因此摘掉了穷帽子。

对比小麦、玉米等粮食作物，芦笋的经济价值更高，种植1亩地的芦笋能让群众增加6000余元收入。针对部分不能外出务工的贫困户，当地扶贫部门和村干部一起，积极引导，组织技术能手帮扶他们种植、管理，联系采购商统一采购，有效解决了贫困户脱贫增收的问题。

目前，后董西村及其带动的周边后董东、鹿楼、郭庄等村的芦笋种植总规模达到2000余亩，126户贫困户通过种植芦笋实现了脱贫。

快速进行的芦笋春季田间管理，为当地种植户吃下了丰产定心丸。种植户董立林一边用铁锹封土，一边告诉记者："往年的产量都在三四千斤，能收入1万余元，今年虽然赶上疫情，没能及时封土，但也差不哪儿去。"

3月3日

县干部上网当起了"卖货郎"

新华社济南3月3日电（记者邵琨）"把平时打招呼常说的'你好'改为'宝宝们好'……"距离直播开始还有10多分钟，已在区县工作10多年的山东省惠民县委书记殷梅英第一次走进淘宝直播间，她正在向直播"网红"取经，跟着主播学习如何与网民互动交流。

晚上8点，直播开始。"宝宝们，这是我第一次参加直播，确实有点儿紧张。"殷梅英模仿着主播的样子，在淘宝直播间里向网友推荐当地产品。

"这香酥梨符合欧盟标准，甘甜、水分大。"殷梅英与主播首推的梨原本只准备了300份，但很快被抢光。殷梅英不得不又增加了100份，然后又被抢光。随后，蒲公英、咸菜等都成了她的推销产品。

受新冠肺炎疫情影响，惠民县的一些农副产品遭遇销售难题。为此，惠民县在全县开展全民直播活动，县委书记带头，各县级领导、各部门单位的主要负责人都参与其中，为百姓站台服务。

在当晚2个小时的直播中，殷梅英在淘宝直播间帮当地农民和企业卖出香菇2万斤、梨2万斤等。殷梅英说："线上交易受众更广泛，能避免人员聚集和接触式交易，规避了疫情感染风险。通过这种方式也能快速提升农产品的知名度，帮助农民增收，这也为我们抓好脱贫攻坚工作找到了一个抓手。"

山东是农业大省，受新冠肺炎疫情影响，多个县区的农产品一时出现卖难问题。山东多个县的干部走入网络直播间，为农民义务销售农产品。

商河县副县长王帅在全国有不少粉丝。在抖音等网络平台，有粉丝留言问，"这个被耽误的吃播主播，真的是副县长？"他的走红源于一次推销当地扒鸡的网络直播。32秒的视频里，王帅模仿电商主播李佳琦，喊出"所有女生"，语气表情夸张，语言诙谐幽默。"好看到无法呼吸，天呐，上头，好想吃一口……"

前些天，他又将淘宝直播间设在了农民的大棚里。"我又来为大家种草了""我先吃为敬"……一串串网络语言让当地农民生产的萝卜、扶郎花、豆皮等通过网络，走入千家万户。王帅说："我是商河人民的小货郎，要把商河农民生产的好东西推荐给更多网友，让更多人知道。"

3月 3

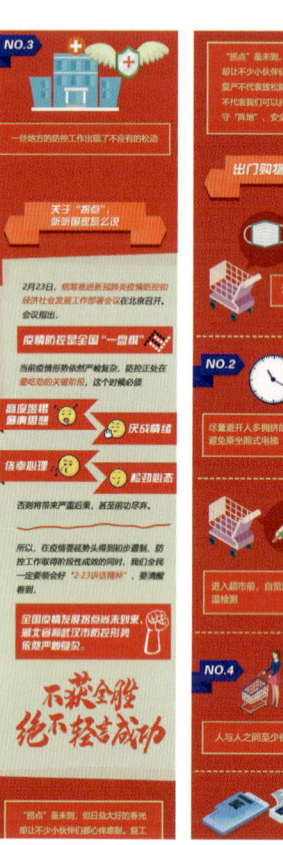

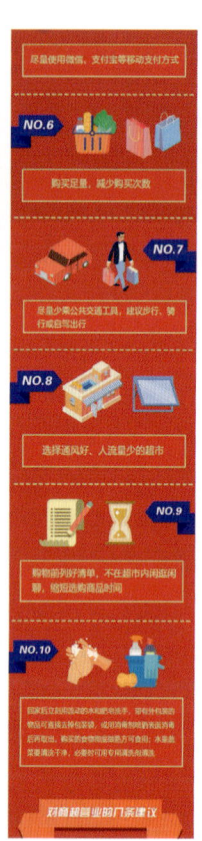

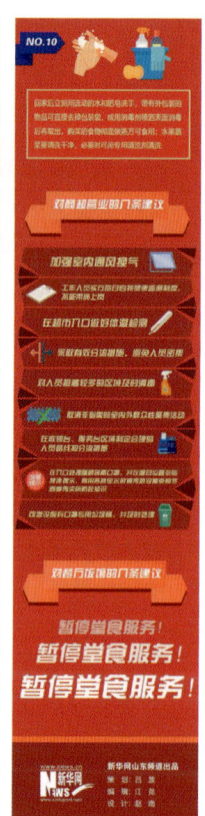

图解 / 疫情拐点尚未到来 心理拐点必须打住!

策划：吕放
编辑：江昆
设计：赵南
出品：新华网山东频道

3月7日

山东淄博："第一村医"为乡村防疫"守门"

新华社客户端济南3月7日电（记者陈灏） "你天天在大喇叭里喊不让串门，自己还总往我这儿跑！"日前，在山东省淄博市淄川区田庄村，当张德梁走进71岁的贫困户王绍林家时，老人一边"抱怨"他出门太多，一边热情地搬来椅子。

张德梁是淄川区医院医师，也是田庄村的"第一村医"。2017年11月，淄博市针对偏远乡村医疗力量薄弱、医疗服务供给水平低的问题，推出"第一村医"工作机制，分批次将城市医院的优秀医生派驻到乡村开展帮扶工作。去年10月，张德梁作为第五批"第一村医"被派驻到田庄村。

中国农村医疗防护能力相对薄弱，新冠肺炎疫情发生以来，"第一村医"成为偏远农村的防疫"守门人"。

每天，张德梁在广播里给673名村民讲授防疫知识，对重点地区消毒，巡访抵抗力差的老人和病人，并进行日常的出诊和送药，一天下来体力几乎耗尽。

王绍林完全丧失劳动能力，平时依靠邻居轮流上门照顾。为给村民们做不串门的表率，疫情防控期间，张德梁主要通过电话问诊，但对王绍林等8位重点老人，他坚持每天上门巡诊一次，确保他们能够以相对理想的身体状态顺利渡过难关。

张德梁说，为减少不必要的人员进出导致的防疫风险，疫情防控期间，村里人员进出受限，村内串门拜访也被劝阻。一些高血压、糖尿病等慢性病患者和独居老人得不到周全的照顾，他必须多留心，确保老人们的健康不受影响。

和张德梁一样，淄博市其他在任的"第一村医"今年全部放弃春节假期，返回农村支援防疫。一些已经结束派驻期的"第一村医"也再次前往曾经服务的村子巡诊。

从淄博市博山区城镇卫生院出发，抵达独居老人吴光军家，"第一村医"谭国昌需要驾车30分钟，随后在山路上步行40分钟。那里的村民在近年的城镇化建设中陆续搬离，只有吴光军舍不得一片山林，独自留守。

"只要身体好，病毒不来找！"再一次上门时，谭国昌告诉吴光军，良好的身体状态是抵御新冠肺炎的最佳防线。他给吴光军做了例行检查，还送上了抗病毒药品、日常使用的降压药、胃药，以及蔬菜、面粉等生活物资。

谭国昌说，每个人都是疫情防控的关键变量，没有谁不值得重视。

"第一村医"来自权威的医疗机构，受教育程度和专业技能都比较高。高超的医术和亲民的作风，使他们受到了村民的信任和爱戴，成了防疫"主心骨"。

已结束派遣期却又临时返村的"第一村医"陈起帅介绍，农历大年初二（1月26日），他在淄川区岭子镇林峪村劝阻了一处牌局。在向大家解释疫情的严重性和防疫的重要性后，村里威望最高的81岁老人石四远听完一挥手："俺们不懂啥是新冠肺炎，但俺们知道能叫陈大夫大老远赶过来，这事肯定小不了。俺听您的，都散了！"

"如果没有张德梁医生，我们还真不知道怎么防疫。"田庄村党支部书记田同宾说，田庄村地处大山深处，没人有防疫理论或者经验。张德梁到村里之后，教导村民"安心宅在家、口罩随身带、院子伸伸腿、喇叭听健康"，组织村里的3名返乡人员做好隔离。"张医生在，我心里就有底。"田同宾说。

淄博市淄川区太河镇石安峪村是省级贫困村。村干部单成忠说，"第一村医"支援了当地疫情防控最后的、也是最薄弱的"一公里"，成为基层科普防疫知识、消毒、筛查发热患者等工作的骨干力量。村里疫情防控有序不乱，大家有信心战胜疫情、不误农时。

淄博市卫生健康委主任宋晓东介绍，淄博市有390名"第一村医"仍坚守在农村防疫一线，其中289人已经结束派遣期却又临时返村。1个多月来，他们坚守在农村，累计为流动人员实施健康检测26028人次，参与医学隔离密切接触者643人，向上转诊247人，为当地控制农村感染人数发挥了关键作用。

一级响应 闻令而动

3月 8

青岛李沧：筑牢疫情防控期间百姓健康防线

新华社客户端青岛 3 月 8 日电（记者李紫恒）"太感谢你们了，疫情防控还坚持为我们提供上门服务，真是解除了我们的后顾之忧。"海怡新城的李大爷老伴儿感慨道。原来李大爷患有高血压、糖尿病、骨关节病，两年前因脑梗后遗症生活不能自理，在沧口中心办理了家庭病床，日常有专门的医护人员定期上门巡诊、送药等。

8 日，记者来到李沧区沧口街道社区卫生服务中心，从大门口的预检分诊到一对一问诊服务，患者问医取药都规范而有序。沧口中心党支部书记胡丹告诉记者，随着复工复产推进，他们一边落实疫情防控，一边坚持健康服务，在"两手抓"的基础上，开展了"隔离病毒不隔离关爱与服务"等惠民服务，切实履行"健康守门人"的职责。

据介绍，该中心疫情防控期间，家庭病床服务理应暂停，但他们为解决不能自理的家庭病床患者的刚性需求，在做好防护、确保安全的前提下，组成家床巡护队，主

3 月 8 日，居民在沧口中心门口等候预检分诊。（李紫恒摄）

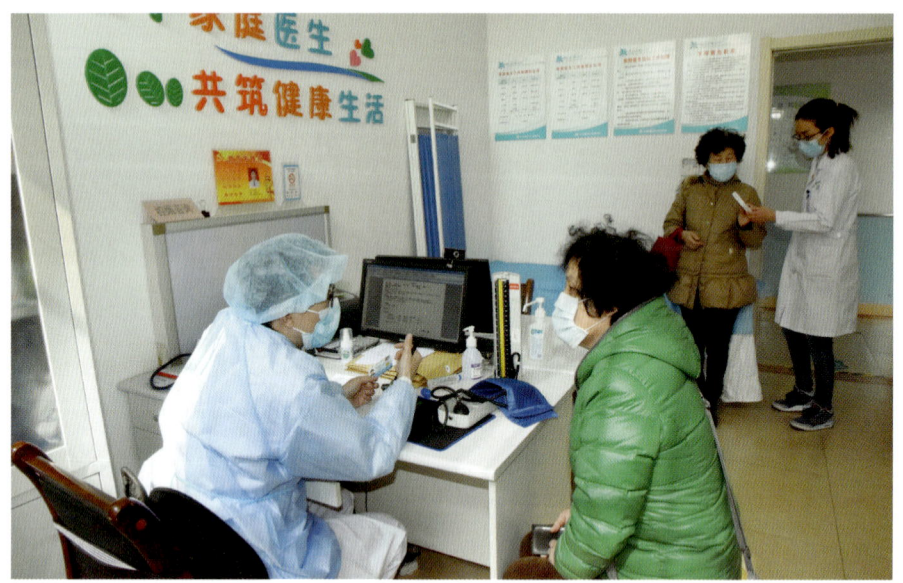

3月8日，居民在沧口中心就诊。（李紫恒摄）

动为患者提供上门送药、居家护理、入户巡诊等家庭病床服务。让辖区的家庭病床患者在疫情特殊时期一如既往地享受到高效、优质的诊疗服务。

为应对疫情，沧口中心调整改进了服务流程。强化每个环节的防护措施，实施"五步工作法"无接触预检分诊，同步语音温馨提示，增强居民主动配合"无接触"预检分诊的意识。坚持"早发现、早报告、早隔离、早治疗"的原则，仔细询问患者近期流行病学史并做好病例排查登记工作，做到科学、有效、规范分诊。

作为居民身边最亲近的"健康守门人"，家庭医生"隔离病毒不隔离爱"，持续提供基本医疗卫生服务。对签约居民定期进行电话随访，掌握其身体健康状况并给予关怀，利用信息化渠道提供远程问诊、用药咨询等服务，必要时提供上门巡诊服务，确保"签约一人、服务一人、满意一人"。

为更好地服务辖区3000余名慢病居民，中心还开展了无接触慢病随访机制，结合家庭医生签约服务，远程督促患者居家测量血压和血糖，让他们少跑腿、少出门、少接触，做好自我防护。而对辖区慢病患者及特服家庭等特殊群体，则提供延长处方、健康监测及送药上门等服务，让居民在特殊时期仍可享受到便捷、优质的医疗服务。

"作为基层医务工作者，我们的初心和使命就是为百姓谋健康，当好百姓的健康卫士。在百姓最恐惧无助的时刻、在百姓最需要我们的时刻，我们应该给予他们最安心的守护、最温情的服务。"胡丹说。

一级响应 闻令而动

3月8日，沧口中心为辖区居民建立起了健康档案。（李紫恒摄）

3月8日，医生杨同亮（左）和护士王宁来到社区上门巡诊。（李紫恒摄）

青岛共青团：积极开展爱心助农销售活动

新华社客户端青岛3月12日电（记者李紫恒） 11日，青岛交运集团的生鲜配送车，从青岛市平度白沙河街道后滕家村将2车新鲜蔬菜拉回了市区，并根据"交运易购"电商平台前期的售卖情况，当天下午便按需配送到市民家中，打通了滞销农产品从田间地头到市民餐桌的"最后一公里"。

疫情发生以来，针对部分区市存在的农民卖菜难、市民买菜难这一情况，青岛共青团市委、青岛市青年联合会组织开展了"农民复产 青联服务"爱心助农销售活动。通过各区市镇街团委摸

3月11日，后滕家村村民在搬运芹菜。（李紫恒摄）

3月11日，青岛交运集团员工在帮忙装运芹菜。（李紫恒摄）

清滞销农产品底数，积极对接市大型商贸物流企业，通过电商平台对接销售生鲜农产品，建立起了"集中采购—整合菜品—网上直销—物流配送"的助农销售模式。

青岛团市委工作人员马俊秀告诉记者，当天交运集团在平度采购的蔬菜包括1300斤马家沟芹菜、1300斤水果萝卜、1000斤黄圆葱、1000斤土豆等，而这已经是交运集团本月第三次赴平度田间地头收购农民蔬菜，并拉回市区进行配送。

承担多次采购运送任务的青岛汽车总站，发挥了交运易购平台的运输优势，疫情期间上线了"非接触"式民生保障配送服务。汽车总站总站长姜式群介绍，抗"疫"助农爱心帮扶活动的开展，一方面为滞销的蔬菜种植户、海鲜养殖户、中小企业提供了需求对接平台，另一方面也让市民更加便捷地购买到优质的新鲜蔬菜。

截至目前，青岛交运集团、利群集团已经联系销售了青岛5个区、市11家农户的蔬菜、水产等9类农产品，并与郊区多家蔬菜专业合作社签订了生鲜蔬菜订购协议，初步达成3月份采购销售逾200吨优质蔬菜的意向，为农民复产增收、不误农时赋能助力。

据了解，青岛团市委、市青联还将持续深入推动爱心助农销售活动，深入了解乡镇、街道农产品生产企业和业户销售状况，与青岛市大型商贸物流企业合作，通过网络电商平台，组织消费者进行预订，并通过物流渠道实现农户、生产基地到消费者的生鲜配送，切实解决农产品滞销问题。

线下"防疫战士",线上"带货达人"
—— 一名博士副县长对"流量经济"的活学活用

《新华每日电讯》2020年3月20日（记者萧海川）

因为突如其来的新冠肺炎疫情,"网红主播"王帅的工作更忙了。有意思的是,这名"网红"的主业并非"主播",而是副县长。

3月8日,他在直播间里一坐就是2个小时,为网友带来山东济南商河县的特色产品,有商河红掌、仙客来等花卉,还有玻璃茶具、山鸡蛋、胡萝卜……在2个小时的直播时段,他吸引了13.7万名网友前来围观,仅花卉一项便售出1000多盆。

在2019年12月之前,"80后"王帅从未想过有朝一日自己会成为"带货网红"。

去年年底,一条推介本地美食的短视频,让他一夜之间成为万千网民关注的"公众人物"。在不到1分钟的视频里,身为山东济南商河县科技副县长的他,没有一点儿"形象包袱"。品尝起当地特色扒鸡时,颇有美食博主的风范。"所有女生们","你们的魔鬼来咯","买它",一串带货"行话"更是连贯而出。

2020年,受疫情影响,商河县有38万盆鲜花遭遇滞销。王帅化身主播再度亮相,为当地特色产品卖力吆喝,这才有了开头的一幕。

既是公务员,也是网络红人;既能下乡调研,也会直播带货;既要做好疫情防控,也不能忘了乡村振兴。一名基层干部习得新"十八般武艺"的背后,是一县一地对流量经济的尝试,更是当今中国正经历深刻变革的生动写照。

纾困自救,直播派上大用场

谈及去年那条让自己红透半边网络的视频,王帅坦言,2019年被看作互联网直播的元年,自己的走红并不是意外。"即便我不做这样的尝试,别人做了也会产生类似的效果。"他更看重的是农业物联网与网红经济的对撞融合,以及乡村振兴过程中的数字化探索——那次尝试让他所推介的当地特色烧鸡成了抢手货。

"别看视频不长,当时可是从下午1点拍到了傍晚6点。原想也就能拉动1000单销量,结果不到半个月就卖出去5万只,是企业往年6个月的销量。"商河县商务局局长白朝阳回忆说,那之后,企业为保证品质稳定、口感如一,主动删除了部分电商链接,来维持供需平衡。即便如此,从下单到发货的周期还是一度被延长到约10天。

如今,在微视、快手、抖音等短视频平台,有累计约10万名粉丝关注了王帅的账号——"黄河王小帅"。

"一名领导干部为当地优质产品带货代言,应该是天经地义的事情。像那家扒鸡生产企业,县乡各部门都去实地考察过，得到各方认可后才最终入选。"白朝阳说，王帅走红网络后，也有诸如"作秀""摆拍"等风言风语。但他认为，时间会证明干部做直播，到底是"假作秀"还是"真作为"。

金杯银杯不如口碑。打开王帅的带货视频，屏幕上跳出网友们的弹幕留言："这届领导干部不好当"，"可爱、好拼"，"正在找店铺"……戏谑中透着对王帅及其同事的肯定。

在此次战"疫"过程中，"网红县长"的带货效应同样发挥了不可替代的作用。新冠肺炎疫情突袭，在商河，陷入销售困境的不仅有鲜花，西红柿、凤梨萝卜、新香梨等农产品均出现积压滞销现象。

形势严峻，县里紧急成立"共同战'疫'，商河在行动"工作专班，由王帅牵头，到当地各个镇街开展实地调研。王帅和同事走遍了玉皇庙、贾庄、许商、白桥、郑路……先后收集、整理、拍摄防疫短视频约 30 个、滞销农产品短视频 20 余个，并将视频及时发布到各大平台。同时，他们也积极参与直播平台扶贫助农活动，通过直播带动积压农产品线上促销。带货短视频、网络直播俨然成为商河县纾困自救的新法宝。

乡村振兴，干部化身"店小二"

商河县的"法宝"得来不易，这条以流量经济促进乡村振兴的道路，是王帅及其同事一点点摸索出来的。

"我是 2019 年上半年才第一次见到王帅副县长，第一印象就是为人处世没有官架子。时间一长，还觉得他思维很敏捷。"宋刚在商河当地经营一家水培花卉公司，去年跟着县考察团到浙江学习现代农业。回来后，他便与网络直播结下了缘分。

宋刚把企业刚竣工的 4000 多平方米玻璃温室命名为"花卉电商展销中心"。除亭榭曲水、满眼绿意外，温室中还特意为直播辟出 100 多平方米的场地。这里每天都有三四个年轻人，为天南海北的网友直播多肉植物。

"去年七八月的时候，王帅副县长第一次直播多肉植物，就是在这里做的。他不仅自己直播，更多的是鼓励企业、年轻人参与其中。"宋刚说，这间温室已成为商河县培育直播达人的摇篮。初入行的年轻人在这里学习如何与网友互动、如何设置直播后台选项、如何与售后物流打交道，在对直播行业有了更多了解后，再去选择适合自己的直播门类。

从多肉植物、特色扒鸡到时令水果，王帅直

播带货的领域越来越广,像他一样的"商河县特产代言人"也越来越多。

2019年全年,商河县先后组织了16场大型直播活动。从"商河年货节·县长来了"到"孙集镇扶贫公益专场·镇长站台",再到"村播达人期中考""商河县村主任来了",这里已培育出40名专职进行直播带货的网红达人,此外,王帅等17名党政领导干部也会化身"店小二",走进直播间。

主动延期,"为民带货"停不下来

"我参加工作10年,他是第一位主动选择延期的挂职干部。从商河到城区不到100千米,可他有时候忙不开了,1周都回不了一次家。"商河县政府办公室工作人员张小龙说,作为分管商贸物流、招才引智的副县长,王帅的学识视野给他留下了很深的印象。同样一个展会、论坛等公务活动,王帅总能从中发掘出与众不同的工作要点。

作为山东省选派的挂职干部,2018年8月,王帅从派出单位山东省科学院情报研究所来到济南"北大门"——商河县,开始为期1年的挂职工作。2019年,临近挂职期满,他又主动要求再延长1年。

"之所以要留下来,主要因为1年时间太短,很多工作刚有了头绪,舍不得放弃。这2年,商河的发展势头也越来越好,自己觉得留下同样可以大有作为。"王帅这样解释道。

王帅负责全县商贸经济工作,协助分管通用机场项目、农村清洁取暖及科技工作。这些分管领域看上去不多,但做好哪一项都不容易。为做好农村清洁取暖,他走街串户实地调研;为提升全县科技工作水平,他发挥自身优势,延揽精尖人才。

"商河县的高科技企业从2018年的5家,增长到2019年的18家。企业渴望转型发展,但信息不对称制约了发展的脚步。"王帅说,2019年的"百名博士商河行"、设立院士工作站等活动正逐渐开出硕果,当地不少企业已与高层次人才签订了成果转化协议。

在采访中,同事们对王帅给商河带来的变化如数家珍,然而当问及是否了解副县长的家庭情况时,却少有人能答得上来。"这方面,他跟我们讲得不多。咱也不好意思多问。"张小龙说。

"妻子的预产期在今年5月份,产检等环节我也无法陪同。大娃平常在家,全靠双方老人照料。我带着一名研究生,还要指导其完成学业。"王帅说。这次挂职延期,让他和新冠肺炎打了一场"遭遇战",陪媳妇产检更成了奢望。但他不觉得这些称得上困难。"在商河工作的干部,有很多人比我还要艰苦。"

商河是个以秧歌、花海、温泉等著称的农业县。此前,当地的发展一度滞后;而今,借助电商与直播的力量,商河正逐渐走上赶超先进地区的快车道。

"希望能把这里打造成黄河以北优质农产品品牌的孵化地。"王帅和他的同事不愿让疫情成为商河加快发展之路上的绊脚石。疫情期间,在这位网红县长的带动下,商河县已经开展了9场直播活动,未来,王帅"为民带货"的主播生涯也将持续下去……

一级响应 闻令而动

3月 21

当银发老学生遇到网红云课堂

新华社客户端济南3月21日电（记者萧海川）

窗外阳光明媚，屋里余音绕梁。山东省济南市市民汤克礼准时坐在电脑前，全神贯注地听着屏幕里老师讲授美声独唱唱法。作为山东老年大学的学员，他如今也开始赶时髦——学会上网课。

"网课可是个宝。人在家里，就把课上了。真没想到有这么便利的技术。"双鬓已有些花白的汤克礼笑着说。他声音洪亮，让人想不到他已经71岁了。3月份以来，汤克礼每周通过云课堂学习3—4节课，每节课约1个小时。课后，他还要根据老师的要求，将自己的练习片段上传到学习平台。

汤克礼说，自己过去上课，还要骑30分钟电动车去学校，如今不仅省去往来奔波，还能得到老师一对一的作业点评，教学内容还能在电脑实时回看，方便极了。"我的声乐课在网上学，老伴的摄影课也在网上学。"汤克礼告诉记者，自己上小学二年级的小孙子也在上网课，而且祖孙俩用的还是同一个直播平台。

"2月中旬我接到学校通知，学校提议改成网络授课。刚开始，我心里没底，毕竟从未做过直播教学。"周峻在山东老年大学兼职瑜伽教师已有12年了。她今年春季学期的课，按照原定时间，全部搬到了网上，1节课都没有落下。

为了上好网课，周峻没少费心思。瑜伽课直播，需要活动空间。周峻一家三口就搬桌挪柜，腾出房间一角。网络直播最怕冷场，为此，周峻就特意准备暖场词，用富含诗意的语言帮助学员尽快进入状态。为了满足上镜需求，她还精心搭配色彩明亮的衣着，让学员看清动作要领。

安顿好屏幕这边，还要忙活屏幕那边。周峻负责的5个班，有170多名学员，年龄在55—70岁之间，被周峻亲切地称作"大姐们"。有的

古筝线上教学。

舞体线上教学。　　　　　　　　　　　　线上互动交流截图。

学员不会使用直播软件，甚至连智能手机都用不利索，周峻就打电话联系家属一起教。有位"大姐"学了几遍之后，终于在手机上看见周峻的面庞、听见周峻的声音，自豪地说："我也能跟上时代的节奏了。"

"我们原定3月2日开学，有730多个教学班，约2万名学员。其中90%的学员岁数在60—80岁。"山东老年大学教务处处长邹春香说，目前已有580多个教学班进行网上授课，获得学员们的广泛好评。待正常开学后，学校线下教学会照常进行，并采取多种手段保持教学进度。

这样的技术红利，在以往是难以想象的。在邹春香工作的第一年，也就是2003年，非典疫情让学校不得不延期半年开学。2020年，面对来势汹汹的新冠肺炎疫情，移动网络和智能手机、平板电脑等电子设备的普及应用，则打破了教与学的时空限制。无论是音乐、舞蹈，还是摄影、布艺，课程内容都能通过屏幕清晰呈现。

"这一尝试，既让老年人居家学有所得、心有所安，也让教师队伍得以稳定与发展。"邹春香说，老年人同样有着融入社会、求索新知的渴望，时兴的云课堂让银发老学生得偿所愿。

创办于1983年的山东老年大学，是中国第一所老年大学。目前，学校建有5个校区、6所分校，设有5个学院、1个艺术团。山东老年大学校长吕德义说，在晚年时光结交新友、学习新知，是老年教育的初心。学校将统筹发挥线下教学与空中课堂的优势，更好地实现"养德、养心、养志、养能"的办学目的，让更多人拥有更有价值的晚年岁月。

3月 24

山东做实党员党组织"双报到" 基层有了更多"娘家人"

新华社济南3月24日电（记者萧海川） 新冠肺炎疫情发生以来，防控值守、人员摸排、宣传引导、物资发放、环境整治等工作叠加，令基层人手愈加捉襟见肘。山东通过抓好"乡呼县应、街呼区应"机制，以党员党组织"双报到"活动为载体，让一线干部有了更多"娘家人"。

3月22日，山东济南又迎来一个春光明媚的周日。36岁的李强，无暇欣赏春景，正忙着为申请社区出入证的群众办理登记。身为济南市历下区民政局干部，他与同事春节没过完，就来到单位对口报到的文化东路街道建达南苑社区，成为一名坚守在社区防疫一线的"编外人员"。

"您好，麻烦出示一下身份证和健康码。如果是租户，还请出示相关证明。"测量体温、核对证件、登记资料，办理出入证的流程，李强已熟稔在心。见到社区党委书记邹丽凤走过来，他打了声招呼问："书记，咱今天居家隔离的住户有什么需要帮忙的吗？"

从事社区工作整20年的邹丽凤说，前些年社区就与上级行政部门进行了对接。1月底以来，报到干部的报到频次更从以往每周一次变为每天排班到岗。历下区民政局还及时为社区协调医用酒精、消毒液、防护口罩等物资，给大家吃了"定心丸"。

建达南苑社区有2万多名居民，其中90%属于外来流动人口。平日里，面对高频次的人员流动，6位社区工作人员本就有些吃力，疫情来袭更是吃紧。"要是没有报到干部帮忙，我们根本不可能1周内完成入户调查，更不要说腾出手来解决群众日常所需。"邹丽凤说。

不计脏、不计累、不讲条件，哪里需要就去哪里，这是社区对报到干部的评价。李强却说，这段与社区共坚守的经历，让他深切体会到社区干部的不易。"我们还能排班轮换，他们是天天忙。有时候凌晨两三点，还要去接返济人员。"

不止建达南苑社区，记者了解到仅济南市历下区，就有来自662家省（区、市）部门单位党组织的7万余名党员，向88个社区报到。党员党组织"双报到"，让各类资源精准对接社区需求。去年 12 月启用的"泉心愿"线上服务平台,成为"民有所呼、政有所应"的信息中枢,在物资调度、志愿者招募、纾困解难中作用显著。

在山东全省,2 万多个单位党组织、112.8 万名在职党员已即时到社区报到,全力以赴投入社区疫情防控工作。滨州市的报到党员成立"党员代购队",对有需要的居民提供"代购跑腿""保姆式服务"。济宁市的报到党员自备防护用具,自行解决就餐、交通问题,在小区搭值班帐篷,不给基层添麻烦。

德州乐陵市的 116 个机关企事业单位的党员干部,已下沉到当地 9 个社区、156 个共驻共建小区。大年初二（1 月 26 日）当天,156 支党员先锋队、4000 余名党员干部闻令集结,由领导班子成员带队进小区、进卡点,迅速投入疫情防控工作、参与基层应急值守。党员先锋队还为共驻共建小区筹集近 3 万只口罩、2000 公斤消毒液、600 余件测温设备。

"持续深化'双报到'机制,引领各级党组织与共产党员以实际行动践行初心使命与责任担当,让党旗在疫情防控一线高高飘扬。"淄博市淄川区委书记李新胜说,当地统筹 78 个部门单位的资源力量,全部下沉至 145 个老旧小区和 53 个村改居社区。党员的积极作为,更带动了 600 余支志愿服务队伍、3 万余名志愿服务者。

一个个数字背后,是一个个共产党员坚定前行的身影。有的党员为了不让家人担心,故意隐瞒自己到社区的工作细节,即便再三消毒,也会有意回避自己的小孩;有的党员年前遭遇右臂粉碎性骨折,本应居家静养,却主动向所在社区报到请缨,打着石膏、吊着绷带坚守一线 40 多天。

57 岁的曲洪利,是烟台市国有土地房屋征收补偿中心的一名党员。疫情发生后,他主动放弃休假,带头组建了 14 人的报到党员志愿服务队。每当社区居民见他过于劳累想搭把手时,曲洪利总说:"我接触的人多,不要离我太近,这点儿活儿我干得了。"

"这些'双报到'的干部,就像我们的'娘家人'。"邹丽凤说,近年来,社区的难题有人帮忙解决、社区的呼声有人耐心倾听,社区与各级党组织靠得越来越近、心越来越齐,大家都在为更美好、更安全的生活努力向前。

山东推广分餐制

为指导餐饮服务单位落实好新冠肺炎疫情防控措施，保障餐饮食品安全，山东省近日发布《餐饮业分餐制设计实施指南》，积极推广分餐制，指导餐饮企业采用"分餐位上""分餐公勺""分餐自取"等方式提供分餐服务。（记者郭绪雷摄）

3月26日，在山东舜和国际酒店，餐桌上摆放着分餐公勺。

3月26日，在山东舜和国际酒店，客人在点餐。

3月26日，在山东舜和国际酒店，工作人员为客人上分餐。

3月26日，在山东舜和国际酒店，厨师为客人分餐。

3月 28

济南：企业开足马力助力疫情防控

近日，为满足口罩和杀菌湿巾的需求，位于山东济南的山东永芳卫生用品有限公司在当地政府支持下，结合自身生产环境，新增口罩、湿巾生产线。目前，10条一次性防护口罩生产线已全部投产，新购进的9条湿巾生产线也已投产。企业在助力国内疫情防控的同时，还陆续获得多个国际订单。（记者朱峥摄）

3月27日，在山东永芳卫生用品有限公司洁净生产车间，工人在生产一次性防护口罩。

齐心鲁力——新华社山东分社战"疫"报道集

一级响应 闻令而动

3月 28

山东省赴英国联合工作组出发支援当地抗"疫"

当日,根据国家统一部署,中国山东省赴英国联合工作组一行15名成员,从济南遥墙国际机场出发赶赴英国,慰问在英华侨华人、中资机构和广大留学生,并支援当地抗击新冠肺炎疫情。(记者郭绪雷摄)

3月28日,在济南遥墙国际机场,山东省赴英国联合工作组成员登机时与送行人员挥手告别。

一级响应 闻令而动

3月28日，在济南遥墙国际机场，山东省赴英国联合工作组成员列队参加送行仪式。

3月28日，山东省赴英国联合工作组成员在济南遥墙国际机场登机。

3月28日，在济南遥墙国际机场，机场工作人员将山东省赴英国联合工作组携带的援助物资装机。

新华社

"搬家"支援 鲁鄂同心

1月 27

山东航空紧急运送 2 万副护目镜驰援武汉

新华社济南 1 月 27 日电（记者魏圣曜、张武岳） 1 月 27 日 18 时 17 分许，山东航空 SC9001 航班从青岛流亭机场起飞，载运由工信部落实的 74 箱、共计 2 万副护目镜紧急驰援武汉。

连日来，受新型冠状病毒感染的肺炎疫情影响，武汉医护人员护目镜短缺。据山东航空有关负责人介绍，针对这一情况，工信部为武汉落实 2 万副护目镜，为将这批护目镜尽快送达武汉，山东航空在接到民航局指令后制定了一整套应急支援方案，选派精干力量，运控、青岛分公司、飞行、货运等各部门单位通力合作，做好了紧急运送的一切准备。

19 时 50 分许，SC9001 航班在武汉天河机场平稳落地。这也是继 25 日山东航空运送山东首批医疗队和医疗物资支援武汉后，再次紧急调配飞机和机组执行运输防疫任务。

山东航空表示，将以实际行动全力保障疫区医疗物资输送工作，以最快速度、最高效率执行抗击新冠肺炎疫情紧急运输任务。

1 月 27 日傍晚，在青岛流亭机场，2 万副护目镜正被装载上山东航空 SC9001 航班。（山东航空供图）

山东赴鄂医疗队队员曲少琴：
我在黄冈提交了入党申请书

新华社客户端济南1月30日电（记者张武岳） 1月29日，山东第二批援助湖北省医疗队到达湖北黄冈的第二天，医疗队队员、烟台业达医院护士曲少琴接受了穿脱防护服的专业培训，并提交了入党申请书。

29日上午，医疗队队员在黄冈召开了第一次全体会议。会上，医疗队临时党支部成立，全体党员重温入党誓词。

"成立临时党支部的时候，所有党员重温入党誓词。那一刻，面对鲜红的党旗，我们都非常受鼓舞，我的眼泪不由自主地落下，从那一刻起我就想加入中国共产党。"曲少琴说，她随后写了入党申请书并递交，在她看来，这是特别有意义的事情。

随后，全体人员开始练习穿脱防护服，一直练习到下午6点30分。联系上曲少琴时，她正在吃晚饭。"为了节省资源，培训的时候，我们都是很多人用一套防护服来练。防护服密不透风，我们在穿脱的时候都会出一身汗，到我练习的时候，我发现防护服里面也全都是汗，但还是要认真地去练习。"曲少琴说。

30日，曲少琴和队友们继续练习穿脱防护服并接受考核。随后，她将接受第四版新型冠状病毒感染的肺炎诊疗方案理论知识的培训。

曲少琴被分在了危重症组，在重症监护室工作，防护级别是最高的。"培训结束后，我们将奔赴各自的岗位。虽然现在我还不知道自己会被分到哪个地区、哪个医院，但无论到哪里，我都将全力以赴，坚决完成任务，这场没有硝烟的战'疫'，我们一定能赢！"

披坚执锐,最美逆行
——山东驰援湖北抗"疫"侧记

新华社济南 2 月 1 日电（记者闫祥岭、张力元） 2020 年 1 月 31 日 12—24 时，山东省报告新型冠状病毒感染的肺炎新增确诊病例 18 例，累计确诊病例 202 例。

在全省上下严阵以待，各级各部门开展联防联控，落实防控措施，全力以赴应对疫情的同时，两批医疗队共 270 多人早已紧急驰援湖北，在荆楚大地履行使命、挥洒汗水。

于亚群：为国尽职就是为家尽孝

大年初一（1 月 25 日），23 点，山东省肿瘤医院领导发布信息，征集志愿者支援湖北，重症医学科 25 名护士全部报名。

"第二天中午，领导通知我被选上了。"山东省肿瘤医院重症医学科护师于亚群平静地说。

家里一起吃饭的时候，于亚群把这个消息告诉了父母。得知儿子被选定，妈妈放下了手里的碗筷，低着头不说话。

"我爸妈都是老师，懂得尽职尽责的道理，我不用多说。"于亚群说。

爸爸是党员，当场表态："国事为大，不用操心家里，为国尽职就是为家尽孝。"

于亚群说："这件事就算在家里通过了。"

家是最小国，国是千万家。临患不忘国，忠也。

任务艰巨，为了安心在一线工作，于亚群甚至做了最坏的打算。他把自己所有的密码都告诉了远在大连工作的姐姐，并给她留下了家里的钥匙。他嘱托自己的发小，如果发生意外，请他帮忙照顾父母。

大年初三（1 月 27 日）凌晨 3 点，于亚群的爷爷病逝。在老家济南市商河县，家人把老人的骨灰存放在了村里的公墓里。

于亚群在公墓前向先人叩首，顾不上换衣服，就赶来济南，紧急集合出发。

"我单身，唯一的牵挂就是父母。爷爷刚刚去世，他们正伤心，我又来一线了，我担心他们受不了。"于亚群说。

走之前，妈妈流着泪叮嘱他，一定要平安归来。

王冰：等我回家娶你

大年初一（1 月 25 日），23 点 33 分，工作群里发出了医疗队志愿者征集信息，王冰第一个报了名，他是山东第一医科大学第一附属医院重症医学科主管护师。

"担心家里人不同意，我报之前都没跟他们商量。"王冰说。

王冰是个"90 后"，他的未婚妻李蕊也是名护士，在济南一家医院一线工作。职责所在，她很能理解王冰的决定。

"我准岳父是退役军人，他们虽然担心，但都很支持我。"王冰说。

今年是王冰和李蕊相恋的第四年，两人原本计划5月3日在老家聊城临清市举行婚礼。

"不知道要去多长时间，我做了长时间的打算，所以就推迟了婚礼，看疫情什么时候结束，再决定什么时候办婚礼。"

出发前，李蕊跟王冰说了两句话——"保护好自己""多做点儿贡献"。还没来得及好好告别，李蕊就去医院值班了。

"如果我不来武汉，现在应该要拍婚纱照了。"他不好意思地笑了下，接着又说，"李蕊，等我回家娶你。"

李丕宝：一个不少，平安回山东老家

组织医疗队援鄂的消息发出后，一天之内，山东省立三院就有500多名医护人员主动报名。其中，副院长、重症医学科主任医师李丕宝在党委会上主动请缨。

"我是1971年的，超过了45岁，原则上不能加入医疗队，但是超龄的队员不止我一个。"李丕宝说。

李丕宝的爱人是儿科专家，在出发前夜，她叮嘱李丕宝做好细节，并帮助李丕宝练习了好几遍如何正确穿脱防护服，还让报考了临床医学专业研究生的儿子在一旁学习。

"这就是医生家庭啊。"李丕宝笑着说，"我出发的那天，爱人要在医院值班24小时。"

出发前，山东省卫健委任命李丕宝为医疗队队长。

到湖北黄冈的第一天，工作就已经开始。临时成立专家组，和地方对接工作，考核医护人员，查看工作环境和设施设备，制定规范流程……

在接触病人之前，医疗队队员需要接受培训。

"在疫区必须进行三级防护，里三层外三层的防护服，沉倒是不沉，穿上需要20分钟，脱下来可能需要30分钟。我给队员们说，如果医护人员不保护好自己，那什么也干不了。"

李丕宝告诉记者，对专业人士来说，如果规范操作、做好防护，哪怕冲锋在危险的一线，也能应对得了，他有信心面对任何困难。

作为队长，李丕宝直言，自己考虑的不是个人安危。"出发之前我就立下誓言，一定要一个不落地把队员全部平安带回山东老家。"

2月2日

中国发挥"集中力量办大事"优势全力保障防疫物资

新华社济南2月2日电（记者袁军宝、王阳） 刚结婚不久原本打算去丈夫老家过春节的杨丽选择留在公司加班，生产当前中国急需的防疫医疗物资。她所在的新华制药股份有限公司202车间的9条生产线，现在全部开足马力，加量生产抗生素类、提高免疫力类药品。

"比之前增产30%，车间很多职工放弃了休假，及时赶回工作岗位进行生产。"新华制药202车间主任邢忠南说。

面对严峻的新型冠状病毒感染的肺炎疫情，山东、陕西、安徽、新疆等多地，不少类似新华制药的大型医疗物资生产企业一改春节期间停工的传统，尽最大努力保障产能。

记者春节期间来到位于枣庄市西王庄镇的山东康力医疗器械科技有限公司，这里的300多名员工自愿放弃春节休假，在生产车间里加班加点工作。

"最近2周订单暴增，我们采取了'人停机不停'的24小时生产模式。"山东康力医疗器械科技有限公司副总经理吕作品说，针对产品供不应求的现状，企业正紧急调配原材料、购买设备，以扩大生产规模。

最近几天，康力公司迎来了北京的"客人"：中国政府针对前期筛选出的15家医用防护服重点生产企业，派出26名驻企特派员。康力公司具有日产防护服1200件的生产能力，在这一重点企业名单中。

中央部委官员在企业现场办公，帮助企业恢复并扩大生产，监督物资统一调拨，这体现了中国政府面对疫情，选择靠前调度。1月26日，工信部派出5个调研组，赴河北、山东、江苏、安徽、河南调研督导，并建立国家防控物资临时储备制度，直接调配重点生产企业的物资。

中国政府还要求各地为疫情防护重点物资生

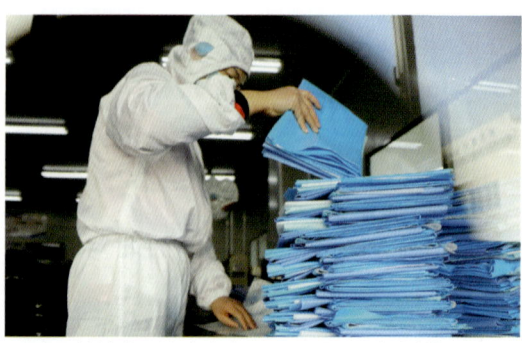

在山东省枣庄市一家专业生产医护用品的企业生产车间内，工人在严格消毒环境中生产N95口罩。（孙中喆摄）

产企业排忧解难。这些企业负责供给防疫急需的医用防护服、N95口罩、医用护目镜、负压救护车、相关药品等。

在中国工业生产大省山东，政府部门已向14家疫情防控应急物资重点生产企业派驻督导组，以及时了解并解决企业在原材料供应、物资调运等方面存在的实际困难，全力保障防疫物资生产和调度。

"守在厂门口，看着货发走。"山东省工信厅相关负责人表示，29日上午驻厂督导组赴青岛、枣庄、潍坊等7市的14家疫情防控应急物资重点生产企业，实行24小时蹲点值守，帮助企业解决生产中遇到的资金、原料、用工、物流、产品资质等各方面的困难和问题。

康力公司29日晚向山东省工业和信息化厅提出设备需求，请求从省内企业租借一批大型医用防护服胶条机。

接到企业求援后，政府相关部门连夜启动应急预案，联系对接菏泽朱氏药业集团有限公司，立即向枣庄市调运1台胶条机。在了解到康力公司仍有产能空间后，山东省工信厅30日一早又联系日照市太阳鸟贸易有限公司，紧急向康力医疗器械公司调运4台大型医用防护服胶条机。

除了政府部门紧急调度，金融、电力、交通等行业也"心往一处想，劲往一处使"。

贷款从审批到发放不到1天时间。1月29日恒丰银行为一家急需资金的医疗防护品企业紧急发放抗击疫情专项贷款1000万元。

"了解到企业有资金需求后，我们迅速开辟绿色通道，总、分行三级联动，所有流程往前赶，采取视频会议、网上办公等灵活方式，在依法合规的前提下尽可能简化业务流程，实现快速审批、快速出账。"恒丰银行相关负责人告诉记者。

在日照三奇医疗卫生用品有限公司应急保电现场，国网日照供电公司疫情防控共产党员特战队员面向党旗庄严宣誓。（国网日照供电公司供图）

为确保生产正常运行，电力等部门也在强化保障。国网日照供电公司总经理于安迎说，对重点医疗物资生产企业，供电公司制定专用保电方案，提升供电线路、设备防护等级，开展24小时远程负荷监测，以专人驻点、特巡的方式每天3次巡视测温，派驻发电车24小时在企业值守保电，保障企业连续生产。

工信部运行局局长黄利斌说：截至1月29日24时，共协调能进入重症监护病室使用的医用防护服生产厂家发货8.1万件，已运抵湖北6.84万件；近日，每天还有超过1万件按欧标生产的医用防护服运抵武汉。

中国人民大学法学院教授刘俊海认为，在当前部分防疫物资紧张的情况下，全国一盘棋统筹调度，企业、政府、银行等诸多力量迅速"拧成一股绳"，特事特办，握成一个拳头，这体现了中国政治制度"集中力量办大事"的优势。

"中国有强大的工业生产能力，加之政府等方面的强大合力，相信随着工厂产能的恢复，相关医疗物资的供应会得到全面保障，紧张局面会渐渐缓解。"吕作品说。

2月4日

两度驰援湖北运送医疗物资
货运司机李星的春节"逆行"

新华社客户端济南2月4日电（记者张武岳）货运司机李星正在接受隔离。他的货车就停在隔离房旁边，车上"为孝感加油"的红色条幅迎着冬日在寒风中飘荡。

今年32岁的李星是山东临沭石门镇大官庄村人，平时以跑货运营生。他刚刚把一批物资送到湖北孝感，出于安全考虑，他自行将车开到村里提供的临时住所，把自己隔离了起来。这已经是李星第二次出发去孝感运输物资了，第一次则是在大年三十（1月24日）。

高速路上，度过除夕之夜

除夕之夜，本该是一家团聚，开开心心吃年夜饭、看春晚，而李星却奔赴在去往湖北孝感的高速路上，货车里装载着20多箱支援湖北疫区的医用物资。车窗之外，夜色凝重，沿途鲜有往来的车辆，李星想着一定要尽快到达目的地，把物资送到需要的地方。

李星是下午4点从家里出发的，因为怕家人担心，他没敢告诉他们，也没在家里吃饭。"从临沭到孝感大概1000公里，单趟的话需要10多个小时，我想着早一点儿出发就能早一点儿把物资送过去。"李星说。

他是在一个互联网货运服务平台上看到那条到孝感的紧急发货信息的，在此之前，平台显示已经有1000多点击量，但是没有人敢接单。"我也害怕，但是你不去，我也不去的，谁去？总要有人去做这件事，不然疫区那些人怎么办？"

1月25日，大年初一，上午11点，顺利将物资送达目的地的李星返回家乡，休息了一晚。26日，他发现平台上又有一条到湖北的发货信息，物品是5吨消毒液，这单是接还是不接呢？

义无反顾，再次启程驰援湖北

几乎是下意识的，李星毫不犹豫地接下了这一单。26日，李星拉上货就连夜出发，再次义无反顾地踏上去往孝感的高速公路。

这一次,李星的妻子王彩知晓后也没有反对。"作为家属,心里担心是肯定的,但他做的是一件有意义的事儿,能为疫区人民出一些力,咱理解,也很支持。"王彩反复叮嘱丈夫要戴好口罩,备上消毒水,做好充足准备。

27日上午,李星开着货车抵达孝感东高速公路收费站,将5吨消毒液卸完,待志愿者到收费站口接走物资后,他便再次启程回家。

在一次中途休息时,李星看到村里微信群里的消息,得知疫情越来越严重,村里要求所有自疫区回来的人都需要进行隔离。

李星主动联系了村支部书记陈寿民,经过沟通,村里决定为李星特别设立一个隔离屋,让他一回来就能够住进去。"这也是为了大家的健康着想,他本人也很同意,我们就选了个地方,连夜帮他扯上了电线,提供了床和被子等,让他可以休息。"陈寿民告诉记者。

与家人隔离,一切都是值得的

李星所住的临时隔离屋在村北一个空旷地带,周围是大片的田地,前后各有一条河,距离村子还有两三公里的路程。说是屋子,其实是由集装箱改造而成的,四处漏风,白天冷,晚上更冷,虽然村里给送了一个小太阳取暖器,但是无济于事。"条件是苦了点儿,但是10多天很快就过去了,特殊时期特殊办法嘛。"李星乐观地说道。

陈寿民也格外关注李星的状况。得知李星住的地方太冷,30日,他又为李星送去了电热毯、方便面、矿泉水等生活用品,他表示,必须满足李星的生活需求。

据介绍,李星第一次从湖北回家后,与他接触过的亲人朋友和工作人员都已被密切关注,他的父母、妻子和孩子都需要居家隔离,他这几天的饮食也是由堂弟每日定点给送过去。"尤其对媳妇和三个小孩,还是有点儿过意不去的。不过这是我自愿去的,我自愿承担。"

这几天,李星一直通过微信视频与妻子互报平安,他让妻子放宽心,转告亲人们不用过去看望他。虽然接下来他还要在这里继续隔离10天,但李星说,这一切都是值得的。

鲁鄂两省携手急寻"救命刀片"
口罩企业迅速恢复生产

新华社客户端济南2月6日电（记者贾云鹏、叶婧） 近日，山东德州一家医用口罩生产企业因连续超负荷运转，导致设备切割刀片磨损严重，口罩产量大幅下降。经过山东、湖北两地相关部门的协调帮助，企业拿到了急需的刀片，目前已恢复生产，全力保障口罩供应。

德州康迪医疗用品有限公司是德州唯一一家医用口罩生产企业，近期连续超负荷运转，企业3台生产设备因切割口罩耳带绳的专用刀片磨损严重，不得不停产，企业口罩日产量由5万只下降至2.2万只。

德州康迪医疗用品有限公司生产经理刘霞说："我们迅速联系位于湖北仙桃市的剪刀生产企业，然而由于湖北疫情防控严密，刀片无法寄出。"

紧急之下，德州市工信部门带着刀片的样品，先后到本地多家具有刀片加工能力的企业，联系工程技术人员加工并送到康迪医疗试用，但由于这种刀片属于异形刀片，专业性较强，均未成功。

如何把刀片从仙桃送到德州？山东省有关部门得知这一消息后，及时与湖北省仙桃市联系沟通，最终确定先由山东向湖北运送物资的车辆将该刀片从湖北仙桃带至湖北与河南交界处，德州再派出车辆将刀片取回。最终，历时20多个小时，奔波1600多公里，德州有关部门人员将装有30副刀片的包裹第一时间运回，并交给企业。

目前，德州康迪医疗用品有限公司的生产设备全部正常运转，日产口罩达到最高生产能力。德州康迪医疗用品有限公司总经理赵军说："这30副刀片足够使用12个月。我们一定满负荷生产，为抗击疫情生产更多的口罩。"

"山东人民也在支援湖北，他们的零部件是我们仙桃这边的，遇到了困难，我们也应该全力支援山东，互相帮助，共渡难关。"湖北省仙桃市经信局局长代兆敏说。

德州康迪医疗用品有限公司所需刀片。（受访者供图）

有关人员把刀片交到赵军（中）手中。（受访者供图）

又见人民"小推车"

——工业大省山东全力供应医疗等物资支援全国战"疫"

新华社济南 2 月 6 日电（记者袁军宝、陈国峰）

70 多年前，山东人民用小推车支援淮海战役取得胜利。如今，在新型冠状病毒感染的肺炎疫情面前，作为工业大省的山东，正全力保障医疗防护等重要物资生产供应，以源源不断的"弹药"有力支援全国战"疫"。

争分夺秒

8.5 个小时，是从青岛接到调拨任务到物资运抵武汉的时间。

1 月 27 日，国务院总理李克强赴武汉考察指导疫情防控工作时，听到医护人员反映医用防护服、护目镜等物资需要稳定供应时，当即要求随

春节期间，山东新华制药股份有限公司加班加点生产急需药品。（新华制药供图）

行的有关部门负责人协调解决。青岛市政府当天中午11时40分接到工信部的调拨任务。

政府紧急调度企业，企业迅速装箱，工信局、公安局、交通运输局通力合作，保证运输物资车辆一路畅通，从组织防疫物资包装、装车到运至机场仅用时3小时。装载2万副医用护目镜、5000个医用隔离面罩的山东航空公司飞机18时17分许起飞，20时10分许顺利抵达武汉。

速度背后体现出效率，更体现着担当。把生产一线当作战"疫"前线，山东医疗企业加班加点、争分夺秒生产，为全国抗"疫"提供源源不断的物资支持。

新婚不久的杨丽是新华制药股份有限公司202车间员工，原本打算去丈夫老家过春节，但最终她选择留在公司加班。春节期间，她所在车间的9条生产线，全部开足马力。"比之前增产30%，很多职工放弃了休假。"车间主任邢忠南说。

据统计：山东省共有口罩生产厂家26家，日生产能力264万只；医用防护服生产厂家2家；隔离面罩生产厂家9家；医用隔离防护眼镜生产厂家2家。目前这些厂家都满负荷生产。

全力以赴

在开足马力生产的基础上，山东向重点疫区全力提供紧缺医疗物资。日照三奇医疗卫生用品有限公司每日供应湖北地区100万只医用外科口罩、5万只医用防护口罩、0.5万件医用一次性防护服。截至1月31日，山东新华医疗器械有限公司已累计向武汉等重点疫区发送医用空气净化消毒器2683台、消毒液26万余瓶、全自动内镜清洗设备6台、移动DR影像设备13台……

部分企业还针对医护需要，紧急研制新型急需产品。1月26日，位于山东德州的中昊控股集团有限公司接到相关通知，希望企业配合承担负压救护车滤毒系统的研制生产任务。公司紧急调度，迅速展开攻关，1月30日，2台负压救护车滤毒系统壳体的试制工作完成。2月2日，实现批量生产。至2月4日，已完成90台生产任务，向救护车生产厂家发货78台。

在武汉火神山和雷神山医院火速建设过程中，同样有着诸多山东元素和山东企业的付出。

当火神山医院建设急需大型专业空调机组时，齐鲁制药一批排风机组共12台设备，正准备从制造厂家发运济南。得知武汉需要时，齐鲁制药当即决定，调转运输方向，把机组发往武汉，驰援医院建设。"厂房建设工期可以拖，疫情防控一刻也不能耽搁！"齐鲁制药集团总裁李燕说。

缺少通风设备——德州亚太集团原需2周生产时间的337台风机组，仅用3天生产调集到位；

缺少箱式房屋——昌乐县建筑企业克服困难复工生产，数千套箱式房屋分批次陆续送达；

急需大量板材——聊城冠洲集团重新调整排布生产线，3天时间生产1500吨镀锌钢板；

……

"在这场严峻的疫情面前，1亿多山东人民充分展现出'全国一盘棋'的大局意识和浓厚的家国情怀。"山东省委常委、常务副省长王书坚说，截至2月1日，山东已累计向湖北调运口罩661万只、医用防护服13.96万件、医用面罩11万个、医用护目镜4.5万副。

众志成城

在这场人民"小推车"的支援中，山东各界齐心协力、发挥合力，确保重点医疗物资顺利生产。

为帮助重点企业解决生产过程中可能面临的原材料、人员、资金等方面的问题，山东省工信

国网济宁供电公司开展"让党旗在防控疫情斗争一线高高飘扬,让党徽在防控疫情斗争前沿闪闪发光"专项行动,全力保障医疗物资生产企业用电。图为2月1日,国网济宁供电公司彩虹共产党员服务队队员检查配电线路。(济宁供电公司供图)

厅派出督导组奔赴18家重点企业24小时蹲点值守。

1月31日,德州市德城区工信局发出"急寻该种刀片!有线索请速联系我们!"的求助信息。原来当地一家大型医用口罩生产企业由于机器切割刀片损坏,5台机器只有1台能维持生产,日产量骤降。而刀片供应商在湖北,受疫情影响运出速度较慢。

山东工信厅赴德州督导组积极联系湖北相关部门。2月1日一早,德州工信局的工作人员启程赶赴鄂豫两省交界处,完成刀片交接后连夜赶回,来回奔波1600多公里。2日凌晨4点,刀片到达德州,企业随即实现最高产能生产。

金融是经济的"血液",诸多银行积极行动,帮助企业"满血生产"。2月1日下午,在潍坊盛泰药业有限公司厂区的一辆汽车的引擎盖上,昌乐农商银行信贷人员与企业负责人签订贷款合同。上午对接,下午放款,一笔940万元的流动资金贷款打到了公司账户,迅速解决了企业资金紧张问题。

电力等部门也推出专门保障服务,确保企业全力生产。国网济宁供电公司总经理李卫胜说,针对当地医用口罩、防护服生产企业,电力部门实行定点、定人、定时"三定"检查,确保重点客户满负荷生产期间用电万无一失。

一方有难,八方支援。被网友称为"缺啥给啥""有啥给啥"的山东"搬家式支援",体现出山东各级部门、企业及民众的担当与奉献,更表明当前全国各界"齐心协力,共克时艰"的决心与信心。

2月 8

我愿献出这颗心，它是……

疫情来袭　　　一箱果
全民行动　　　一幅画
一颗颗心　　　一根线
凝聚在一起　　……
一棵菜
一根梁　　　　众志成城
一辆车　　　　共克时艰！
一盒饭

111

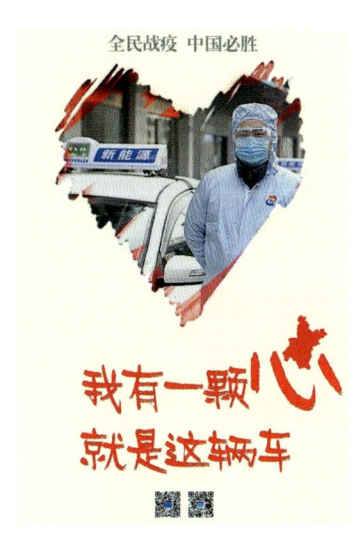

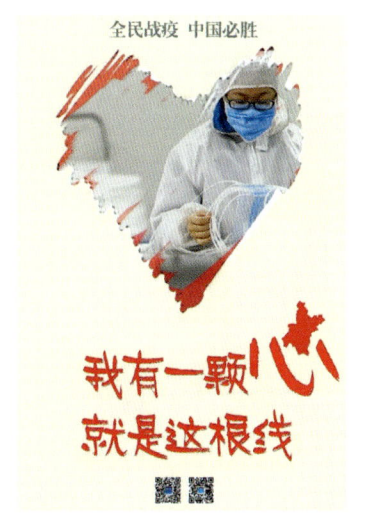

"搬家" 支援 鲁鄂同心

出品：陈凯星、周亮

策划：葛素表

统筹：邓卫华、高洁

监制：何莉、周年钧

编辑：陶虹、郭绪雷、关开亮

设计：赵丹阳、邵琨、江昆

2月 9

多地增派医疗队支援湖北

2020年2月9日,全国多地支援湖北的增派医疗队启程前往湖北。截至目前,山东省援助湖北医务人员总人数已达1266人。(记者朱峥摄)

2月9日,在山东济南,山东大学第二医院支援湖北抗"疫"国家医疗队队员出发前合影。

113
"搬家" 支援 鲁鄂同心

2月9日，在山东济南，山东大学第二医院支援湖北抗"疫"国家医疗队队员和送行人员告别。

2月9日，在山东济南，山东大学第二医院支援湖北抗"疫"国家医疗队中的党员在出发前重温入党誓词。

2月9日，在山东济南，山东大学第二医院支援湖北抗"疫"国家医疗队启程前往湖北。

2月9日，在山东济南，送行人员为即将出发的山东大学第二医院支援湖北抗"疫"国家医疗队队员杨淑朦（左六）庆祝生日。

"百年医院"集结武汉抗击疫情

2月10日

新华社济南2月10日电（记者邵鲁文、杨文） 2月9日一早，山东大学齐鲁医院血液净化科副主任医师崔先泉前往武汉大学人民医院东院区，开始一天的工作，与他同行的还有支援武汉的100多名齐鲁医院的同事。

此时，在同一个院区里，还有一支来自四川大学华西医院的百人医疗团队准备开始工作。这并不是两家医院第一次联合开展工作。早在83年前，他们就曾携手并进。

山东大学齐鲁医院始建于1890年，四川大学华西医院始建于1892年。1937年，中国全国性抗日战争爆发，包括齐鲁大学（今山东大学齐鲁医院前身）在内的多所大学迁到四川华西坝，与华西协合大学（今四川大学华西医院前身）联合办学办医。1938年，两家大学组建了联合医院，两校师生共同救治民众，并合作增设了诸多学科，培养了众多优秀人才，这些对当时中国医学教育发展和学术交流起到重要的推动作用。

83年前，中国著名文学家吴宓为齐鲁、华西联合医院题写了这样一副对联："众志成城天回玉垒，一心问道铁扣珠门。"2020年，齐鲁、华西众志成城、共克时艰的精神还在延续。

根据国家卫健委统一安排部署，山东大学齐鲁医院组建的131人医疗队于2月7日下午驰援湖北。与此同时，四川大学华西医院第三批支援湖北医疗队抵达武汉。两家医院83年后共同在武汉大学人民医院东院区开展工作。

山东大学齐鲁医院肾脏内科主任医师胡昭告诉记者，两家医院的工作人员的主要任务是抢救危重病患者，同时把武汉的医务人员替换下来，让他们充分休息。

"北协和、南湘雅、东齐鲁、西华西"曾是中国医学教育领域的四家"百年老店"。除了齐鲁、华西，协和与湘雅两所医院的医生也同样奋战在抗击疫情的一线。

2月7日，北京协和医院第二批援助湖北医疗队142名队员驰援武汉。同日，中南大学湘雅医院第三批援助湖北医疗队130人前往武汉。两家医院将共同在武汉协和医院西院区开展工作。

国家卫健委医政医管局监察专员郭燕红说，中国已派出了全国最强、水平最高的重症救治专家团队，在武汉负责指导、会诊、巡诊工作。同时，已建立了16个省支援武汉以外地市的对口支援关系，以'一省包一市'的方式，全力支持湖北省，加强患者的救治工作。

"齐鲁、华西、协和、湘雅，这几家医院如今在抗击疫情的'战场'上携手并肩。这些医院历经了百年岁月的洗礼，但一代代人传承下来的救死扶伤、大爱无疆的医者精神，永远不会变。"中国工程院院士、山东大学齐鲁医院教授张运说。

山东国企亮出战"疫"担当

《经济参考报》2020年2月12日（记者 陈灏）

面对来势汹汹的新冠肺炎疫情，山东省属国有企业充分发挥自身优势，强化对重点防疫物资生产的保障，不讲条件、不计代价支援重点疫区。同时，在严格落实疫情防控措施、保证安全生产的前提下，带头复工复产，保防控、保市场、保供给、保运行，亮出了国有企业的责任与担当。

全力战"疫" 当仁不让

"疫情发生后，300多名员工全部自愿放弃春节休假，加班加点昼夜奋战，开足马力保障防护物资生产。"在山东康力医疗器械科技有限公司，综合办公室主任王次学介绍，如今康力医疗每天可生产800件防护服、9万多只防护口罩，是日常产量的2倍。

疫情突如其来，山东省国资委迅速反应，于1月22、26日先后两次下发紧急通知，部署安排新冠肺炎疫情防控的相关工作。山东省国资委主任张斌向省属企业发出要求：把疫情防控工作作为当前最重要的工作来抓！

防护物资和药品，是战"疫"的粮草和弹药。华鲁集团旗下新华制药生产的醋酸泼尼松片，是新冠肺炎疫情防控应急药物。面对来势汹汹的疫情，新华制药从其他生产单元抽调人员，充实醋酸泼尼松片生产线，确保其满负荷、保质保量生产，单日产能提升30%。

随着疫情的不断蔓延，山东也从"后方"变成"前线"。针对市民最关注的生鲜蔬菜等生活物资供应，山东省内商品零售领军企业鲁商集团在全省140多家银座门店强化统一调配，确保商品供给充足，以平稳物价让市民安心。

在远离山东的内蒙古自治区杭锦旗，一些路段、小区在疫情发生之后设卡，山东能源集团内蒙古盛鲁能化有限公司新源供热公司的65个换热站的巡查效率因此受到影响。维修班组舍弃休息时间，分两组每天巡查16个小时，并对出现的各类隐患及时处理，全力保障特殊时期居民供暖稳定。

为激励省属企业做好新冠肺炎疫情防控工作，山东省国资委2月7日印发《关于印发激励省属企业做好新冠肺炎疫情防控工作若干措施的通知》，出台10条有力措施，全力支持鼓励省属企业积极投身疫情防控工作。山东省国资委提出：省属企业因疫情防控需要发生的加班工资作为2020年一次性工资核增，不与效益联动；经批准为疫情防控提供资金或物资捐赠影响当期效益的，或因承担疫情防控任务导致资产负债率上升的，在经营业绩考核和工资总额核定中予以考虑。

"搬家" 支援 鲁鄂同心

各显神通 驰援疫区

2月9日下午，来自山东各地市的400余名援助湖北医疗队队员，在济南遥墙国际机场候机楼举行出征仪式，随后分别乘坐山东航空公司紧急调配的4架医疗支援包机，紧急驰援湖北。

交通是战"疫"生命线。作为山东省属大型航空运输企业，山东航空在疫情扩大后，义不容辞地担负起山东省支援湖北抗击新冠肺炎疫情医疗队和医疗物资紧急运输任务。截至记者发稿，山东航空已紧急调配执行医疗支援包机11架次，利用正班运送医疗物资13班，累计运输医疗队队员1143人、医疗物资约62208公斤。

作为国资大省，山东省属企业涉猎的产业领域广。各省属企业充分发挥自身优势，"八仙过海，各显神通"，支援重点疫区，不讲条件、不计代价，充分展现了国企担当。

山东省机场管理集团对防疫物资开通运输绿色通道。自1月30日起，各权属机场对政府类、捐赠类防疫物资，免收所有机场货运地面操作费用，并积极协助运输单位向航空公司申请航空运费减免。

鲁粮集团通过湖北襄阳总经销，向火神山医院等医疗机构捐送价值20万元的鲁粮东北大米和花生油，助力湖北人民抗击疫情。

浪潮集团了解到湖北黄冈等地防疫物资告急后，立即搜寻紧缺医疗物资，首批包括9000件医用手术防护服、30辆紫外消毒车在内的近10万件物资顺利抵达疫区前线。

……

湖北省是新冠肺炎疫情的主战场，武汉更是重中之重。山东省属企业对武汉、黄冈等重点地区的支援，也是不遗余力。

山东能源旗下企业新华医疗，组织人员加班加点生产疫区急需的医疗用品，并安排专人专车以最快速度运往武汉，支持武汉疫情防控工作，在不到3天时间内，就向武汉等地区多家医疗机构供应超过20万瓶手卫生产品、约1400台空气净化消毒设备。为确保设备正常运行，新华医疗还派出多名工程师，在武汉疫区靠前保障服务。

山钢集团加班加点生产，仅用4天时间，就生产出2000余吨特型钢材，并克服重重困难，将其运送到客户手中。这批钢材，最终用在了火神山医院集成房屋的搭建上。

山东省国资委统计数据显示，疫情发生以后，山东省属企业主动支援疫情防控第一线、勇当"支前"先锋队，掀起了捐款捐物的热潮。截至2月9日，山东省国资委监管的28家省属企业，共为疫情防控捐赠款物10325万元。

安全有序 恢复生产

2月10日，中国重汽在山东省内的生产单元全部复工，并实现满负荷生产。在此之前，中国重汽的零部件企业已提前开工。中国重汽有关负责人介绍，中国重汽在山东之外的下属企业，绝大多数目前已恢复生产。

面对疫情防控的压力和恢复生产的迫切需求，山东省要求各省属企业进一步增强工作自觉性和紧迫感，在严格落实疫情防控措施、保证安全生产的前提下，带头复工复产，保防控、保市场、保供给、保运行，全力确保做好山东省"六稳"工作。

作为亚洲最大的解热镇痛类药物生产基地以及国内重要的心脑血管类、抗感染类、中枢神经类和生物制药生产基地，华鲁集团旗下的新华制药和鲁抗医药将制剂车间两班生产改为三班生产，生产线满负荷运转，重点防控药物产能提升30%，确保了生产不停、质量不降、供应不断、药价不涨。

张斌介绍，涉及保障城乡运行、疫情防控、能源供应、交通物流、医用物资、生活必需品生产等重要国计民生的企业，按照国务院和省政府的要求开足马力、扩大生产，全力保障生产生活物资供应。

2月7日，山东能源集团在山东省内的41处煤矿复产，每天可生产商品煤约15万吨。"我们共有重点电厂客户17家。疫情发生以来，我们坚持在依法合规生产的前提下，加大力度补充库存。"山东能源集团董事长李位民说，将严格遵守电煤长协规定，绝不抬高一分钱价格。

目前，山东能源集团在山东境内的42对矿井，已有41对复产。山东能源集团还要求旗下分布在陕西、内蒙古、贵州、新疆、山西、云南等省区的煤矿，积极与当地政府部门协调，争取早日复产。

在组织实施复工复产方案时，山东省国资委还要求省属企业把职工生命安全和身体健康放在第一位，有针对性地做好心理干预疏导和人文关怀，引导职工消除恐慌心理、坚定必胜信心。同时，严密职工健康监测，对体温异常的及时采取处置措施；加强环境卫生和就餐管理，按照防疫要求规范对所有场所进行消毒，减少人员聚集；保障职工防疫物资供应，规范岗位工作秩序，严禁无关人员进入厂区。对有条件的岗位，鼓励网上办公，做到人员少流动、不聚集、不串岗。

山东省国资委数据显示，根据山东省委、省政府统一部署，在前期必须保障疫情防控、公共运行、群众生活的13家省属企业复工的基础上，2月10日，山东其他26家省属企业复工复产。这标志着山东省属企业除所属院校和文化旅游类企业外，全部实现复工复产。

2月 14

10个小时不喝水的"女超人"

新华社济南2月14日电（记者张力元、闫祥岭）"亲们，我凌晨3点的班，担心上厕所，10个小时没敢喝水，虽然下班回到住处整理完毕后使劲儿喝水，但直到晚上8点，还是没有一滴尿液。"这是近日在山东大学第二医院援助湖北医疗队队员交流群里的一则留言。

发信息的人叫徐照娟，是医疗队护理组第二组的组长，她和她的"战友们"已在2月9日接管了华中科技大学同济医学院附属同济医院光谷院区的一个重症病区。

之所以称为"战友"，是因为徐照娟跟记者说："穿上防护服，我就是超人，所有的同事，在这里都是'战友'。"

防护服只能使用一次，为了节省防护服，工作期间他们都尽量不进食、不饮水，并且每个人都穿上了纸尿裤。

"我的班是第二个班，从凌晨3点开始。我一般都会早点儿来，晚点儿走。护理病人的工作量非常大，坐都没空坐一下，汗一身一身地出，既是闷的，也是忙的。"徐照娟说。

下夜班后，徐照娟整个人像是"脱了水"。

"那天我11点回到住处后，就大量补充水分，喝矿泉水，喝方便面汤，又过了将近10个小时，才有几滴尿液排出。我在群里留言的本意，就是想提醒一下大家，工作时适量饮水是非常必要的。"

徐照娟接着说："这也不是什么光荣的事，说这个，真是不好意思。"采访过程中，徐照娟几次提到，她那晚"浪费"了一条纸尿裤。

经过休整，今天徐照娟又穿上了她的"超人服"，继续投入工作了。

捐赠"移动 N95" 40 辆负压救护车驰援湖北

2月14日

新华社济南2月14日电（记者张志龙、贾云鹏） 13日，北汽集团携手北汽福田等旗下10家汽车单位捐赠中华慈善总会的40台福田图雅诺负压救护车发车仪式在山东潍坊举行。首批8辆负压救护车将先行交付给湖北武汉市第七医院、黄冈市中心医院、汉川市中医院等单位，第一时间投入防疫一线。

据了解，负压救护车是新冠肺炎疫情防控的重点需求物资之一，在救治和转运传染病患者等特殊患者时，可以最大限度地避免医务人员交叉感染，被称为"移动的N95口罩"。

与一般救护车不同，负压救护车通过搭载负压层流救治单元，能够使车内空气经过无害化处理后排出，同时还配备呼吸机、除颤仪、心电监护仪等全套抢救设备，安装了紫外线消毒灯、中心供氧接口等，具有良好的隔离性、防腐性、通风性、耐菌性，能够实现"安全隔离"。

1月25日，接到国家工信部的负压救护车排产需求后，北汽福田山东潍坊图雅诺负压救护车生产车间紧急复工，百余名工人组成生产突击队，加班加点攻坚生产，确保负压救护车按时按量保质完成。

"疫情就是命令。按照日常生产节奏，生产一辆负压救护车需要2周时间，我们克服零部件短缺等困难，将生产周期缩短至10天以内，为一线抗'疫'争取了宝贵时间。"福田汽车山东多功能汽车厂厂长张济民说。

负压救护车生产改装工艺复杂，质量要求较高，以往多依靠人工方式进行线束安全隐患排查，需要半个小时以上。福田汽车山东多功能汽车厂质量管理部商改产品副经理吴卫康介绍，在工期紧的情况下，他们用红外线热成像仪改进排查流程，现在整台车隐患排查仅需3分钟，既提升了效率又保证了质量。

在捐赠活动现场，北汽福田还宣布将向武汉市追加捐赠图雅诺负压救护车18台、奥铃医疗用品转运车2台。截至目前，北汽福田已为疫情重灾区生产输送百余辆医疗保障用车。

2月13日，在山东潍坊负压救护车捐赠现场，一名工作人员举着捐赠旗帜。（孙树宝摄）

"搬家" 支援 鲁鄂同心

2月11日，在位于山东潍坊的福田山东多功能汽车厂，工作人员在生产线上对负压救护车进行装配。(孙树宝摄)

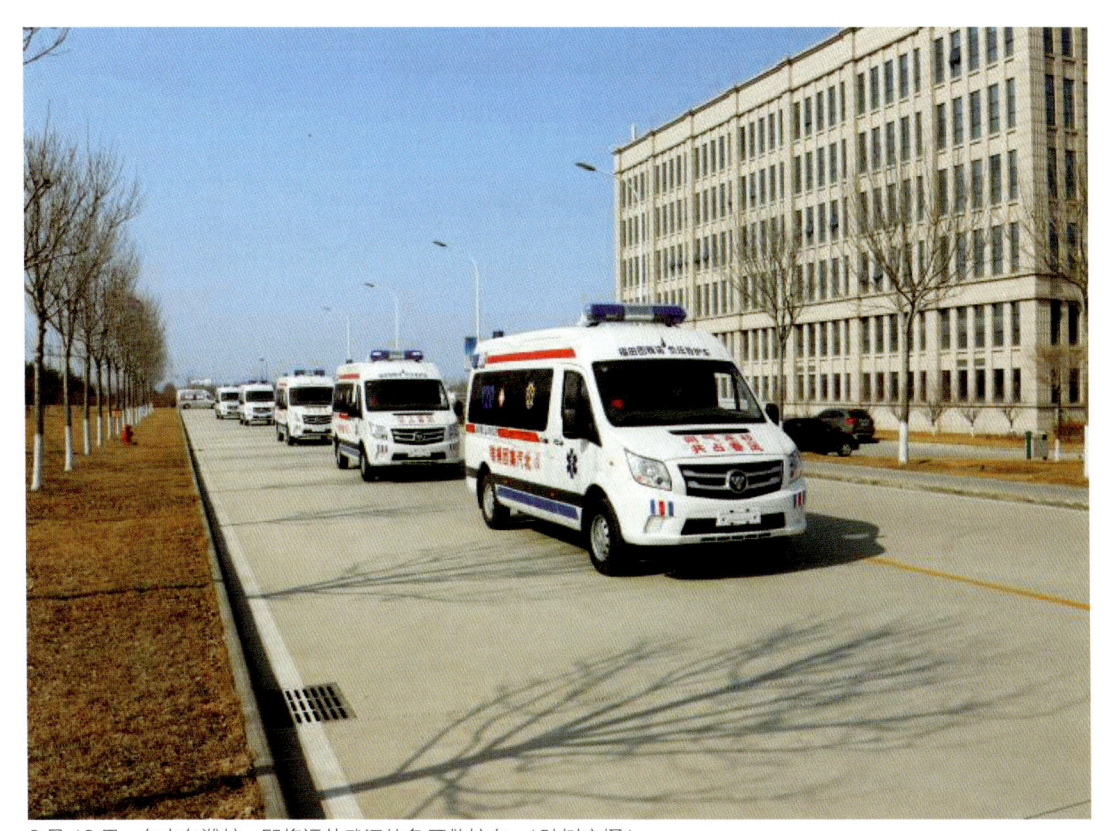

2月13日，在山东潍坊，即将运赴武汉的负压救护车。(孙树宝摄)

病房手语、方言手册、护患沟通本

——细数山东支援湖北医疗队的暖心妙招

新华社济南2月16日电（记者萧海川、闫祥岭、潘林青） 右手搭在左臂上，意思是"测血压"；手掌塞在腋下，代表着"量体温"；双手一高一低举过头顶，示意"更换输液瓶"……最近，由山东支援湖北医疗队创造的一套隔离病房手语在社交媒体上走红。

山东支援湖北医疗队表示，创造这套应急手语是为了适应隔离病房特殊的治疗环境。记者了解到，隔离病房采取极为严格的防疫措施：医护人员进入治疗新冠肺炎确诊病人的"红区"，需采取三级防护——身穿多层防护服、脚上捆扎鞋套、佩戴护目镜及N95口罩。

由于医用口罩具有密闭性，医护人员正常呼吸都已感到费劲，所以言语交流更是着实不易。与病人共同抗击疫魔，又不允许有一丝一毫的疏忽大意。因此，医疗队队员就用肢体动作代替言语交流，在

山东大学齐鲁医院医疗队队员在湖北武汉大学人民医院查看医疗数据。（山东大学齐鲁医院医疗队供图）

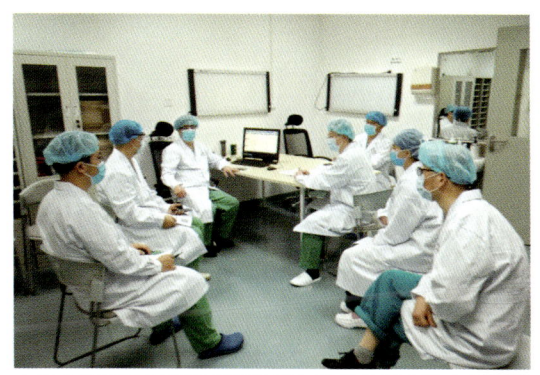

山东大学齐鲁医院医疗队队员在湖北武汉大学人民医院讨论病患病情。（山东大学齐鲁医院医疗队供图）

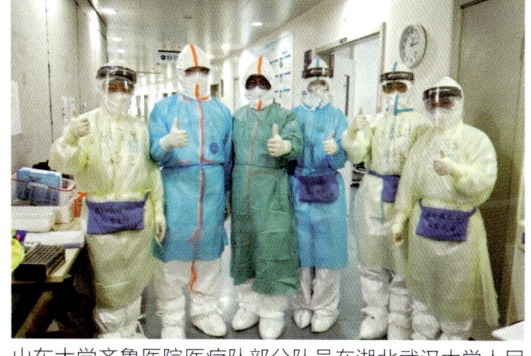

山东大学齐鲁医院医疗队部分队员在湖北武汉大学人民医院重症病区。（山东大学齐鲁医院医疗队供图）

无声中提高工作效率。这些简单的动作，也能让病患知晓医护人员下一步的工作内容。像这样充满着温暖和智慧的妙招，在湖北抗"疫"一线，还有很多。

2月9日，在进驻武汉48小时内，山东第五批援助湖北医疗队中的齐鲁医院医疗队就组织编写出武汉方言使用手册及其配套的方言音频材料。

这套方言手册，分为称谓常用语、生活常用语、医学常用语和温馨常用语四部分。提出这一想法的山东大学齐鲁医院医疗队队员郭海鹏说，在临床工作中，许多病患都是上了岁数的老年人，他们大多只能用方言交流。医患交流遇阻让人分外着急，于是方言手册应运而生。"在实际工作中，方言手册确实能够促进医护人员和病人的沟通交流，有利于医护人员更好地治疗。"

中国有句俗语叫"三里不同风，十里不同俗"，以此来描述土地广阔、人口众多带来的文化差异。正因湖北有多元的方言语音，教育部组织的"战'疫'语言服务团"，根据语料库统计和医用场景调研，遴选了156个词和75个短句，完成武汉、襄阳、宜昌、黄石、荆州等九市的方言和普通话对齐音频。

这些暖心妙招，既有集体智慧的结晶，也有国家行为的成果。在湖北抗"疫"的最前线，每一位医务人员都在发挥自己的才智。山东大学齐鲁医院呼吸科主管护师张静静，就有一本自己制作的"护患沟通本"。

作为山东首批支援湖北医疗队的队员，张静静1月25日便随队来到黄冈市的大别山区域医疗中心。当时，这所医疗中心距离原定完工日期还有3个多月的时间。张静静和同事连夜开辟出两个病区，紧急建立各项病房工作流程、诊疗规范。

经过连续数日紧张工作后，张静静将常见的医疗短语、交际用词打印出来、装订成册，变成了"护患沟通本"。这也成为她和同事与病患交流的一件"法宝"。郭海鹏等医护人员说，无论来自哪里，此刻大家都在为病人的健康而努力。

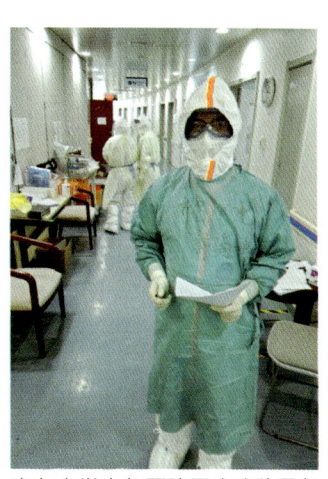

山东大学齐鲁医院医疗队队员郭海鹏在湖北武汉大学人民医院重症病区。（山东大学齐鲁医院医疗队供图）

2月 16

"病人康复给了我们莫大的荣誉感"
——大别山区域医疗中心的医者故事

新华社济南2月16日电（记者杨文、孙晓辉） "你们不能在这里。"在湖北省黄冈市大别山区域医疗中心，一名危重患者经抢治慢慢稳定后，突然对重症医学科的副主任医师岳茂奎说道。

"为什么？"岳茂奎问他，"我这是传染病，很厉害的！"听到病人暖心的回答，这个刚刚建成不久的ICU（重症监护病房）里，每个人都心头一热。

1月29日，下班后的岳茂奎回到酒店，记录了与病人第一次"聊天"的内容："听到病人的话，我很感动。我们每个人都知道，这是传染病，但既然选择这个时候逆行而来，就早已将个人安危置之度外。我们每一个人，在踏入医学殿堂那一刻，就做好了准备！"

岳茂奎来自山东第一医科大学第二附属医院重症医学科。1月26日凌晨3点，这批来自山东省泰安市的援助医疗队抵达黄冈。28日大别山区域医疗中心正式启用后，不断有病人被送来治疗，岳茂奎和同事也马不停蹄地实施救治。下了班，岳茂奎会记录这些天如何与死神赛跑，他形容自己的工作是"在刀尖上起舞"。

"岳医生，这个病人气胸了！"听到同事的声音，岳茂奎赶紧过去。对于重症新冠肺炎病人来讲，气胸是较常见的严重并发症。这是医疗队的第一例气管插管病人。前几天病人体温出现好转，没想到突然呼吸急促，情急之下，岳茂奎用现有的一套中心静脉导管做引流。穿刺后，看到大量的气体从水封瓶里溢出来，岳茂奎松了一口气。

"岳医生，血氧在往下掉！"突然，监护仪上的血氧饱和度不断下降：80%、70%、60%⋯⋯吸机频繁报警，病人呼吸急促，岳茂奎出了一身冷汗。

"加大镇静药物用量，加大压力肺复张！"1分钟、5分钟、10分钟，监护仪的血氧饱和度终于逐渐上升了。半个小时后，患者的血氧饱和度升到了90%以上，潮气量超过了400ml。

后来，岳茂奎在日记中描述道："这半个小时，过得像半个世纪那么漫长！终于能坐下缓一口气时，感觉浑身发酸，汗水铺满了脊背⋯⋯"

岳茂奎说，其实这是一次普通的救治，但无论是穿刺引流，还是调整呼吸机，都比平

岳茂奎在大别山区域医疗中心。（受访者供图）

时感觉困难好多倍。"防护服、三层口罩、视野受限，还有时不时出现的窒息感，有时很难摆正常的体位，加上病人的心肺功能快代偿到极限，稍有不慎，就会有严重后果，所以说做任何一个操作，对医护人员都是不小的考验。"

像这样的例子还有很多。在病房相对简陋的条件下，战友们都像"刀尖上的舞者"，靠自己多年的临床经验和对病人细致入微的观察，一步一步推动病人病情好转。

"有的病人撤离呼吸机了，有的病人转到普通病房了。从死亡线上回来的病人和我们挥手、和我们说谢谢，这给了我们莫大的荣誉感和幸福感，让我们在寒冷的冬季，感受到来自春天的希望与温暖。"岳茂奎说。

虽然来自不同地方，但医疗中心的医护人员都互相支持，工作起来毫无怨言。他们有条不紊地工作，默契地配合治疗操作，只有脸上护目镜留下的压痕、酒精擦拭消毒后红通通的眼睛诉说着他们的辛苦与坚韧……

"又逢上元日，黄州夜沉沉。他乡思明月，同为逆行人。今朝赴国难，何须惜此身。待到归去日，花开遍地春。"元宵节晚上，岳茂奎写道。

2月19日

如果我是……

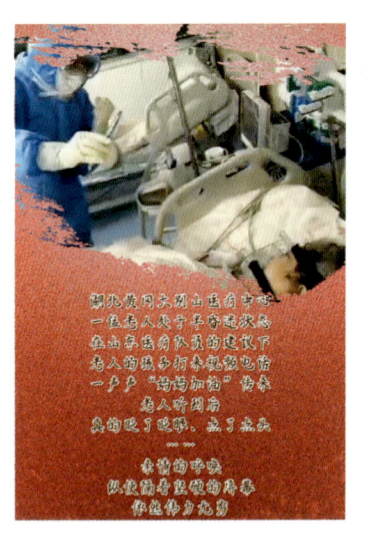

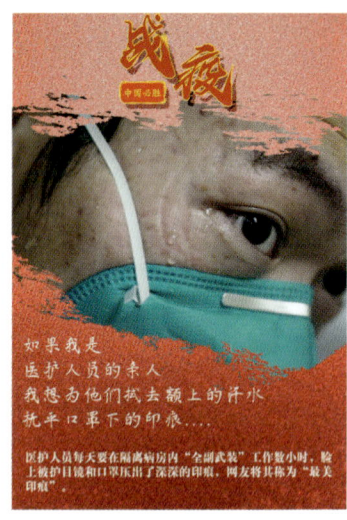

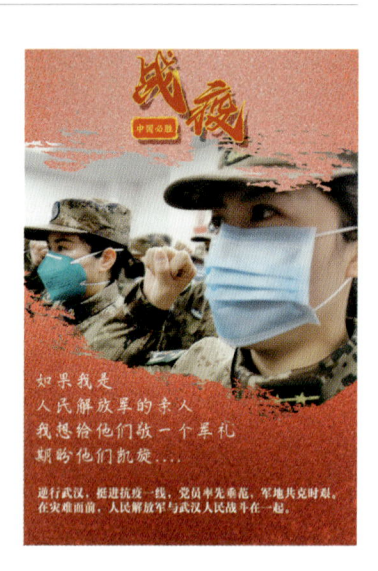

如果我是
医护人员的亲人
我想为他们拭去额上的汗水
抚平口罩下的印痕

医护人员每天要在隔离病房内"全副武装"工作数小时，脸上被护目镜和口罩压出了深深的印痕。网友将其称为"最美印痕"。

如果我是
人民解放军的亲人
我想给他们敬一个军礼
期盼他们凯旋……

逆行武汉，挺进抗疫一线，党员率先垂范，军地共克时艰。在灾难面前，人民解放军与武汉人民战斗在一起。

面对这场疫情，我们都是最亲的亲人！

凡我所在，便是武汉！

凡我所在，便是中国！

策划：邓卫华

统筹：吕放

设计制作：江昆

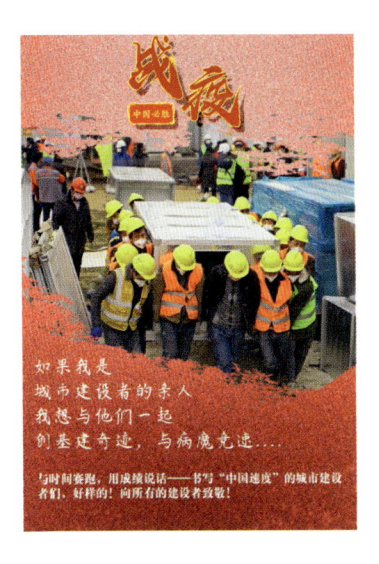

127
"搬家" 支援 鲁鄂同心

如果我是
城市建设者的亲人
我想与他们一起
创基建奇迹，与病魔竞速……

与时间赛跑，用成绩说话——书"中国速度"的城市建设者们。好样的！向所有的建设者致敬！

如果我是
一线工友的亲人
我想向他们深深鞠下一躬
你们是在为"生命"赶工……

连日来，为保障疫情期间防护物资需求和各类市场供应，保障经济稳定，不少企业为战"疫"陆续开工、复工，其中有些为"跨界"开工，有些为提前复工复产。

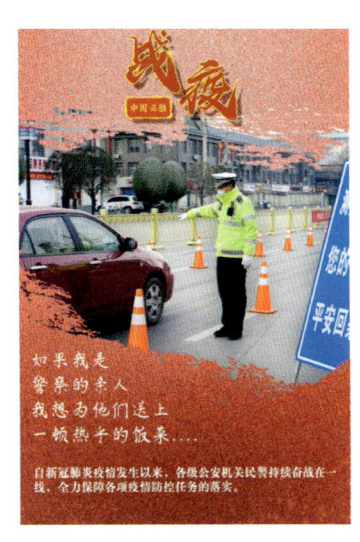

如果我是
警察的亲人
我想为他们送上
一碗热乎的饭菜……

自新冠肺炎疫情发生以来，各级公安机关民警持续奋战在一线，全力保障各项疫情防控任务的落实。

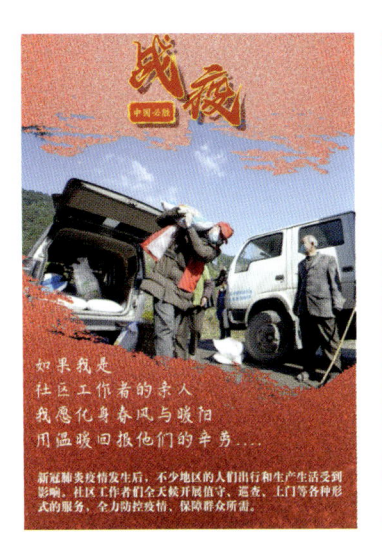

如果我是
社区工作者的亲人
我愿化身春风与暖阳
用温暖回报他们的辛劳……

新冠肺炎疫情发生后，不少地区的人们出行和生产生活受到影响，社区工作者们全天候开展值守、巡查、上门等多种形式的服务，全力防控疫情，保障群众所需。

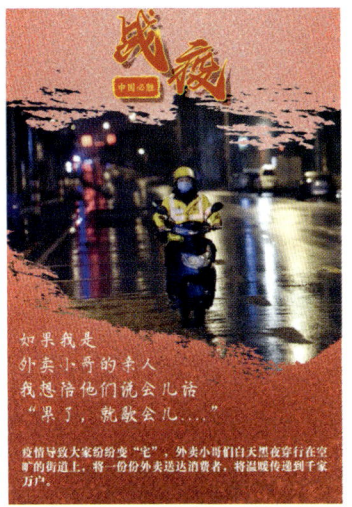

如果我是
外卖小哥的亲人
我想陪他们说会儿话
"累了，就歇会儿……"

疫情导致大家纷纷变"宅"，外卖小哥们白天黑夜穿行在空旷的街道上，将一份份外卖送达消费者，将温暖传递到千家万户。

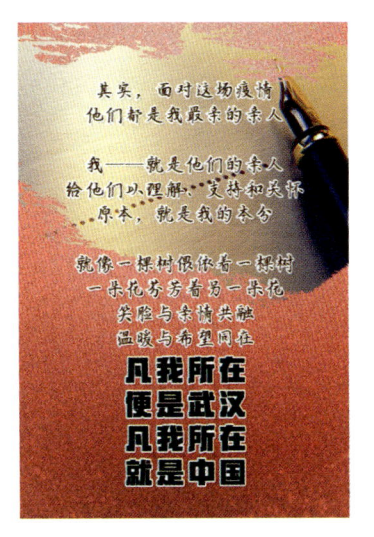

其实，面对这场疫情
他们都是我最亲的亲人
我——就是他们的亲人
给他们以理解、支持和关怀
原本，就是我的本分

就像一棵树摇动一棵树
一朵花芬芳着另一朵花
关怀与亲情关联
温暖与希望同在

凡我所在
便是武汉
凡我所在
就是中国

爸爸妈妈，我想对你们说……

疫情当前，无数白衣战士逆行而上，奋战在与病毒抗争的最前线。在他们身后，有无数人在担心，在守望，更有那些小小的人儿，期盼着父母的陪伴。一声声亲切的呼唤，一句句真切的问候，这些充满孩子们爱意的书信让他们前进的脚步更加坚定。爸爸妈妈，加油！

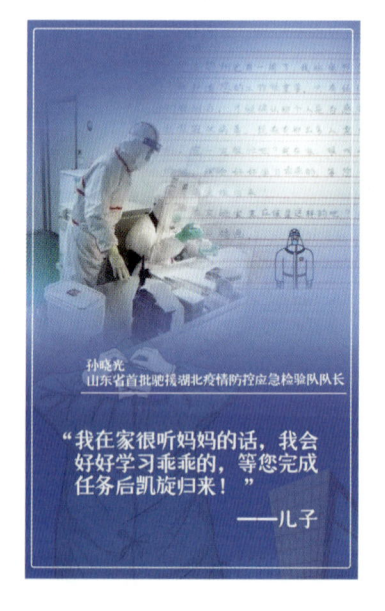

王永彬 山东大学第二医院呼吸内科医生
山东第一批驰援湖北医疗队队员

"爸爸不在家，家里就不完整，所以我等爸爸从湖北黄冈打完病毒回来后一家人一块过生日。"
——儿子

李娜 济南医院肥湖北病利副护士长
山东第四批驰援湖北医疗队队员

"妈妈是护士，所以必须要去，我已经是男子汉了，我会给妈妈加油，你肯定会平安地回来的，妈妈加油，加油！"
——儿子

孙晓光 山东省首批驰援湖北疫情防控应急检验队队长

"我在家很听妈妈的话，我会好好学习乖乖的，等您完成任务后凯旋归来！"
——儿子

策划：吕放
编辑：杨曼妮
设计：丁宇飞
出品：新华网山东频道

"搬家" 支援 鲁鄂同心

张志强、王颖
均为山东省胸科医院医务工作者

"希望疫情可以早点过去，让我的妈妈和爸爸可以多回家陪陪我。"
——家里的小宝贝

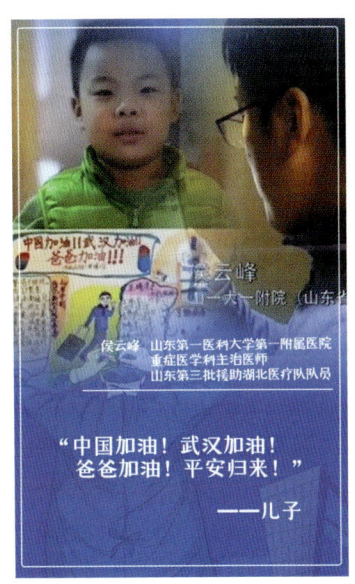

侯云峰 山东第一医科大学第一附属医院
重症医学科主治医师
山东第三批援助湖北医疗队队员

"中国加油！武汉加油！爸爸加油！平安归来！"
——儿子

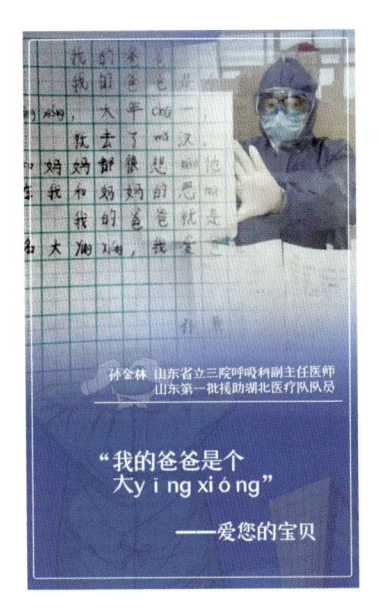

孙金林 山东省立三院呼吸科副主任医师
山东第一批援助湖北医疗队队员

"我的爸爸是个
大yīng xióng"
——爱您的宝贝

丛薇 滨州医学院附属医院急诊科护士

"我想抱抱妈妈，可是妈妈不同意，说'这种时候不能 kào近你'。我最后很伤心！"
——儿子

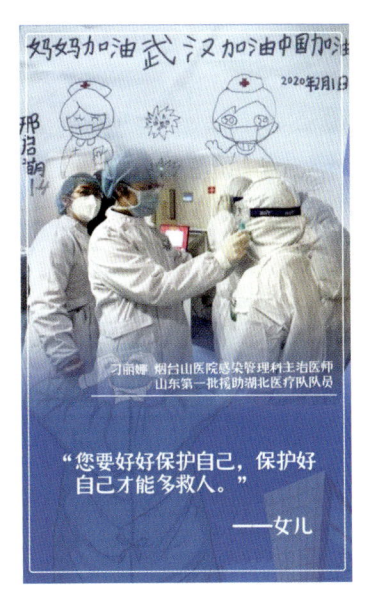

习丽娜 烟台山医院感染管理科主治医师
山东第一批援助湖北医疗队队员

"您要好好保护自己，保护好自己才能多救人。"
——女儿

夫妻双双把"疫"战：我能想到最浪漫的事……

新华社济南2月23日电（记者杨文、潘林青） 新冠肺炎疫情发生以来，无数"逆行者"义无反顾冲上前线。其中，有很多"夫妻档"，他们舍小家、顾大家，并肩奋战在疫情防控一线，一起来看看特殊时期的爱情。

"双医"家庭：相见时难别亦难

"临沂市人民医院第二梯队马上进入工作状态！请全市人民放心，我们保证完成任务！"山东省临沂市人民医院应急病房门前，第二梯队的14名医护人员集体宣誓，准备"进舱"，接替休整的第一梯队。这个"舱"是一个封闭式的治疗新冠肺炎患者的负压病房，第一梯队的医护人员已经在里面工作生活了7天。

应急病房内采取4小时轮换工作制。医护人员穿着防护服工作，查房、汇报、"盯"着患者观察、应对突发情况……负压病房第二梯队队长邱国正说："连轴转下来，大家平均每天睡眠时间不足5小时。"

邱国正的妻子夏倩倩是留观病房第一梯队的护理骨干。在丈夫邱国正"进舱"3天后，夏倩倩接到了去留观病房的任务。这对年轻的夫妻，分别投入各自的战斗中。

负压病房和留观病房的医务工作者不允许回家，由医院统一安排食宿。1月31日，10多天不见的夫妻俩在员工休息区的走廊上"重逢"了。

轮过3天班的夏倩倩，终于见到了"沧桑"的丈夫，此时邱国正已"进舱"5天。他的脸颊上印着清晰的勒痕，因佩戴口罩时间过长，带子已经把耳后勒破……

2月20日，结束了医学隔离观察的邱国正，作为临沂市人民医院医疗队队员援助武汉。这一天，也是夏倩倩在"出舱"后接受医学观察的最

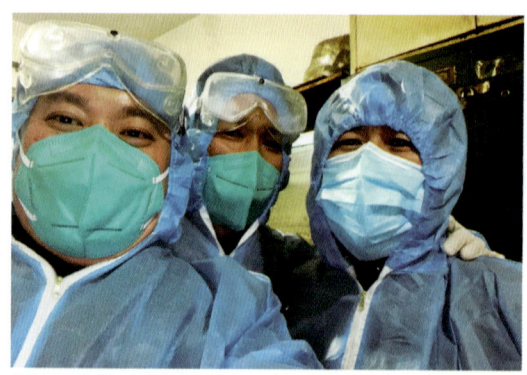

开始工作前，民警李珂（左一）和同事们穿好防护服。（受访者供图）

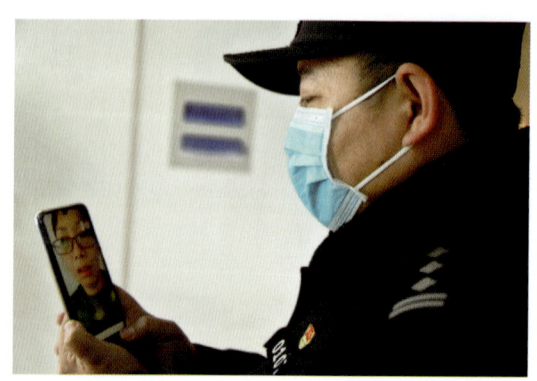

民警于静洪和妻子林辉视频通话。（受访者供图）

后一天。无法亲自去送丈夫出征，夏倩倩给邱国正发了信息："一定做好防护，等你胜利归来！"

21日，夏倩倩返回战"疫"一线，再次"进舱"。

"双警"家庭：并肩作战的幸福

一种使命，双份坚守。对于李珂和陆莹来说，爱情可以是夜以继日的坚守，也可以是并肩作战的幸福。

李珂是济南市公安局历下区分局东关大街派出所的教导员，他的妻子陆莹是济南市公安局下派到七里山派出所锻炼的民警。面对来势汹汹的疫情，夫妻二人义无反顾地投身到疫情防控最前线。

接到疫情防控的任务后，李珂第一时间回到所里。带领民警深入辖区的九小场所、防疫登记点等，对重点人员随访核查；走进社区的大街小巷，宣传疫情登记工作；逐一登记，落实人员轨迹。在一些特殊场所，必须穿防护服，戴好护目镜。"虽然有一定的风险，但是前线需要我，作为警察，这个时候就得站出来！"李珂说道。

另一边，妻子陆莹作为内勤人员，经常忙碌于文件的上传下达，负责整理上报疫情工作信息、填报表格、撰写材料，做好派出所内勤的各项工作。同时，陆莹也需要在派出所参加值班备勤工作。

2月14日情人节，夫妻二人都在各自的岗位上值班。晚上空闲时间，李珂拨通了妻子的电话："给你打个电话，情人节快乐，这些年，你辛苦了。"

"都老夫老妻了，说这些干什么，你保护好自己我就放心了。"放下电话，陆莹发了一条朋友圈："我能想到最浪漫的事，就是和你穿一辈子藏蓝色的'情侣装'，一起乘风破浪，并肩作战，一起迎难而上，携手共进。"

"警医"家庭：隔着屏幕的情话

"家中一切安好，勿念。"

"相识二十载，以前春节，多是我不在家，或是巡逻，或是警卫，或是执勤。越是假期越忙，越是聚少离多。今年，单位主动让咱们除夕团圆，却不想随队出征的是你。"

"今天我值班。全大队都已动员待命，各司其职，服从召唤。"

"注意身体，等你回来。你守在病房，我守在你身后。"

这一封封家书，都是山东省济南市公安局槐荫分局特巡警大队的民警于静洪发给妻子林辉的。林辉是山东省立医院感染性疾病科的一名护师，也是山东省首批援助湖北武汉医疗队队员。大年初一（1月25日）晚上，林辉抵达湖北，目前已经在一线奋战近1个月。

1月24日，山东省立医院接到通知，抽调医护人员赴湖北，林辉主动写了请战书，自愿报名支援湖北。

年夜饭后，林辉便匆匆忙忙收拾行李，儿子过来，眼里含着泪，担忧地问："妈，不去不行吗？"看到妻子也在为难，一向寡言、不善于表达的于静洪说："你去吧，不用担心家里，但是一定要注意做好防护，特殊时期，有一些事情必须有人去做。"

防护服里的疲惫，护目镜里的汗和泪，口罩内的窒息感……这些在工作中碰到的困难，林辉会在与丈夫视频的时候讲出来。手机的那头，于静洪安慰妻子说："公安民警和医护人员是'战友'，我今晚值班。你守在病房，我守在你身后！"隔着屏幕，丈夫的话让林辉湿了眼眶。

黄冈市大别山区域医疗中心，夜晚的病房依然忙碌。林辉做好交接，下班回到酒店，已是凌晨2点多。林辉给丈夫留言："这几天收到了出院患者给我们的感谢信，队员们都很高兴很激动。冬已尽，春可期！待我归来时，依然会岁月静好！山河无恙，人间皆安！"

2月24日

一场战"疫"两地书 千里同心盼春来

新华社济南2月24日电（记者张力元、闫祥岭） 从大年初一（1月25日）第一批医疗队出征，目前已有十二批山东医疗队驰援湖北，奋战在疫情防控的最前线。

千里之外，千万声叮嘱，一纸云笺致远方。

佳人：莫笑女儿情长，爱你品格高尚

吴鹏是临沂市中心医院重症医学科副主任，大年初一（1月25日）随临沂市第一批援助湖北医疗队支援黄冈。

分别的近一个月里，妻子张赛赛总是用手机搜山东医疗队的新闻，生怕错过关于吴鹏和他同事的任何消息。

结婚七年，像这样写一封信，张赛赛还是头一次：

"不少人说七年之痒，但我们的感情却有增无减，你我作为同行，在一个单位，却总是聚少

张赛赛写给丈夫吴鹏的家书。（受访者供图）

离多。我们在各自的工作岗位上默默坚守，有时候我们共同值夜班，你来我们科室会诊，我们甚至说不上一句关心的话语。你作为一名医生，践行着对医学事业的誓言，不忘初心，我理解你，支持你！"

张赛赛说自己和丈夫很少说情话，这次特意写上了两句："初心难忘，做你心上人，余生就很暖！"

写完后她又觉得，这哪里是情话，这只是一句心里话。

"窗外的灯光幽幽洒落进来，深深的思念之情涌上心头。都老夫老妻了，其实怪不好意思在电话里头说那些想念你的话的。索性拿起笔，用最传统的方式给你写一封家书吧。"

深夜十一点，张艾丽给山东支援湖北医疗队队员、山东省精神卫生中心医务部副主任于晓东写了一封信。

"我相信你，一定能做好个人防护，平安健康地归来；

"我相信你，一定会充分发挥专业特长，给每一个需要帮助的医护人员信心和力量；

"我相信你，一定会和所有前去的战友们并肩战胜病毒！"

在信里，张艾丽还对丈夫说："家里，不用惦记；爸妈，不用担心；孩子，不用牵挂。——家里有我！"

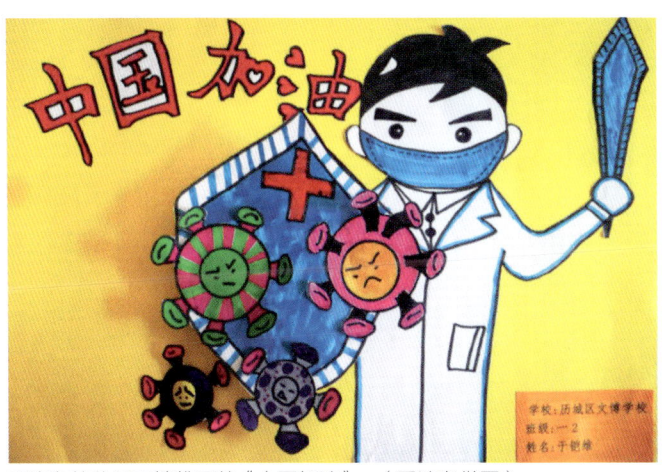

于晓东的儿子于铠维画的《中国加油》。（受访者供图）

纸短情长，不尽依依，我知道你懂。

家园：那逆行的英雄，是我的亲人

"妈妈，我想你的时候爸爸让我看你的照片，你穿着黄色的衣服只露着眼睛，我都认不出你来了。妈妈，今天是你的生日，可你无法吃蛋糕，我要给你唱首生日歌，让爸爸录好视频给你发过去。妈妈，我长大了以后，也要像你一样，去保护别人。"

山东大学齐鲁医院第四批援助湖北医疗队队员、第一手术室护士段广娟在 32 岁生日那天，收到了儿子李梓伊的来信。

"孩子，此时已是凌晨了，我没能入睡，提笔给你说几句话。此时此刻，也许你在接受培训，也许你在休息，无论如何，我明天再发给你。你择期阅读，不必回复，等精力允许时，给妈报个平安就行。"这段话摘自李桂兰在老家菏泽市郓城县写给女儿房柏瑜的一封信。

房柏瑜是山东省第九批支援湖北医疗队队员、菏泽市医学专科学校附属医院的一位护师。出发

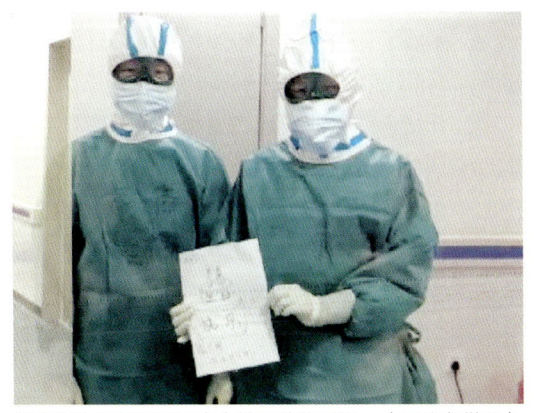

段广娟生日收到了同事为她手绘的蛋糕。（受访者供图）

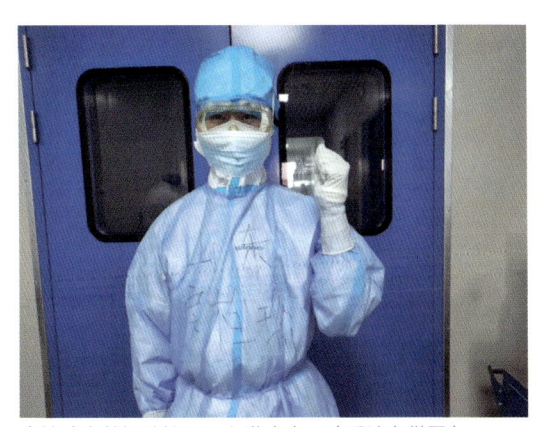

房柏瑜穿戴好防护服马上进病房。（受访者供图）

郝学喜的父亲（右）和女儿。（受访者供图）　　刘海英出发前写给孩子的家书。（受访者供图）

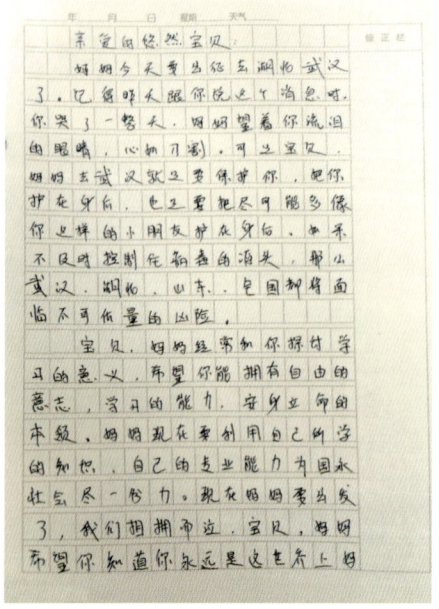

前，她对妈妈唯一的要求就是不要把这个消息告诉其他亲人，以免他们担心。

"妈妈答应你，妈妈能承担一切，但唯独不能参加你的出征仪式，妈妈怕哭。放心吧，孩子，家里有妈，一切安好！"这几句话，李桂兰在心中打过好几遍草稿，才敢提笔写上去。

山川相隔，血脉相连。这些想念，会穿越时间和空间抵达。

家国：遍身着"盔甲"，热血报家国

大年初八，郝春文特地赶到村委会，要了几张信纸，他要给没有提前告知便奔赴一线的儿子——山东大学第二医院第二批援湖北医疗队队员郝学喜写封信。

"你没有忘记医学生誓言，没有忘记咱们是一个有三名共产党员的家庭。84岁高龄的钟南山院士都能亲临一线。当打之年的你又有什么理由不冲锋陷阵，奋勇当先呢？这是你对我最好的解释，我释怀。"

"职责所在，使命使然，前线的勇士！在总攻的冲锋号声中加油吧！"那孝顺的儿子，在这封信里被唤作"前线的勇士"。两页纸，郝春文写得工工整整。

"亲爱的悠然宝贝，妈妈经常和你探讨学习的意义，希望你能拥有自由的意志、学习的能力、安身立命的本领，妈妈现在要利用自己所学的知识和专业能力为国家，为社会尽一分力了。"这是山东大学第二医院刘海英出发前给孩子写的信。

一封封信，一句句话。"见字如面""展信佳""爱你的爸爸妈妈""为你骄傲的妻""想你的宝宝"，每一个字里都刻着深深的牵挂，和那个共同的心愿——盼春来，盼团圆。

2月 24

中国企业加速转产防疫物资支援一线抗"疫"

新华社济南2月24日电（记者吴书光、陈国峰、王阳）从选址、办证、调运设备与原料、安装、消毒，到首件医用一次性防护服样品下线，中国服装出口企业迪尚集团仅仅用了一天。

位于山东威海的迪尚集团是一家外贸服装企业，为近500个国际知名服装品牌提供全面的供应链管理服务和产品生产。鉴于中国防控新冠肺炎疫情急需防护用品，2月9日，迪尚决定利用服装生产经验和人才优势，转产紧缺的医用防护服。

从生产服装到"转产"医用防护服，看似相似，实则不同。技术流程要重构，厂房要无菌，原材料、设备等要紧急调配，还要办营业执照，等等。迪尚集团董事长朱立华一声令下："疫情面前，无条件完成任务！"

2月10日下午，拥有5条生产线的迪尚新工厂立即下线第一件医用防护服样品。朱立华说："企业能如此快速落地生产，离不开政府部门鼎力支持，展现出我们万众一心、共克时艰的努力。"

为了助力迪尚医用防护服工厂尽快投产，威海当地政府各部门实行"点对点"服务，协助企业快速办理营业执照，协调厂房、电力配套等。到22日，迪尚集团已经有了8条防护服生产线，24小时连续生产。

疫情如虎，时间贵如金，中国各界均在与时间赛跑。在防疫物资如口罩、防护服等仍然紧缺的情况下，很多和迪尚一样的纺织服装企业成为"斜杠公司"，有的新建厂房，有的引进生产线，纷纷加入生产抗"疫"物资的"大军"。

在山东烟台，时尚女装生产企业舒朗仅用4天时间，就完成紧急转产，开始生产医用及民用防护服，支援防疫一线。在江苏，红豆集团"跨界"生产防护服、隔离衣、口罩等。

在北京，中建一局建设发展公司承建的北京应急改建口罩厂22日正式建成，工期仅6天，这是北京市建设速度最快的口罩厂。该厂投产后，可日产民用防护口罩25万只，月产750万只、最大产能900万只。

汽车、日化等行业也加入了"斜杠公司"大军。如比亚迪、上汽通用五菱汽车等汽车企业改造车间，联动供应商加入口罩生产行列；国机集团下属恒天重工用9天时间研制出医用防护服压条机；一批日化、饮料、白酒企业也先后"跨界"，开始生产消毒液、消毒酒精等。这些企业得以短时间内成功"跨界"，源于中国制造完整且灵活的供应链。

中国产业用纺织品行业协会会长李陵申说，完整而灵活的供应链是中国制造业实现"随机应变"的底气，更是应对挑战、抵御风险的关键。

随着一批企业"跨界"，曾受疫情影响的企业陆续按下复工"加速键"，这在一定程度上缓解了医疗物资供给紧张的局面。

中国工信部 20 日发布数据显示,截至 2 月 19 日,国内生产企业累计向湖北运抵医用防护服 151.2 万件,呼吸机 9473 台,高流量吸氧机 1780 台。重点医疗物资保障力度进一步加大。

21 日晚,迪尚集团首批 4000 件医用防护服驰援湖北。朱立华说:"社会同心,其利断金。我们一定会打赢这场疫情防控阻击战!"

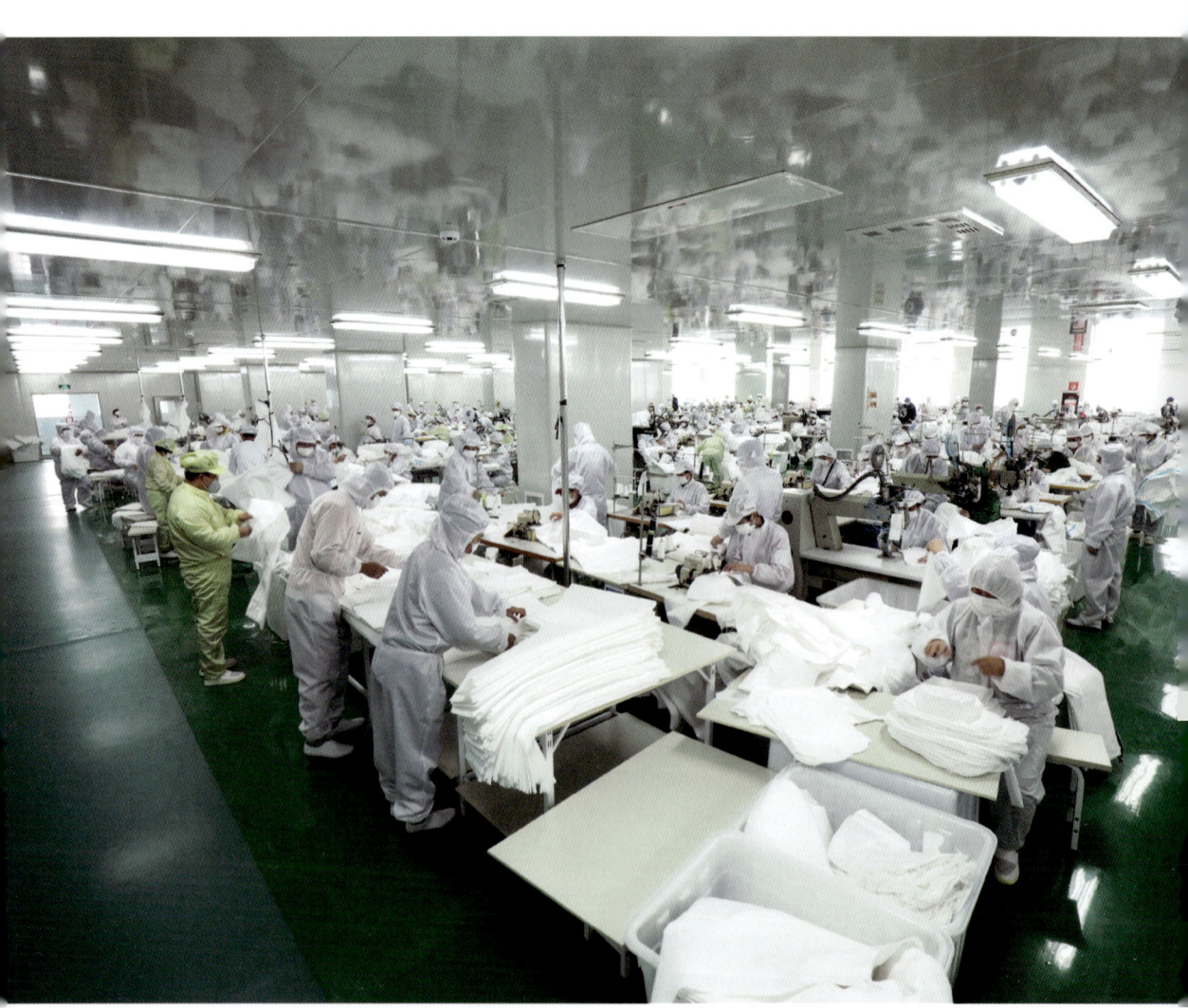

2 月 15 日,迪尚集团 500 人规模生产线启动。(屈飞摄)

2月 27

"武汉话手册"诞生背后：
五代人悬壶济世传承使命

新华社济南2月27日电（记者吴书光、陈灏）"拐子"是"哥哥"，"嗖嗖"是"叔叔"，"莫和不过"是"不要害怕"……一本从武汉新冠肺炎防疫一线流传出来的《国家援助湖北医疗队武汉方言实用手册》迅速在网上走红。许多网友说，看着看着就笑了，笑着笑着就哭了。

该手册及武汉方言音频材料的快速面世，与山东大学齐鲁医院援助湖北医疗队队员郭海鹏的出谋划策分不开。

湖北省是新冠肺炎疫情重灾区，全国各地医疗队纷纷驰援湖北。2月7日下午，山东大学齐鲁医院组建的包括131名医护人员的医疗队出发驰援湖北。

2月8日，郭海鹏的同事进入病房查看病人情况，做交接准备。他们发现危重症病房中老年人较多，他们不会讲普通话，而医疗队队员听不懂武汉话。这如何问诊？

"同事反映了语言不通的问题，领队费剑春很重视，立即召集大家想办法。"郭海鹏告诉记者，2月9日医疗队就要接管病人，解决语言问题刻不容缓。

今年37岁的郭海鹏曾在武汉大学攻读硕士、博士学位，于是顺理成章地成了医疗队的"武汉话专家"。他和副队长胡昭商量后提议，编一本对照手册，将常用的、关键的武汉话收集并翻译出来，方便大家学习和使用。这一建议得到医疗队的一致认可和全力支持，队员们迅速分组行动，列举了250多个高频词汇。

"临床词汇相对比较生僻，网上不大用，得找当地人确认才好确定发音。"郭海鹏说，他立刻找到自己在武汉大学的老师和同学帮忙。

得知郭海鹏的想法后，老师和校友们都非常支持。手册主编之一林青，是郭海鹏求学时学院分管研究生工作的老师；负责审校的卞洲艳、张楠等人，是武汉大学人民医院的医生，与他师出同门。

"大家都从事医务工作，都愿意为防疫一线和患者解决问题，效率很高。"郭海鹏说，他们剔除发音与普通话接近的词汇，精减部分过于复杂的表述，最终为手册定稿。

手册发下去之后，队员们又发现了新的问题：虽然用汉字标注了武汉话的发音，但还是无法体现音调和轻重音，有的注音与实际发音有差距。于是，郭海鹏和同事们提出，干脆做一个语音版的，让大家听着学！于是，林青老师找来了自己的女儿和女婿帮忙，完成了音频录制。

9日下午3时，手册和音频材料发送到了医疗队每一个队员的手里。收录的武汉话分为四部分：称谓常用语、生活常用语、医学常用语及温馨常用语。很快，手册和音频资料就被人传到了网上。

让郭海鹏意想不到的是，手册迅速成为援助武汉各医疗队的学习教材，还被当地媒体搬上节目，被誉为"武汉方言密码本"，并迅速在网上走红。作为主创者之一，郭海鹏打心眼里为手册发挥了作用而高兴。

疫情发生后，将武汉视作"第二故乡"的郭海鹏毫不犹豫地报名参加医疗队。2月6日晚10点30分，他收到紧急出发通知。来不及和父母告别，他特意熬过0点，才悄悄通过微信告知父亲。

"我家连着五代都是医生。我打小就在爷爷和父亲身边耳濡目染。"郭海鹏说，一家人世代行医，为的便是悬壶济世。

"世上没有从天而降的英雄，只有挺身而出的凡人。"父亲7日上午在写给郭海鹏的微信留言中说，独生子明知山有虎，偏向虎山行，父母无法不担心，但郭海鹏也是医生，他支持儿子"逆行"。

这段留言发出后仅2天，手册问世。

"齐"心"鲁"力，"搬家式"倾情相助

——山东支援湖北战"疫"记

《新华每日电讯》2020年2月29日（记者潘林青、杨文）

派出一批批医疗队、捐出一车车物资、汇出一笔笔善款……新冠肺炎疫情发生以来，山东迅速动员、火速驰援，成为湖北战"疫"一线强有力的援军。

缺什么就送什么 "搬家式"硬核援助

"我真心感谢山东医疗队。他们都不是我的亲人，但是比我的亲人还亲，感谢他们无微不至的照顾。"近日，湖北黄冈大别山区域医疗中心隔离病房里，一名患者激动地流下眼泪，竖起大拇指给山东医疗队真情"点赞"。

当时正在照顾她的是山东淄博第二批援助湖北医疗队队员、淄博市第一医院神经外科护师贾克林。那天，他在口罩、帽子、隔离衣、护目镜的包裹之下，连续高强度工作11个小时，没吃一口饭，没喝一口水，全身上下都被汗水打湿了。

"感觉非常口渴，身体有些虚脱，连话都不想多说。"贾克林说，"但一想到患者在我们的照料下，一天比一天好转，心里就很欣慰，再累也值了。"

鲁鄂一家亲，疫情牵人心。1月25日起，山东多次抽调医护人员驰援湖北，并在湖北成立了由山东省委副书记杨东奇任指挥长的前方指挥部。截至2月27日，山东共陆续派出援助湖北医务人员12批次、1743人，第13批正整装待发。

前方缺什么，山东就送什么。1月31日，山东能源新华医疗的厂区内，两辆满载医疗消毒产品的大货车朝着武汉方向疾驰而去。车上装载的12000瓶手消毒液、70套空气消毒机，正是防控疫情的紧缺物资。

"疫情发生后，我们集中力量、加班加点，连续24小时不间断生产，医疗物资产量比以前提高了3倍，尽最大产能支援湖北防疫。"山东能源集团党委书记、董事长李位民说。

连日来，各种工农业物资正从山东各地生产、装货、发车，源源不断地送往湖北。胶州市40吨大白菜、滕州市66吨土豆、兰陵县100吨大蒜、沂源县20吨苹果……一车接一车的山东名优蔬菜水果免费送往湖北。

新华制药16万余盒急需药品、鲁抗医药7.8万支抗感染针剂、鑫科生物2台全自动血液细菌培养仪、广泰空港设备公司2辆医疗特种车、赛弗集成房屋公司340套箱房、滨化集团22吨次氯酸钠消毒液，以及数量众多的口罩、防护服、消杀产品……一批又一批的急缺医疗物资无偿捐赠湖北。

聊城市高新区韩集乡曹庄村村民曹凤举平时"舍不得吃舍不得喝",听到武汉疫情严重的消息时,毫不犹豫地掏出辛苦积攒的1万元;各大企业也迅速行动起来,阳谷县新凤祥集团捐款1000万元,日照钢铁集团捐款2000万元……一笔又一笔的爱心"救命钱"汇向湖北。

这是具有山东特色的"搬家式"硬核援助。截至2月27日,山东累计发往湖北等地口罩2164万多只、防护服30万多套、防护面罩38万多个、护目镜13万多副、消杀用品2800多吨,捐赠蔬菜、水果等农产品近3700吨。通过红十字会和慈善总会,累计向湖北捐赠款物7.4亿多元。

坚定不移跟党走 硬气背后是底气

面对全国防疫物资普遍缺乏的紧迫形势,山东向尚服饰文化有限公司主动转产,先是在春节期间紧急复工生产口罩,近日又通过多方渠道紧急采购市场上紧缺的专用面料,2月10日起转产防护服和隔离衣,全力支持抗"疫"一线。

"转产肯定会带来经济损失。"这家公司总经理张红梅说,"但越是危急关头,越要体现企业的责任担当。只要政府和社会有需要,我们就开足马力转产,不计成本、不计回报、不计损失。"

山东历来坚定"听党话,跟党走"。革命战争年代,山东人民毁家纾难,踊跃拥军支前。疫情发生以来,山东人民继续发扬优良传统,舍小家顾大家,急国家之所急,主动对接,服务党和国家工作大局。像向尚服饰这样的企业能列出一长串:

得知武汉火神山医院急需大型专业空调机组后,齐鲁制药主动将自家急需、原定发往济南的12台排风机组设备直接改发武汉;

威高集团紧急叫停即将上马的、盈利前景乐观的特种导管项目,迅速腾出5000多平方米净化厂房,转产国家抗"疫"急需的防护服;

青岛海之晨工业装备有限公司是一家研发机器视觉和人工智能技术的高新技术企业,为缓解防疫物资紧缺的局面,已第一时间转产人体测温防疫设备;

……

愿援还要能援。山东"搬家式"援助背后的"底气",是近年来工农业高质量发展的"硬气"。高熔指纤维聚丙烯是生产口罩的核心原料,全国能生产的企业不多,而山东就有济南炼化、青岛炼化两家。其中,仅青岛炼化,每天就能生产600吨原料,而1吨原料就可制成一次性外科口罩90万—100万只或N95口罩20万—25万只。

泰山学者、山东省社科院二级研究员张卫国说,山东是全国少数几个拥有全部41个工业大类的省份之一,并且上下游配套较为齐全,产业集群化程度较高,不出省就能集聚齐从原材料到制成品的产业链各环节。

山东"菜园子",京沪"菜篮子",山东还是全国有名的农业大省。北京市场上大约有1/3的蔬菜来自山东寿光,而上海市场对山东兰陵蔬菜的依赖度超过50%,在全国形成了"北寿光、南兰陵"的蔬菜布局。

不管是果菜,还是粮油、肉蛋,山东各类主要农产品产量均居全国前列。据统计,山东以占全国约1%的淡水资源,灌溉了占全国约6%的耕地,生产了占全国约8%的粮食、9%的肉类、12%的水果、13%的蔬菜。

"齐"心"鲁"力来战"疫" 更待春暖花开时

9日下午,在山东省临沂市人民医院医护人员多日精心诊治和护理下,郑某某、杜某某两名新冠肺炎确诊患者顺利出院。医护人员送上鲜花,祝贺他们康复出院。

"谢谢大家的关心。最想感谢的是临沂市人民医院的医生和护士们,是他们冒着生命危险,把我们从死神手中拉了回来。"走出负压隔离病房,郑某某手捧鲜花激动地说。

当前,抗击新冠肺炎"病魔"的战斗也在齐鲁大地打响。截至2月26日24时,山东新冠肺炎患者累计确诊病例756例,治愈出院381例,占50.4%;69例重型、危重型病例,50例已明显好转,占72.5%。

农村和城市社区是疫情联防联控的第一线。"老少爷们听我言,冠状肺炎不一般。发病原因闹不清,就是知道易传染……"为了让广大群众更好地防疫,蒙阴县文化和旅游局局长张元奎编写了一首《冠状病毒肺炎防疫小段》,将疫情防治小知识传入千家万户。

"当前,疫情防控工作到了最吃劲的关键阶段,山东疫情防控形势依然严峻,任务依然艰巨。"山东省卫生健康委员会党组书记、主任袭燕说,为此,山东持续织密防控网,围绕压紧压实防控责任、实行差异化分区分级精准防控、从严抓好城乡社区(村)管理、强化重点人群重点场所管理等方面,采取了更加明确、更加细致的15条防控措施。

在防疫中,山东还重视加强科技力量。创泽智能机器人集团股份有限公司根据疫情防控需求,推出了智能导诊机器人、智能远程诊疗机器人等5款机器人,以及其他智能产品,目前已应用于山东战"疫"一线,取得良好效果。

"科技是战'疫'成功的决定性力量之一。"山东大学齐鲁医院呼吸科主任医师马德东说,这些智能机器人发挥了重大作用,既能治疗病人、避免医护人员交叉感染,又能节约本就十分紧缺的防护服、口罩等医疗物资。

目前,山东生产生活秩序正在逐步恢复中。2月5日晚,山东德州下起了大雪,然而在"山东有研半导体大尺寸硅材料规模化生产项目"建设现场,却是一片火热的劳动景象,40多名工人正在紧张忙碌着。

"目前,主体厂房的结构都已封顶,内部二次结构也基本完工,计划在3月底进行生产设备的搬入。"山东有研半导体材料有限公司副总工程师肖清华说。

据山东省工信厅统计,截至27日,山东规模以上工业企业复工率达到97.2%。

"齐"心"鲁"力来战"疫",更待春暖花开时。2月3日,山东首批援助湖北医疗队队员宋文玉忙碌了一整天之后,晚上简单吃了几口生日蛋糕,算是过了34岁生日。

"虽然今年生日晚餐简单,但生日愿望可不简单。"宋文玉说,"我祈愿疫情早日散去,病人早日康复,祝愿一切小别离终有大团圆。"

3月3日

千里驰援大别山 鲁鄂携手克时艰
——山东省对口支援湖北黄冈抗击疫情纪实

新华社济南3月3日电（记者闫祥岭） 疫情防控工作开展以来，山东省在做好省内疫情防控的同时，举全省之力支援湖北，对口支援黄冈。两地人民一家亲、心连心，携手共克时艰。疫情面前，齐鲁情漫大别山。

医护人员靠得住，白衣战士援黄冈

"我们是山东省派出的第一支医疗队，100多人的队伍大年初一（1月25日）晚上从济南出发，晚上11点多到武汉机场，连夜从机场乘大巴奔赴黄冈。"山东省第一批援助湖北医疗队队长、山东中医药大学第一临床医学院副院长贾新华说。

当时，黄冈是除武汉之外疫情最严重的城市。当地紧急启用了还未完工的大别山区域医疗中心，将其改建为黄冈版"小汤山医院"。山东医疗队全员参与设计、改造、清扫、规整。

1月28日晚11点，医疗队迎来首批新冠肺炎患者。

贾新华说："当时我们的床位数总共是100张，第一天晚上就收治了48位患者，第二天晚上病区就饱和了，全是重症患者。"

随着黄冈疫情防控形势的变化，山东不断加强统筹，科学调配全省最优秀的医护人员，陆续组建多支高水平的支援湖北医疗队。

2月10日，山东决定成立以省委副书记杨东奇为指挥长、副省长孙继业为副指挥长的对口支援黄冈市疫情防控前方指挥部。

1个多月来，山东先后派出12批医疗队共1794人支援湖北，其中武汉1182人、黄冈608人、鄂州4人。截至2月29日，山东医疗队在黄冈累计收治病例（含疑似）685人，治愈363人，在院病例144人。同时完成9924份样本检测，完成118万平方米消杀，流调123名病例，追踪密切接触者1291人。

物资保障跟得上，再现人民"小推车"

"我是一个老兵，又是一名党员，做点儿公益感到踏实自豪。"济南市退役军人王堃，给黄冈市捐赠了40吨价值20万元的蔬菜、鸡蛋等生活物资。

疫情当前，山东展现工农业大省的综合优势，从医疗物资到生活物品，从官方到民间，山东多方筹措急需物资，再现了当年人民"小推车"精神。

山东商务厅主动与湖北商务厅联系，了解当地生活必需品的消费需求，建立湖北重点蔬菜流通企业名录库。加强对农业生产企业和种植、养殖户的生产指导，进一步提升产出能力。

莱阳梨农捐赠40吨爱心梨；齐鲁粮油联盟企

"搬家"支援 鲁鄂同心

业麦香园食品有限公司捐赠了 10 万个大馒头；菏泽定陶一村民自发捐赠的 13 吨蔬菜，由俩小伙轮流开车送达黄冈……

鲁南制药集团给湖北医疗机构捐赠价值 1000 余万元的医药物资，聊城新凤祥集团向武汉和黄冈捐赠了价值 700 多万元的鸡肉食品和医疗物资……

"为了尽快把物资输送到目的地，我们选择了从泰安、德州等交通便利的地方调拨。"在参与一次紧急调拨物资后，山东省工信厅运行监测协调局副局长顾险峰说。

截至目前，山东累计发往湖北口罩 2164 万多只、防护服 30 多万套、护目镜 13 万多副、消杀用品 2800 多吨。先后向黄冈调拨 4 批 11 类防护用品和 4 类消杀用品，基本涵盖了所有抗"疫"所需。目前，驰援黄冈医疗队的防护物资存量满足 7 天以上的使用需求。

能力提升干得实，齐鲁情漫大别山

"山东、黄冈是一家，我们全力以赴。"半个月前，驱车 800 多公里，退役军人朱文广和其他 5 名东江救援队队员从山东临沂抵达黄冈。救援队经过批准，千里驰援，开展志愿服务。

"我们带来了一台风炮消毒机、5 台喷雾器、300 公斤消毒剂，以及 100 斤煎饼、帐篷等物资。帐篷和煎饼用不着了，当地给我们安排了食宿。"朱文广说。

在各方的共同努力下，黄冈市疫情形势呈现积极向好的态势。援助人员和当地干部群众，结下了深厚的友谊。

"我们尽职支援黄冈，黄冈人民温暖我们，收到村民精心制作的爱心礼物，内心满满的感动。"山东援助黄冈医疗队队员、枣庄市肿瘤医院护理部主管护师陈茹说。

距离山东第一批医疗队驰援黄冈已过去 30 多天，在罗田县三里畈镇休整的队员们，陆续收到了当地居民赠送的礼物。2 月 26 日一大早，三里畈镇的村民代表和乡镇干部把 160 双棉拖鞋、鞋垫送到了队员手中。

鲁鄂与共心连心。罗田县三里畈镇的村民听闻队员们来到了自己的家乡，家家户户自发忙碌了起来，将对山东人民的爱融入了一针一线中。

为更好地做好疫情防控工作，山东坚持既抓当前，又利长远，帮助黄冈建好医疗基础设施。目前，山东已向黄冈捐赠资金 5.32 亿元。其中，捐赠 3200 万元，支援大别山区域医疗中心疫情防控；捐赠 1 亿元，支援黄冈市区和 5 个县市建设 100 张 ICU（重症监护病房）床位，购置 5 辆负压救护车；捐赠 4 亿元，帮助黄冈建设专门医院和疾控中心安全防护二级实验室等项目，长远提升黄冈疫情防控能力。

此外，山东省疾控中心还将和黄冈市疾控中心签署合作协议，双方医疗机构间的深度合作也已开始谋划。

山东累计向湖北调运蔬菜 7060 吨

新华社济南 3 月 3 日电（记者张志龙） 记者 3 日从山东省政府新闻办召开的新闻发布会上获悉，春节以来山东已累计向湖北调运蔬菜 7060 吨。

山东省农业农村厅一级巡视员王登启说，疫情发生以来，山东"菜篮子"产品生产稳定，除保障外调需求外，省内市场供应充足。春节以来，山东已累计向湖北调运蔬菜 7060 吨、猪肉 107 吨、禽肉 2498 吨；除蔬菜正常供应北京、上海市场外，向北京调运猪肉 669 吨、禽肉 7471 吨，向上海调运猪肉 7225 吨、禽肉 13690 吨。今年山东省已累计折合生猪净调出 112 万头，为全国疫情防控大局做出了贡献。

保障"菜篮子"产品稳定供应是打赢疫情防控阻击战的重要支撑，也是保产稳供的重中之重。据介绍，当前山东省 283 家粮油应急加工企业日产能 18 万吨，日产面粉 4.7 万吨、食用植物油 2 万吨，粮油市场供应充足。蔬菜在田种植面积 340 万亩，日产能力 5.2 万吨，日上市量 3.9 万吨。全省屠宰企业猪肉库存 9.2 万吨，禽肉库存 41.2 万吨，日产鸡蛋近 9300 吨，奶业、肉牛肉羊生产相对稳定，畜产品供应不会出现断档。

耿治英：盼早日重返"战场"灭疫魔

新华社济南3月5日电（记者吴书光） 盼望着、盼望着，耿治英一直期待早日重返"战场"，尽快战胜疫魔，让人们可以自由地呼吸。

山东省东营市人民医院呼吸内科医生耿治英，是山东省首批援助湖北医疗队队员，目前担任大别山区域医疗中心南一西四病区负责人。

自1月25日前往湖北，28日晚迎接首批新冠肺炎患者，耿治英与同事们一直工作到2月24日才开始整体休整。其间，耿治英所辖病区41张床位，接诊70名病人，共治愈出院46人。

"第一批病人出院，我非常高兴！"回忆起首批病人治愈出院，耿治英话语中还是掩饰不住兴奋之情。

2月6日，耿治英所在病区首次出院4人，他们也是大别山区域医疗中心的第一批出院病人。

陈国杰是首批出院的患者之一，他改编了歌曲《感恩的心》，并自己拍摄了视频发给医疗队，表达感激之情。据了解，陈国杰一开始非常焦虑，在医护人员耐心地劝说下，才慢慢消除顾虑，积极配合治疗。

耿治英说，第一批病人特别多，且病情相对较重，情绪普遍惶恐不安，所以看着他们出院，既为他们高兴，同时医疗队也增强了信心。

医疗队实行三班倒，其中早班从8点到下午2点。虽然仅6个小时，但早班医护人员最忙，要查房，开具各种检查单据，工作繁杂又非常辛苦。

令耿治英欣慰的是，病区几名重症病人都好转起来，她认为，这离不开团队成员的精心诊治。

1月底，山东医疗队发现有几名患者肺动脉栓塞的指标特别高，虽然多名医生认为指标反常，但一直无法形成一致的诊疗意见。耿治英带领团队反复探讨，最终决定使用低分子肝素，而实践证明他们做出了正确的决定，几名重症病人逐渐好转。

3月4日，国家卫生健康委员会官网发布《新型冠状病毒肺炎诊疗方案（试行第七版）》，增加了肺脏血栓的有关诊疗内容，再次印证了耿治英团队基于精湛医术之上的超前判断。

一边是病人治愈的喜悦，一边藏着对家人尤其是女儿的愧疚。耿治英的爱人和女儿的生日分别是大年初四和初十，这次无奈错过。

"明天是你二十二岁的生日，我曾无数次地想过这一天。一场战'疫'，一声召唤，妈妈奔向遥远的武汉。懂事的你，含着泪挥手对我说'注意安全'。"这是耿治英在朋友圈里发给女儿的生日祝福。

2月8日，元宵节。耿治英的爱人和女儿给她写了家书。女儿写道："在得知你决定驰援湖北的那一刻，我的第一反应是阻止你，但当你说'钟南山都84岁了，还在前线，我没有理由不去'，我无法再阻止你。如果一个人有一件特别想做的事,想起来血都是沸腾的,那子女、父母、伴侣都不能阻止她,只能祝福她,祝她平安、顺利。"

难以回应家人的牵挂,耿治英只能一心扑在医疗工作上,期盼一个又一个患者的CT片上的"白肺"逐渐变黑……

在这几天休整期间,耿治英又着手整理了一个月来的治疗经验和体会。"时刻准备着返岗!"她说。

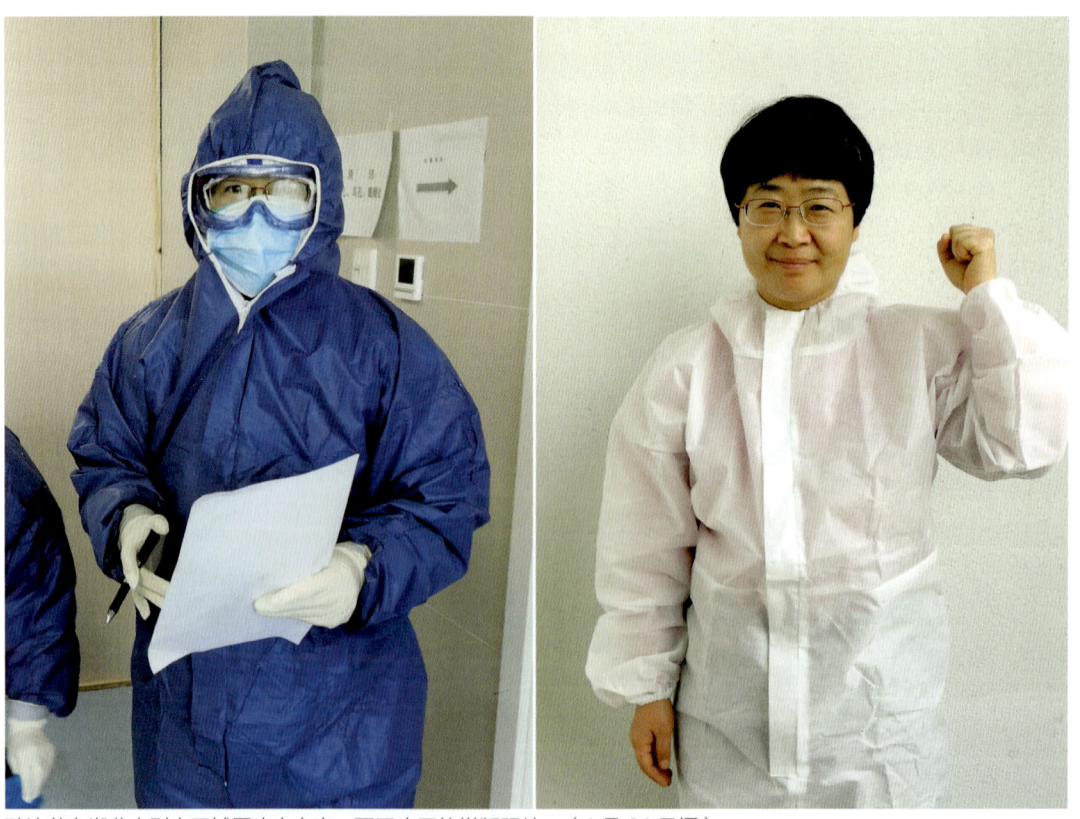

耿治英在湖北大别山区域医疗中心南一西四病区的拼版照片。(1月31日摄)

战"疫"一线 "红嫂"涌现

新华社济南 3 月 7 日电（记者潘林青、张力元）夜深了，万家灯火都已熄灭，于红玲却拎着"大包小包"出了门。她心里惦记的是战"疫"一线的夜班执勤人员。为了让他们吃上口热饭，她最近义务当起了夜宵"配送员"。

山东是一片红色热土。革命战争年代，子弟兵在前方浴血奋战，"红嫂"们就在后方组织发动群众、积极拥军支前。新冠肺炎疫情发生后，山东战"疫"一线又见"红嫂"的忙碌身影。

于红玲有两个"送餐点"——山东省东营市东营港经济开发区仙河镇滨港路制药厂段和仙河高速路口的执勤点。疫情检查点设置期间，镇上的各个交通路口都有工作人员 24 小时值守。看到他们辛苦执勤，于红玲心疼得慌。

煮鸡蛋、熬米粥、炸鱼……饭菜太多，于红玲忙不过来，便请丈夫孔辉"打下手"。夫妻俩分工明确，于红玲负责"掌勺"，孔辉负责"打包"。够 30 个人喝的粥，家里的小电饭锅要熬上好几锅。为了方便"配送"，他们还特地从市场买了一箱塑料碗和一次性筷子。

为确保把热乎的饭早点儿送到工作人员手上，于红玲仔细琢磨米粥在车里怎么放才不会洒，从家到执勤点走哪条路线最省时间。

每次一送到，于红玲二话不说，放下饭就走。

直到第八天晚上，仙河镇政府综合执法队队员王凯和同事们想了一个法子："我们就跟大姐说，你必须配合执勤、测量体温，在来访人员表格上留下姓名和电话。"大伙儿这才知道大姐姓于。

"大晚上执勤为了啥，还不都为了咱。所以俺就想做点儿小事谢谢他们，这样心里得劲儿。"于红玲说，"都是家常菜，不值几个钱。我邻居为这事儿还给了我 100 元钱呢。"

原来，前些天一个晚上，于红玲要为执勤人员包顿韭菜肉饺子。300 多个饺子，夫妻俩光剁馅就花了半个小时，让左邻右舍都好奇了。邻居韩红燕过来一打听，这才知道缘由，过后她给于红玲夫妇留了 100 元钱。

"她让我必须把这钱收下。她也要出一点儿力，献一点儿爱心。"于红玲说。

在抗击疫情的日子里，于红玲每次送完夜宵回到家里，都是凌晨了。此时打开手机，她总能看到一条又一条执勤人员发来的短信："大哥大姐，谢谢你们""我们都是饭后上岗的，于姐你们明天别来了""你们的用心我们记在心里了"……

"红嫂"们既"踊跃支前",又"服务群众"。守住进村路口,为群众测体温,宣传防疫知识……疫情发生后,"90后"女孩王成成坚守在农村防疫一线,几乎每天都忙到晚上11点。

王成成是山东省临沂市沂水县院东头镇西墙峪村党支部书记。村里有300多口人,老年人占了三分之一。王成成挨家挨户地发放明白纸、测量体温、排查疑似病人,经常忙得半天喝不上一口水。

"战'疫'如同战斗。医务人员在前线与病魔殊死较量,我们在后方就要做好服务和保障工作,就像当年'红嫂'那样。"王成成说。

山东多"红嫂",精神代代传。在战"疫"一线,像于红玲、王成成这样的"红嫂",齐鲁大地处处可见。

山东朱老大食品有限公司总经理朱呈镕,被称为"新时期的沂蒙红嫂""最美兵妈妈"。武汉抢建火神山医院时,她带着20吨速冻水饺,长途奔袭13个小时,给工地现场的每一名子弟兵都送上了一碗热腾腾的饺子;

于学艳,临沂市"新时代沂蒙扶贫六姐妹"之一。她平时省吃俭用,疫情发生后,她专程赶到镇上捐了1万元;

李秀莲,今年75岁的沂南县退休干部。从大年初一开始,她带领女儿、儿媳等7人,起早贪黑缝制鞋垫,绣上"众志成城抗击疫情""湖北必胜"等字样,目前已缝制200多双并全部寄往了湖北;

临沂市兰山区五里堡社区,有一支"女子防控队"。她们舍小家顾大家、把社区当阵地,不畏严寒地值守在疫情检测点,不分昼夜地深入开展排查工作,被社区居民称为守护安全健康的"娘子铁军";

……

战"疫"一线,"红嫂"涌现。疫情发生以来,山东组织1.5万名青年志愿者、1800支青年突击队,深入一线开展防控,其中妇女"顶起半边天"。她们承担了关爱帮助、捐款捐物、组织发动等多项任务,用一次次无畏的"逆行",为群众织起一张严密的疫情防控网,留下了一个个最美"她"身影。

山东民营企业"疫"线冲锋

新华社济南3月11日电（记者杨守勇、陈国峰） 作为当地经济发展的主力军，山东民营企业在新冠肺炎疫情防控战线奋勇当先，全力生产防护物资支援全国，踊跃捐款捐物投身防控一线，积极复工复产稳定经济发展。

"只要疫情防控需要，就不计代价生产"

车间机器轰鸣，工人忙碌不停。复工40多天以来，青岛索尔汽车有限公司开足马力，以平均一天交付一台负压救护车的速度支援各地防控一线。

除夕前，索尔汽车接到有关部门紧急复工的通知后，立即成立党员先锋队，第一时间召集员工返厂，赶制负压救护车。他们加班加点，至今一日未歇。

跟疫情抢时间，在齐鲁大地上，民营企业勇于担当，闻令而动，排除万难，全力保障前线防疫物资需求。

"奇兵、奇功、奇迹"，日照三奇医疗卫生用品有限公司在医疗物资生产上，成为抗"疫"奇兵连。心脏已经搭了4个支架的公司董事长王常申10多天连轴转，晕倒在一线。目前，三奇共支援相关地区口罩8000万余只、防护服80万余套。

责任、担当、情怀，是山东企业家最常说的词语。"尽管生产成本、市场需求都有不同程度变化，但我们坚决保持产品'不涨价'，优先保障疫情较重地区药品供应。"金城医药集团在淄博的各厂区满负荷生产，董事长赵叶青以党员身份带头，大部分时间在车间指挥调度。

企业生产已属不易，还有民企主动降价助力疫情防控。位于高唐县的天泰钢塑有限公司是武汉一家制药厂的供应商，连日来党员带头冲锋生产一线，有力保障亚硫酸氢铵等制药原料供应。在供货物流成本上涨的情况下，天泰却主动把供货价格每吨下调200元。

"捐款防控战'疫'情，我是党员我先上"

特殊时期，地处阳谷县的新凤祥集团董事长刘学景向集团党委交纳了一笔10万元的"特殊党费"。紧接着，集团300余名党员积极响应，共自愿交纳特殊党费20万余元，上交至企业所在地党委，统筹用于当地疫情防控。集团还筹集1000万元，捐赠一线医疗物资和食品补给。

疫情发生以来，爱心在鲁商中接力传递。据山东省工商联统计，截至3月5日，全省共收到6282家民营企业、商会及个人捐赠款物金额15.22亿元，捐赠湖北款物金额2.61亿元。

有钱出钱，有力出力。许多民企发挥员工众多、贴近一线的优势，积极投身到疫情防控中。

疫情突袭，总部位于济南的七兵堂国际安保集团第一时间在全国组织成立45支突击队，同时发动2万多名员工参与疫情防控。企业职工尤其是党员，在医院、学校、社区、商场等疫情防控点，纷纷亮明身份，严把防疫关口。

七兵堂的老党员师法明带领的济南市传染病医院安保队，身处抗"疫"最前线，时刻都有被感染的风险。但他们没有一人退缩，日夜坚守。"危机面前，必须发挥先锋作用，才不辜负说过的誓词，对得起党员这个身份。"

物业服务企业把守着社区第一道防线。春节期间，总部位于济南的明德物业在全国25个省区市的6000余名员工放弃假期，党员亮身份做表率，其他员工自觉看齐靠拢，守护着1亿平方米的物业服务面积。董事长刘德明说，"在几家收治确诊病例的医院，企业党员挺身而出，进入传染科、疫情隔离区近距离提供保洁服务，与医护人员并肩作战。"

"复工复产促发展，也是为防疫做贡献"

疫情防控高效推进，经济发展也不能耽误。占市场主体90%以上的民营企业，同样要打好有序复工复产这场硬仗。

1月31日，地处鲁西小城临清的山东宇捷轴承制造有限公司专门召开董事会。经一致同意，公司账户只留下1元，其余536762.65元全部捐给抗"疫"一线。

公司没钱了咋运转？总经理蔡梅贵说，从长远考虑，疫情得不到控制，企业损失的可不止几十万元。在当地政府部门的帮助下，宇捷轴承克服物流、人工等诸多方面的困难，2月底复工后陆续收到几百万元的订单回款，车间机器又高速转了起来。

受疫情影响，位于冠县的山东肯石重工机械有限公司复工后，数十人无法到岗，而眼前却有急需出口的数百台挖掘机订单。公司迅速成立由党员带头的安全生产、结构件焊接等11个突击队，青年党员操作工一人操作多台焊接设备，奔跑穿梭于各工位之间，青年技术人员走出办公室，主动填补到生产岗位。

党员带头，全员参与，打破岗位划分，改变生产模式，25人承担了原37人的工作任务，恢复了90%以上的产能。肯石重工复工20多天来，已有439台挖掘机车顺利出口。

到3月5日，山东省规模以上工业企业已复工26088家，复工率99.7%，基本实现应开尽开、能复尽复，复工企业达产率93.81%。

企业积极主动，离不开政策鼓动。山东民营企业家表示，疫情发生后，从中央到地方，出台了一系列帮扶措施，与企业共渡难关，提振了他们的信心。

"搬家" 支援 鲁鄂同心

3月 16

青春的担当：中国青年承担防疫重任

新华社济南 3 月 16 日电（记者邓卫华、陈灏） 面对新冠肺炎疫情，中国青年人扛起了防疫重担。

对今年 26 岁的王冰来说，从医是实现了他长久以来的心愿。王冰 13 岁时经历过一次严重休克，从死亡边缘被抢救回来的经历，让他对医护人员格外感恩，并立志从事医护事业。"我想像他们一样，救更多的病人，以此向他们致敬。"

疫情发生后，已经成为山东省千佛山医院重症医学科护师的王冰，毫不犹豫地报名参加医疗队，支援湖北黄冈。在这里，王冰再次见到了当

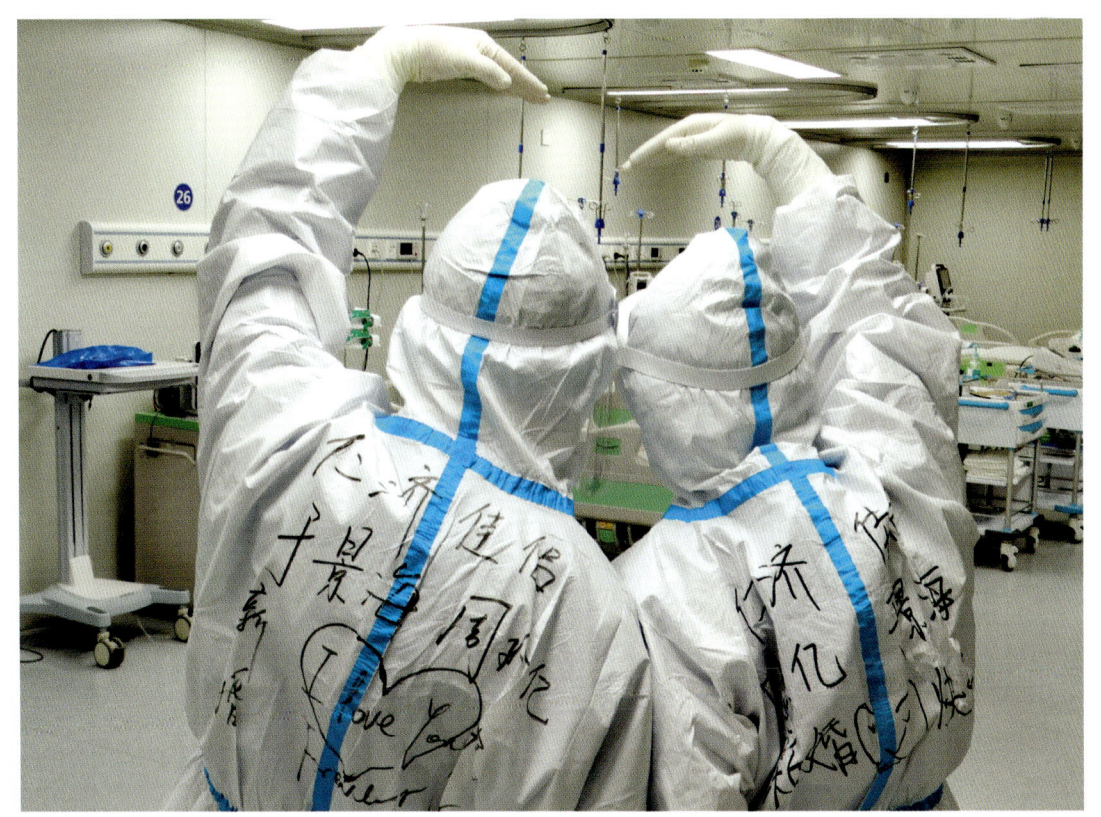

2月28日，"90后"护士于景海（左）和周玲亿准备进入武汉雷神山医院重症病房工作。（高翔摄）

年抢救他的医生刘清岳。刘清岳同样是支援黄冈疫情防控医护大军中的一员。

像王冰一样奋斗在防疫前线的，大多是"80后""90后"，甚至是"00后"的青年人。他们在疫情暴发后，义无反顾地冲上前线。

生于1984年的李熳和丈夫都是湖北武汉的医生。过完农历除夕，一家人就分开了：丈夫成为防疫志愿者；李熳走上防疫一线，了先后支援随州和方舱医院；两个年幼的孩子交给了爷爷奶奶。李熳说："我从没和孩子分开这么久，很想念她们。但如果我们医生不撑住，谁还能顶上去？"

"95后"甘如意在武汉江夏金口中心卫生院范湖分院化验室工作。春节前，她本已回湖北荆州老家。得知单位人手紧张，她靠着手机导航骑行300多公里，辗转4天3夜"逆行"返回武汉上班。

2000年出生的广东省医疗队队员刘家怡说，在这种特殊的时候，国家有需要，自己就不能退缩，在家里她可能是个孩子，但是穿上防护服之后就不是了。

数据显示，中国4.2万名援助湖北医疗队成员中，"90后"和"00后"达到1.2万人。中央指导组成员、国务院副秘书长丁向阳说："年轻的医生、护士，用行动证明了自己的责任、担当和价值。"

在志愿者岗位、在防护物资生产线、在基层防疫一线以及许多位置上，中国的青年人勇于担当，凝聚起同心抗"疫"的澎湃力量。

武汉大学新闻与传播学院2010届硕士校友群里，27名同学在湖北出现防护物资短缺时，义务对接慈善捐赠与医院物资需求信息，在爱心人士与40多家基层医院之间架起爱心桥梁。

武汉"90后"女孩华雨辰今年经历了多重身

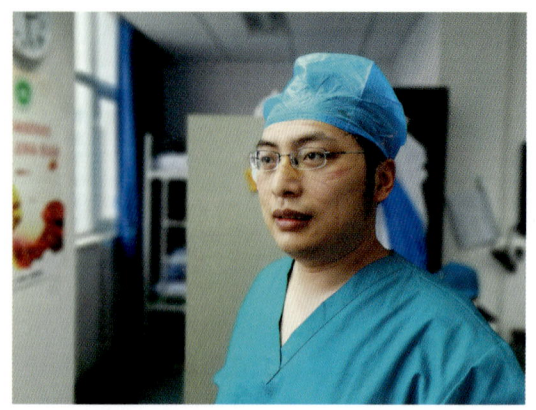

山东大学齐鲁医院援助湖北医疗队队员郭海鹏在结束工作后展示面部的口罩勒痕。（受访者供图）

份的频繁转换：司机、测温员、搬运工、方舱医院播音员……她是一名青年教师，疫情期间报名成为青年志愿者，哪里需要去哪里。她说："我不是医生，但我想站出来尽一分自己的力量。"

坚强、勇敢、果断……除了这些优秀品质之外，青年人特有的乐观精神和创意表达也有效缓解了疫情带来的紧张情绪。

针对外地医疗队队员与武汉老年患者之间存在的语言不通问题，36岁的山东大学齐鲁医院医疗队队员郭海鹏和同事、老师、同学一起，制作了包含各类常用语的"武汉话手册"。亦庄亦谐的"翻译"迅速走红，成为支援湖北的医疗队队员争相传播和学习的多媒体"教科书"。

在表达对未来的期盼时，湖南籍护士田芳芳说，"希望疫情结束，国家给我分配一个男朋友"；方舱医院里，"读书哥""魔方姑娘""跳舞的护士"带给人们思考与欢笑；26岁的武汉姑娘阿念，申请从方舱转去火神山医院，以便照顾外婆，制作的VLOG（视频博客）令许多人潸然泪下……

"我们没啥不一样，只是敢于表达自己，也勇于承担责任。"王冰说，"这就是成长。"

153
"搬家" 支援 鲁鄂同心

3月 16

山东人这波操作，太可以了啊！

10 万个大馒头
2000 吨蔬菜
70 吨鲅鱼水饺
数十吨苹果
100 万只医用外科口罩
5000 套防护服
……

要说实在
山东人啊，是真实在
吃的用的
一定要给咱湖北亲人安排好
一句话
只要你要，只要我有
山东人这波操作，太可以了啊！

策划：刘洪
监制：周庚虎、吕放
创意：梁甜甜、江昆
设计：王晨曦
校对：蔡梦晓、刘怡然
来源：新华网、新华网山东频道
图片来源：齐鲁网、新华社、荣成市委宣传部、沂源县委宣传部、山东能源集团、日照市委宣传部

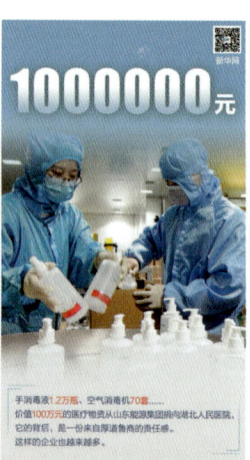

齐心鲁力——新华社山东分社战"疫"报道集

3月23日

重症定点收治医院仍未"清零","白衣天使"还在坚守!

《新华每日电讯》微信公众号3月23日发（记者闫祥岭）

肇始于1890年，齐鲁医学在20世纪30年代就已闻名中华。

齐鲁大地，先贤曾言："如有博施于民而能济众，何如？可谓仁乎？"

如今，"博施济众"这四个大字醒目地镌刻在20世纪30年代中期建成的门诊病房楼（现博施楼）的奠基石上，这是齐鲁医院文化传承有序，并将其融于心、践于行的最好见证——国有大事齐鲁在。

尽锐出战，驰援一线

2月7日下午，山东省第五批援鄂医疗队暨山东大学齐鲁医院第四批援鄂医疗队131人从济南遥墙机场启程，奔赴湖北疫情防控一线。省委书记、省新型冠状病毒感染肺炎疫情处置工作领导小组组长刘家义到机场送行。

2月6日晚9时，山东大学齐鲁医院接到紧急通知，要求山东大学齐鲁医院等8所国家卫健委委属委管医院派出医疗队援助湖北。

山东大学齐鲁医院快速响应，在前期已经组建的预备队的基础上，1小时内迅速组建起符合国家要求的131人医疗队。

医疗队由医院医务处副处长费剑春担任领队，呼吸科副主任李玉担任队长，队中共有党员50名，其中30名医师中有23名党员，医疗队成立了临时党支部。

医疗队是一支精干的、多学科合作的团队。30名医师中，副高级以上专家17人，科室主任、

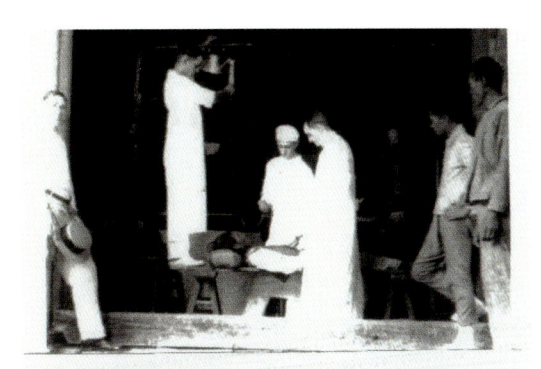

Treating Cholera Epidemic in Buddhist Temple - 1919

1919年，鲁中地区发生严重的霍乱疫情，齐鲁医院组建医疗队深入疫区诊治。这是医疗队在一个佛教寺庙里设立的临时诊疗点。（受访医院供图）

山东大学齐鲁医院医疗队出征仪式。（受访医院供图）

2003年，齐鲁医院抗击"非典"时期留影。（受访医院供图）

副主任5名；100名护理人员中，主管护师以上29人。

此外，队伍中还不乏所在领域里的顶尖专家。以医疗队队长李玉为例，他在处置公共卫生事件方面有着丰富经验，曾先后参加抗击"非典"、汶川地震救援，是山东省新型冠状病毒肺炎疫情专家组成员。

山东大学齐鲁医院护理部副主任曹英娟是这批医疗队的副领队和护理队队长，她要负责整个队伍的护理工作。"对危重病人进行科学护理，能够保证治愈率，降低死亡率。"曹英娟说，团队会尽全力发挥专业力量。

27岁的内科护士汪镇军是这批医疗队成员之一。他爷爷因癌症转移，已躺在病床上很长时间，神志不清，不认识人，平时汪镇军每周都会去看爷爷一次。"这次出征，做好了再也见不到爷爷的心理准备。"汪镇军说，前往武汉的消息他只告诉了妻子和姐姐，没有告诉其他家人。

中国工程院院士、山东大学齐鲁医院教授张运叮嘱医疗队员："希望大家发扬'博施济众，广智求真'的齐鲁精神，救死扶伤、大爱无疆的医者精神，用精湛过硬的技术，捍卫人民的生命安全和身体健康。也希望大家互相团结，同心协力，互相学习，共克时艰。前线的医务人员要切记保护好自己，保重身体，严格操作消毒措施，一个都不能掉队，期待你们胜利归来！"

山川重逢，再谱壮歌克时艰

2月7日，山东大学齐鲁医院医疗队到达武汉，在武汉天河机场偶遇四川大学华西医院医疗队，两队医生护士隔空呼喊"加油"。山川重逢，对望的目光中，有83年的深情厚谊。"东齐鲁、西华西"的故事始于1937年抗日战争全面爆发。齐鲁大学决定停课内迁，于1938年秋到达华西坝，和华西大学一起，共用设施，一同上课。

"众志成城天回玉垒，一心问道铁扣珠门。"83年里，吴宓先生为联合医院题写的对联穿越过战与火、血与泪，穿越过求学问道的艰辛与苦楚，至今仍闪耀在每一位齐鲁、华西学子的心中。

这种众志成城、共克时艰的精神，让他们时隔83年，在天河机场重逢，团结奋斗，奔赴新的战场。

"抗日战争时期，齐鲁迁入华西，在华西坝一起联合办医办学，83年后，为了同一个目标，两所学校再次在武汉集合，强强联合，携手抗'疫'。困难面前迎难而上，这是一代代前辈传承至今的医者精神，永远的逆行者，这种使命感和责任感砥砺奋进着每一代人，让我们自豪而骄傲！希望老师们一定保护好自己，平安归来。华西加油，齐鲁加油，武汉加油！"四川大学华西临床医学院本科生、山东大学临床医学院2019级专业型硕士赵天轶说。

在进驻武汉48小时内，齐鲁医院医疗队即组织编写出一套方言实用手册和方言音频材料，例如"蛮扎实—厉害""克受—咳嗽""撇一针—打一针"等，解决了语言不通的问题，赢得大家交口称赞。

这套方言手册，分为称谓常用语、生活常用语、医学常用语和温馨常用语四部分。提出这一想法的山东大学齐鲁医院医疗队队员郭海鹏说，在临床工作中，许多病患都是上了岁数的老年人，他们大多只能用方言交流。医患交流遇阻让人分

朱伯寅（山东齐鲁医学院毕业，抗战时期曾任中国红十字会总会战地救护队医疗队中队长）参加中国红十字会总会救护大队工作时的留影。（受访医院供图）

外着急，于是方言手册应运而生。

"在实际工作中，方言手册确实能够促进医护人员和病人的沟通交流，有利于医护人员更好地治疗。"郭海鹏说。

硬核力量，工作运转十分顺畅

山东大学齐鲁医院奉命在武汉大学人民医院（东院区）开展救治。武汉大学人民医院自1月22日起，即作为收治新冠肺炎重症患者的定点医院。这里最初一天接收1000名重症病人，医护人员的工作强度已经到达极限。

齐鲁医院展示了自己的硬核力量。齐鲁医院中医科副主任医师乔云介绍，医疗队接管的两个病区共80张床位，所收患者均符合重症标准，并有一些告知病危的患者。"我所在的18病区目前有4个病危患者，影像学上肺部实变都比较严重，氧饱和情况也不理想。"乔云接受采访时说。

据了解，对病情较重的重点病人，齐鲁医院医疗队各专业主任齐上阵、共商议，将抗病毒药怎样使用、抗生素如何选择、激素何时增减、丙球剂量多少等细化到每一步，并积极查找文献，不断摸索总结。

作为一名中医大夫，乔云在进入病房的第一天就询问能否开中药进行中医治疗，起初被告知无法煎药，也没有免煎颗粒，但在临下班时，乔云就得到一个好消息——医院已具备煎药条件，可以开始代煎草药。"下一步就是争取住院的病人能接受中西医结合治疗，以期达到更好的治疗效果。"乔云说。

"东齐鲁"实力雄厚，这在此次出征的队员身上得到明显验证。"我们是整建制派出的多学科组成的医护团队。"李玉说。团队的核心力量是呼吸和危重症专业的医生，护理人员也是以这两个专业为主。考虑新冠肺炎重症病人中有不少老年人，针对各种可能出现的并发症，团队中也配备了心脏科、内分泌科、消化科、泌尿科、血液科等多个专业的人才。

呼吸与危重症专业医生负责医嘱，阅读CT片。危重症患者往往多种疾病共存，而木桶的容量取决于最短的那一块木板，因此每个专业的医护人员在这里都至关重要。专业齐备的优势让医疗队真正做到了对危重症患者的综合诊治，每天都会有病区主任和教授负责质量控制、安排影像学和病毒核酸检测、综合评估治疗方案。

"我们基本上能达到，在会诊的时候，不需要再请别的医院的医生支持，用我们自己团队的力量就能解决。"李玉说。

虽然来的都是医院的精锐力量，但是新冠肺炎病例和日常病例不同。记者了解到，齐鲁医疗队在治疗病人的时候，每次派一个医生进入病区查房，他在病区里把信息传递出来，外面的医生一边查看化验单、CT图像等，一边和病区内的医生交流，修改、完善医嘱。

看似简单的查房过程，在新冠肺炎重症病区却显得很烦琐、很缓慢。队员反映，一般来说，早上8点半到病区，开始各种准备，9点半左右医生才能进入病区,查完房差不多就12点多了。"中午不可能休息,吃点儿饭后就要处理所有的医嘱。"

有队员说,工作开展起来后,有的地方熟悉,也有些程序开始很陌生,比如拿药、检验、做CT等。但大家都摸索着,一步步改进。哪怕是某个人突然想起的一个小主意,只要有用,医疗队也会吸纳进来,改进诊疗流程。

在两个重症病区,队员们的工作量都很大。记者了解到,按照诊疗规范流程,医护人员每天需要面对各种医嘱、检查、护理等工作,自我防护也是不容马虎的重要内容。

"工作量比平时翻一番还要多,但医护人员的素质很高,我们已经把所有的路径理顺了,工作运转十分顺畅。"李玉说。

"经过我们的摸索,治疗产生了一定的成效,相当数量的病人在好转。"李玉说,在病区收治的重症患者,已经有不少人转轻症了,也有病人快要达到治愈的要求、即将符合回家隔离的标准。

"工作会越来越顺手,治疗会越来越顺利。"

个体化治疗方案成效显著

2月19日,武汉大学人民医院东院区,山东大学齐鲁医院援鄂医疗队传出好消息:医疗队接收两个病区以来,首次有新冠肺炎患者治愈出院,并且是两名患者同时出院。

其中一位是88岁的高龄患者。虽然老人已出院,但医疗队一直在分析她的治疗过程,总结经验,以期将其运用到其他高龄重症患者的救治中去。

李玉介绍,这位家在江汉区的88岁老婆婆,今年2月1日开始出现发热症状,体温达38.9℃,年龄大且病情复杂,合并高血压、糖尿病等并发症。患者口音较重,医疗队准备的武汉

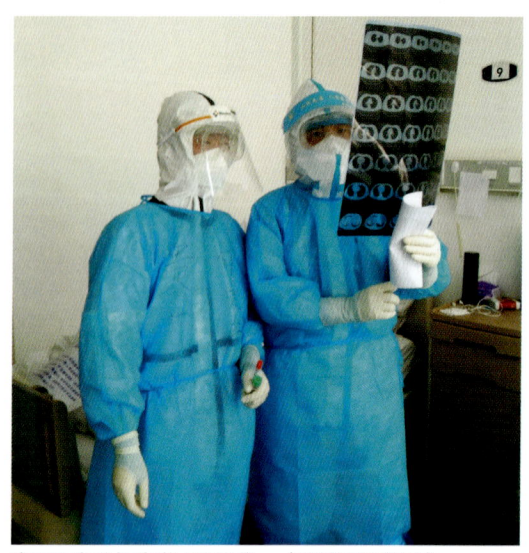

李玉正在分析患者CT影像。(受访医院供图)

方言教程起了大作用,几乎每个医生和护士都掌握了基本的武汉方言,沟通无碍后,病房医护人员很快就做出了治疗方案。

在齐鲁医院医护人员的精心护理和医治下,老人发热和呼吸道症状好转,胸部CT显示病灶明显吸收,连续2次新冠病毒核酸检测阴性,可以出院,接受居家医学观察。这是齐鲁医院医疗队继治疗好转8名患者并将其转入方舱医院后,首位高龄患者治愈出院。

队员高帅介绍,老人常年卧床,生活不能自理,骶尾部有很深的压疮,长期进食困难又导致严重的营养不良,在反复发热、咳嗽5天后确诊。高龄、伴有其他慢性基础疾病的新冠肺炎患者,病情发展整体不乐观,这也是医疗队提高治愈率、降低死亡率要重点突破的一类患者。

接管病区后,医疗队对患者进行了分级,对危险程度高、并发症多的患者,开展多学科会诊,制订个体化的治疗方案。对这位老人,医疗队在特别注意治疗其肺部感染的同时,严格控制血糖、

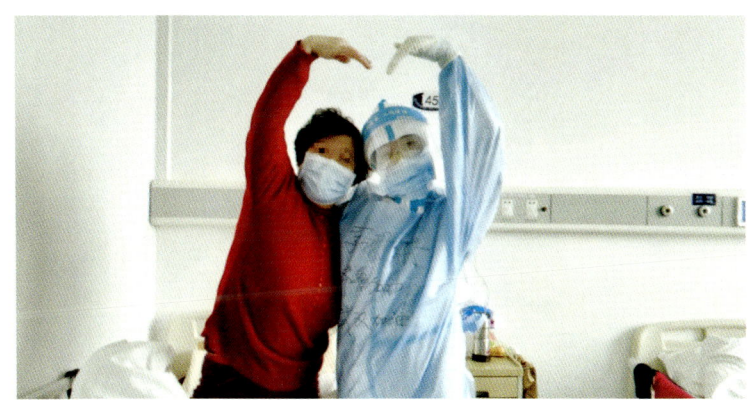

医护人员（右）和患者合影。（受访医院供图）

齐鲁医疗队队员在重症病区身着防护服合影。（受访医院供图）

血压，改善肠道菌群，监测肝功、肾功、电解质等状况，及时对症处理。

经过对症治疗，老人病情有了很大好转，但队员们发现老人吃得很少。队员侯新国提议打电话询问老人女儿，这才了解到老人喜欢喝粥。担心只喝粥营养跟不上，队员们就用破壁料理机把鸡蛋、青菜、肉类等各类食材打碎加进粥里。

老人骶尾部有严重压疮，常引起不适，队员郑会珍就带领护理团队清创换药、翻身拍背，压疮部位也开始恢复。老人也很坚强，积极配合治疗。入院10余天后，发热、呼吸道症状好转，胸部CT显示病灶明显吸收，连续2次核酸检测阴性，符合出院条件。

高帅在日记中写道：一次夜间巡视病房时，她紧紧地握住了我的手，满是沧桑的脸上，写满了感动。

根据抢救需要，医疗队设置病区ICU（重症监护病房）。专门腾出一个6人间，收治需要做有创通气治疗的病人，抽调有护理经验的护士集中管理，及时了解病情变化，也节约了人力。

不仅如此，考虑到新冠肺炎患者以老年人居多，营养非常重要，医疗队把医院给队员的匀浆膳拿到病区，为病人做营养餐，改善患者营养状况，增强其免疫力。

"我们发现收治的患者大多数情绪有些焦虑，医疗队对他们进行宣教和心理疏导，带着患者运动、唱歌、跳舞，让他们以健康积极的心态面对病情。"费剑春说。

在具体工作中：医疗队领队、队长、病区主任、护士长靠前指挥，参加病区交接班，及时发现问题，协调解决；医疗组组长每天查看所有患者并根据其病情及时调整治疗方案；病区主任、副主任实行24小时值班制度；每个病区配备4名感控护士加强防护；医生分早、中、晚3次进入病房查房，及时掌握病情变化。另外，医疗队采用微信视频的方式查房，这样既提高了效率，又可以直观了解患者的一般情况和精神状态。

截至3月22日19时，山东省第五批援鄂医疗队正常接诊，负责80个床位，新接收病人0人，转出0人，开展病例检测18人，治愈出院2人，死亡0人。截至目前，累计救治患者113人，其中重症68人、危重症12人；累计开展核酸检测593次，治愈出院69人，死亡2人；现在在院患者24人，其中重症患者6人、危重症患者2人。

新华社

全力以"复" 春潮涌动

1月28

争分夺秒不停歇
——山东青岛口罩生产企业见闻

新华社青岛1月28日电（记者张力元） 通过五道防护门，经过测量体温，消毒双手，穿上防护服，戴上口罩和手套……农历大年初四（1月28日），记者在位于青岛莱西市的青岛海诺生物工程有限公司，随口罩生产线员工苏启玲一起进入口罩生产车间，来到了她的工作岗位上。

前几天，镇上为了防止疫情扩散，封了几条路。这几天，她都比往常出发得更早，这样才不会耽误上班。

除了机器运转声，车间里几乎听不到其他声音。

"一天都没有休息，春节哪年都能过，但今年口罩生产不能等。""全副武装"的苏启玲只有眼睛露在外面。她将手上的口罩理整齐，装进去，一袋接一袋，始终没有抬头。

争分夺秒的关头，批量包装可以让口罩提早48小时投入使用。"之前医用外科口罩1袋装1只，现在1袋装10只。"说话的三五秒里，苏启玲又装好了一袋，记者也不好意思再打扰她。

往年春节，苏启玲一般都会跟亲朋好友拜年、团聚。但今年她跟亲朋的新春祝福有了"时差"。下班拿起手机回复拜年信息，往往都是10多个小时以后了。

在保证质量的前提下加大产量，这家公司所有口罩生产设备24小时"连轴转"，80余名员工两班倒，日生产量可达15万只。

这次战"疫"，苏启玲和"战友们"，除了能拿到3—5倍工资以外，每人还在农历大年初一（1月25日）收到了100元的"开年红包"。

其实，口罩生产的"集结号"过年前就吹响了。农历腊月二十七（1月21日），公司紧急调配了60万只医用外科口罩驰援武汉。司机左中元和搭档交替开了18个小时，把口罩送到武汉城外，随后又开了18个小时返回青岛。为安全起见，目前他正在家接受隔离观察。

"有货供货，有力出力，这是应该的。"左中元在电话里还开玩笑，"正好在家看春晚重播，补点儿觉。"

忙碌的不仅有苏启玲、左中元等一线员工，还有公司办公室主任赵辉，他像一名"指挥官"，两部手机一直响个不停。"电话'打爆了'，充电都充不过来。"赵辉说。

没有原材料就去全国各地采购，快递不够快公司就派车运输，什么困难都可以克服，口罩生产线不能停。

"我们没空算盈亏，只想尽些微薄之力。"生产总经理刘宝玉刚说完，便被员工叫回车间，确认新一批发往武汉的订单。

山东东营:"一企一策"服务企业复产复工

新华社济南2月7日电(记者吴书光)"多亏了工信部门紧急协调,联系到我们急需的热风棉等原材料生产企业,保证了企业生产。"回想起2月1日企业得以顺利生产,山东省东营红星劳保用品有限责任公司总经理薄其军满是感慨。

疫情发生后,红星公司紧急组织生产,春节前夕就发往武汉3万只KN95口罩。不过,恰逢春节假期,突然扩大生产,企业短期内难以获得充足的原材料,急得上火的薄其军向政府派驻的驻企联络员求助,工信部门第一时间与浙江省湖州市长宁县工信局取得联系,协调当地企业开工生产,并联系车辆运输。1月31日,红星急需的原材料及时到位。

当前,大批企业将陆续复工复产。东营市坚持一手抓防疫,一手抓生产。东营市有关负责人表示,要在做好疫情防控的前提下,按照"一企一策"要求,逐企制定复工方案,帮助企业解决原料供应、生产运行等方面的实际困难,创造条件,积极稳妥地组织企业复工复产。

据介绍,东营市成立了企业春节后复工服务办公室,在摸排拟复工企业的基础上,重点抓好规模以上工业企业、资质内建筑业企业、房地产企业、限额以上批零住餐企业、国模以上服务业企业等共计1906家企业的对接服务工作。

东营市工信局局长杜振波说,在摸排拟复工企业的基础上,逐企登门做好企业复工复产对接会商工作,分行业、分领域指导企业做好疫情防控期间的复工复产工作。

东营市还实行疫情防控应急物资生产企业派驻协调服务员制度,优先保障国家调拨、湖北等重灾区和省内重点生产企业的原材料供应。目前,东营市在物资保障方面有4家无纺布生产企业,生产能力为熔喷无纺布15吨/日、纺粘无纺布190吨/日、医疗防护服用透气复合膜40吨/日。

位于东营经济技术开发区的山东凯博新材料科技有限公司是东营市唯一能够为熔喷无纺布生产必备材料改性聚丙烯的企业。为了不影响下游企业的原材料供应,凯博1月29日就紧急召回员工返岗。凯博公司生产部部长周结兵说,因2名技术骨干在湖南老家过年,东营市工信部门联系开通"绿色通道",二人乘飞机、坐汽车,于29日凌晨抵达东营，企业得以顺利复工。

杜振波说，在东营市应急物资生产企业被纳入国家工信部统一调拨名单后，我们就加强了无纺布、透气薄膜等疫情防护装备原料支持。"到目前，东营市 4 家企业已经供应熔喷无纺布 239 吨、纺粘无纺布 583.8 吨、复合透气膜 161.5 吨，为打赢疫情防控阻击战做出了东营贡献。"

截至 2 月 4 日 17 时，东营市共对接服务企业 2676 家，当日实际复工企业 27 家。工商企业中正常生产经营企业 592 家，已上岗职工数量 59092 人，上岗率为 71.6%。196 家规模以上工业企业在做好疫情防控的同时实现正常生产。

2 月 4 日，东营市人民政府办公室又下发《关于应对新型冠状病毒感染的肺炎疫情 支持中小企业共渡难关的政策意见》，从加大金融支持、加大稳岗力度、减轻税费负担、优化提升服务四个方面，梳理出 15 条政策措施，并细化责任单位，帮助中小企业共渡难关。

2月 9

隔断疫情 不断服务
——山东"不见面"审批助企业顺畅运转

新华社济南2月9日电（记者邵鲁文） 近日，济南市章丘区市民王先生接到章丘区行政审批服务局市场准入科来电："您从山东政务服务网提报的企业设立申请材料已经审核批复，营业执照马上打印出来，通过EMS寄递到您填报的地址，估计明天就能送达。"

王先生此前曾拨通章丘区行政审批服务局的咨询服务电话，想到大厅申办设立济南韵诺医药科技有限公司。但由于疫情防控形势严峻，相关部门已经下发通知，暂停线下办理企业登记业务。"不过，现在通过山东政务服务网'企业开办一网通'系统提报申请材料，和现场办一样快。"章丘区行政审批服务局市场准入科工作人员曹燕告诉记者。

在疫情防控的关键时期，政务服务大厅作为服务办事单位、群众的实体场所，现场空间相对密闭，人群集聚且流动性大，是疫情防控的重点区域。山东提出，为保障群众健康安全，通过网上审批、邮寄等"不见面"办理方式，尽可能减少与人接触，降低交叉感染的风险。

针对疫情防控急需的医疗、生活保障物资等生产经营许可审批，山东各级行政审批部门还开通绿色通道，运用线上审批方式，以最快速度全程指导、最大限度容缺受理，对符合要求的申请第一时间核准发出许可证书，尽最大努力满足疫情防控需要。

"你好，我们是一家生产消毒产品设备的企业，在疫情特殊时期我们想增加液体消毒剂的生产，请问可以申请吗？"近日，济南高新区市场监管局药品监管所工作人员付诗凡，接到了山东新日电气设备有限公司企业负责人的咨询电话。

接到电话后，济南高新区市场监管局立即组织药品监管所、行政审批办公室开展紧急磋商，最终决定为企业开通绿色通道。两天后，企业顺利拿到"消毒产品生产企业卫生许可证"。"原以为要20个工作日才能拿证，没想到两天就办好了。"山东新日电气设备有限公司总经理助理邵淑梅说，公司将全力组织生产，严格落实产品质量安全，为疫情防控做出自己应有的贡献。

线上能办的尽量"网上办"，线上办不了的怎么办？为此，山东多地行政审批部门还通过帮办代办的形式，第一时间解决企业诉求。办事企业和群众不必现场跑大厅，通过电话咨询、预约，行政审批工作人员便可为申请人提供全程帮办代办服务。淄博市行政审批服务局局长范桂君告诉记者，淄博对所有市级工业重大项目实施审批手续全程帮办、跑办、代办，帮助企业在最短时间内完成手续办理。

"'不见面'审批是以更好地方便企业和群众办事、创业为着力点，通过建设服务型政府，提供高效、智能的政务服务，进一步优化了办事流程、创业和营商环境。"中央党校（国家行政学院）公共管理教研部教授宋世明说。

"疫"样的春天 别样的春耕
—— 来自农业大省山东的春耕备耕见闻

新华社济南 2 月 15 日电（记者余孝忠、张志龙） 大地回暖，草木萌动，春天已准时到来。受新冠肺炎疫情影响，这个春天与往年有些不同。

春耕在即，备耕先行。农业大省山东统筹疫情防控和农业生产，一幅别样的"春耕备耕图"正在齐鲁乡村的田野间徐徐展开。

口罩手套防护全 "打卡"种地不拖延

"活了大半辈子都没听过'钉钉'打卡，今年节后下地干活却用上了！"在潍坊市寒亭区朱里街道东杨家庄村，大姜种植户杨正光直呼"自己也成上班族了"。

见到杨正光时，他正和老伴戴着口罩给自家

2月14日，在山东省潍坊市寒亭区朱里街道东杨家庄村，大姜种植户杨正光的妻子展示在"钉钉"打卡上的签到信息。（记者郭绪雷摄）

2月14日，在山东省潍坊市寒亭区国家现代农业产业园，潍坊郭牌农业公司工作人员在温室大棚里管护西瓜苗。（记者郭绪雷摄）

的2亩生姜地松土打沟。"俺俩已经打过卡了，就在这个范围内活动，干完回家再打个卡。"说着，他掏出了手机，"你看，我们现在在哪儿，一目了然，大伙儿都放心。"

"疫情防控不能怠慢，农事也不等人。"一旁的村党组织书记杨林山接过话茬儿，"我们实行了打卡制，大部分村民都加入了微信群，从家里到地里、再从地里到家里，打卡形成闭环。防疫农事两不误，管用！"

春种一粒粟，秋收万颗子。疫情当前，作为农业大省和经济大省，山东尽快推动春季农业生产，不仅可以有效应对新冠肺炎疫情带来的不利影响，更可为疫后经济正常运行打下良好基础。

眼下，除了给北京、上海、湖北等重点地区做好菜果保供稳价外，山东也正迎来早春果蔬种植的关键期。在潍坊郭牌农业公司二号育苗棚中，记者见到一位"全副武装"的女工正忙着选西瓜苗。

"每天上工前都先量体温，然后手脚消毒，按规定穿戴好，大伙儿都这样，互相都放心。"女工名叫牟秀芳，她身穿防护工服，手戴手套，头上裹着头巾，脸上戴着口罩，只露出一双眼睛。

郭牌农业公司副总经理杨猛说，西瓜苗选育不能耽误，但员工安全同样重要。他指着张贴在大棚醒目处的《管理办法》说："我们按规定制定了疫情防控的各项措施，不符合要求的人员是严禁进入厂区大棚的。"

"线上春管"来代办 足不出户备春耕

正值山东小麦陆续返青时节，田间的肥、药等管理不可延误。但是，村民出村不方便，农资店大多不开门，这可咋办？

在泰安市宁阳县葛石镇大夏庄村，村民宁代营并不操心。他告诉记者："往年就有丰信公司的人将农资给送到家门口，今年遇到疫情，这'保姆式'服务更是大派用场，返青肥问题早解决了。"

宁代营说的丰信公司，是济南一家做农业社会化服务的互联网企业，在全国已有100多万农户会员。2年前，宁代营加入了这家公司在当地的服务站。

针对疫情防控形势，丰信公司推出了新的服务举措——"无接触种地"。会员农户可根据需求在"丰信之家"平台上选择服务或产品，下单约定送货到家门或村口。公司负责人董金锋说，公司今春用户新增数量同比增长了30%多。

"足不出户备春耕"只是当前山东春耕备耕图景的一角。记者了解到，此次疫情正倒逼着线上农业业态的服务升级。仅在山东省，就有多家企业和平台开启了"线上春耕""线上春管"等新模式，吸引了成千上万名农民参加。

夏津县新盛店镇岳集村的霍启海种了180亩小麦，本来因今年特殊春管用工难寻，但是依靠当地植保农机服务合作社的"到田服务"，霍启海这样的种植大户都解了燃眉之急。他欣慰地说："农户不出门，服务送到家，我不用再为小麦春

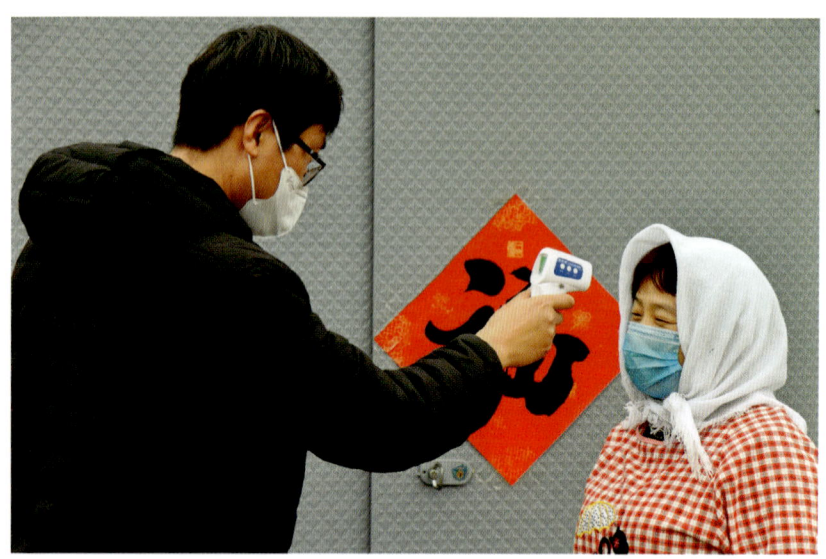

2月14日，在山东省潍坊市寒亭区国家现代农业产业园，潍坊郭牌农业公司工作人员进入温室大棚前接受体温测量。（记者郭绪雷摄）

管犯愁了。"

位于潍坊的我国农机行业龙头企业雷沃重工联合多家企业成立"足不出户备春耕公益联盟"，疫情期间提供"一站开启田块数据、一季伺服耕种管收、一田智选农机"等服务，让种粮大户等宅在家中也能完成春耕。

疫情虽严峻，危中亦有机。雷沃重工战略总监田大永说，事实上，产前、产中、产后一体化的农业服务体系，正助推着我国农业生产现代化加速向前。

科学指导要加强 多重保障筑牢基础

"小麦返青偏早，农民朋友应该提早镇压，并预防'倒春寒'……"12日上午9时许，高密市种粮大户王翠芬就在微信群里收到了农业部门的技术指导信息。

王翠芬说，往年这个时候，市里镇里的农技专家都常来地里看看。现在特殊时期，现场指导没那么频繁，但线上的互动更加密切了。

"春季农业生产管理离不开科学的指导。"山东省农业农村厅种植业管理处处长杨武杰说，他们不仅提早印发了小麦春管技术意见，还组织专家以多种形式指导农民。

日前，为稳定农业生产，山东省出台20条措施，涉及农业企业复工复产、重点农企包保、农用物资运输畅通、降低融资成本等多个方面。

供销社、农商行、中储粮等多个部门已经行动起来。山东省供销社发挥农资主渠道作用，储备化肥可用量120万吨，占到全省春季用量的30%多；省农信联社计划单列专项资金100亿元，支持农业生产，为全省农业春耕生产注入金融"活水"……

人误地一时，地误人一年。山东省农业农村厅厅长李希信说，山东正统筹疫情防控和农业农村发展各项工作，为打赢疫情防控阻击战提供坚实支撑和保障。

800万枝玫瑰的"爱心救援"

2月15日

新华社济南2月15日电（记者孙晓辉、王凯） 看到手机屏幕上的玫瑰销量定格在176701单、450万枝，山东省莒县盛世花卉种植专业合作社理事长田成永悬了许久的心终于落了下来。"几天前我们村还生怕这800万枝玫瑰烂在地里，没想到这么快就订完了！"田成永说。

山东省莒县招贤镇素有"鲜切花之乡"的称号，当地玫瑰获评国家地理标志证明商标。招贤镇西黄埠村是玫瑰种植专业村，全村2468人，60%的人种植玫瑰。全村有1400多亩、1000多个花棚，其中400多个冬季玫瑰棚。

田成永说，当地玫瑰一年四茬花，品种主要有卡罗拉、法兰西、双色粉、红唇、戴安娜、艳粉、香槟等15个品种。往年，鲜花从农历正月初二（1月26日）、初三（1月27日）就开始向外销售了，主要通过物流送到城市的花店。

我国是玫瑰花种植大国，具有丰富的玫瑰花资源，已有2000多年的栽培历史。近年来，随着社会经济发展和消费理念的改变，鲜花逐渐成为新的消费热点，玫瑰花更是受到很多消费者的喜爱。

"今年受疫情影响，客车停运，物流公司推迟复工，花店没开，市民不出门，从正月初二（1月26日）到正月十二（2月5日），原有渠道一枝花都没卖出去，有的花农急得直哭。"田成永说，西黄埠村除了村民自建的大棚以外，有30个标准大棚是利用扶贫资金所建，花卉销售成果还关系着建档立卡贫困户的生活保障。

当地花农许崇梅家有两个棚，一个棚种玫瑰，另一个棚种扶郎。受疫情影响，她的玫瑰花遭遇滞销。"一个棚能产6万枝玫瑰，按照往年这个时间段的市场价，一枝花至少也能卖1.5—2元，整个棚能卖10多万元。"她说。

得知花农的遭遇后，山东省驻莒县乡村振兴服务队迅速联系当地几家大型超市代卖，在莒县新世纪城区各超市、正基时代广场、新玛特商场、万德福超市设立"爱心玫瑰专柜"，以较低的价格尽可能地帮助花农销售玫瑰花。

服务队还联系媒体助卖，帮助合作社紧急注册了网店，把办公室和电脑都腾出来给网店用；

等待出售的玫瑰花。

招贤镇花农种植的玫瑰花。

莒县总工会、团委、妇联8日联手在官方微信向全县人民发出助卖倡议；网信部门则通过"网络扶贫"行动直播平台助卖，让网红主播通过实地直播分享触及潜在客户。

"俺真是没想到，这短短的几个小时，订单量就涨这么多。这下好了，我们老两口也有盼头了，干活都更有劲儿了！"许崇梅说。

线上，网店收到订单将近18万个，共订购450万枝；线下，各大商场、超市订购100多万枝，兴业集团、日照钢铁等企业订购了100多万枝……田成永说，从6日接到第一笔订单，到8日下午5点,西黄埠村积压的800万枝花就被订购一空了。

疫情当前，玫瑰生产还格外设置了防疫环节。据田成永介绍，加工、包装鲜花的场地没有选择在村内，而是选在离村庄四五百米的花棚里，他们清理出3个花棚当临时车间。操作人员全部佩戴口罩，工作时保持距离；对车间和运输车辆强化了消毒措施。

"在这个特殊时期，得到了太多人的帮助，我们才得以渡过难关。我真正感受到了什么叫'一方有难，八方支援'，（这段经历）让人难以忘怀。"招贤镇花农戚泽明说。

2月 15

山东寒亭：现代农业产业园里恢复生产忙

山东省潍坊市寒亭区国家现代农业产业园在做好防控新冠肺炎疫情的同时，抢抓农时，克服用工不足难题，积极恢复生产。（记者郭绪雷摄）

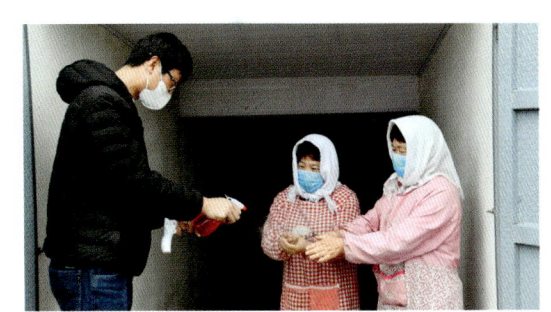

2月14日，在潍坊市寒亭区国家现代农业产业园，工作人员在进入温室大棚之前进行消毒。

2月14日，在潍坊市寒亭区国家现代农业产业园，工作人员在温室大棚里管护西瓜苗。

防控复工"两手抓"
"万里黄河第一隧"累计掘进超千米大关

新华社济南 2 月 16 日电（记者王志） 现场就位人员接近 400 人，每天线上健康打卡、线下专人测量体温，每天盾构掘进速度达到 8 米。记者 16 日从中铁十四局集团获悉，通过疫情防控与复工复产"两手抓"，被誉为"万里黄河第一隧"的济南黄河隧道工程已恢复盾构掘进，目前两台盾构机累计掘进超过 1000 米大关。

作为山东省新旧动能转换标志性工程，2019 年 9 月济南黄河隧道工程开始盾构掘进施工。该工程由济南城市建设集团建设管理、中铁十四局集团施工，隧道采用盾构法施工，盾构机开挖直径 15.76 米，上层为双向 6 车道公路，下层为城市轨道交通预留，为目前世界上在建的最大直径公轨合建盾构隧道。

中铁十四局大盾构公司项目负责人白坤介绍，在疫情期间，他们一手抓防控、一手抓发展。对关键工序、紧迫岗位的复工人员实施返岗前健康筛查，到岗后建立健康档案、隔离观察，线上每天健康打卡，线下每天专人测量体温；对工地实行封闭管理，只留必要人员进出通道，24 小时人员值守，对进出人员、车辆进行严格检查，严禁无关人员进入。同时，加强就餐卫生管理，保证食材安全、餐具卫生，采取分时段供餐、分散就餐等措施，确保打赢疫情防控和复工复产两场硬仗。目前，工程现场已就位人员接近 400 人，盾构掘进的速度控制在 8 米 / 天，后续会逐渐加速掘进，速度将达到 16 米 / 天。

据了解，济南黄河隧道位于济南的城市中轴线上，北连鹊山、济北次中心，南接济泺路，隧道全长 4760 米，工程计划于 2021 年完工通车，建成后将打破黄河天堑对济南城市南北方向发展的制约，大大加强济南北部新城与主城区的联系，提升新城城市综合功能，加快新旧动能转换，助力济南从"大明湖时代"加速迈向"黄河时代"。

山东部分企业复工复产见闻：
错岗上班分批就餐 严格消杀马力全开

新华社济南 2 月 16 日电（记者邵琨） 早上 7 点左右，位于山东邹城市北宿镇的山东呱呱鸭食品有限公司门前，工人陆续进厂。登记、检查体温……每道关口都有专人负责，经过酒精消毒后，工人戴好口罩、穿好工作服，到各自岗位开始工作。

"我们是食品加工企业，卫生要求更严格。"山东呱呱鸭食品有限公司总经理李发亮说，"为避免人员聚集产生交叉感染的风险，公司实行错时上下班，各车间人员按照工序从 6 点到 8 点半陆续进厂。"为做好对进出车辆的消毒，公司在门口设立了专用消毒池，每天还要对厂区进行两次消毒，对厂区周边进行消杀。此外，企业还设立了专门通道，外来人员进厂需要出示证明，然后进行详细登记、消毒、测量体温，在做好防护措施后，再由公司负责对接部门接入厂区。消毒、防护、减少聚集、错时上下班，这些非常时期的防疫举措已经成为山东已开工企业的日常操作。

在位于北宿镇的孔圣堂制药有限公司的餐厅，100 多张桌子每张之间间隔 2 米左右，300 多名员工分 5 批在公司餐厅用餐。"吃饭可以选择自己带饭，也可以选择公司提供的份儿饭，吃不完打包处理，严防二次污染。"孔圣堂制药有限公司总经理董映登说。他还介绍，目前企业实行错时错岗上班制度，销售、后勤保障等岗位的科室只保留 1—2 名员工。

山东省新型冠状病毒感染肺炎疫情处置工作领导小组下发通知，要求各地狠抓保障生活必需品生产等涉及重要国计民生的企业复工，开足马力、扩大生产。

邹城市工信局局长王俊岩说，邹城采取网上审批办理或专班上门的方式，为企业提供服务。对受疫情影响严重的中小企业新增贷款，财政予以 50% 的贴息支持；对优势出口企业产生的信用保险费用给予 50% 的财政补贴；对不裁员或少裁员的参保企业，返还其上年度实际缴纳失业保险费的 50%；等等。一系列政策帮助中小企业排忧解难。

开春之际，正是农牧业生产繁忙的时候。邹城新希望六和饲料有限公司的饲料订单多了起来。"养殖户春节期间配货少，出现了断料的现象。"公司生产经理李慎观说。

为满足养殖户需求，企业在销售库存的同时，制定了疫情防控措施，有序着手复工。李慎观说，原本担心报批手续很麻烦，没想到上报第二天就收到了批复文件。

在接到复产通知后，新希望六和公司与每名复工人员都签订了疫情防控承诺书，员工住宿、就餐全部在公司。目前企业正加班加点、开足马力生产，日产量达到 400 吨，基本可以满足周边养殖客户的需求。

174 齐心鲁力——新华社山东分社战"疫"报道集

2月 17

一图读懂 / 复工在行动·山东篇

策划：吕放
编辑：丁宇飞
设计：赵南
出品：新华网山东频道

2月 17

疫情阴霾下"瞪羚企业"展现经济活力

新华社济南 2 月 17 日电（记者邵鲁文）远程医疗接诊、线上照片打印、"无接触"便利店……在疫情防控的特殊时期，各地不少科技型"瞪羚企业"依然活力十足，利用远程、个性化定制、快捷支付等特性吸引了大量用户，下载量、使用率持续上升，成为疫情特殊时期经济发展的亮点。

"瞪羚企业"是指创业后跨过死亡谷，以科技创新或商业模式创新为支撑进入高成长期的中小企业，产业领域主要涵盖新一代信息技术、生物健康、人工智能等。记者近日在位于济南高新区的众阳健康科技集团总部看到，这家提供健康医疗信息技术综合解决方案的"瞪羚企业"，已为国内 1000 多家二级甲等以上的医疗机构搭建智慧健康平台。众阳健康相关负责人陈伟告诉记者，新冠肺炎疫情发生以后，企业免费为全国二级以上医疗机构开通互联网"发热门诊"在线咨询服务，截至目前已开通 700 余家。

济南另一家从事"互联网＋印刷"行业的"瞪羚企业"——世纪开元，自疫情发生以来，接到大量抗击疫情相关物料的印刷订单，包括消毒液标签，防护服标签，疫情防护画册、单页、条幅等。"近期订单需求量不小，目前企业官网、手机应用程序、淘宝、天猫、京东等线上平台的店铺已经开始接单，由于我们有智能设计系统和众包设计师平台，相关产品的设计大多是在网上完成。质量和速度都有保证。"世纪开元董事长郭志强说。

从事线上服务的"瞪羚企业"发展势态良好，不少主打"互联网＋线下"业务的企业同样风生水起。中商惠民是国内快消品 B2B 行业的头部企业，记者 17 日在位于济南的中商惠民旗下嗨家便利店看到，店内货物充足，顾客不少，经营有序。

"店里除了每天消毒，还为顾客准备了免洗消毒洗手液，再加上付款使用扫码支付，购物全程无接触，消费者买得方便、放心。"售货员李森说。"供应链能力强是我们的优势，今年在济南计划开 100 家便利店。"中商惠民相关负责人告诉记者，由于针对疫情做了充足的应急预案，因此企业未来的布局计划不会发生变化。

一批"瞪羚企业"还发挥自身优势，在科技产品上进行创新升级，积极支援当前防疫工作。位于山东日照的"瞪羚企业"创泽智能机器人集团，为满足特殊时期医护工作的需求，在企业现有技术的基础上对机器人进行了功能升级、结构改造，积极研发出"医用智能配送机器人""全自动智能灭菌消毒机器人"等创新产品。目前，已有46台创泽智能机器人应用于山东、甘肃、河南等地的医院及社区卫生服务中心，有效减轻了医护人员的工作量。

记者发现，结合当前疫情防控催生的"宅经济""线上教育""智能制造"等产业，一些具备自主技术的"瞪羚企业"正发挥自身优势，在相关产业上进行布局。"瞪羚企业"武汉初心科技有限公司的开发的"石墨文档"移动应用程序已成为不少企业居家办公的必备软件；"瞪羚企业"旷视科技研发的"AI测温系统"已在部分城市政务大厅和地铁站陆续试点应用；"瞪羚企业"学而思网校宣布，2月10日起推出全年级各学科免费直播课和自学课，受到大量学生欢迎。

为保证"瞪羚企业"健康成长，各级政府部门近期也出台针对性的扶持政策。科技部火炬中心2月6日出台的10项"暖企"措施提出，鼓励相关部门对科技型中小企业适当减免办公、实验、科研和生产用房的租金。广西南宁近期提出，对高新技术、高成长的工业瞪羚企业实施的技术改造项目，项目设备投资在500万元及以上的，按项目设备投资的20%给予补助。

"不少'瞪羚企业'在疫情防控的特殊时期呈现出不俗的增长势头，这一方面得益于自身的高科技特性，另一方面也说明这些企业具备较强的创新能力，能够满足当前形势下广大用户的需求。这些企业在推动自身发展的同时，也展现出中国经济的活力。"山东财经大学当代金融研究所所长陈华说。

托管服务 专家"看田" 网上备耕
——山东农村多方式做好春耕备耕见闻

新华社济南2月18日电（记者贾云鹏） 眼下正值春耕备耕时节，山东省武城县甲马营镇北王庄村村民王增玉虽然在家防疫不能出门，却并不为农事发愁。"俺这11亩地全托管给合作社了，不用出门就能有收成。"王增玉说。

2月16日，在王增玉家的麦田中，武城县志远粮棉种植合作社的2台自走式喷雾机正在喷洒药剂。"我们合作社的托管服务，全部采用机械化操作，人工少，效率高。"合作社理事长牛文忠介绍说，"疫情防控要做好，农事更是耽误不得。合作社每天都对农机进行消毒，农机手则要测体温、戴口罩。"

"去年把家里的地，从种到收全部托管给合作社了，现在疫情这么严重，托管服务派上了大用场。"王增玉告诉记者，"对于俺老百姓来说，地里不荒心里就踏实了。"

志远粮棉种植合作社拥有各类农机具90余台（套），形成了耕、种、管、收、储一条龙的农机服务，目前已接受全托管土地8000亩、半托管土地1.5万亩，为周边农户解决了生产需求。

武城县是农业大县，拥有小麦种植面积66万亩，辣椒、棉花等农作物种植面积近10万亩。当地除了提倡托管服务，还因时制宜，采取专家"看田"、网上备耕等多种方式，解决疫情下农民春耕备耕难题。

在武城镇东小屯村，16日中午，村民李庆双收到了村支部书记李庆国在微信群发的新一期《农情快报》："14号我县普降雨雪，降水量9.6毫米，全县绝

武城县志远粮棉种植合作社正进行机械化春耕。（受访者供图）

农情快报

武城县农业农村局 编发　　　**2020年2月16日**

2020年2月15日农业农村局专家组对老城镇、四女寺镇、武城镇部分村庄的麦田墒情及病虫草害情况进行了电话调查。2月16日上午，农业农村局组织技术人员到甲马营镇梁小屯、前庙、王虎庄、鲁权屯镇东王屯、西王屯村小麦地块实地调查。现把麦田当前情况总结如下：

一、当前麦田情况

1、土壤墒情：14号我县普降雨雪，降水量9.6毫米。目前麦田墒情较好。因气温低，麦田表土层3—5公分处于冻土层，下挖后，年前未浇过水的地块，10厘米左右土层，手握成团；年前浇过越冬水的麦田，10厘米以下湿度更大。目前绝大多数土壤墒情能够满足小麦返青期需水要求。

2、病虫草害发生情况：因冬前温度较常年同期偏高，麦田带绿越冬。田间部分杂草已出土生长，没有发现早春易发害虫。查看麦苗根部，暂时没有发现根茎类的病害。

二、本阶段需进行的麦田管理措施

由于近几天温度一直较低，田间湿度大，本月20号以前基本

武城县农业农村局编发的《农情快报》。（受访者供图）

武城县农技专家在麦田里查看土壤墒情。（受访者供图）

大多数地块土壤墒情能够满足小麦返青期需水要求……"

"因为疫情不能出门，农民最牵挂的就是地里的活儿。"武城县农业农村局种植业管理科科长刘敏说，"我们组织专家到田间地头，现场了解麦田长势、土壤墒情、病虫草害等情况，同时根据查看结果、天气变化等情况，每5天推出一期《农情快报》，及时对全县春季农业生产进行技术指导。"

为了将《农情快报》送到每一位农民手中，该县以镇街为单位建立了9个农业生产微信群，通过这些微信群，将信息传到393个村（社区）党支部书记手中，再由村（社区）党支部书记通过村内微信群和"村村响"等渠道让农民知晓。

春耕备耕，农资先行。"镇上的微信群，不仅定期发送农情信息，还能在里边购买化肥、种子等农资。"在武城县郝王庄镇，西李古寺村党支部书记马守良说。

武城县组织全县220余家农资商户，按照属地分别加入9个镇街农业生产微信群，通过网上购买、就近配送的方式保障农资供应。工作人员每日在群内公布种子、化肥、农药等农资产品的厂家、价格等信息，农民点单，村委会汇总后集中购买，商户统一配送到村，村委会分发到户。

"网上采购有效减少了人员接触，让农民实现了足不出户备春耕。"武城县农业综合执法大队队长马玲介绍。

记者了解到，对确实不能托管、需到地块进行田间管理的，武城县相关部门指导务农人员严格落实戴口罩、不聚集等防护措施，并采取由村委会办理务农通行证、统筹安排灌溉浇水等方式，力争防疫、农时两不误。

2月18日

物流"动"起来 机器"开"起来 新业态"长"起来
——从大数据看复工复产

新华社济南2月18日电（记者袁军宝、王阳） 近期，在有效防控疫情同时，山东省也加大了复工复产力度，诸多行业开始逐步复苏。复工复产进度如何？经济运行有哪些新变化？大数据描绘出一幅经济稳步恢复的"画像"。

快递人员复工，物流逐步"动"起来

17日一早，在山东省济南市解放路一小区门口，中国邮政、顺丰、京东等物流公司的快递车上满载着货物，快递人员戴着口罩，有的忙着往小区门口的快递柜里存放货物，有的向不断到来的收货人递交快递件。

"前些天从网上购买的物品，这两天都集中到货了。"小区居民刘女士说，感觉物流速度有所加快。快递人员也表示，近几天随着快递返工人员的增加和各单位逐步复工复产，快递收货量、出货量明显增加。

2月17日，淘宝发布的第一份《淘宝经济暖报》显示，目前物流全行业超过一半的快递员已返岗。

快递人员返岗，快递送达范围也在扩大。2月14日，快递物流服务网站"快递100"与百度百家号联合发布的《疫情期间全国快递恢复情况大数据报告》称，全国近40%的快递员复工，有871个地区有快递可用，可用快递覆盖区域已经超过一半。

记者了解到，不少快递企业采取多种措施保障员工利益、推动物流业顺利运转。

山东省宏观经济研究院战略规划研究所所长刘德军认为，快递物流业一头连着消费一头连着生产，运输行业人员陆续复工、物流渠道逐步畅通，这将有力推动经济特别是电商经济"动"起来。

用电量逐步恢复，机器陆续"开"起来

电力是经济发展的晴雨表，直接反映着各行业的复工复产情况。在山东、浙江、广东等经济大省，用电量正逐步上升，复工电力指数近期稳步提升。

国网山东省电力公司提供的数据显示,山东复工电力指数从 2 月 9 日的 44,增长到 2 月 14 日的 49.84,这说明全省各行业企业正逐步有序恢复生产。据国网山东省电力公司副总工程师、营销部主任李云亭介绍,2 月 14 日,山东用电量超过去年 12 月份日均电量 30% 的企业客户共计 129.18 万家,复工率达到 40.91%,复产率达到 58.78%。

各行业中,复工指数最高的行业为信息传输、软件和信息技术服务业(86.08),排名第二的为金融业(67.61),排名第三的为公共服务及管理组织(65.42),排名最低的为住宿和餐饮业(33.72)。

记者了解到,多地的电力相关指标都表明,复工复产在稳步推进。如 2 月 10 日,广东复工复产带来用电量及用电负荷明显增长,其中工业日用电量回升明显,较前一日增长 22.3%;国网浙江省电力公司的数据显示,2 月 10 日全省企业复工电力指数为 25.42,2 月 12 日达到 30.46,出现明显回升。

"电力大数据可以通过企业每天的用电情况,较为清晰地描绘出经济整体及各个行业的运行情况,为疫情防控及了解经济状况提供参考。"李云亭说。

其他部门的数据也有所印证。据山东省工业和信息化厅数据,截至 2 月 15 日,山东省规模以上工业企业中,开工企业占 71.5%,较 2 月 10 日提高约 30 个百分点。

线上经济扩张,新兴业态"长"起来

在这场全国战"疫"中,各地餐饮、住宿等第三产业受到不同程度的影响,然而,"云办公""线上教育""生鲜配送"等新兴业态的快速发展,也在一定程度上缓解了疫情带来的不利影响。

百度近日发布的一份报告显示,近 30 天,"复工""开学"相关的搜索热度环比上涨 8 倍,远程办公需求相关的环比上涨 663%,"云开工"成为主流。

同时,《淘宝经济暖报》也显示,线上经济在加速扩张:餐饮店把后厨变成了直播间,大厨直接带货;汽车 4S 店开直播卖车;房地产置业顾问开直播"云卖房";连明星们都来淘宝直播间开了"不见面音乐会"。2 月以来,每天有超过 3 万人上淘宝开新店,上周新开的店铺数量涨了 22%。本周,通过淘宝直播复工的商家将包括 500 个楼盘、400 家汽车 4S 店和 5000 名房地产置业顾问等。

百度的报告显示,1 月 18 日以来,在线教育、在线医疗、在线娱乐、生鲜电商等四大行业在疫情之下逆势增长,搜索热度环比均超过 100%。近 30 天内,网友搜索各大生鲜电商品牌的频次日益上升,人们使用生鲜电商的习惯增强。

苏宁控股集团董事长张近东说,在抗"疫"过程中,催生了一批新模式、新业态、新经济,比如垂直领域生活电商平台、线上线下融合服务形式等,带动了新经济的发展。

"齐鲁号"欧亚班列春节后第50列发运

2月 21

当日,山东高速"齐鲁号"欧亚班列开行自春节以来的第50列,这也是2020年累计开行的第120列。该班列装载机械设备、日用品、饲料添加剂等货物,共计42组集装箱,由济南发出,将于12天后抵达莫斯科。

受疫情影响,"齐鲁号"欧亚班列在2月1日至5日仅办理在途回程业务。经多方协调,自2月6日起,"齐鲁号"去程业务全面恢复。(记者郭绪雷摄)

2月21日,在济南(国储)铁路国际站场,工作人员在往欧亚班列上装运集装箱。

2月21日,在济南(国储)铁路国际站场,山东高速集团"齐鲁号"欧亚班列缓缓驶出站场。

2月 21

寒风也微笑 "疫" 时 E 自救

——中国小微企业"上线"寻求力量

新华社客户端济南2月21日电（记者赵小羽）

疫情尚未解除，当人们都尽可能选择"宅居"时，济南木工文创品牌"匠杺社"却在加紧赶制一款小木作——"微笑"。"微笑"的背后，有爱心，有苦涩，更寄托了这家小微企业对走出疫情阴霾的渴望。

由于长时间佩戴口罩，很多人的耳朵备受折磨。"匠杺社"发布的这款小木作，是用红胡桃木雕琢打磨而成，形似微笑弧度，与口罩搭配使用可减轻耳朵压力，也能使口罩更贴合面部，减少眼镜起雾的情况。

"微笑"免费向公众出借，公众支付99元押金可快递到家，5月份之后即可退还，并全额退款。"匠杺社"创始人纪宇说，希望通过这种方式为战"疫"工作贡献一分力量。

事实上，"微笑"的背后，还有这家手工创意品牌说不出的苦涩。这家公司所有门店都是线下体验式的，疫情发生后就全部关门歇业，进入了"零收入、全开销"的状态，每月人工工资、房租等费用支出40多万元，加上维持研发中心和供应链中枢等的运转，至少需要上百万元。

"这种状态，我们顶多能再撑45天。"纪宇说。

面对企业复工出现的困难，国务院常务会议明确要求各地各部门建立企业应对疫情专项帮扶机制，央行、银保监会、财政部、工信部等相继出台多个文件，北京、上海、山东等20余省市也密集宣布数条专项扶持政策，包括金融支持、税费缓缴、降低租金等，切实为中小微企业减负，支持企业复工复产。

在政策帮扶之外，很多小微企业自力更生，选择了借助网络创新复工模式的自救之路。

"疫情过后，您退还'微笑'，我们全额退款。它可以缓解您耳朵的疼痛，也可以帮我们周转资金活过这个寒冬。"纪宇说，他希望通过这种"以租代卖"的方式获得一些资金，让企业恢复运转，支撑到花开疫散的那天。

当纪宇和他的伙伴们在嗡嗡作响的电锯旁忙碌时，王甜甜正在用微信视频和几个年轻人谈论草间弥生和毕加索。这并不是他们因疫情赋闲在家一时兴起的闲情逸致，而是这家叫"禾一"的儿童美学工作室团队在讨论网课主题。

"拼命活下来！这是当下唯一要做的事。"王甜甜说，疫情对培训机构的打击几近致命，无法开课就意味着没有收入。虽然现在山东有房租减免、税费优惠的政策，"但我们得活到能享受政策的那一天哪"。

王甜甜和她的团队想到了开发线上网课的办法。根据不同年龄的孩子策划不同主题，录制简洁、

木工文创品牌"匠朳社"在微信公众号发布的"微笑"宣传图。(企业供图)

好操作的课程,提供给无法外出的孩子,同时给家长准备家庭美育课程。

作为立足于线下的儿童美术培训机构,禾一儿童美学从零起步开发网课。拍摄水平有限就靠后期剪辑,现场声音效果不佳就后期配音……5个人的小团队,从2月4日推送第一节线上课程以来,陆续开发了2期共12节课,后台反馈满意率达到了97%。

除了纪宇和王甜甜,在中国还有千千万万的小微企业主,积极走入"线上",努力为明天的生机寻求科技与商业力量。山东大学经济学院教授李铁岗表示,中小企业要依据现在的状况,对企业的战略规划、生产方式、生产组织安排、信息沟通方式等进行调整,通过这种方式来弥补、缓冲疫情的影响,只有这样,企业才能最大限度地生存下来。

"沉寂了一个春节假期,我的朋友圈终于开张啦!"东营市市民薄敏说,原来看到手机上的商业推送比较反感,现在却觉得很开心,因为这是一切向好的标志,我也愿意参与和支持。

20日一早,王甜甜来到工作室,拉开窗帘,一地阳光。她相信,经受过严冬洗礼的枝丫必定会萌发新芽!

王甜甜(右)与同事在工作室一起讨论网课内容。(企业供图)

工作室老师金碧辉用手机录制网课内容。(企业供图)

2月 23

中国—上合组织地方经贸合作示范区加速打造"国际客厅"

新华社青岛 2 月 23 日电（记者张旭东）切割机、磨光机、气枪……在位于山东青岛的中国—上合组织地方经贸合作示范区"国际客厅"的装修现场，各种机械声此起彼伏。

在做好新冠肺炎疫情防控的基础上，该"国际客厅"建设项目正紧锣密鼓地推进。

"去年 12 月以来，我们就忙着优化施工设计方案，搭建施工场地，做好各项准备。目前，公司安排了 50 位施工人员和管理人员投入装修施工，争取 2 月底完成装修任务。随着项目不断推进，现场施工人员将达 100 多人。"负责"国际客厅"接待洽谈区装修的中科唯实科技（北京）有限公司相关负责人纪文峰说。

2018 年 6 月，在青岛举行的上海合作组织成员国元首理事会第十八次会议上，中国提出支持在青岛建设中国—上海合作组织地方经贸合作示范区。

根据《中国—上海合作组织地方经贸合作示范区建设总体方案》，示范区旨在打造"一带一路"国际合作新平台，拓展国际物流、现代贸易、双向投资、商旅文化交流等领域合作。

示范区正打造的"国际客厅"，就是要在更大范围、更宽领域、更深层次，推动上合组织国家乃至"一带一路"沿线国家在资本、技术、人才、经贸领域深度交流融合。

据了解，"国际客厅"面积达 3 万余平方米。一楼为上合组织国家特色商品展示区及临展区，将通过智能互动的形式展示上合组织国家的特色商品，并不定期举办艺术展；二楼会客交流中心是"国际客厅"的"主战场"，包括路演厅、信息发布厅等，上合组织成员国还将拥有各自专属的"客厅"，供客商交流洽谈，并配备 5G 网络。

"三楼将有上合组织国家的商贸协会和企业类平台入驻,四楼为'法智谷'集中办公区域,为经贸合作提供法律支持。"示范区产业创新与政策部工作人员王海波说,"另外,我们还在'国际客厅'为入驻企业规划了办公场所。"

记者了解到,"国际客厅"以国际商贸展示、国际商事服务、国际商旅保障为主线,将建成青岛与上合组织国家、"一带一路"沿线国家,优化资源配置、深化产业聚集、强化经贸合作的常设服务基站、双向联通平台。

"去年12月初我们就聘请专业机构,研究明确'国际客厅'的功能定位和发展方向,不断优化设计和完善方案。"王海波说,"国际客厅"周边路网建设现在已基本完成,内部装修过半,初步呈现设计理念。预计"国际客厅"主要功能区3月底投入使用,6月份整个"国际客厅"交付使用。

目前,示范区已对接梳理首批入驻的印度海德拉巴邦辣椒协会、巴基斯坦(中国)经济合作中心等9家商贸协会,并将25个具有上合元素或者与上合组织国家联系密切的企业、产业项目,集中到了"国际客厅"。

示范区创新发展工作专班办公室主任郝国新说,示范区将力争建成中国与上合组织国家、"一带一路"国家要素资源跨国流动的先导区,多边双边经贸合作的示范区,国际合作体制机制创新的试验区。

截至目前,中国—上海合作组织地方经贸合作示范区共签约60个大项目,总投资469亿元;储备重点在谈项目53个,总投资1078亿元。

2月 24

动能转换旧去新来 对外贸易量质双升
——经济大省山东在打造开放高地中书写稳外贸"闪亮答卷"

新华社济南2月24日电（记者杨守勇、陈国峰）全国上下齐心战"疫"，发展经济脚步不歇。走进地处山东潍坊的潍柴集团动力一号工厂总装车间，一批高速大马力发动机正加紧装配。从大年初三（1月27日）陆续恢复生产，一批批海外紧急订单促使潍柴全面恢复满产秩序。仅今年1月，潍柴发动机销售9万台，同比增长高达20%。

在2019年进出口总值首破2万亿元的基础上，经济大省山东放眼未来谋新篇，暖企政策利好，国家战略叠加，新旧动能转换促进全省外贸稳中提质的发展势头将进一步显现。

新兴市场增势强劲 自主品牌彰显优势

"贸易摩擦、保护主义为全球贸易蒙上阴影，潍柴誓从'一带一路'中开辟新的增长动力。"潍柴集团董事长谭旭光说，去年集团对印度、意大利、罗马尼亚等国家的销售额增幅均超过200%。

以潍柴为缩影，"一带一路"、东盟、南美等新兴市场，成为推动山东外贸增长的"发动机"。

2019年，山东对除美国外的主要市场进出口均保持增长，其中对"一带一路"沿线国家的进出口总值达6030.9亿元，增长15.9%。

"世界轮胎行业百强企业中，87家是稳定合作伙伴，基本都是主动找上门来寻求合作。"去年以来，位于高密的豪迈集团接到的欧洲订单大幅增加，企业满负荷运转。董事长张恭运说，他们把仓库建到欧洲，供货速度比当地同行还快。

作为我国首个新旧动能转换综合试验区，山东新旧动能转换的成效开始显现在出口产品结构上。青岛海关副关长石勇介绍，2019年，山东自主品牌出口值为2614.8亿元，同比增长14.2%，占全省外贸出口总值的23.5%，提升1.5个百分点。

去年，山东对外贸易全线飘红：进出口总值首破2万亿元，同比增长5.8%，比全国高2.4个百分点；进出口总值占全国进出口总值的6.5%，同比提升0.15个百分点；在外贸前六位省市中，山东进口增速居首位，进出口增速居第二位，出口增速居第三位……

民营企业扛起大旗 政策护航共渡难关

4.8万员工中技术人员近1万人，累计申请专利1.6万项，建立"7国24地"全球化研发和生产体系……在歌尔股份有限公司，一组组数据显示了这家民企的"科技含量"和全球竞争力：微型扬声器/受话器、微型麦克风、虚拟/增强现实设备等产品出货量均居世界第一位。

靠着技术创新在国际市场搏击风浪。2019年，山东民营企业实现进出口总值1.33万亿元，增长13.1%，占山东进出口总值的比重达65.1%。

企业逆流而上，离不开政府鼎力"护航"。特别是在受当前新冠肺炎疫情困扰的背景下，政府部门全力保障企业复工，打通进出口链条梗阻，与企业共渡难关。

前段时间，位于山东聊城的时风集团接到东盟和西非国家的订单，对方急用数千台农用机械发动机。但受疫情影响，时风却因开工率不足生产进度变慢，此外，办理出口、查验等也需要时间。

在企业愁眉不展之际，聊城海关"点对点"服务，通过互联网前置监管和提前申报，为企业赢得宝贵时间，400多台农用拖拉机即将发往相关国家。

商务部门也积极行动，建立企业复工生产日调度机制，协调解决企业复工用工、物流运输、贸易风险等方面困难。山东省商务厅介绍，截至2月18日，全省调度的42780家外贸企业中复工29250家，复工率68.4%。

国家战略叠加 开放再蓄能量

春节后，首列"齐鲁号"欧亚班列满载100个标箱货物，近日从中国—上海合作组织地方经贸合作示范区多式联运中心驶出，向着中亚国家全速前进。

目前，上合示范区多式联运中心已开行6条国际班列、2条国际回程班列，初步构建起"东接日韩亚太、西连中亚欧洲、南通南亚东盟、北达蒙古俄罗斯"的国际物流大通道。借助上合示范区，山东正搭建"一带一路"国际合作新平台，打造东西双向互济、陆海内外联动的国际合作新格局。

去年以来，上合示范区建设总体方案获国务院批复，中国（山东）自由贸易试验区挂牌成立，国家级跨境电商综试区增至4个……诸多开放发展的"国字号"战略平台在齐鲁大地叠加落地。

山东社科院副院长袁红英认为，这些平台成为山东打造对外开放新高地的重要抓手，带来理念、产业、技术、发展环境等一系列变革。"以山东自贸区为例，（山东）提出了112项任务措施，通过制度创新打通堵点、释放活力，促进外向型经济的发展。"

新的一年，山东擘画开放新格局。山东省委经济工作会议提出，用好自贸试验区、上合示范区等战略平台，深化与日韩的交流合作，稳旧拓新开拓国际市场，推动对外开放走深走实。

今年的山东省两会进一步提出：积极扩大对欧盟、日韩的进出口，稳定高端市场；深化"一带一路"经贸合作，提高发展中国家、新兴市场和自贸伙伴的贸易占比。

好风凭借力。山东省宏观经济研究院战略规划所所长刘德军说，国家战略叠加，动能转换加速，聚焦产业和产品结构调整，未来的世界经济版图上将留下更多山东印记。

2月 24

山东招工有实招 民企复工好用工

新华社济南2月24日电（记者邵鲁文、王阳） 近日，6辆大巴车驶入山东威海市威高工业园，车上125位缝纫工人经过体温测量、行李消毒后进入厂区，加入迪尚集团疫情防控物资生产一线。陆续复工却面临用工难、招工难，这是不少民营企业近期遇到的棘手问题。而在山东，随着各种"实招"频出，这一问题正迎刃而解。

发动协会力量协调务工资源，是山东针对企业用工短缺的一项"实招"。"迪尚集团、威高集团启动医用防护服生产，但此前劳动力有很大缺口。"威海市人力资源公共服务中心主任王吉会告诉记者，人社部门紧急督导人力资源服务业协会发动会员单位，及时寻找务工资源，最终确保百余人的工人队伍顺利上岗。

探索企业之间的"共享员工"模式，是山东创新的又一"实招"。在山东乳山，经过人社部门的沟通协调，受疫情影响暂时无法开业的海天集团与一线加工工人短缺的福喜农牧发展有限公司达成合作。

海天集团共向福喜农牧输出200多名员工，他们全部参与到食品加工工作中。在此期间，这批员工的工资和社保由福喜农牧承担，海天集团则为员工提供一定的工作补助。"这不仅缓解了企业急需用工的难题，职工在此期间的待遇也有了提高，实现了多方共赢。"福喜农牧相关负责人说。

山东的"实招"还包括制定有针对性的"奖励"。为充分发挥市场力量帮助企业招工，山东各地通过制定补贴政策，充分调动职业中介机构的积极性。

德州市规定，对介绍技能型人才和职业院校、技工院校、高校的毕业生就业的各类公共就业服务机构、经营性人力资源服务机构，按每人120元的标准给予职业介绍补贴；东营市提出，人力资源服务机构为东营企业招聘职工并依法缴纳社会保险的，一次引进5人及以上的，按每人500元标准给予补贴，一次引进20人及以上的，按每人1000元标准给予补贴。

记者了解到，除了政策和制度创新，山东的"实招"还有借助科技手段，提升线上招聘效率。山东省公共就业和人才服务中心相关负责人告诉记者，为保障重点企业新增的用工需求，山东利用大数据，实现求职人员信息和企业用工需求的精准匹配。

随着各项"实招"出台，山东各地民营企业"用工难"问题得到有效缓解。从春节后开始，山东共帮助274家重点企业解决新用工23669人。同时，通过组织各类线上招聘活动，共有2.96万家用人单位发布岗位需求77.15万个，达成就业意向5.88万人。

截至2月21日，山东28369家规模以上工业企业中已复工24411家，复工率达86%。"山东省人社部门精准施策，针对企业当前面临的各类用工问题，打出一套组合拳，努力为打赢疫情防控阻击战做出贡献。"山东省人力资源和社会保障厅厅长梅建华说。

2月 25

挑好 2020 年春天的中国扁担

新华社济南 2 月 25 日电（记者萧海川） 2020 年开年以来的日子，有点儿不一样。出门仔细戴口罩、进门伸手测体温，已成为新的生活习惯。新冠肺炎疫情笼罩下，工作怎么推进、小孩啥时候能去学校，心里并不十分有底。

就好像，肩膀上担着一根扁担，一头装着"家人平安"，一头装着"吃穿用度"。每天的生活，如同泰山上的挑山工，肩上千钧担，脚下不能松。

一头挑着新冠肺炎疫情防控，一头挑着经济社会发展，这就是 2020 年春天里中国的扁担。必须要登攀的，则是全年经济社会发展目标任务这座山。

与新冠肺炎疫情短兵相接后，我们逐渐站稳了脚跟。部分省区市已出现新增确诊病例零报告，个别省份还下调了应急响应级别。

在尚无特效药、特效疫苗和特效诊疗方案的情况下，依靠国家力量的紧急动员、白衣战士的奋不顾身、广大群众的积极"参战"，我们扛住了疫情的闷头一棍，正在逐渐迎来转机。

治病救人的目的，是恢复健康、重现生机。眼下，疫情防控固然是一场持久战，但这更应该是一场让疫病耗不起的消耗战。所以，就应当把我们应对的本钱搞得多多的。

当黄淮海平原农事繁忙、千里大动脉上钢轨作响、港口塔吊腾挪不息时，"世界工厂"里隐隐响起的机器声正在为战胜疫病积蓄着力量。

行百里者半九十。只要我们秉持"不获全胜决不轻言成功"的决心，发扬永不懈怠的新时代的泰山"挑山工"精神，把稳扁担的两头，踏稳脚下的坎坷，那么，我们必能迎来"三军过后尽开颜"的胜利豪迈。

山东防控复工多措并举 规上企业复工率近九成

新华社济南 2 月 26 日电（记者王志） 25 日，中铁十四局济南黄河隧道项目部通过第三方医学检测机构，对隧道盾构复工进场的 500 余名管理人员和劳务人员进行了新型冠状病毒核酸检测，确保疫情防控不漏一人。

济南黄河隧道工程盾构机开挖直径达 15.76 米，是目前世界上在建的最大直径公轨合建盾构隧道。中铁十四局大盾构公司项目负责人白坤介绍，如今进场员工每天线上健康打卡，线下由专人测量体温，同时工地实行封闭管理。通过疫情防控与复工复产"两手抓"，2 台盾构机累计掘进超过 1000 米。

核酸检测是新冠肺炎患者确诊的重要依据，随着近期各地企业复工复产，企业对核酸检测的需求急剧上升。经严格认定评估，济南市卫健委首批确定了 8 家第三方检测机构，这些机构的日检测能力达到 1.3 万份，能较好满足企业的检测需求，为复工复产企业"保驾护航"。

一手抓防控，一手抓生产。连日来，山东多地企业为复工复产"各显神通"。在泰安市岱岳区青春创业开发区，山东销量最大的干混砂浆生产企业——泰安凝易固砂浆有限公司早早向政府部门递交了复产申请，获批后将立即满负荷生产。

"作为民营企业，虽然受疫情影响，我们停产了一个多月，有很大压力，但公司没有清退一个工人，而且 2 月份给 92 名所有工人照发工资。"泰安凝易固砂浆有限公司总经理李玉贵说，各地工程复工后，对干混砂浆的需求将出现井喷式增长，预计今年企业销售收入将同比增长 30% 以上，疫情带来的一时的损失都会补回来。

除了全员核酸检测、民企工资照发，"一站式"定制包车成为山东不少企业解决工人返岗问题的"有力武器"。近日，中建八局一公司从济南发出多辆"点对点"专车，前往江苏淮安、河南濮阳等地，接回近 200 名工人返回公司投入生产。

为满足企业复工的用工需求，济南市住房和城乡建设局与济南市城乡交通运输局积极协调，组织 53 家客运单位面向复工企业推出"一站式"定制包车运输服务，返程人员经测温合格后才能上车，同时对车辆进行消毒、通风和卫生清洁，实行"一站式""门到门"接送。

据了解，中建八局二公司计划发出 38 辆专车，济南四建集团等企业也将派出多辆专车，接省内外工人返岗复工。

截至 2 月 23 日，山东 28369 家规模以上工业企业中已复工 25445 家，复工率达 89.7%。随着工人陆续返岗，山东企业复工率将进一步提升。

2月 27

不负春光抢农时 播种田野新希望
——来自山东产粮大县的春耕新图景

新华社客户端济南2月27日电（记者贾云鹏） 27日一早，山东省夏津县郑保屯镇杨西村党支部领办创办的蔬菜种植合作社的8个大棚内热火朝天，"共享员工"正戴着口罩，保持一定距离进行西兰花定植，放眼望去，绿意盎然，生机一片。

"外面干活的不愿意来，出去务工的待岗在家，我们就组织他们加入农业生产中来。"杨西村党支部书记王勤来说，他们将"共享模式"引入春耕，对暂时不能外出、待岗在家的农民工进行摸底调查，与合作社、种粮大户进行对接，按照当地酬劳价格结算薪资。"既促进了春季田间管理，又让农民工有了用武之地。"王勤来说。

"不仅是共享员工，我们的农机设备也共享了起来。"郑保屯镇兴农粮食种植合作社理事长黄勤勇说。为减少人员流动和聚集，夏津统筹各村党支部领办创办的合作社的农机设备，派专人每天定点消毒杀菌，按照各网格需求，将农机直接送到田间地头。

兴农粮食种植合作社有自走式打药机、无人机等农机具86台，形成了耕、种、防、收等一站式服务，人工少，效率高。"今年是第8个年头了，没想到土地托管在疫情防控期间管了大事。"黄勤勇说，"疫情期间，又有12户报名，群众在家防疫，收成不受影响。"

夏津县农业农村、市场监管等部门还联合推出春季农业生产社会化服务组织名单，遴选出65家合作组织，为群众提供"套餐式"全托管服务和"点单式"半托管服务，让群众足不出户就可

农家丰植保农机服务合作社的四轮自走式打药机在小麦田间作业。（夏津县委宣传部供图）

农技人员指导开展小麦镇压作业。（夏津县委宣传部供图）

津丰源农资部送农资上门。（夏津县委宣传部供图）

备春耕。

新盛店镇岳集村的霍启海种了180亩小麦，虽然因今年特殊，春管用工难寻，但是当地植保农机服务合作社的"到田服务"，解了他的燃眉之急。霍启海欣慰地说："农户不出门，服务送到家，我不用再为小麦春管犯愁了。"

夏津是农业大县、产粮大县，拥有90万亩耕地。县农业农村局局长汤庆军介绍说，目前，全县已有50多万亩耕地纳入土地托管，占总耕地面积的56%，小麦镇压、除草等春季农业生产正有序进行。

对托管外的农田，夏津县按照区域、地块、作物等情况划分网格，提供网格化包保服务，引导农户有序下田、分时下地、分散干活，避免人员集聚。乡镇干部、村"两委"成员和农技专家则下沉到田间地头，就农资转运、农机协调、灌溉统筹、生产防护等问题帮包督促落实。

"我们将村里的党员、干部、网格员，按照网格分到田间地头，点对点全覆盖地做好防疫、生产双服务。"郑保屯镇党委书记王冬说。

技术指导不能停，线下不行就线上。夏津县还建立起"面上调查、群内研讨、线上推广"的农技共享"云"模式，通过微信群、公众号等渠道，技术专家线上开展苗情、墒情、病情、虫情等指导，基层群众不出门就能了解农情。

庄稼一枝花，全靠肥当家。通过提供农资物资"一纸通"、快捷办理资质证明、开辟政策性贷款"绿色通道"等服务，当地及时帮助农资业户复工复产。目前，夏津县农资业户复工复产率已达到80%，储备种子、肥料、农药和农膜等物资3.14万吨，农资到村率达到了75%以上。

2月23日一大早，夏津县津丰源农资部就把32吨肥料送到了雷集镇种植大户张成伟家中。农资部经理边克杰说："当前正值小麦返青，肥料等农资需求飞速上升。多亏农业部门给办了'民生保供企业资质证明'，一路畅通无阻，解决了大问题。"

农时不得误，春日赛黄金。夏津县委书记才玉璞说，他们通过采取大田托管、包保服务、人员设备共享等多种措施，打通农民下田、农机作业、农资供应等方面的堵点，全力组织春耕生产，确保不误农时，保障夏粮丰收。

2月28日

山东经济"马达"再度轰鸣

新华社济南2月28日电（记者栗建昌、袁军宝） 全省规模以上工业企业复工率超过96%；重点项目2月份开工数已达到计划数87%；全网日用电量达到去年同期83%……

在近日的齐鲁大地上，工厂里的机器声响了起来、工地上的推土机动了起来，一系列迹象表明，山东经济的"马达"轰鸣再起。

工业复产复工蹄疾步稳

2月27日，山东省召开的统筹推进新冠肺炎疫情防控和经济社会发展工作部署会议提出，坚决打赢疫情防控的人民战争、总体战、阻击战，同时通过实行着重解决制约复工复产的突出问题、超常规大力度推进项目建设、抢抓机遇培育新的增长点等措施，最大限度降低疫情带来的冲击和影响。

生产一线也是战"疫"一线。从全力生产医疗防疫的重点物资，到推动工业全面复工，拥有完善工业体系的山东，早已着手下好工业复工复产的"先手棋"。

无菌车间里，自动化设备高速运转，流水线上输液器、注射器、留置针等医疗物资自动分拣、包装……在山东高青县侨牌集团有限公司的车间里，机器声嗡嗡，工人们紧张忙碌。

侨牌集团负责人窦雪锋说，公司已于2月初逐步复工，目前1000名员工已有800余名到位，85%以上的流水线已全面复工。目前，已向湖北、广东、上海等地供货2000余万套/支医用产品。

山东省的监测数据显示，至2月25日，全省规模以上工业企业中复工26118家，复工率96.3%。电力数据也显示，25日，山东全网日用电量同比下降16.16%，降幅逐步缩小。

为推动企业复工复产，山东多措并举。其中，2月8日，山东开通企业复工复产

侨牌集团生产车间。（高青县委宣传部供图）

应急诉求网上受理窗口和热线电话，24小时接听企业诉求；18日又发布关于加快企业和项目建设复工复产的若干措施，针对反映突出的员工返岗、交通阻隔、原材料供应短缺等困难问题提出10条具体办法。

自2月中旬以来，山东企业开复工率稳步提高。至2月10日，全省累计开工的规模以上工业企业占规上工业企业总数的41%，14日达到67.7%，19日进一步达到82%。

重点项目开工复工全面开花

在济南市莱芜区山东重工绿色智造产业城的项目工地上，一台台挖掘机、装载机等工程机械紧张作业，一派忙碌景象。这一工程于2月12日正式开工，是山东新旧动能转换重大工程和全省投资规模最大的项目之一。

在山东各地，一大批"龙头"工程顺利推进：世界上在建最大直径公轨合建盾构隧道济南黄河隧道，2月中旬已恢复掘进；裕龙岛炼化一体化项目、潍柴数字化动力产业基地等重大项目近期陆续开工复工……这些工程在拉动投资的同时，更为山东新旧动能转换提供了动力、积蓄了后劲。

为推动重大项目顺利开工复工，各地在做好防疫的基础上，着力解决招工问题。25日，从重庆云阳返程的90余名省外劳务人员跨越1800余公里，顺利抵达位于淄博火车站南广场片区的金城建设有限公司的项目部。"这批返程人员全部是公司从重庆招聘来的。我们派出人、包了车，来回3600公里，把他们从重庆接到淄博。"山东金城建设有限公司生产部经理司书峰说。

据山东省数据，至2月26日，省市县三级重点项目以及地方政府专项债券项目中的续建项目，已复工3128个，复工率51.9%；计划2月份新开工的项目，已开工1348个，开工率87.1%。

"补短""抢机"先行一步

在工业企业、重点项目迅速推进复工的同时，山东大力推动线上经济、"宅经济"发展，并围绕疫情下经济发展的短板和机遇，强化布局医养健康、人工智能等产业，培育催生新经济增长点。

疫情虽然减缓了人们出行的脚步，但却加快了线上经济发展的步伐。山东一家大型商业连锁商超集团的线上业务在疫情期间增长了4倍。2月21日，山东省商务厅发布"山东生鲜农产品产销对接平台"，至23日已有57家线下商超和71家线上平台加入，累计带动农产品成交量179吨。

一些企业也通过网络直播等方式开辟销售新渠道。"现在，我们每天都有看房直播，参与直播的网友数量已经超过以往我们任何一次线下看房活动人数。"山东一家房地产企业的销售负责人说。

此外，远距离高精度自动测温仪、人工智能口罩包装系统、无接触身份证识别器等一系列新技术、新设备在疫情期间加速应用，带动新经济加速发展。近日山东省工信厅还向社会公布了应对疫情的人工智能产品和解决方案，以供有关单位和企业自行选用，其中包括智能传感、智能决策、图像身份识别、语音识别交互、智能机器人等148个方案。

据了解，为补齐和强化疫情中暴露出的公共卫生设施、应急能力建设、物资储备体系等方面的一些短板和弱项，山东已初步谋划重点项目270多个，包括建设三大传染病防治中心、培育医疗龙头企业和产业链、推进疫苗医疗研发生产等，总投资近9000亿元。

山东：足不出户用农机 人宅家中地不荒

《经济参考报》2020年2月28日（记者张志龙）

一场疫情打乱了今年春耕备耕的节奏。农事托管、"无接触种地""到田服务"……在农业机械化成为农业发展普遍方向的当下，疫情防控下的春耕春管正逐步向精细化管理轨道迈进，提升农业机械化水平、"抓好抓细"春耕备耕成为主基调。

春耕生产。（雷沃重工公司供图）

春耕生产。(雷沃重工公司供图)

足不出户收成不误

在严峻的新冠肺炎疫情防控形势下，位于中国农业大省山东西北部的武城县甲马营镇北王庄村的村民王增玉虽然因防疫不能出门，却并不为农事发愁。"我这11亩地全托管给合作社了，不用出门就能有收成。"王增玉说。

2月中旬，在王增玉家的麦田中，武城县志远粮棉种植合作社的2台自走式喷雾机正在喷洒药剂。"我们合作社的托管服务，全部采用机械化操作，人工少，效率高。"合作社理事长牛文忠介绍说，"疫情防控要做好，农事更是耽误不得，合作社每天都对农机进行消毒，对农机手进行体温测量，做好防护。"

夏津县新盛店镇岳集村的霍启海种了180亩小麦，今年的特殊情况导致春管用工难。依靠当地植保农机服务合作社的"到田服务"，包括霍启海在内的种植大户的燃眉之急都得到了解决。"农户不出门，服务送到家，我不用再为小麦春管犯愁了。"霍启海说。

"去年把家里的地，从种到收全托管给合作社了，现在疫情这么严重，托管服务派上了大用场。"王增玉也高兴地说，"对于老百姓来说，地里不荒，心里就踏实了。"

记者了解到，志远粮棉种植合作社拥有各类农机具90余台(套)，形成了耕、种、管、收、储一条龙的农机服务，目前已接受全托管土地8000亩、半托管土地1.5万亩，为周边农户解决了生产所需。

平台争打"无接触"牌

"足不出户备春耕"只是当前山东春耕备耕图景的一角。记者了解到，此次疫情正倒逼着线上农业业态的服务升级。仅在山东省，就有多家企业和平台开启了"线上春耕""线上春管"等新模式，吸引了成千上万名农民加入。

"足不出户买农资，足不出户用农机……"农业生产服务企业山东丰信农业公司负责人董金锋说，公司推出了"无接触种地"服务，农民可根据需求在"丰信之家"平台上自由选择对应的服务或产品，并下单订购。

位于潍坊的我国农机行业龙头企业雷沃重工，联合多家企业成立"足不出户备春耕公益联盟"，疫情期间提供"一站开启田块数据、一季伺服耕种管收、一田智选农机"等服务，让种粮大户宅在家中也能完成春耕。

龙头企业开足马力

疫情防控不能怠慢，农事也不等人。这个春天，山东省德州市齐河县的甄利军并不担心种植地里没人打理："多亏了乡土丰利农机专业服务合作社，我的5500亩藜麦地都交给他们管理了，我坐在家里也能有收成！"

2月20日，甄利军的藜麦地中，包括13台雷沃欧豹拖拉机在内的农机队伍，正热火朝天地

2月13日，泰安市宁阳县葛石镇大夏庄村，山东丰信农业科技开发有限公司的工作人员展示农户在"丰信之家"应用程序上的订单。（记者郭绪雷摄）

忙碌着，他们来自齐河晏城办事处的乡土丰利农机专业服务合作社，此时正在为农户进行藜麦种植的一系列作业。据合作社王经理介绍："2月3日那天，他就主动打电话跟我们预约了，我们合作社本来就与当地农户建立了深厚的友谊，现在农业作业受到疫情影响，我们更是应该起到带头作用，帮助农户解决问题。"

疫情无情人有情。甄利军说："作为农民，地里不荒，心里就踏实了。"

记者了解到，尽管当前疫情防控形势依然严峻，作为农业装备龙头企业，雷沃重工自2月10日正式复工复产以来，实行疫情防控、生产制造、营销服务三线战"疫"，统筹疫情防控和生产经营秩序，各项工作有条不紊地开展，一幅别样的"春耕备耕图"正在厂区内徐徐展开。

其中，在生产制造方面，雷沃重工上下游联动，开足马力保春耕。为了让用户第一时间用上放心产品，工厂已进入满负荷生产状态，在做好疫情防控的同时，各车间均及时对日排产计划进行了详细调整，确保订单生产执行率达到100%。此外，疫情期间，雷沃重工的物流队伍还不断研究配送路线，改善运输方案，力争产品及时配送到位。目前，负责物流发运的员工正按照提车单的先后顺序，将雷沃产品发往全国各地。

"疫情隔不断东西部扶贫协作'情'"

——湖南湘西州首批建档立卡贫困农民工返济复工记

新华社济南2月29日电（记者王志）"疫情发生得太突然，本来以为复工无望，但没想到有专车把我们从泸溪县接到济南，终于顺利上岗复工，收入也有了保障。"28日，在位于济南市章丘区的卧龙电气（济南）有限公司，来自湖南省湘西土家族苗族自治州泸溪县的建档立卡贫困农民工李秋生难掩复工后的喜悦之情。

东西部扶贫协作和对口支援，是我国实现先富帮后富、最终实现共同富裕目标的重大举措。地处武陵山脉腹地的湖南湘西州，辖7县1市，其中7个国家级贫困县，总人口299万，贫困面大，贫困程度深。

济南市自2016年与湘西州东西部扶贫协作结对以来，积极通过产业扶贫、就业扶贫等形式，带动湘西州建档立卡贫困人口脱贫致富。

今年2月中旬，章丘区人社局服务小队在走访企业时了解到，作为劳动密集型企业，卧龙电气（济南）有限公司复工后面临人手短缺的难题，另一方面，身在湘西州的部分建档立卡贫困群众也有迫切的返岗愿望。

"疫情隔不断东西部扶贫协作'情'。"济南市委农民工党工委办公室主任丁麟宏说，当前疫情防控进入攻坚期，在严格做好防疫的同时，要尽快帮助湘西州建档立卡贫困农民工返济复工，把好事办好。

一手抓防控，一手促就业。章丘区人社局与泸溪县人社局积极联动对接，为东西部劳务协作开辟"复工直通车"：泸溪县人社局组织联系有

30多名湘西州泸溪县建档立卡农民工乘坐返岗直通车抵达济南章丘。（章丘区人社局供图）

意愿到章丘务工的当地人员，并做好每日体温监测；章丘区人社局安排企业对接当地经信部门、疫情防控单位，做好人员到达后的防护及日常监测工作。

2月21日，33名报名到章丘返岗复工的泸溪县建档立卡农民工身体状况全部良好，并由所在村居及政府出具了健康通行证。25日，这33人乘坐两辆大巴——"泸溪县外出务工人员赴济南章丘返岗直通车"，从泸溪踏上返济之路。

为确保防疫万无一失，出发前工作人员对所有务工人员又进行了严格的体温测量，并对车辆全方位消毒。车辆按照额定载客人员的50%控制客座率，实行分散就座。在行车过程中，车上人员全程佩戴口罩，沿途还安排专人负责体温监测和疫情防范。

途经2000多公里、历时30个小时，26日下午，两辆大巴车缓缓驶入卧龙电气（济南）有限公司厂区，李秋生等人依次下车，排队接受体温测量。经过一天的休息后，28日他们正式返岗复工。

"在济南各方面待遇都很好，每月工资有5000多元，公司对我们的生活也很照顾，挺知足了。"李秋生已把济南当作自己的"第二故乡"，从2018年独自到济南打工，到如今他把老婆和儿子都带了过来，并带动本镇8名建档立卡贫困人员一起到济南打工赚钱。

"定制包车、'点对点'接工人返岗复工，既降低了返程运输过程中疫情传播的风险，又解决了企业的用工难问题。"卧龙电气（济南）有限公司综合部部长高绍静说，3年来，他们共为湘西州150多名建档立卡贫困人员解决了就业问题。

结对帮扶，携手奔小康。2019年，济南市共接收464名湘西州建档立卡贫困人员就业。此批33人是湘西州建档立卡贫困农民工返济复工队伍的"先头兵"，随后济南将迎来更多来自湘西州各区县的返岗务工人员，共同助力企业复工复产与湘西州脱贫攻坚。

济南市委农民工党工委办公室主任丁麟宏到企业协调泸溪县农民工返岗事宜。（章丘区人社局供图）

高效铁路货运保障中国物资运输通畅

新华社济南 3 月 1 日电（记者邵鲁文）量身定制运输方案、开辟绿色通道、利用智能化模式创新……在当前疫情防控的关键时期，中国铁路部门积极加强运输组织，在确保物资运输通畅的同时，帮助企业步入复工复产"快车道"。

近日，满载 300 吨化肥原料的集装箱在山东穆庄车站进行卸车作业，这些化肥原料将被运至山东农大肥业有限公司，在被加工为成品后，在满足当地农耕需求的基础上，剩余成品将从穆庄站发出运抵东北三省。

随着天气逐渐回暖，春耕备耕迫近。为确保中国北方地区的春耕生产需求，农业大省山东的化肥企业纷纷加紧生产，与此同时，铁路部门也加班加点运输，开辟绿色通道，保障物资运输时效。

穆庄站站长高伟告诉记者，每天从穆庄站运输的化肥达 600 余吨，为保证将春耕物资快速运往各省，铁路部门在作业过程对春耕物资优先装车、优先挂运。近期已发送和到达的化肥接近 2 万吨，这为农业生产提供了及时的支持。

山东农大肥业有限公司负责人付强告诉记者，疫情期间，因为汽车运输存在不便，不少化肥企业物资运输受到一定影响。但借助铁路部门开辟的绿色通道，货物得以及时到达和发运，这不仅保证了春耕备耕的需求，也极大缓解了企业的运转压力。

记者了解到，铁路部门下辖的各车站还通过电话、网络等平台加强与化肥、种子经销商的联系对接，及时了解企业运输需求，帮助解决实际问题。"通过优化装卸车办理手续，工作人员'不见面'就能沟通需求，这大大减少了人员接触，提高了运输效率。"高伟说，目前穆庄站日均办理春耕物资 10 车，累计为黑龙江、吉林等省发送化肥、种子、农用机具等生产物资共计 35 批、1.2 万吨。

除了保障春耕备耕物资的运输畅通，确保进口货物能够及时运转到全国各地也同样重要。中国铁路济南局集团有限公司董家口南站，担负着青岛港董家口港区的疏港运输任务，世界各地进口的矿石原料在这里装车，并通过铁路发往全国各地。随着山东、山西、河北等地的工厂企业复工复产，董家口南站收到的生产资料运输需求增长明显。

为满足企业复工复产需求，董家口南站联合港口，加强与重点企业的联系沟通，优先保障复工企业的货源组织，为复工企业提供"船舶优先停靠、货物优先装车、列车优先发车"的快速物流服务。

董家口南站相关负责人告诉记者，铁路部门精准制定"一企一策"运输组织方案，采取绕路上货、装卸劳力调站作业等措施，全力满足企业物资运输需求。如今装满一列 60 节的火车只需 2 个小时，2 月份以来已连续 3 次打破董家口港铁路疏港单日装车纪录，累计开行生产资料配送列车 10432 车，发送货物 68.7 万吨。

此外，疫情防控期间，中国铁路部门还始终保持铁路大动脉安全畅通，开辟绿色通道，以最快速度运送各类防控人员和物资。中国国家铁路集团有限公司的数据显示：截至 2 月 26 日，已累计运送防控人员 329 批、9140 人；装运防控保障物资 9421 批、18.1 万吨。

3月1日

山东胶州："炕头经济"让村民"宅"得住

新华社青岛3月1日电（记者张旭东） 2月29日，在山东省胶州市李哥庄镇魏家屯村一家农家小院里，散落在炕头的首饰配件正被组装成一件件成品，而整个"流水线"就是魏学信一家三口。

"我负责插板，老伴负责装袋，儿媳妇负责贴标签。" 74岁的魏学信说，"儿媳平时就在首饰厂上班，因为疫情就将包装手工活拿回家里，我们老两口也跟着一起干，能多挣点儿钱，待着还不无聊。"

同村的贺明华和老伴、儿媳经营着一家饭馆，因受疫情影响，饭馆暂不能营业，他们一家三口也干起了首饰配件组装的活。"我们三个人一天能挣100多块钱，虽然饭馆还不能开门，但生活费足够了！"贺明华说。

疫情期间，为让村民们有收入，李哥庄镇流行饰品协会派专人联系、发放首饰配件，形成链条式服务，让当地"炕头经济"由零散变得有组织、有规模。

"首饰扭件、包装、剪断、连接组装……这些工艺品生产工序的工作强度小，简单易学，但企业又需要大量手工劳动，特别适合疫情下村民们'宅'家工作。"李哥庄镇流行饰品协会副会长魏兆江说，"李哥庄镇工艺品是传统产业，我们就牵线搭桥，上门送、上门收，工资日结，村民们足不出户就能赚到钱，大家也能'宅'得住。"

据了解，李哥庄镇有80多家首饰和工艺品企业，主要出口欧美等国家和地区，年销售额约1亿美元。青岛江鸿工艺品有限公司负责人张水萍说："这是一个双赢的事情。对于企业来说，'炕头经济'避免了员工聚集，降低了企业防控压力，也有助于其恢复产能；对于待业在家人员来说，增加了收入。"

魏兆江说,过去，"炕头经济"这种模式也有，但从业者大概只有一两千人,比较分散。疫情下大家都出不去，现在至少有5000人通过"炕头经济"有了新收入。"哪些农家干哪些工序，越来越明细，干得也越来越专业了。海外订单已经恢复到去年同期水平。"

山东企业紧急转产防护物资体现经济大省新担当

新华社济南 3 月 2 日电（记者杨守勇、袁军宝、邵鲁文）服装企业转产防护服和口罩、酒厂转产消毒酒精、烧碱厂改做消毒液……在这场抗击新冠肺炎疫情的"战争"中，工业大省山东担当起"粮草重地"的责任，政府连夜审批，企业加班转产，一场大规模企业转产行动在全省迅速展开。

万众一心克时艰，团结协作保生产

2 月 26 日，在山东舒朗服装服饰股份有限公司的生产车间里，首批 1 万件民用防护服缝合完毕刚一下线，就在烟台装车迅速运往武汉。

而在 1 个月前，谁也不会想到这家大型时装企业会转产防护服。在集团新成立的舒朗医疗公司车间，一排崭新的封条机高速运转，为防护服缝合处贴条密封。舒朗集团董事长吴健民说："这些设备都是从韩国紧急订购的。我们依托集团成熟的生产能力，通过技术改造快速展开防护服生产，为疫情防控阻击战提供物资支持。"

"最后一粒米做军粮，最后一尺布做军装，最后一个儿子送战场。"抗战时期，山东沂蒙老区人民一个个支前的故事感人肺腑。

而在抗"疫"关键期，山东的时装厂、医用材料生产公司转产防护服，牛仔裤厂、内衣厂、装备制造厂转产口罩，粮食酒厂转产消毒酒精，烧碱厂改做消毒液……1 个多月来，山东各地各类企业使出浑身解数，全力支援医疗防护物资保障。

没有机器设备，就用人工替代。位于山东临朐县的富山集团有限公司是一家在内衣领域深耕多年的企业。但为了抗击疫情，公司决定紧急转产口罩。"现在公司每天能生产 4000 多只口罩，过几天新设备到厂后，日产能将达到 8 万只。"富山集团有限公司车间里，由于部分设备尚未到货，工人们先暂用手工缝制代替部分机器生产。

没有医用酒精，就用粮食酒精替代。为紧急提供疫情防控紧缺的消毒酒精，中裕食品有限公司利用现有的特级食用酒精生产线，转向生产 75% 消毒酒精，预期每天可生产 300 多吨，现在每天产量能达到 100 多吨。

短短 1 个月，山东口罩产量提升 3 倍多，医用防护服产量提升 6 倍多。

困难面前有我们，我们面前没困难

困难时时有，但难不住山东有担当的企业。从选址、办证、调运设备与原料、安装、消毒，到首件医用一次性防护服样品下线，位于山东威海的迪尚集团有限公司仅仅用了一天的时间。

2月9日，迪尚决定利用服装生产经验和人才优势，转产医用防护服。2月10日下午，拥有5条生产线的迪尚新工厂即下线第一件医用防护服样品。集团董事长朱立华说："企业能如此快速落地生产，离不开政府鼎力支持，展现出我们万众一心、共克时艰的努力。"

为了迪尚医用防护服工厂能尽快投产，威海当地政府各部门提供"点对点"服务，协助企业快速办理营业执照、协调厂房和电力配套等。到22日，迪尚集团已经有8条防护服生产线，24小时连续生产。

办执照，政府连夜审核审批；缺厂房，政府帮忙紧急协调；缺资金，银行第一时间提供贷款；缺技术工人，企业间互帮互助……在企业转产大行动中，各界齐心协力，众志成城。

战"疫"之中，只有"兄弟"，他们全力相助。1月29日晚，具有国标无菌防护服生产资质的枣庄康力医疗公司，因缺乏封条机设备无法放量生产，经工信部门紧急调度，3位分别来自潍坊梦楚、日照太阳鸟、菏泽朱氏的企业家从自己的车间临时拆卸5台设备，当天夜里就将11台机器运达康力公司，无偿借给平日的竞争对手。

战"疫"之中，不分你我，他们"共享员工"，形成"联合部队"。威高医用材料公司新上防护服生产项目时，在技术工人和技术工艺上遇到困难。当地政府获知后紧急协调，迪尚集团迅速组建由30多位技术骨干组成的志愿者团队，不计报酬，到威高医用材料公司上班。

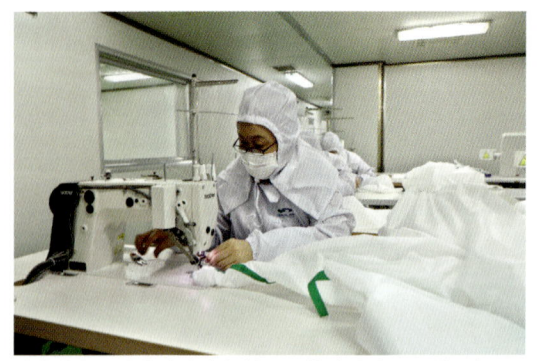

迪尚集团工人在生产车间忙碌工作（迪尚公司供图）

只要人民需要，企业不讲条件

"刚开始转产的时候，是不计成本的。我们用缝纫机做的口罩，成本每只在4.5元左右，但对外供应的价格只有3元。想到300只口罩就能支持一个小微企业复工，我们坚持了下来。"山东海思堡服装服饰有限公司董事长马学强说。

由于转产初期员工不熟练、部分原材料涨价等原因，不少转产企业在亏损运营新生产线。山东永芳日用品有限公司、山东鑫瑞娜家纺有限公司等企业负责人表示，"先干再说"，"还没来得及具体核算收益情况"，"差不多能收回成本"，"赔本也要干"。语气中透露出的更多的是急迫感和责任感。

"转产肯定会带来经济损失，但越是危急关头越要体现企业的责任担当。"山东向尚服饰文化有限公司总经理张红梅说，只要国家需要，我们就开足马力生产。

各级政府部门也在采取多种措施，尽可能保障企业利益。山东省人大常委会2月13日表决通过关于依法加强新冠肺炎疫情防控工作的决定，对企业按照政府指令性计划生产而造成过剩的重点医疗防护物资，明确予以兜底采购收储。

3月 2

"奇兵、奇功、奇迹"
——山东三奇全力运转打造抗"疫""奇兵连"

新华社济南3月2日电（记者王凯） 在抗击新冠肺炎疫情的过程中，有这样一支敢于亮剑的"奇兵连"，这就是山东日照三奇医疗卫生用品有限公司。他们排除万难，为我国疫情防控和复工复产提供了有力的物资保障。

复工复产出"奇兵"

农历大年初一（1月25日）一早，日照三奇的生产车间便传来机器轰鸣的声音。车间组长闫云霞放弃了春节假期，前来加班，与往常不同的是，她的儿子、表弟、表弟妹、表姐——这些非本厂员工人员，也一起来和她"加班"。

"我儿子是在校医学生，对抗击疫情的感受更加真实。听说我单位复工缺人时，他就自告奋勇要来。"闫云霞说。

为抗击新冠肺炎疫情，春节前夕，日照三奇被工信部确定为重点生产供应单位，每日向湖北地区供应100万只医用外科防护口罩、5万只医用防护口罩和0.5万套医用一次性防护服。

然而，当时正值春节假期，用工短缺成了大难题。对此，日照市委、市政府成立工作专班，发动党员干部、入党积极分子、返乡大学生、适龄妇女、纺织工人等200余人参加临时应急生产，组成了一支抗"疫""奇兵"。

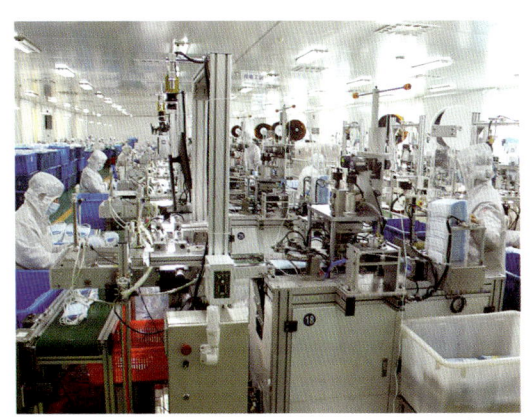

1月23日，工人们在山东日照三奇医疗卫生用品有限公司生产口罩。（受访者供图）

日照三奇为山东援助湖北医疗队支援的医疗物资即将启程。（受访者供图）

在闫云霞所在的车间加紧生产的同时,三奇的另一车间内,王丽正认真检查即将封箱的口罩。对王丽来说,三奇的生产车间既熟悉又陌生。她曾在这里工作了16年,2013年离开了企业。7年后,当公司找到她,希望她能为抗"疫"出把力的时候,她又一次来到这里。

"国家和企业需要我,我就义无反顾地来了。"王丽说。

公司副总经理车进军表示,在这场全民战"疫"中,这支企业有史以来最复杂、最团结的"奇兵",形成了强大的合力。他们并肩作战,有力保障了复工复产的顺利进行。

开足马力立"奇功"

面对突如其来的新冠肺炎疫情,日照三奇在稳妥处理外贸订单的基础上,开足马力支持疫情防控,为生产供应一线防护物资立下"奇功"。

据车进军介绍,以往此时,三奇大批产品会出口国外。现如今为支持国内疫情防控,他们积极与国外客商沟通,稳妥处理所有外贸订单,竭尽全力供应国内需要。与此同时,企业"人歇机不歇",24小时满负荷生产,并紧急将海外分公司的防疫物资调往国内应急。

"紧急时刻就要有紧急举措,保障抗'疫'一线物资供应是目前最重要的事。"车进军说。

联系原料、联系设备、提供保障……为保障生产稳定,企业还多次与有关部门沟通联系,并在其大力支持下克服了重重困难。

得知企业生产口罩耳绳的原料——氨纶丝库存仅能维持一天后,工信部门驻厂工作人员与企业相关负责人组成采购小组紧急奔赴江苏进行采购。

"考察了多家企业之后,我们最终决定斥资100多万元,买下一家企业的一条完整生产线,以保证耳绳的稳定供应。"企业销售部经理于秀娟说,有了耳绳原料,三奇才得以源源不断地为疫情防控一线生产充足的口罩。

在有关部门和社会各界的鼎力支持下,三奇的生产能力大幅提高,日产口罩从50余万只提高到150余万只,日产医用防护服从1000余套提高到5000余套,为保障一线防疫物资供应立下"奇功"。

勇于担当创"奇迹"

没日没夜地工作了10多天后,三奇的董事长王常申晕倒在生产一线。很多人还不知道,他的心脏已经搭了4个支架。

"手机每天要充好几次电,平均几分钟就要接一次电话。"王常申说,他每天都要工作到后半夜才能稍微休息几个小时,"关键时刻,企业必须要勇于担当,扛起我们的社会责任。"

正是因为这种责任感,三奇为一线环卫工人送去1万只口罩,为山东援助湖北医疗队送去100套医用防护服,又为日照当地多家医疗单位及企事业单位送去价值500余万元的疫情防控物资。

1993年,三奇开始生产口罩。27年来,在抗击"非典"、甲型流感病毒和非洲埃博拉病毒等疫情期间,三奇一直为相关国家和地区供应医疗产品。企业口罩单品产业及技术水平在国际上位居前列,在国内更是首屈一指。其产品远销42个国家。

"危难面前,我们是命运共同体,也是责任共同体。勇于担当、勇于奉献,是一个品牌企业的精神内涵和生命力。"王常申说。

截至目前,三奇共支援相关地区口罩8000余万只、防护服80余万套,百分之百完成国家调拨任务,为我国疫情防控和复工复产提供了有力的物资支援。

山东：描绘"三生三美"的斑斓画卷

新华社济南 3 月 8 日电（记者邵琨） 从泰山之巅到黄渤海之滨，从田间劳作到耕海牧渔，惊蛰后的齐鲁大地，踏响了农业复工复产的坚实步点。

两年来，山东立足打造乡村振兴齐鲁样板，开始了产业、人才、文化、生态和组织五大振兴全方位实践。而今，一幅"三生三美"——生产美产业强、生态美环境优、生活美家园好的斑斓画卷正在齐鲁大地徐徐展现。

生产美、产业强，现代农业又发新枝

在山东省潍坊市峡山区的有机姜融合创新产业园里，土壤是否有养分已不重要，种姜有专利、不用土、不打药、不拔草、自动灌溉，已不是什么新鲜事。而在一年前，姜农还背着喷雾器打药，药水顺着衣服往下淌。

科技赋能农业，物联网、智能化设备应用更加广泛，一、二、三产业深度融合，这些正在使山东这棵农业大树生发出新的枝丫。

在山东省济宁市嘉祥县仲山镇，工作人员操作收割机收割小麦。（记者郭绪雷摄）

2019年10月10日，在山东省无棣县的鑫嘉源生态农业示范园区，员工在给无土栽培的生菜修剪根须。（记者朱峥摄）

自动监测地里的氮、磷、钾的浓度和水分含量，缺水能自动浇水、缺肥能自动施肥，卫星遥感观测作物长势，大数据分析指导种植，一部手机管理整片农田、大棚……山东农业生产技术越来越先进，而且开始引领行业发展。

黄色的番茄、三色水果椒、拇指黄瓜……在"中国蔬菜之乡"山东寿光的蔬菜小镇里，摆放着几十种近两年研发出来的新果蔬。去年，全国蔬菜质量标准中心落户山东。寿光主导、参与制修订24项农业领域地方标准和6项团体标准，成为全国蔬菜产业发展的风向标。

新冠肺炎疫情发生以来，山东"菜篮子"产品生产稳定，不仅省内市场供应充足，还能保障外调需求。春节以来，山东已累计向湖北调运蔬菜7060吨。

山东以占全国1%的淡水和6%的耕地，贡献了8%的粮食、9%的肉类、12%的水果和13%的蔬菜产量，农产品出口总额连续21年领跑全国。

这是无人机在2019年5月23日拍摄的山东长岛县大钦岛乡东村海滩晾晒的海带。（记者朱峥摄）

生态美、环境优，农村农民迸发新活力

走在五莲县松柏镇窦家台子村，青石路、砖瓦、竹木、卵石等乡土材料打造的街头小品和庭院微景观让人赏心悦目。这个大山深处的村庄，成为了省级旅游特色村、生态旅游采摘村。

山东针对沿海、陆地等不同环境，探索各相适宜的乡村振兴路径，目前已有1300多个试点村庄完成规划编制，将陆续走上"富民兴村"的"快车道"。2019年，山东农民人均可支配收入增长9.1%，比2018年增加1.3个百分点，迈向全面小康的步伐更加坚实有力。

在寻山爱伦湾海洋牧场，固定平台上配备了海上生态卫生间，来此休闲垂钓、餐饮观光的游客的洗漱用水和粪污将先分别进入灰水舱和黑水舱，经过生态菌处理后再排出，以确保污水不直排海洋。爱伦湾海洋休闲旅游有限公司运营经理卞大鹏说："这里海水常年达到国家二类水质标准，养殖环境非常好。"

环境好了，乡村焕发出新吸引力，人才返乡创业态势加快形成，乡村人才队伍不断壮大。2019年，山东培训各类高素质农民3.5万人，开展农村转移劳动力就业培训13万人次，公费师范生、医学生、农科生招生录取人数分别达到5000人、1300人、360人。

越来越多的青年回到农村，为"三农"带来了新理解，注入了新内涵。"未来，我们这里会有民宿、休闲娱乐、文化、科普教育等多种形态。"枣庄云岭农业发展有限公司"90后"姑娘李悦说。

生活美、家园好，齐风鲁韵又添新景致

穿行在沿枣庄市山亭区冯卯镇岩马湖的各个村庄时，仿佛置身公园。依托每个村的山水文化特色，当地逐步形成了艺术部落、古村居、民宿体验、醉桃源等主题突出的美丽乡村旅游片区。

冯卯镇的发展秘诀之一就是加强村"两委"班子建设。冯卯镇党委书记田琨说："基层党支部书记是农村基层党组织的领路人、村级班子的带头人。他们的作用发挥得如何，直接影响着村庄的发展。"

在基层党组织的带领下，2019年山东又新增了500个省级美丽乡村示范村，2020年将达到2000个左右。串点成线、以线连片、聚片成面，胶东、鲁中、鲁南、鲁西北四大风貌区，十条风貌带正在形成，"齐鲁风情画"上一批新景色正在着墨。

乡村振兴需要塑形，更要铸魂。昌邑市龙池镇将红色文化融入居民生活，村民在逢年过节之际，先祭拜烈士，再走亲访友；滨州市滨城区开展的发掘身边好人活动，引领村民崇德向善……新时代文明实践中心全国试点县（市、区）增加到29个，数量居全国首位，181个村镇入选全国文明村镇。

2019年9月3日，游客在日照市五莲县叩官镇董家楼村北山乡居体验民宿。（记者王凯摄）

3月 11

"田保姆"助力春耕备耕折射中国农业新动能

新华社济南3月11日电（记者张志龙、贾云鹏）虽然新冠肺炎疫情带来了诸多不便，但"田保姆"的服务让华北地区农民甄利军"心里踏实了"。作为山东省德州市齐河县的种粮大户，甄利军种植了5500多亩藜麦。

"多亏了乡土丰利农机专业服务合作社，我的地都交给他们管理了。"甄利军说。

2月初，甄利军和这家农机合作社进行了电话预约，拿出一些费用，让合作社管理他的藜麦田。

乡土丰利合作社王经理介绍："合作社本来就与当地农户建立了深厚的感情，现在农业作业受到疫情影响，我们更应该帮助农户解决问题。"

在山东，家庭农场、种粮大户、合作社等已成为粮食生产的"生力军"。而让"生力军"和农户轻松上阵的，是出钱购买的包括耕、种、管、收在内的土地托管模式，被称为"田保姆"。

"现在农业提倡适度规模化经营。像'田保姆'这样的专业机构，提供了更高程度的机械化设备、更高效的服务。"山东省农业农村厅相关负责人说。

类似的托管服务，在新冠肺炎疫情期间派上了大用场，解决了中国不少地区农民备耕无处着手、田地无人管理的难题。

中国农民常说："一分肥，一分粮；十分肥，满粮仓。"初春的水、肥特别重要。

"前两天还在为买化肥犯愁，今天就送到家了。"在德州市庆云县常家镇北板营村，张学英看着正在卸车的3.2吨复合肥，心里说不出有多高兴。

春耕生产。（受访者供图）

合作社的机械在甄利军的田地上作业。（受访者供图）

庆云县常家镇为农服务中心为农户配送化肥、农药等物资。（受访者供图）

泰安市宁阳县葛石镇大夏庄村，山东丰信农业公司的工作人员在查看小麦的苗青。（记者郭绪雷摄）

张学英有80多亩耕地。年后疫情防控，让她犯了愁。看到农民培训群里发布的供销信息后，她通过电话订购了（农资），没想到当天"田保姆"就给送到了。

为全力保障春耕，中国不少地区推行"不见面"服务。通过网络群发消息，引导群众微信下单、就近购买，商家统一配送，减少接触，保障春耕农资"不断链"。

作为粮食总产量连年稳定在5000万吨以上的农业大省，山东在疫情防控与春耕备耕的关键时期，借助农机合作社、社会化服务企业等"田保姆"，实现"一个电话到地头""足不出户备春耕"，确保不误农时，保障夏粮丰收。

记者采访了解到，此次疫情正倒逼着线上农业业态的服务升级。仅在山东省，就有多家企业和平台开启"线上春耕""线上春管"等新模式，为农业生产注入了新动能。

在鲁中地区的宁阳县伏山镇前石梁村，农民胡广云就享受到了这种服务。宁阳丰信农业服务公司村级服务店店长张正军把农资配送到他家，让他少操心、不跑腿，无接触也很安全。

"田保姆"等专业机构和农民的结合，在农业产业链上营造出一个新的产业生态。

丰信公司负责人董金锋说，丰信农业是一家从事农业社会化服务的互联网企业，针对疫情防控形势，推出了"无接触种地"服务。公司在中国已有100多万农户会员，今年春天用户新增数量同比增长了30%以上。

位于潍坊的中国农机龙头企业雷沃重工，联合多家企业成立了"足不出户备春耕公益联盟"，利用卫星定位、遥感、大数据、云计算等技术，在疫情期间提供"一站开启田块数据、一季伺服耕种管收、一田智选农机"等服务，让农业生产主体宅在家中就能完成春耕。

"产前、产中、产后一体化的农业社会化服务体系，也就是农民常说的'田保姆'，因疫情深化升级，正助推着我国农业生产现代化加速向前。"雷沃重工战略总监田大永说。

3月
12

济南：务工专列助力返岗复工

2020年3月12日，山东济南首趟务工专列抵达济南站，476名外地返济务工人员将分赴10个在济南施工的建筑企业。据了解，此趟专列从重庆始发，出行人员实行"点对点"服务管理，最大限度确保返岗务工人员健康出行。（记者朱峥摄）

3月12日，车站工作人员引导返济务工人员出站。

全力以"复" 春潮涌动

3月12日，返济务工人员从专用通道快速出站。

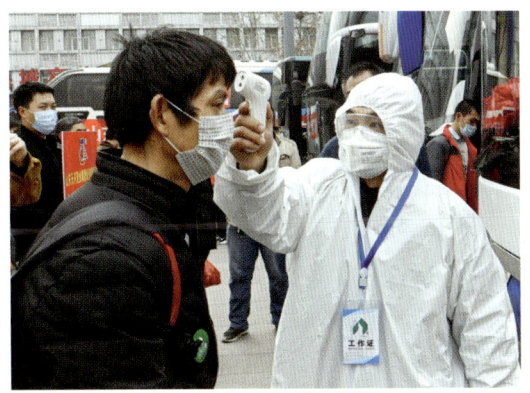

3月12日，返济务工人员接受体温测量。

3月12日，返济务工人员在济南站广场乘坐直达目的地的专车。

3月12

青岛：智慧化农业助力春耕生产

新华社客户端青岛3月12日电（记者李紫恒） 气温回暖、万物复苏，胶东大地生机盎然，田间地头处处都能见到繁忙的劳作景象。青岛市农业部门在统筹抓好疫情防控和农业生产的同时，积极推广、运用智慧化农业措施助力春耕生产。

11日，记者在青岛平度市同和街道宋家赵戈庄村的田地里看到，青岛鸿运农机合作社农机手高洪云正驾驶拖拉机播种马铃薯，智慧化的大机器一次完成开沟、起垄、播种、覆膜等流程，由于拖拉机安装了北斗导航，能精准地把控作业行进路线，与人工驾驶相比，误差大为减少，干起活来又快又好。

高洪云做农机手已经9年了，他花100多万元购买了4台大型拖拉机。没出正月，他就戴着口罩开始驾驶拖拉机下地干活了。高红云告诉记者，随着年龄增加，劳动久了难免腰累眼花，这套自动驾驶系统帮了他大忙，省心省力的同时还让工作效率成倍提高。

据高洪云介绍，以前人工作业，各方面费用都居高不下，如今仅1台自动化播种机，每天能播种30—40亩马铃薯，能顶50—60个劳力，不仅产量提高三成，成本还大大降低。"这机械很聪明，因采用了北斗导航，播种路线笔直，每10亩地比原来能多种半亩地。"

村民陈付刚是远近闻名的土豆种植大户，今年种了460多亩马铃薯，以前人工种植土豆，挖沟、起垄、播种、覆膜需要一项项操作，费时又费力，现在土豆播种机可一条龙把它们全部完成。

3月11日，无人驾驶拖拉机牵引着播种机在种植马铃薯。（记者李紫恒摄）

陈付刚给记者算了笔账:"雇人工,1亩地要多花100块钱,现在用上了高科技,耕、播、种、收一次搞定,产量还能普遍提高一两千斤。"

在青岛,还有1.3万个像高洪云的农机合作社那样的农民专业合作社。青岛市各级农业农村部门合理调配,将各种智慧化农业"黑科技"广泛应用到春耕春播、设施果蔬生产中,全面提高作业效率和质量。

据了解,为减少疫情对农业生产带来的影响,青岛市组织了1500余名农技人员,通过"线上"远程指导,"线下"深入田间地头,靠前指导农民科学种田,确保今春农业生产顺利进行。

3月11日,平度市同和街道宋家赵戈庄村村民在地里忙碌。(记者李紫恒摄)

3月11日,农业农村局工作人员周子涵(右)在地里指导农户。(记者李紫恒摄)

3月 13

春暖花开 "愈"来"愈"好
—— 山东复工复产一线观察

新华社济南 3 月 13 日电（记者杨文、潘林青）

新冠肺炎疫情发生以来，山东省全力提高治愈率，降低病亡率，将疫情防控和经济社会发展"一肩挑"。在统筹做好疫情防控的前提下，山东积极推进复工复产。春暖花开，各行各业"愈"来"愈"好，再现生机活力。

复工特事特办 餐饮"雪中送炭"

菏泽市鄄城县黄河滩区迁建工程旧城镇三合村，村台建设正在全力赶进度、抢工期。施工负责人陈守国一度发愁："复工后的主要任务就是挂瓦装修，但运瓦车进不来，没有瓦工人开不了工。"由于疫情期间交通管制，几十万块烧结瓦无法及时运到施工现场。

黄河滩区居民迁建是当地脱贫攻坚的重要任务。鄄城县黄河滩区迁建指挥部得知这一情况后，决定给运输物资的车辆办理运输通行证。"我们协调相关职能部门，特事特办，为村台施工班组解决困难。"指挥部办公室主任郅光伟说。没过多久，在鄄城高速路口，陈守国接到了第一辆发自安徽的运瓦车。运输车不断抵达，村台项目陆续开工。

如何减少餐饮业受到的影响？泰安市推出扶持餐饮外卖商家的"春风行动"，包括商家入驻美团极速审核、商家经营"优惠套餐"、推广升级"无接触"服务、启动专项扶持资金等 8 项措施，为外卖商家"雪中送炭"。

"开铺第一天订单就达到 140 余单。"陕十三肉夹馍泰安万达店的老板谢莉说。"春风行动"推出之后，泰安市仅泰山区和岱岳区范围内，享受到优惠政策的商户已达 260 余家。

复产进门帮 产业扶贫忙

"企业在资金方面有什么困难？企业贷款还款方面还有一些优惠政策……"最近一段时间，聊城市高唐县姜店镇党委委员朱燕每天走进聊城大信饲料厂，了解其有无经营困难。疫情防控期间，姜店镇抽调 20 多名科级干部组成"服务专员"，

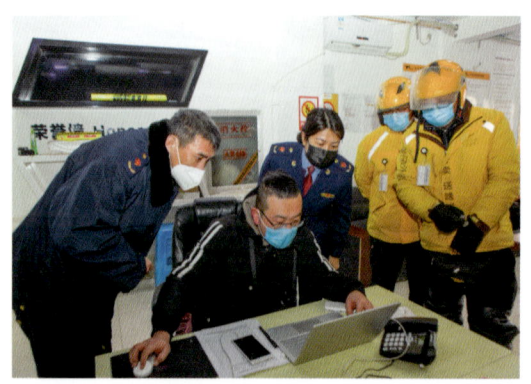

泰安市市场监管局扶持餐饮外卖，与其联合推出"春风行动"。（泰安市市场监管局供图）

3月5日，博兴县乔庄镇博华农业的蔬菜大棚内，工人正在给育好的苗浇水。（李乐摄）

每天去自己所联系的企业问需解困。

聊城市已派出11个督导组，每个督导组由1名副市级领导带队，指导各县市区做好疫情防控和企业复工复产工作。同时，派出专门人员驻厂服务，帮助企业解决复工复产中遇到的困难和问题。

在日照市东港区日照汇丰电子有限公司，该公司负责人向日照市工信局调研人员反映，目前口罩消耗比较大。调研组现场支招："可以向东港区防控指挥部或者区工信局申领口罩。"日前，日照市工信局开展的"问企情·解难题·促达产"调研活动，已经对578个重点企业摸底调查。

截至3月10日，山东省规模以上工业企业复产26088家，复产率99.7%，基本实现应开尽开、能复就复；复工人数461.9万人，占职工总数的87.7%。

春蛰已过，滨州市博兴县乔庄镇博华农业的蔬菜大棚内一片忙碌景象。"去年老伴去世，自己岁数也大了，没有收入，幸好俺们村优先雇用我这样的贫困户，一年下来收入近2万元，生活不愁了。"乔庄镇64岁的贫困户李云正在技术员的指导下，学习移栽、浇水、采摘等农活。

在距离乔庄镇不远的吕艺镇食用菌标准化种植基地，"扶贫蘑菇"长势喜人。食用菌种植基地作为吕艺镇扶贫项目，由龙头企业负责食用菌项目的原料供给、技术指导和产品销售，贫困户稳定增收。截至目前，食用菌扶贫项目已累计收益约52.3万元，收益覆盖12个村、173户贫困户、349人，发放收益37.6万元，带动脱贫成效显著。

客运逐渐恢复 冷链正常运转

3月9日9点，枣庄至济南的首班车驶离枣庄客运站，这标志着枣庄市际客运班线正式恢复运行。恢复运行的第一天，前来乘车的旅客较少，但严格的防控检测环节并未放松。进站旅客需测量体温、出示身份证，进站口处增设红外线热成像体温测量系统，乘客一键扫码实名登记后方可乘车。

据车站值班站长孔祥飞介绍，枣庄客运中心已停运40多天，目前枣庄客运站恢复15条班线。"由于恢复初期客流较少，目前上车后仍会要求乘客分散就座，全程佩戴口罩。一旦有乘客突然体温异常，将会被安置在留观区，与其他乘客相隔离。"孔祥飞说。

山东省提出：自3月11日起，各市根据当地社会公众道路出行需求状况，全面恢复省内道路客运市际班线和农村客运，恢复相关汽车客运站运营；视情逐步恢复疫情前已开通的起讫点均在低风险县（市、区）的省际班线客运（湖北省、北京市省际班线客运暂不恢复）。

位于潍坊市寒亭区的中凯智慧冷链物流园，拥有3座总体量20万吨的冷库，其中75%的冷库储存畜禽产品。随着屠宰企业陆续复工，加上畜禽集中出栏，物流仓储压力不断增大。2月12日复工后，物流园对冷库库位进行优化，优先保障全市畜牧企业集中屠宰的产品能正常出入库，确保畜牧产业链正常运转，保障疫情期间农产品供应。

"跟往年同期相比，我们今年入库的量提高了1倍多，平时日均可能也就700—800吨，复工以来每天入库量达到1500吨以上。我们尽可能地腾出更多库位，无论企业大小，都予以接纳，以缓解疫情期间供销脱节给他们造成的压力。"山东中凯兴业贸易广场有限公司总经理徐维峰说。

潍坊市寒亭区的中凯智慧冷链物流园内一片忙碌景象。（潍坊市委宣传部供图）

3月 13

为分餐立规矩 倡餐桌新风尚
——山东部分餐饮企业恢复堂食见闻

新华社济南 3 月 13 日电（记者陈国峰） 进门前先测量体温，然后扫描二维码登记健康信息，再对双手和个人物品进行消毒。傍晚时分，陆续有顾客走进位于山东济南杆石桥的高第街 56 号餐厅，经过以上三道程序后，顾客方可进入餐厅堂食区域就餐。

记者在这家餐厅的零点区看到，50 张餐桌只使用了 24 张，以便安排客人隔桌就餐，保证足够间距。每张餐桌均放有菜夹、公勺和 1 双 42 厘米长的公筷，时刻提醒食客使用公用餐具取餐。"零点区每桌只接待 2 人，3 人以上会安排包间圆桌。"餐厅负责人侯明敬说。

济南市市民孙女士与朋友一行 7 人，自疫情发生以来第一次出门聚餐。来到高第街 56 号餐厅后，他们被引导至一个可容纳 10 人以上就餐的大包间，两人之间都保持 1 米以上距离。

就餐过程中，孙女士惊叹于餐厅服务的细致入微：每道菜都配备一个分餐夹，分餐夹随菜品在隔离罩保护下送至餐桌；餐厅还为他们每人都分发了一次性手套，以防止在使用公筷公勺时发生交叉传染。

"以前外出就餐也会用公筷公勺，但没有形成习惯，以后要适应并坚持这种餐桌新风尚。"孙女士说。

高第街 56 号餐厅隶属于山东凯瑞商业集团，适合大众餐饮消费，目前凯瑞旗下已有 70 多家门店开放堂食。侯明敬介绍，他们于 3 月 6 日恢复堂食，从一开始鲜有问津到现在一天接待近 20 桌客人，客流量稳步增长。

与凯瑞这类企业采取的"公筷公勺分餐"模式不同，一些主打中高端商务宴请的山东餐饮企业推出"分餐位上"的就餐方式，并特制"分餐菜单"，配备分餐器皿，这些也获得越来越多的顾客认可。

"'分餐位上'指的是菜品加工完成后，厨师在备餐间或服务人员在分餐台先对所有菜品进行分餐，然后按位上餐，客人在用餐过程中各吃各的，从而避免交叉感染。"

济南蓝海御华大饭店总经理史俊介绍，他们恢复堂食后，按照分餐的要求重新制定菜单、搭配菜品。

这家饭店此前生意非常红火，时常一桌难求。疫情给他们一度按下了暂停键。通过"分餐位上"这一模式，目前一天接待约 10 桌顾客。

疫情也给山东部分高端餐饮企业带来"疫"外收获，这些企业此前较少顾及外卖，疫情期间则主动"触网"，并组建自己的配送队伍。"外卖日营业额近 5 万元，下一步将作为重点业务经营。"史俊说，他们从疫情中看到新机遇，未来人们会更注重健康养生，对食材选择、菜单搭配、餐桌礼仪等都提出新要求，这正是餐饮业高质量发展的方向。

在山东，部分深受老百姓欢迎的快餐店也已陆续复工。临近中午，位于济南泉城路上的超意兴快餐店里，顾客间隔 1 米排队点餐，近 20 人的等餐队伍一直延伸到店外。

记者看到，点餐台里所有菜品均为炒菜或炖菜，不再供应凉菜。服务人员用一次性餐具配餐，顾客或打包或堂食。店里 30 张四人餐桌均改为单人桌，桌上中央处贴有红色箭头，标注就餐时的朝向。

这家店铺 3 月 10 日恢复堂食业务，目前客流量已恢复到正常水平的一半。超意兴餐饮有限公司总经理助理宋业飞说，他们在山东开设的 430 家店中，330 家已复工，其中 30 多家开放堂食。超意兴采取的"分餐自取"堂食模式已在山东部分复工的快餐店里推广。

目前，"分餐公勺""分餐位上""分餐自取"，堂食分餐制的三种模式，已被山东省商务厅用于指导不同类型的餐饮企业应对疫情冲击、恢复正常经营。山东省相关部门和行业协会也已发出倡议，在全省旅游饭店（餐饮）行业推广实行"分餐制、公勺公筷双筷制"，得到全省 1500 多家旅游饭店积极响应。

数据显示，截至 3 月 10 日，山东省商务厅调度的 1813 家限额以上餐饮企业，复工 1219 家，复业率 67.2%。

3月14日

青岛:"好房东"为中小企业及业户减免房租 1.61 亿元

新华社客户端青岛 3 月 14 日电（记者徐冰、张旭东） 为减少疫情对中小企业的冲击，青岛市搭建"好房东"发布平台，鼓励各类载体为中小企业减免租金，共渡难关。截至 3 月 13 日，已有 189 家"好房东"为 8340 家中小企业及业户减免房租 16107 万元。

山东塑金信息科技有限公司是一家从事软件开发的小微企业，也是众多房租减免受益者之一。总经理吴修平说，他们办公室的租金是 1 年 6 万元，免 2 个月房租就是 1 万元，这给企业减轻了不小负担。"计划年后要做的项目，现在都得往后推。'好房东'让我们更有信心渡过难关。"

吴修平的"好房东"是青岛如是邦青年文化创客园区。创始人郝照明表示，这次疫情对文化和旅游行业影响比较大，而他们公司本身也是一个文旅企业，受冲击比较大。但这个时候不能光想着自己，要与园区企业抱团取暖，共渡难关。"这次园区减免房租可以让 40 多个企业受益，减免总金额约 150 万元。"

移动互联大学生创业基地是一家位于青岛国家高新技术产业开发区的孵化载体，目前在孵企业 34 家。疫情来临，他们决定减免所有企业 3 个月的房租、水电费、物业费等相关费用。

"我们也是从创业一点点走过来的，深知企业初创期的困难和应对风险的能力。"移动互联大学生创业基地负责人杨华说，作为孵化载体，要尽最大努力为企业"遮风挡雨"。

"青岛搭建'好房东'发布平台，目的是引导越来越多的载体加入减免房租的队伍中来，鼓励各类载体与中小微企业同舟共济，共克时艰。"青岛市民营经济发展局创业创新服务处处长仇博先说，很多企业享受了租金减免，看到自己的房东还没登上"好房东"名单，就主动给平台反映，助推"好房东"上榜。目前，青岛"好房东"发布平台仍在每天更新，"好房东"名单不断增加。

3月 17

齐鲁青未了 春暖复工忙
——山东着力推进工程建设项目开复工

新华社客户端济南 3 月 17 日电（记者陈灏、高健、史振伟） 春回大地、绿上柳梢，工程建设也迎来春季施工的黄金时节。

新冠肺炎疫情发生以来，山东住建系统在"疫情防控到位"的前提下，精准稳妥推进房屋建筑和市政工程开复工。截至 3 月 16 日上午，全省 12045 个在建工程项目已开复工 10740 个，占项目总数的 89.17%。

山东省住建厅厅长王玉志介绍，面对疫情，山东省住建系统迅速行动、担当有力：40 余万城乡环卫工人坚守在抗"疫"一线，累计清运生活垃圾 450 余万吨、废弃口罩 3 万余千克；10686 家物业服务企业的 65 万物业工作人员，在 2.7 万个小区等物业项目配合当地政府、社区全力开展防疫；18 万余名市政公用单位职工做好供排水、供气、供热等工作，为居民日常生活、抗击疫情和企业生产提供了坚实保障。

同时，一批建筑企业积极请战、主动应战。中建八局一公司、中建安装一公司等企业参与了武汉火神山医院、雷神山医院建设，山东德盈建筑安装有限公司参与了北京小汤山医院复建工程；部分企业参与了集中收治场所、医院的设计施工，山东省建筑设计研究院第一时间面向全国发布公开信，无偿为各地设计服务，已为湖北宜城、甘肃定西等多地应急医院提供服务。

在做好疫情防控的同时，山东省住房和城乡建设厅超前谋划、科学统筹，2 月 7 日印发《关于统筹做好疫情防控期间项目开复工工作的通知》。通知要求对涉及保障城市运行、疫情防控必需以及其他涉及重要国计民生的相关项目，在严格落实防疫措施的前提下尽快开复工；其他项目春节前已开工的，能复工的尽快复工。

山东第一医科大学项目是山东省和济南市的重点工程，在建的二期工程 58 万平方米包括 21 栋单体建筑，计划于 8 月底完工。在山东省、济南市住建部门及业主的大力支持下，项目于 2 月 8 日顺利开工。记者日前在现场了解到，21 栋单体建筑正同时在建，整个二期工程复工面积和复工人员均达到了 100%，可确保 8 月底如期高质量完工。

工程建设项目要实现开复工，必须确保人员和物资到位。

疫情发生以来，"农民工返程难"难倒了很多项目经理。山东省要求各级住建主管部门与有关部门密切配合，强化企业用工保障，主动对接处于疫情低风险级别的劳务输出地区，通过开展定向招工、包车直达运输等方式，减少农民工分散出行风险，帮助企业解决用工问题。

3月12日15时22分，满载476名建筑务工人员的专列平安抵达济南站，12家建筑企业的32辆大巴车已经等候在火车站广场。现场迎接员工返岗的山东建工集团董事长王彦宏说，这趟列车有山东建工集团的115名务工人员、分布在8个项目上。每个项目部都已做好防疫防护措施，并提供了专用宿舍、食堂，最快第二天就可以返岗复工。他说，工地非常缺人，如果不是政府部门全力支持，很多工程就要延期。

济南市建筑务工人员返岗复工专列随车领队、济南市住建局副局长武兆军说，当地认真做好了行前、路中、抵达、到岗等各环节的服务和把控，逐项逐人落实细节，确保返岗复工专列"疫"路平安。专列车费和餐费均由政府买单，返岗工人不用花一分钱。

疫情期间，防疫物品紧俏，部分建材企业停产，一些建筑材料运输困难、物料紧缺。山东省住房和城乡建设厅要求，各地要以县（市、区）为单元，全面测算辖区内建筑业企业和工程项目复工复产所需的防护物资、原材料等需求，报当地疫情防控指挥部统一协调，保障企业和项目复工复产需求。

青岛市住建局对接山东省劳动防护用品协会，帮助402家企业找到货源，解决了他们的燃眉之急；烟台市住建局从建筑行业产业链入手，积极协调全市113家混凝土企业尽快复工复产，满足建筑工地用料需求，有针对性地解决工地"物料荒"问题。

围绕支持企业生产经营、方便企业群众办事，山东省住房和城乡建设厅采取多项举措，优化提升服务水平。目前，山东省住建厅许可事项全部实现了网上申请，企业可以优先采用网上申报、证照快递送达的方式办理业务；确需到现场办理的，电话预约后在指定时间和指定窗口即办即走，最大限度减少滞留时间，真正实现了"网上办、预约办、不见面、保安全"。

同时，山东省住建厅进一步简化办事流程，取消市级主管部门的退回权限，简化转报程序，压缩办事时间。重点加强工程建设项目网上审批服务，要求各地充分利用工改审批系统提供网上审批服务，确保不因为疫情耽误项目审批，对重大工程和防疫所需工程开辟绿色通道，实行告知承诺制，确保项目及时落地，全省疫情期间共审批项目1000余个。

为了切实减轻企业负担，山东规定：疫情防控期间增加的疫情防控费，按照每人每天40元的标准计取，列入疫情防控专项经费；疫情防控期间新开工的工程项目，允许缓交3个月农民工工资保证金；受疫情影响导致生产经营困难的企业，可按规定申请缓缴住房公积金，或者按单位和个人各5%的最低标准缴存。

山东港口青岛港：生产稳步推进 态势积极向好

新华社客户端青岛 3 月 18 日电（记者李紫恒） 近日，山东港口青岛港航线新增、大船频靠，在各级各部门严防疫情通过出入境渠道传播的同时，船舶抵离港班次、货物出入境数量等均逐步回升，各项工作稳步推进，呈现积极向好的态势。

日前，随着山东港口青岛港与物流板块业务全面对接，装载 65 台中通客车的滚装船"苏格拉底"轮从山东港口青岛港起航，这标志着青岛—北美滚装航线首航成功。该新航线的进驻，将为山东省内及周边企业提供经济便捷的直航北美洲的物流通道，进一步增强滚装航线品牌和集聚效应。

为保证疫情期间的业务办理效率，青港物流

3 月 17 日，码头工人在为刚靠港的一艘集装箱货轮系缆。（记者李紫恒摄）

3月17日，山东港口青岛港，一艘集装箱货轮正在进港。（记者李紫恒摄）

3月17日，山东港口青岛港自动化码头中央控制室紧张忙碌。（记者李紫恒摄）

冷链中心根据客户"中转越南水产品"的需求，在海关等部门支持下，结合自贸区政策，完成了此次水产中转货物从订舱到码头装船的流程，顺利实现了新业务的拓展。这也是继转口泰国业务后不到1年的时间开通的又一中转航线。

3月4日，在青岛海关大力支持下，在山东港口青岛港实华公司黄岛港区，BP石油公司"圣拉蒙"轮7.9万吨冷湖原油向中转船"苏尔古特"轮中转结束，这标志着山东港口与BP石油公司首创全国沿海港口外贸原油国际中转业务顺利开展。

在新航线多点开花的同时，山东港口青岛港还积极助力各地企业复工复产。山东港口陆海物流集团总经理李武成告诉记者，山东港口疫情期间坚持"以客户为中心"，通过主动对接市场，密集开展用户需求调查，已调查31家企业，梳理出客户目前存在的25个困难问题，制定落实了15项措施，帮助客户解决最紧迫的问题。

李武成介绍，前不久一家刚复工的河南企业需要将货物走海运运往俄罗斯圣彼得堡，由于自身物流不畅，所以向山东港口青岛港紧急求援。港口迅速启动应急预案，根据货物特性，从铁路运输到场站装箱工艺，为客户量身定制了完善的运输方案，确保及时发运，给客户吃了一颗"定心丸"。

充足的防疫物资和生产生活原料是打赢疫情防控阻击战的关键支撑。山东港口青岛港坚持特事特办，全力保障各地防疫物资和民生物资运输。在此期间，客户有一批饲料急需发往武汉养殖场。为确保货物按时发运，青港物流紧急联系铁路安排专门列车运输，并且全程跟踪提取空箱、仓库装货、装火车等流程，确保货物48小时后准时运抵武汉。

记者在采访中还了解到，黄岛口岸是我国进口水果指定口岸，疫情防控期间，黄岛海关采取"企业不到场协助查验"作业模式，开辟鲜活农产品进口绿色通道，对进口水果"即验即放"，保障进口新鲜水果及时供应市民"果篮子"。据统计，2月份以来，黄岛海关已快速验放进口水果257批次，共1.36万吨。

黄岛海关口岸监管处副处长杜凯介绍，海关在全力阻止疫情通过出入境渠道传播的同时，坚持特事特办，对运输抗"疫"物资、国际进出口商品和鲜活农产品的船舶，实行"零待时"验放、"不见面查验"。据了解，自2月27日以来，黄岛海关采取提前预约、加班查验、快速通关的模式，共出具《入境货物检验检疫证明》2176份。

据了解，在此次疫情寒冬中，整个山东省港口集团都在勇担国企责任，以更有温度、更有力度的硬核措施助力各行各业复工复产、传递信心，让原料能运进来、产品能运出去，让生活有保障，为打赢疫情防控的人民战争、总体战、阻击战注入了山东港口力量。

3月17日，繁忙的山东港口青岛港集装箱码头。（记者李紫恒摄）

3月17日，货车排队在集装箱码头装卸集装箱。（记者李紫恒摄）

挑起重担，从春天出发
——山东发起九大改革攻坚行动

《新华每日电讯》2020年3月19日（记者余孝忠、袁军宝）

风雪挡不住春天的脚步。泰山脚下、黄河两岸，已是春潮涌动。

疫情撼动不了高质量发展的决心。17日，山东省举行"重点工作攻坚年"动员大会，发起公共卫生应急管理改革、流程再造等九大改革攻坚行动，在全省激起强烈反响。

在这个被疫情耽误了行程的春天，在这个全面建成小康社会和"十三五"规划收官、山东新旧动能转换实现"初见成效"目标之年的春天，亿万山东人民聚力改革这个"关键一招"，如"挑山工"般肩负起更重的"担子"，迈着更快的步子，向着高质量发展再次出发。

补短板筑牢"防波堤"

长江黄河，守望相助。在疫情防控阻击战中，山东作为人口大省、经济大省，严防严控，全力保障医疗和生活物资供应，"搬家式"支援湖北，疫情防控形势持续积极向好。

心无备虑，不可以应卒。在这场"大考"中，山东也在自检短板和弱项。

"传染病诊疗床位够不够？""公共卫生现代化信息体系是否健全？""应急物资储备足不

《新华每日电讯》版面图。

足？"针对尚存的问题和不足，山东发起公共卫生应急管理改革攻坚行动。"着力构建平战结合、科学高效、功能完善的公共卫生和重大疫情防控体系。"山东省委主要领导在动员大会上提出。

近日，国务院应对新型冠状病毒肺炎疫情联防联控机制医疗物资保障组发出感谢信，对山东康力医疗器械科技有限公司、烟台舒朗医疗科技有限公司等5家企业在打好医疗物资保供战中做出的突出贡献表示感谢。图为疫情期间，舒朗公司员工在加紧生产。（舒朗公司供图）

山东省发改委副主任关兆泉说，聚焦公共服务、社会治理、产业生态、基础设施等4个重点领域，突出公共卫生、公共安全、应急体系、应急物资储备、网络安全保障、农村人居环境整治、应急供水保障、疫苗研发生产、医疗物资产业链建设和基础设施保障，山东已谋划提出274个针对补短板、强弱项、培育新的经济增长点的重点项目。

线上问诊、身份证无接触识别、无人驾驶蔬菜配送车……在山东抗"疫"过程中，大数据、人工智能等新技术作用凸显。为进一步加快新技术应用，发挥大数据作用，山东提出一系列信息化、智能化建设举措。其中，将积极推进国家医疗健康大数据北方中心建设，并在相关云平台上搭建公共卫生大数据运用平台，实现医疗机构和疾控机构数据共享，有效提升监测分析和预警能力。

"数字化技术的'无接触'效应，大大提升了防控的全流程、多角色、多场景协同效率。加快云计算、大数据等'科技新基建'，对补短板、培育新的经济增长点意义明显。"浪潮集团董事长孙丕恕说。

吃一堑长一智，举一还要反三。为提升群众幸福感、获得感和安全感，进一步筑牢各类风险"防波堤"，山东省提出，要把公共卫生应急管理的制度成果，及时推广应用到防灾减灾、防汛抗旱、安全生产、能源安全、信息网络等领域。

优环境打造"金招牌"

在2020年这个特殊、关键的年份，全国决胜全面建成小康社会、决战脱贫攻坚，实现"十三五"规划目标圆满收官，同时山东新旧动能转换要实现既定的"三年初见成效"目标。

肩扛重担，又遭遇突如其来的疫情，损失和耽误的"行程"如何补回？唯有撸起袖子干起来，迈开步子赶上去。

山东以更大的勇气和毅力改革攻坚，把流程再造作为冲锋口，为企业发展成长打造更优质的营商环境，提供充足的"阳光雨露"。

"上午提交材料，虽然有些材料不全，但下午还是拿到了临时卫生许可证。"说起政府部门的审批效率，山东博克化学股份有限公司总经理宋义伸出大拇指点赞。

近日，博克公司申请生产84消毒液，虽然尚欠缺部分材料，但淄博市行政审批服务局通过"容缺"办理、全程"帮办代办"等措施，当天就给企业颁发了临时卫生许可证，待公司在规定时间内补齐材料后就可获得正式许可证。

干部岗位的"存在感"，绝不是权力的"掌控感"；群众的"获得感"有多强，干部的"存在感"才有多大……山东省发起的流程再造攻坚行动，要求放权更彻底、手续更精简、政策更集成、数据更开放。其中，办事环节、提交材料、办理时限今年均要再减少一半。

中国—上海合作组织地方经贸合作示范区青岛多式联运中心。（记者李紫恒摄）

3月初，山东规模以上工业企业已基本实现应开尽开、应复尽复。图为工人在济南佳宝乳业有限公司生产车间内工作。（记者朱峥摄）

锲而不舍，金石可镂。据了解，为优化营商环境，近年来山东已累计削减省级行政权力事项4000多项，办理时限、申报材料、流程环节均压减30%以上，实现省级1209项事项全程网办，1797项事项"最多跑一次"，在去年全国工商联开展的万家民企评价营商环境的活动中，山东省进入前6强。

除了流程再造，山东还提出以开放倒逼改革、优化法治环境两项攻坚行动，推动形成更高效的政务体系，打造更优质的营商环境。

如在法治方面：山东相关部门将在4月底前列出清单，明确"首次不罚""首次轻罚"的适用范围，给予企业容错改正机会；健全"接诉即办"机制，设立应诉平台，对企业的诉求，1个工作日内启动核实程序，3个工作日内给予答复。

在开放方面：整体通关时间要再压缩50%以上；自贸区全面展开112项试点任务，年内济南、青岛、烟台等各片区都要形成3项以上在全国可复制推广的创新成果；上合示范区要在国际物流、现代贸易、海洋合作等多领域形成制度亮点。

急流险滩奋楫争先，金盔铁甲誓破楼兰。山东省宏观经济研究院战略规划研究所所长刘德军说，山东咬定优化营商环境目标不放松，持续改革、久久为功，务实高效的、开放的、法治的政府服务体系和营商环境正加速形成，这将为山东高质量发展起到有力的保障和助推作用。

活机制形成"新生态"

春天总是给人希望。在这个季节里，万物复苏，自由竞放。

高质量发展同样需要各类生产要素物尽其用、各尽其能。山东提出发起人才制度改革、科教改革、财税金融改革、资源环境领域改革、企业改革等攻坚行动，推动资金、土地、劳动者、科技等要素加速聚集、活力竞相迸发。

融资难、融资贵顽疾如何缓解？山东发动一场全省金融机构"大动员"——实施企业金融辅导员制度，从全省金融机构中优选3000余名专业干部，每3人组成1个辅导队，每个辅导队对口联系辅导若干企业。

在科技领域，山东提出全面推行科技攻关"揭榜制"，面向全国全球征集最优研发团队、最佳解决方案。今年计划实施的 100 项科技创新工程和科研攻关项目，除特殊项目外，都要"张榜打擂""比武招亲"；同步推行首席专家"组阁制"、项目经费"包干制"，让科研人员集中精力攻主业。

为让人才创业有保障，山东组建"山东人才集团"，提供全链条、全要素的人才创业支持；科研经费、支持企业创新资金等实行"一个口子"投入，变"雨露均沾"为"精准滴灌"；建设用地等资源要素方面，深化"亩产效益"评价改革，实行"要素跟着项目走"机制，新增建设用地指标一律不再"切块"下达，"让好马吃上好料"；推动国有资本加快向"十强"产业、优势企业、核心企业"集结"，用 3 年时间，通过整合重组等方式将省属国企数量压减 30% 以上，资产效益提高 30% 以上；等等。

"高质量发展闯新路，最'硬核'的还是要用足用好'关键一招'。"山东社会科学院院长张述存说，山东针对高质量发展面临的堵点痛点、短板弱项，以改革"药方"对症"活血化淤""强身健体"，方向明确，效果可期。

沧海横流显本色，烈火淬炼始成钢。齐鲁"挑山工"，不畏山高路险，越是艰难越向前。随着今春迈出的一系列改革步子逐步到位，山东经济社会全面高质量发展定将"春山可望"。

近日，作为世界第八大港口，山东港口青岛港区相关企业已全面恢复生产。图为山东港口青岛港集装箱码头。（记者李紫恒摄）

3月20日

山东黄河滩区脱贫迁建工程按下复工"快进键"

新华社济南3月20日电（记者闫祥岭）"大家间隔1米，排好队，按顺序一个个测量体温，登记信息。"这是一个多月来，在山东省菏泽市东明县黄河滩区每天都能听到的声音。

在中建三局承建的东明县黄河滩区迁建工程焦园乡施工现场，党员突击队旗帜迎风招展，上百台工程车来回穿梭。

从2月10日开始，为全力推进项目复工，公司项目部与东明县协调对接，项目防疫、复工"两手抓"，全力推进建设。安排专车在火车站、汽车站、高速路口迎接工人，并为每名工人发放口罩、测量体温。目前已有700余名工人平安返岗。

为保障所有工作人员身体健康，项目部严格实施封闭管理，编制专项疫情防控方案，施工现场、生活区、办公区张贴防疫标语海报，进场人员一律实名制登记并建立健康档案。在施工现场，所有工作人员必须佩戴口罩，接受体温测量，体温显示正常后才能进入工地工作。项目部每天还对车辆和职工食堂、宿舍进行清洁消毒，以保障进场施工人员健康。

黄河滩区脱贫迁建工程对打好精准脱贫攻坚战具有重要意义，东明县是山东省黄河滩区迁建主战场，涉及约12万人，建筑面积约480万平方米。中建三局一公司和中建三局安装公司共同承建焦园乡1号、2号、3号、4号村台的施工，建筑面积71万平方米，涉及安置人员1.8万人。项目建成后，将消除黄河洪水对当地滩区群众生命财产的长期威胁，改善当地滩区群众的生存条件和发展环境。

焦园乡2号、3号村台项目经理洪长亮说："我们会坚决克服疫情影响，竭尽全力交上一个让大家放心满意的工程。"洪长亮介绍，为解决项目复工面临的供应问题，项目方积极协调各方资源，协助机械制造厂家推进复工复产，同时针对钢筋、塑料管、混凝土等前期主要材料，均签订2家以上不同区域供应商，降低材料供应风险。目前，项目已浇筑混凝土19000多立方米，钢筋进场2100多吨。

在做好物资保障的同时，项目部成立党员突击队、青年突击队，根据进度计划倒排工期，建立每日例会制度，有序推进项目施工。1个月以来，完成圈梁浇筑315户、条基浇筑469户、道路6700米、巷道硬化2266米、污水管敷设16900米。

除安排好外来务工人员的返岗工作外，项目部还积极与当地政府对接，吸纳当地务工人员。目前，项目施工现场共有480余名来自东明县的务工人员，其中贫困户86名。项目预计后期还将陆续解决当地1000余人的就业问题，并将优先吸纳贫困户。

目前，菏泽市28个黄河滩区脱贫迁建村台已经全部复工，工人达到1.3万余人。

东明县焦园乡甘东村村民汪东生曾是当地的贫困户，如今实现了就地就近就业。他告诉记者，今年受疫情影响，不能像往年一样外出打工，一直在家没活干，几乎断了经济来源，"现在好了，不出远门就能挣钱养家糊口，心里别提有多高兴"。

3月20

山东：农忙麦起身 春管盼丰收

新华社济南 3 月 20 日电（记者张志龙、贾云鹏） 春分麦起身，一刻值千金。春分时节，和风送暖、阳光明媚、大地升温，正是春耕春种春管的大忙季节。记者在农业大省山东调研发现，各地正紧抓当前春季田间管理的关键时期，浇好拔节水、施好拔节肥、防治病虫害，掀起春季农业生产高潮，为今年小麦丰产丰收打下基础。

抓住防治适期 专家"把脉开方"

这几天，莒县招贤镇正组织农技人员分赴各村，指导农户开展小麦田间管理和病虫害防治。在宜强家庭农场的麦田里，农技人员在发现了蚜虫、红蜘蛛和条锈病后，随即对农户针对防治药物的调配、喷洒等进行了现场讲解和指导。

宜强家庭农场负责人张宜强说："农场今年种了 500 亩小麦，这段时间正是病虫害防治时期。按照农技人员的专业指导，我租赁无人机开展了'一喷三防'，效果较好。"

据了解，招贤镇今年种植小麦 32000 余亩，小麦病虫害累计发生面积 1100 亩。"为防止小麦病虫害面积扩大，我们组织农技人员，在对病虫害调查摸底的基础上，针对性提供防治措施，确保在最佳防治时期做好病虫害防治。"招贤镇镇长崔荣青说。目前，全镇已累计出动农技人员 70 余人次，重点抓好小麦条锈病、赤霉病、麦穗蚜的预防和防治，累计防治面积达 13700 亩，覆盖了全镇 67 个村。

春分至阳光足，麦田管理正当时。山东在落实疫情防控措施的基础上，组织各级农技人员走进田间地头，实地查看小麦长势、苗情、土壤墒情和病虫草害情况，对防治病虫害、去除杂草、浇水施肥等进行详细指导。

"受降雨及冬季气温偏高影响，小麦生长过旺、发育进程早，部分地块已经拔节，若遇倒春寒大幅降温天气，容易发生冻害，同时部分麦田杂草较重，病虫害也略重于历年同期，要进一步加强管理。"在惠民县姜楼镇种粮大户杨秀平的麦田里，山东省农科院作物所小麦育种专家李豪圣边查看边交流。

抓好分类管理 科学统筹肥水

"现在地里墒情不足需要浇水，浇完水我再撒尿素，按照县里发的《农情快报》讲的，还不能撒太多，不然容易倒伏。"在武城县鲁权屯镇张马尧村，正给自家麦田浇水的村民吴玉坡说，按现在走势看，麦苗长势不错，预计每亩产量能达到 1000 斤左右，今年能有个好收成。

为了做好麦田管理，武城县组织专家到田间地头，现场了解麦田长势、土壤墒情、病虫草害等情况，同时根据查看结果、天气变化等情况，

武城县农业农村局高级农艺师王艳华（右）实地查看小麦长势。

中心支轴式喷灌机在平原县粮食高产示范区抢抓农时进行作业。

齐河县金穗粮食种植专业合作社的机械正进行田间作业。

每五天推出一期《农情快报》，及时对全县春季农业生产进行技术指导。

春分麦起身，肥水要紧跟。当前山东冬小麦陆续进入起身拔节期，田间管理以肥水调控为关键，浇透拔节水，施足拔节肥。"一类苗、旺长苗可以适当晚浇水施肥。需要浇水的麦田，小麦追肥每亩撒施尿素15—20公斤即可，不要撒施太多，以免造成徒长，引起倒伏。"新一期的《农情快报》提道。

武城县农业农村局高级农艺师王艳华介绍，当前麦田肥水管理因地、因苗进行。三类麦田宜早进行浇水施肥，促麦苗早发，增加群体数量；一类麦田、旺长麦田适时延后浇水施肥，控上促下，防止后期倒伏。

在平原县，麦苗已进入起身生长阶段，农技人员正指导农户"看天看地看苗情"，科学分类进行肥水管理。目前，全县病虫草害防治面积68.5万亩，二类、三类麦田浇水追肥面积41.3万亩，长势较好的一类麦田的肥水管理，将在3月中下旬全面开展。

抓细关键措施 搭好丰收架子

18日，在齐河县胡官屯镇董庄村的麦田里，2台高效施肥机正在作业。"董庄村土地股份合作社将村里的600亩土地托管给了我们，我们将实行从种到收的全程服务，农户当起了'甩手掌柜'。"齐河县金穗粮食种植专业合作社理事长袁本刚说。

作为传统农业大县、全国粮食生产先进县，齐河县拥有小麦种植面积109万亩。为做好春耕备耕，齐河县成立了15个"春季农业生产服务督导组"，分区分片指导群众科学做好肥水调控、病虫草害绿色防控等田间管理工作，将各项麦田管理技术落到实处，促进苗情转化升级。

同时，齐河有486家农业社会化服务组织，社会化服务组织农机作业面积占全县农机作业总面积的75%以上，成为春季田间管理的主要力量。依托这一优势，齐河县开展了大面积的病虫害统防统治、测土配方施肥等作业，不仅节本增效，而且防控效果好。

"目前，齐河县一、二类苗面积占比达到95%以上，群体结构合理，个体发育健壮、长势较好，为夏粮生产打下了丰收的架子。"齐河县农技推广站站长张平说。

山东省农业农村厅相关负责人介绍，当前，山东6000多万亩小麦苗情总体不错，是近几年来较好的一年，但也面临"倒春寒"和发生病虫害的风险。为此，山东已制定科学精准防控方案，落实落细关键技术措施，全力保障夏粮丰收。

齐鲁"黄蓝绿" 春回百业兴
——中办国办复工复产调研山东组见闻

新华社济南 3 月 20 日电（记者王阳、张旭东、张志龙） 春回大地，时值复工复产。3 月 15 日开始，中办国办复工复产调研山东组深入潍坊、烟台、青岛等多个地市开展调研，走现场、看项目、进企业、下乡镇，召开工作座谈会，详细了解复工复产进展情况，认真听取意见建议，提出不少具有针对性的指导意见。

战疫情，稳经济，"两手抓、两促进"。从黄土地上的农业生产，到链接蓝海的港口码头，再到萌发复苏绿意的工业生产一线，山东复工复产出现积极变化。

黄土地上 犁铧不歇

眼下正值春耕春管的关键时期。山东是农业大省，更是蔬菜生产和供应大省，在此次疫情中，保供稳价任务较为艰巨。

调研组来到中国蔬菜之乡寿光市。在中国最大的蔬菜集散地寿光地利农产品物流园，虽然已经过了清早交易高峰时段，但园内仍然繁忙，仍有不少人在询价、打包、装车……一车车蔬菜频繁进出几个交易大厅。大厅内人人都戴着口罩。

"现在市场经营状况如何？""保供稳价工作开展得怎么样？""如何保证蔬菜的质量安全？"调研组一下车便开始了紧张有序的调研工作。

寿光地利农产品物流园相关负责人说，疫情发生以来，寿光市委、市政府于 1 月 22 日从市直部门抽调 109 人成立物流园防疫值守专班，由市政府分管负责同志包靠，下设综合协调组、消毒组、检测组、疫区送菜回来的车辆人员管理组等 6 个工作组，全力保障物流园的防疫安全。

"在做好疫情防控的同时，物流园充分发挥流通主渠道的作用，凭借客户资源优势和市场集聚优势，加大蔬菜调配力度，全力保供稳价。今年春节以来，日均进园车辆 2600 辆左右，外地蔬菜日交易量 3000 吨左右，本地蔬菜日交易量 500 吨左右。"这位负责人表示。

据介绍，疫情发生以来，山东省按照中央要求，坚持把农业稳产保供作为疫情防控的重点工作，主动担当、统筹协调、上下联动，全力做好"菜篮子"产品保供和恢复农业生产工作。

蓝海之畔 港口繁忙

19 日下午，调研组来到山东港口青岛港前湾港区码头，船长 399 米、宽 65 米的地中海巨轮"萨玛"正在紧张装卸货物。岸桥中的桥吊司机，将一个个集装箱从 50 多米高空精准投放到一辆辆货车的集装箱车架上。

山东省港口集团总工程师张庆财向调研组介

绍,疫情对外贸的影响正在逐渐降低。3月1日至19日,青岛港外贸集装箱吞吐量同比增长7%,出口重箱同比增长9.8%。青岛港共有外贸航线142条,3月份以来已全面恢复,4月份青岛港还将增加4条东南亚、中东和日本等方向的外贸航线。

"在海关等单位的支持下,青岛港开辟绿色通道,确保货物通关'零延时',通关时间同比压缩20%以上。累计兑现承诺保班集装箱船舶970艘次,精品航线直靠率90%以上,船期保障率90%以上,中转箱对接率100%。"青岛港集团董事长贾福宁说。

青岛港落实国家有关决策部署,为客户减免3月1日至6月30日的港口建设费等三项港口收费,预计让利客户6500万元;落实山东省港口集团相关要求,为客户减免库场使用费、延长免费堆存期,让利客户3500万元。

在港口的海关查验平台,黄岛海关工作人员正在对一批进口的化工原料进行查验。工作人员介绍,青岛海关在疫情防控期间推出"不见面查验"新模式,有效解决了企业往返港口、场站不便等问题,最大限度减少人员聚集,并提升了海关查验效率。

工业复苏 绿意满满

随着中央、地方一系列有序推进复工复产的举措落地落实,山东工业企业运行逐渐步入正轨,萌发满满绿意。

在烟台中宠食品股份有限公司,调研组看到,门禁、消杀、健康检测等疫情防控措施已严格落实到位,各项工作已经细化落实到部门、车间、班组。该公司2月10日开始复工,目前,员工全部到岗,复工率100%。

聚焦资金链、产业链,企业实际困难逐步化解。

"地方政府向产业链配套企业所在地上海、天津、深圳、南京、成都等19个省内外城市的防疫指挥部发函23封,协调推动上下游配套企业复工复产。"烟台杰瑞石油服务集团副总裁谢猛说,"政府帮扶、企业自救,一线生产逐步向好。今年1—2月,公司实现产值11.2亿元,同比增长56%。"

烟台齐畅供应链管理有限公司董事长王成江说,2—6月份社保单位受惠于部分免交政策,减免支出36万元,高速通行费免费至6月底,减免支出7.5万元,疫情期间获得稳岗补贴2.67万元等,这些为企业减轻了负担。

青岛三美电子有限公司执行董事杨庆力向调研组介绍,现在企业已经全面复工达产,虽然疫情对企业有一定冲击,但企业可从国家出台的各项优惠政策中享受到400多万元补贴,对今年的市场依然非常有信心。

疫情是"危"也是"机"。调研工作组组长、海关总署副署长邹志武说,政府真正深入企业,了解企业在复工复产中的难点、堵点和痛点,帮助他们解决实际困难和问题,就能帮助企业找到新的发展机遇。

3月21

济南"金街"复苏

近期，山东济南在做好疫情防控的基础上，有序恢复商贸、餐饮服务企业营业。素有"金街"美誉的泉城路商业街在沉寂了一段时间后，逐渐恢复了往日的繁华。（记者朱峥摄）

上图为3月6日拍摄的位于济南泉城路的芙蓉街入口处；下图为3月21日拍摄的芙蓉街入口处。

上图为3月6日拍摄的位于济南泉城路商业街的恒隆广场；下图为3月21日拍摄的恒隆广场。

3月21日，济南市市民行走在泉城路商业街上。

3月21日，游客在位于济南泉城路上的芙蓉街游玩。

3月21日，在济南泉城路商业街的恒隆广场入口处，顾客排队测温并登记个人信息。

3月25日

他们为何有信心稳产量稳收入？
——山东种粮大户走访记

新华社济南3月25日（记者邵琨） "我去年又流转了3000亩地，一共5000亩。今年的小麦收入肯定少不了。"山东省邹平市种粮大户甘冲说，"尽管有新冠肺炎疫情影响，但我有信心旱涝保收。"

在一片绿油油的麦田里，甘冲对记者讲述了他的信心来源。

以前，甘冲只流转了2000亩土地，主要种植小麦，辅助种植水果、蔬菜等。规模种植后，亩均投入成本大幅降低。甘冲说："耕地、播种都有专业植保公司来做。单价相比普通散户每亩便宜1/3。"

规模种植后，不仅植保单价便宜，而且用工也少了许多。"1000亩地只需要四五个人就够了。都是周边村庄的人，只要体温正常，村民正常出行不受影响。"甘冲说。

为了保证小麦产量和价格，甘冲选择了优质麦。"1亩地只需要15斤种子，小麦品质好，得病率低，收获后卖价也高。"他说，"1年可实现小麦和玉米两季，亩产1吨粮很轻松。"

近年来，邹平市通过维修配套机电井、铺设PVC（聚氯乙烯）输水管道等工程措施，提高农田的基础设施条件，增强其抵御自然灾害的能力，形成了一批高产、稳产田。

新冠肺炎疫情发生以来，山东省全力保障农资等运输供应，各类生产资料储备比较充足，能够满足春季农业生产需要。"打个电话，需要的农资就送货上门，很方便。"甘冲说。

去年，受台风影响，甘冲流转的土地中有500亩小麦发生倒伏，但他的收入并没有受到太大影响。"农业保险帮大忙了，小麦若绝收，每亩赔偿850元。"他说。

他算了一笔账：每年玉米、小麦两茬作物，播种、收获的时候各忙1个星期左右，每亩除去1500元左右的成本，收入500元左右。

旱能浇，涝能排，还有农业保险帮忙，种粮大户们的信心更足了。去年，甘冲又在邹平市西董街道办事处的几个村流转了3000亩土地。

眼下，正是准备春灌的时节。在这片新流转的土地里，大型喷灌设备正在安装调试。受疫情影响，原本负责上门安装的厂家的工作人员无法及时到达。甘冲就从当地聘请了几位工人，通过与厂家视频通话，在对方远程指导下完成了安装。

设备安装调试好，他又当起了甩手掌柜。甘冲说："前阵子下了两场雨，墒情很好。清明前后再浇就可以。今年是小麦长得最好的一年，只要后期没有天灾，又是丰收年。"

"5000亩地有60个深井。今年的保险政策更优惠，像我这样的大户每亩只交3.6元就可以，有灾害保险公司就按比例赔付。种地不费力，而且旱涝保收。"甘冲说。

在山东邹平，像甘冲一样的种粮大户还有很多，他们已经成为稳定粮食生产的生力军。除了规模种植，这些种粮大户还走上了生态循环农业的道路。

记者在山东明集绿色循环农牧公司看到，这里不仅有小麦，还有果树，果树下还养着鹅。

公司总经理孙建民说："不打农药，不用化肥，用鹅除草，秸秆还田，鹅肉市场销售，鹅粪发酵后变沼液，成为肥料又回到田里，都循环了起来。公司去年有机种植小麦亩产800斤，客户慕名而来。今年墒情好，产量会更高。"

记者采访发现，如今的种粮大户已不再单纯依靠经验种植，而是更多依靠科学。

邹平市明集镇邢家村农场主郭念通已经到青岛农业大学、山东科技大学等地学习过好几回了。从种到收、从管理到营销，他和同去的其他种粮大户一样，认真做好记录，留好专家的电话。

他说："镇里免费组织我们去学习，一次一周，的确长知识。"

这些天，郭念通又开始了新一年的春季田间管理工作。与以往不同，这次他的底气更足了。"我有培训老师的电话，有不明白的问题随时可以问。科学种植能更高产。"郭念通说。

3月 26

青岛新机场全面复工 "收尾冲刺"有序推进

新华社客户端青岛3月26日电（记者李紫恒） 近日，青岛胶东国际机场航站楼中央景观区精装修工程启动，这标志着新机场工程已全面复工。机场建设部门在加强、落实疫情防控工作的同时，对工程质量和进度做到高标准、严要求，确保工期不耽误。

25日，记者在新机场施工现场看到，航站楼出发大厅1号门入口处安装有红外线测温设备，用于对每一位入场人员进行高精准的体温测量。所有进场人员均佩戴口罩，并有人巡视监督，避免聚集性施工作业。施工方还严格落实"一图两表四台账"制度，实现复工人员"一人一册"，有效监控施工单位人员的各项信息。

据介绍，新机场能够按期顺利复工，得益于项目工程指挥部前期做了大量工作。不仅提前做好了劳务人员返岗入场的各项准备，还制订了科学、缜密的施工组织和计划，积极协调材料供应商和设备厂家按期、按标准分批有序供货，确保

建设中的青岛胶东国际机场。（记者李紫恒摄）

全力以"复"春潮涌动

机场出发大厅张贴的疫情防控宣传资料。

一名施工人员从机场出发大厅经过。

施工中的机场出发大厅。

施工人员在机场中央景观区装修。

施工人员在搬运装饰材料。

建设中的青岛胶东国际机场。

人员不会聚集，施工亦不间断。此外，还安排专人每日与当地政府部门对接协调，及时争取复工方面的政策支持。

针对机场参建单位众多、职工群体庞大复杂的实际情况，机场所在地胶州市胶东街道将机场参建单位划分为9个网格，以网格为单位实施组团式服务，成立的9支"支帮促"工作队各司其职，全力以赴配合做好机场建设施工现场的疫情防控与施工保障工作。

期间，"支帮促"服务队下沉一线，督促和帮扶64家参建单位健全防疫措施，跟进做好第一批次500余名返岗劳务人员的疫情防控保障工作，此举既保证了人员进出通行的效率和安全，又可及时掌握外来务工人员的人数及动向。

机场建设方还与胶东街道一起，采用工作人员与参建单位职工双通道分离登记进出的方式，确保管控精准度。人员离开时携带由参建单位开具的盖有公章的证明，返回时将证明交由卡口工作人员回收，无证明不能进入。以精准有效的措施和恰当有力的手段，切实做好机场参建单位疫情防控和复工复产工作。

青岛胶东国际机场于2015年11月底开工建设，运行保障等级为国内最高的4F，一期以2025年为目标年，规划建设2条独立运行的平行远距跑道，可起降当前最大空客380、波音747机型，机位总数178个，航站楼面积47.8万平方米，力争实现52条国际航线、5000万旅客的吞吐量。

截至目前，机场飞行区、货运区已完成竣工验收，航站楼已顺利通过民航专业第一批次竣工预验收，进出港主流程也已具备演练条件，后续配套验收工作正全面推进，整个工程已到"收尾冲刺"阶段。

3月 27

中车四方全面复工：20多个轨道车辆项目加速生产

新华社客户端青岛3月27日电（记者李紫恒） 位于青岛市城阳区的中车四方股份公司，自2月10日逐步恢复生产以来，克服疫情期间带来的诸多不利影响，在做好疫情防控的同时，有序推进复工复产。目前，包括"复兴号"在内的20多个轨道车辆项目正加速生产。

近日，记者走进位于青岛的我国轨道交通装备核心研制基地中车四方股份公司生产车间，数

3月25日，工人在中车四方股份公司"复兴号"动车组生产线上忙碌。（记者李紫恒摄）

3月25日，中车四方股份公司"复兴号"动车组总装车间，人员进入需测量体温、佩戴口罩。（记者李紫恒摄）

3月25日，工人从中车四方股份公司"复兴号"动车组生产线经过。（记者李紫恒摄）

十节轨道列车车厢整齐排列在制造台位上,各总装线正在紧锣密鼓地生产制造。各车间门口都有体温测量点,职工都佩戴口罩,到处都能见到疫情防控安全提示。

中车四方股份公司总装分厂李乐涛告诉记者,为应对疫情,公司领导通过积极调整生产节奏,采取提前筹划、精准排产、合理调配人力物力等措施,克服疫情期间人员配置、配件供应、物流运输等方面的一系列难题。"我们正全力推进项目生产,确保车辆如期交付,兑现对国内外用户的承诺。"

目前,中车四方生产线已实现100%复产,投入制造的车辆产品多达20余种。其中,复产后首批"复兴号"动车组已完成制造下线,即将交付出厂;济南R2线等15个城轨地铁车辆同时"开造";出口新加坡的无人驾驶地铁列车和出口斯里兰卡的内燃动车组如期交付;出口哥斯达黎加的内燃动车组和出口智利的轨道车辆等海外项目也在顺利推进中。

中车四方企业全面复工复产,产品研制全面推进,生产经营按下"快进键",为高质量完成全年目标打下良好基础。

青岛市城阳区的中车四方股份公司存车场,各型车辆等待交付。(记者李紫恒摄)

3月27日

山东：防疫物资驰援塞尔维亚

3月27日，一箱箱张贴着"海内存知己，天涯若比邻；中塞铁兄弟，千里传情谊"寄语的防疫物资在山东济南启运，随后物资将搭乘货运专机空运至塞尔维亚，用于支持该国疫情防控工作。

该批防疫物资由山东高速集团国际合作公司与中建八局一公司联合捐赠，包括口罩、防护服、护目镜及药品等，共计价值30余万元人民币。（记者朱峥摄）

3月27日，即将启运的防疫物资。

3月27日，中建八局一公司员工在装运防疫物资。

云带货、抢流量……"县长直播"热背后的助农新思路

新华社济南 3 月 27 日电（记者王欢、张志龙） 直播吃鸡、汉服出镜、网红助威……当下，"县长直播"在山东正成为"潮流"。"县长直播带货"模式不仅成为破解农产品滞销、企业复工难等问题的"快捷键"，也为各地了解产业发展现状，推动脱贫攻坚和乡村振兴提供了新思路。

实力带货 多地派出"最强阵容"

"大家好，我是曹县县长梁惠民，我为家乡的汉服代言，喜欢的网友尽快下单。"在山东菏泽曹县"e裳小镇"，一场名为"抗'疫'复工、多多美丽"的直播活动正在进行。曹县县长梁惠民走进直播间，与网友互动交流，推广曹县汉服产业文化。

疫情期间，淄博沂源县县长田晨光也变身"主播"，在多家电商平台为"沂源红"苹果直播"带货"。这次直播，田晨光还带来了"豪华"助威团——6 名网络名人、1 名明星和 1 名市派"第一书记"。

今年 2 月下旬以来，山东临沭县、商河县、单县、沂源县和曹县等近 10 个县的干部先后试水直播"带货"，代言的紫薯、扒鸡、鸡蛋等产品虽然"土"味十足，却成为当地脱贫攻坚、乡村振兴的"金钥匙"。

为了冲量、涨粉，"主播"们纷纷亮出绝活：商河县副县长王帅直播吃扒鸡、曹县县长梁惠民披上汉服出镜、单县县长张庆国请来网红助威……

"县长直播"带来了"看得见摸得着"的好处。临沭县的直播活动开始不到 10 分钟，就有 2 万名网友涌入直播间。活动上线 2 小时后，直播间观看人数突破 20 万，8 万斤紫薯售罄。

单县的"县长直播"引来约 160 万人围观，卖出 60 万枚鸡蛋，同时还带动了其他农特产品热销。在梁惠民出镜的半个小时里，直播观看量超过

曹县县长梁惠民走进直播间与网友互动。（受访者供图）

沂源县县长田晨光在电商直播中介绍"沂源红"苹果。（受访者供图）

160 万，售出汉服 3000 余件，销量较平日上涨了 7—8 倍，部分参与活动的商户吸粉上万人。

硬核助威 为战"疫"注入"强心剂"

沂源县中庄镇高厂村果农张启胜在冷库清点完最后一箱苹果后，长舒一口气。通过电商等渠道，2 万余斤苹果在一天之内卖完，这是他此前没有想到的。

"春节前，苹果最高可以卖到每斤 3 元钱。节后外地客商进不来，冷库中的苹果一直积压着。"55 岁的张启胜种了 200 多棵果树，他本想利用春节卖个好价钱，没想到却遇到了新冠肺炎疫情。

山东是农业大省，疫情期间多地出现农产品滞销、企业复工复产难等问题，直播"带货"成为一些地方破题的应急之举。

曹县有电商企业约 4000 家、网店 6 万余家，带动 20 万人创业就业，其中多数人从事汉服、演出服等加工销售。受疫情影响，当地物流一度受阻，企业迟迟不能复工。统计显示，今年 2 月份，曹县汉服、演出服销量同比下降明显。

"只要对产业有利、对企业和群众有利，我愿意直播'带货'。"梁惠民说，疫情改变了人们的思维方式和消费方式，曹县必须抓住机会，创新电商模式，推动产业发展。

曹县电子商务服务中心主任兰涛认为，"县长直播"是提振信心的快捷方式，可以为企业和商户注入"强心剂"，让大家认识到复工复产的重要性。

苹果产业是沂源县农民增收致富的重要支柱，200 多家涉农电商企业将产地、合作社和果农紧密联系在一起。沂源县果品产销服务中心主任高丰文说，"县长直播"为苹果产业发展提供了新思路，比如现在更加重视电商直播、短视频宣传等营销模式的创新。

拼多多新农业农村研究院副院长狄拉克认为，由于店铺运营早期没有口碑积累，农产品上网往往会遇到启动难题。县长站台，可以在短时间内让产品触达上百万消费者，一天就能帮助店铺完成从 0 到 100 的飞跃。

应急之举 更是谋远之策

"县长直播"既是应急之举，也是谋远之策。

"作为县长，我很乐意，也有责任，当好单县特色农产品的代言人。希望能以此提升单县农产品的品牌影响力和市场占有率。"为了做好主播，张庆国对全县农产品深度调研，不但清楚"哪些产品好"，也了解"好在哪里"。

单县畜牧局高级畜牧师贾成立说，农业品牌化是乡村振兴战略的重要驱动力，"县长直播"的直接影响是推动农产品品牌化发展，增强农户的品牌化营销意识和标准化生产意识，实现农产品质量和附加值的提升。

"直播'带货'既展现了俯下身、沉下心、做实事的政府形象，也体现了政府在新媒体时代一种新的运行状态和互动方式。"高丰文说。

梁惠民认为，电商直播可以常态化，从"县长"到"主播"的角色转换，不仅是为了获取短期流量，更是希望通过示范和引领，助推经济发展方式的转变。

临沭县副县长陆永春说，直播"带货"不仅能有效解决疫情期间农产品销售难的问题，也是农村精准扶贫的创新探索，可以有效缩短城乡供需的距离。

专家表示，当前的一些"带货"探索引发了关于生产和需求关系的新思考。随着产业链条数字化进程的推进，未来有望架构一套生产端和消费端数据流通的新零售体系，这对乡村振兴意义重大。

247

全力以"复" 春潮涌动

3月 31

济南：装备制造业企业开足马力力促生产

济南二机床集团有限公司自 2 月 10 日全面复工复产以来，5000 余名职工立足岗位，开足马力保障生产有序进行。在装配计划延迟、外购件无法正常到货的情况下，公司调整装配工序、借用储备资源，保证产品按期交货，满足重点行业用户需求，确保完成全年目标任务。（记者朱峥摄）

3月31日，企业职工在车间内生产自动化设备。

4月1日

新生活"烟火"重生 旧习俗因"疫"而变
——山东各地生产生活秩序逐渐恢复扫描

新华社济南4月1日电（记者杨守勇、杨文） 人间烟火气，最暖世人心。随着疫情防控态势持续平稳向好，山东适时调整疫情风险等级，被按下"暂停键"的诸多服务行业企业陆续营业，群众生活逐渐恢复。记者近日走访发现，山东一手抓疫情防范不反弹，一手捂热社会活力。"烟火"重生的背后，是人们"生活还要继续"的温暖期盼，生活中的一些旧习惯也因"疫"而变。

享受春暖花开 不忘疫情防范

大明湖畔，烟柳如织，春风拂水，古建筑倒影若隐若现。3月29日上午的大明湖公园，不少游客扶老携幼，戴着口罩踏青赏花，拍照留念，定格这满园春色。

公园一角，穿着婚纱礼服的男女，手捧鲜花，在春意盎然中，收获爱。摄影师彭学潼正在调整拍摄姿势。"受疫情影响，之前预约的拍照基本都推迟了，但最近影楼又忙碌起来。"他说，现在外出拍摄增多，对比较着急的客户，影楼安排就近错峰拍摄，大明湖、洪楼教堂等济南标志性的景点成了热门取景地。

春风解语，粉黛添芽。从"四面荷花三面柳"的泉城济南，到祈福祝愿的东岳泰山，再到黄海之滨的青青之岛……齐鲁大地，被按下"暂停键"的各行各业逐步恢复营业，田野春耕涌春意，工厂轰鸣动脉搏。

3月21日，泰山景区恢复营业。灿烂春光中，每天有4000多名游客前来登山赏景。泰山景区管委会负责人说："游客以本省为主，三分之一来自泰安本地，三分之二来自省内其他地区。这些天，客流量正在迅速恢复中。我们在做好疫情防范的同时，对景区人数加以控制，引导游客安全有序游览。"

两手抓，还需两手硬。3月28日，山东印发《关于进一步统筹做好疫情防控和加快恢复生产生活秩序的通知》，保持疫情防控措施不放松，加快恢复生产生活秩序，畅通人流物流，加快服务业复工复市，恢复公共服务等。

小区重新奏起了萨克斯，丁香树下又见小孩嬉戏，理发店再现剪刀飞舞……街旁的店铺次第开门纳客，夜晚的商城霓虹闪烁。经历了2个多月的等待，各行各业重新开张，活力初显。

"身相远、心相近"公共场合新风渐起

排队间隔1米、进馆扫码登记、地垫鞋底消毒……3月25日9点，济南市图书馆正式恢复开放。记者在现场看到，门口20多人的队伍，安静有序，不会网上预约的老人在工作人员的帮助下

3月23日，无人机拍摄的济南大明湖春光。（记者王凯摄）　3月21日，泰山上的观光客。　3月25日，市民在济南市图书馆看报纸。（记者郭绪雷摄）　3月26日，在山东舜和国际酒店，工作人员为客人上分餐。（记者郭绪雷摄）

登记入馆。

单桌单人，同向就座，保持间距。记者走进图书馆，发现除去翻书之音，毫无嘈杂之声。济南市市民张璐说："宅了两个多月，来到书香之地更有读书欲望。跟以前不同的是，大家更遵守规则，无论排队还是看书，都保持安全距离。"

距离有了，感情不变。在济南市经十一路一家饭店包间，6名食客间隔而坐，公盘公筷摆放有序。参与饭局的曹洲说："朋友好久不聚，再聚已是习惯大变。推杯换盏、唾沫横飞少了，疫情期间人们更讲卫生，注意防护，但朋友之间的感情未变。"

出于安全考虑，越来越多的餐饮企业推行"餐桌革命"，分餐和公筷越来越受欢迎。济南蓝海御华大饭店总经理史俊介绍："'分餐位上'指的是菜品加工完成后，厨师在备餐间或服务人员在分餐台对所有菜品进行分餐，按位上餐，客人在用餐过程中各吃各的。"恢复堂食后，这家酒店按照分餐的要求重新制定菜单、搭配菜品。

山东省近日发布《餐饮业分餐制设计实施指南》，积极推广分餐制，指导餐饮企业采用"分餐位上""分餐公勺""分餐自取"等方式提供分餐服务。目前，分餐而食得到全省1500多家旅游饭店的积极响应。

梨花风起正清明 别样祭奠一样情

3月30日一早，济南市市民张伟佳打开手机，点开"济南贴心民政"公众号，为去世的老人"扫墓"。这个平台设"公祭""家祭""友祭"，群众可选择"点烛""献花""留言"等方式追思逝者、寄托思念。"特殊时期，我们选择'云祭扫'方式祭奠先人，方式不同情一样。"张伟佳说。

清明时节雨纷纷。今年的清明节，山东暂停群体性祭扫，倡导用现代文明的方式表达传统情感，济南、青岛、德州、临沂等多地也推出线上"云祭扫"平台和代祭扫服务。

3月26日，济南市正式开通网上祭扫通道。截至3月31日20时，参与网上祭扫的人数达到3.3万人，共创建祭奠厅1.5万个，留言5万多条。

青岛市民政局社会事务处处长李文敏说，根据往年统计，青岛市殡仪馆清明节当天祭扫人数会超过3万人，今年青岛倡导，以家庭追思、网上祭扫等方式，寄托哀思，缅怀故人。

变的是形式，不变的是情感。"特殊时期的清明节，通过'云祭扫'等现代技术寄托情感，树立新的文明风尚，受到了人们的支持。缅怀先人并不在于形式，更贵在心意，重在文明。"李文敏说。

新华社

山东故事
国际传播

1月 27

Patient with coronavirus pneumonia discharged from hospital

NANCHANG/JINAN, Jan. 27 (Xinhua) — A patient diagnosed with the novel coronavirus (2019-nCoV) pneumonia was discharged from a hospital in east China's Jiangxi Province on Monday, marking the first cured patient in the province.

The 38-year-old male from Xin'gan County rove a friend to the city of Honghu in Hubei Province on Jan. 3 and returned to Xin'gan on Jan. 5. Soon after, he developed symptoms including fever, cough and chest tightness. He was diagnosed with novel coronavirus pneumonia and transferred to the provincial-level designated hospital, the First Affiliated Hospital of Nanchang University, on Jan. 23.

The patient was in critical condition when he was first transferred to the hospital, said Xu Fei, deputy director of the Department of Respiratory and Critical Care Medicine of the hospital. His condition improved significantly after treatment and met the standards for de-segregation and discharge of confirmed cases of pneumonitis infected with novel coronavirus of the National Health Commission, according to Xu.

In east China's Shandong Province, a 37-year-old male patient was cured and ready to be discharged from hospital on Tuesday, officials said at a press conference held by the provincial government on Monday.

The patient is a native of Wuhan City but works in the Shandong city of Rizhao. He was diagnosed with the novel coronavirus pneumonia on Jan. 21.

A total of 2,744 confirmed cases of pneumonia caused by the novel coronavirus (2019-nCoV) were reported as of Monday. 80 people died and 51 patients have recovered. （Reported by Han Xiaojing and Zhang Zhilong）

1月 29

Chinese villagesfight smart in the battle against new virus

JINAN, Jan. 29 (Xinhua) — Village chiefs patrolling with loudspeakers, long alert banners hanging on walls, and cars blocking the roads, this is what many Chinese villages are doing in the battle against the new coronavirus.

As the epidemic that has infected thousands sweeps across the country, villages are one of the weakest links in the chain of prevention and control, but the measures there are often some of the toughest and smartest.

"Fellow villagers, please wear masks, wash your hands regularly and avoid paying New Year visits to others, a phone call is enough!" This message is broadcast three times daily in Li Village in Jiaxiang County, east China's Shandong Province.

Paying visits to neighbors and relatives and sharing New Year's greetings is a Chinese New Year tradition. It is preserved better in villages than in urban areas.

Wei Deli, Party head of Li Village, said that in order to prevent the spread of the epidemic this year, he urged the villagers to stay at home and launched a plan to block roads to the village.

Vehicles are parked in the middle of four roads in and out of the village, its population just 2,000 in number, as two to four village officials patrol the area around the clock.

At one road where a car is not wide enough to block the whole road, a villager even lent his own tanker.

"Villagers agree with these methods," Wei said. "Epidemic prevention comes first and foremost for everyone."

China, with around 40 percent of its population living in rural areas in 2018, has nearly 700,000 villages. Medical facilities in the villages are often not as advanced as those in the cities, and as migrant workers return home during the Spring Festival, the risk posed by the epidemic is high.

"At present, the prevention and control of the pneumonia situation is in a crucial period," said He Qinghua, an official with the National Health Commission, on Jan. 27. "We must give full play to the mobilization ability of primary-level communities, including rural communities."

Chinese villages are governed by village committees elected by villagers above the age of 18. The committee is an autonomous body that governs all of the village's public issues. This allows for more direct methods for mobilizing and informing local residents.

Loudspeakers, which were used to disseminate information in rural areas during the era of the collective economy in the 1960s and 1970s, have come in handy in the fight against the epidemic.

Shi Xijun, Party head of Yaojiapo Village in Tai'an City, Shandong Province, said he uses the loudspeakers to remind villagers of the newly released diagnostic and treatment plans and raise their awareness of the epidemic.

Many of these nostalgic methods have been circulated online. A video showing a village chief in Bozhou City, east China's Anhui Province using a loudspeaker to remind villagers in local dialect not to pay New Year visits has gained 1.59 million views.

"They (the measures) appear coldhearted, but in essence, they show care," read one comment. Measures initiated by villages are also trending on China's microblogging site Weibo, with over 500 million views.

Apart from the loudspeakers, other conventional methods were also used.

In Shibuzi Village in Linshu County, Shandong Province, there are seven roads in and out of the village and it is difficult to patrol around the clock, so villagers suggested using stones and sand to build up a roadblock.

"These are all efforts that rural villagers are making to actively prevent and control the epidemic," said Feng Zijian, deputy head of the Chinese Center for Disease Control and Prevention. "I believe they will all help block the transmission of the disease." (Reported by Peng Peigen, Lin Baosen, Wei Shengyao, Wang Yang, Zhang Xudong and Zhang Wuyue)

1月 31

Indoor exercise boom among Chinese amid efforts to curb novel coronavirus epidemic

JINAN, Jan. 31 (Xinhua)— Fan Dongquan, a fitness coach with Jinan Hot Blood Fitness Studio in east China's Shandong Province, on Thursday conducted a 90-minute fitness course on-line for free.

The outbreak of the novel coronavirus has kept millions of Chinese like Fan from outdoors activities since late January, so indoors exercise has become an important way to keep healthy.

The Chinese sports community, from individuals like Fan to the sports authorities at all levels, stood forward to actively promote indoors exercises to fight against the epidemic.

China's State General Administration of Sport has called upon sports departments at all levels to promote simple and scientific exercises at home and further fitness knowledge, and advocate a healthy lifestyle via various media during the epidemic.

"I believe that regular physical exercise can protect against illness, especially in a time of the novel coronavirus epidemic," said Fan, adding that the number of participants increased from 243, the first time, to more than 300.

In fact, sports departments around the country have already released a series of indoors exercise programs with accompanying text, pictures and videos.

For example, the Beijing Municipal Sports Bureau released a complete set of workouts at home, including stretching and strength training, on Wednesday.

Rizhao Municipal Sports Bureau of Shandong Province has also released some instructions of Tai Chi, Yoga and "Five Animals Play". Meanwhile, they invited local social sports instructors to demonstrate the methods in videos, so that citizens can follow experts to learn how to work out at home.

Sports Bureaus of Qingdao and Yantai also released on their WeChat platforms, the health-promoting ancient Chinese exercises–Baduanjin with detailed instructions. Beijing Sports University on Wednesday issued a video of Baduanjin via their WeChat account, Which had more than 100,000 comments.

Chinese Health Qigong Association released on WeChat a combination of Chinese therapeutic exercise; Qigong, which was closely related to Chinese martial arts in the past is free of restrictions like venues and equipments.

The State Council, China's cabinet, issued a new Healthy China guideline in July 2019, which promised support for fitness programs with Chinese characteristics, including Tai Chi and Qigong, which channels the body's inner energy to achieve physical and mental harmony.

Cui Yongsheng, staff with Health Qigong Management Center of State General Administration of Sport, noted that practicing Qigong will play a positive role in the fight against the epidemic.

"In the future, we will make more efforts to promote Qigong, so that more people can benefit from it," said Cui. (Reported by Wu Shuguang)

China Focus: China tightens strings on law-based epidemic prevention and control

JINAN, Feb. 9 (Xinhua)— A man in eastern China's Shandong Province confirmed with the novel coronavirus infection has been put under police investigation for holding back his prior travel and contact, which led to the quarantine of 68 medical workers and 49 others.

The case was recently brought up by the provincial department of public security at a press conference on epidemic prevention and control.

"The man was charged for allegedly committing the crime of jeopardizing public security in a dangerous manner," said an official with the department.

Similar cases were found in other places, which severely hampered the efforts of the governments and the people in fighting the disease.

A woman in Xingtai, north China's Hebei Province tried to conceal that she had lived in Wuhan, the epicenter of the coronavirus outbreak, and had close contact with 77 people after her return to her hometown.

The 64-year-old woman, surnamed Liu, died of novel coronavirus pneumonia on Saturday

A volunteer pastes a notification about prevention and control of the novel coronavirus at a street near the Yellow Crane Pavilion in Wuhan, central China's Hubei Province, Feb. 7, 2020. (Xinhua/Xiao Yijiu)

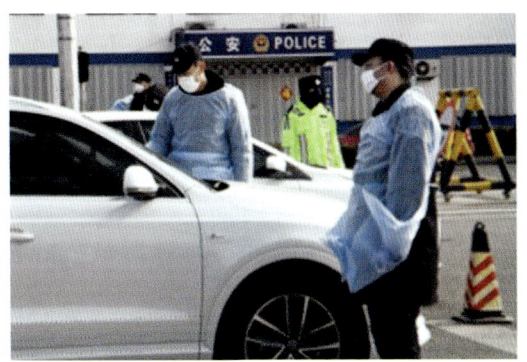

Police check passengers in Qingdao, Shandong Province, Feb. 2, 2020. (Xinhua/Li Ziheng)

shortly after her infection was confirmed, authorities said.

Liu and her family kept denying having lived in Wuhan until Thursday, after her health deteriorated. Before that, she went to see a dentist and visited the hospital, potentially spreading the virus to scores of people. Local authorities have placed all close contacts in quarantine, although the contacts currently tested negative of the virus.

Chinese police have strengthened investigation into such cases to curb the spread of the virus.

Meanwhile, regulations were issued in many places to criminalize such acts as well as others including manufacturing and marketing fake medical equipment and supplies, spreading rumors, and illegal wildlife hunting and trade.

Legal experts believe that during this critical period of epidemic prevention and control, China's local governments are tightening strings on the fight against the epidemic in accordance with the law, providing law-based support to win the battle.

The National Health Commission Sunday said it received reports of 2,656 new confirmed cases of novel coronavirus infection on Saturday from 31 provincial-level regions and the Xinjiang Production and Construction Corps, bringing the overall confirmed cases on the Chinese mainland to 37,198 by the end of Saturday.

The whole nation is taking action. In Shanghai, those who violate quarantine or conceal coronavirus symptoms, a travel history in key virus-hit regions or a history of contact with confirmed and suspected patients will not only be subject to legal liabilities in accordance with the law, but be blacklisted on Shanghai's credit information platform.

Experts said that linking the concealment of coronavirus symptoms with personal credit records will pressure individuals into cooperation in special times.

"These regulations can ensure that all measures in the prevention and control of the epidemic are brought in line with the rule of law and in good order," said Hu Changlong, a professor with the Law School of Shandong University.

In addition to strict law enforcement, local governments in China have published compilations of legal provisions concerning virus prevention and control, popularizing relevant legal knowledge.

Greater uncertainty to the anti-virus campaign lies ahead with a larger flow of personnel as the resumption of work and the new school semester is about to start. Under such circumstances, legislation, law enforcement and legal knowledge education are expected to play a more important role, analysts said.

All the law-based solutions indicate the Chinese government's determination and confidence in winning this battle against the epidemic, Hu noted. (Reported by Zhang Wuyue, Wu Shuguang, Yang Wen, Ma Yunfei, Zhong Qun and Li Jiwei)

Across China: Chinese couple holds no-guest wedding amid coronavirus outbreak

QINGDAO, Feb. 10 (Xinhua)— How to hold a safe wedding amid the novel coronavirus outbreak? A Chinese couple just set an example with a two-minute service attended by only six people, all wearing masks the entire time.

Zhang Long and Chen Xiao in eastern China's Shandong Province held a special wedding last Thursday in the bridegroom's courtyard, with the bride's father as the host and her mother as the photographer.

Answering the government call for staying at home and avoiding crowds amid the novel

Zhang Long lifts Chen Xiao's red veil at their wedding, Feb. 6, 2020.

Zhang Long drives to the bride's house in Licha Town, Qingdao, Feb. 6, 2020.

coronavirus outbreak, many Chinese couples have chosen to postpone weddings, but Zhang and Chen agreed to press on with their schedule but scrapped all the festive trappings.

"We're in a critical time of epidemic prevention and control, so we decided not to invite guests or hold a banquet," said Zhang, the bridegroom. "After all, a wedding is just a ceremony, and the most important thing is our happiness."

On the day of the wedding, Zhang, wearing a mask, followed the custom to drive to the bride's house in Licha Town, the city of Qingdao. There, in a romantic ritual, he lifted the bride's red veil to see a mask on her face.

"Because of the mask, I didn't even know the color of the lipstick she was wearing," the bridegroom recalled.

Presided by the bride's father, the wedding lasted no longer than two minutes.

"My father in law spoke very quickly. Bow to heaven and earth, bow to parents, bow to each other, and the wedding was over. We didn't even have the chance to say our wedding vows," Zhang said.

Before the novel coronavirus swept the nation, Zhang's plan was to have a typical Chinese wedding complete with all the pompous rituals. He booked a 50-table feast, 20 wedding cars and invited four pairs of groomsmen and bridesmaids.

"Everything was canceled. He only spent several hundred yuan to marry me, but it doesn't matter, as long as he is the right man for me," said Chen Xiao, the bride.

On the way back to the groom's house, they passed three checkpoints for measuring body temperatures.

"The volunteers there congratulated us during the checks," Chen said. "Although no relatives or friends came in-person to congratulate us, I believe more people blessed us from their hearts."

Many villagers gave them thumbs up in the WeChat group chat after Zhang Long's father announced the no-guest wedding. "We are in a critical time of novel coronavirus prevention. The villagers support their decision," said Liu Jingming, party chief of Licha Town.

This is not the first no-guest wedding held amid China's anti-coronavirus fight. On Jan. 27, Sun Wenlong and Liu Miaomiao also had a no-guest masked wedding in Qingdao. "When the epidemic is over, I will definitely make it up to her," said Sun. (Reported by Zhang Xudong, Zhang Liyuan, Sun Xiaohui and Yao Yuan)

2月 14

China Focus: Rose farmers' Valentine's Day sweetened with gov't care

JINAN, Feb. 14 (Xinhua)— As Valentine's Day approached, Xu Chongmei, a rose farmer in eastern China's Shandong Province, was anxious as he stood beside his greenhouse.

It used to be the busiest time of year for his family and the town of Zhaoxian in Juxian County, which sells nearly 10 million fresh cut roses annually. But this year, sales before the festival have taken a hit due to the novel coronavirus outbreak in China.

"Most of our town's revenue comes from sales around Valentine's Day," said Tian Chengyong, who heads one of the local cooperatives.

Rose farmers often adjust the temperature in the greenhouse and control the flower's hibernation period to ensure that they bloom right before the festival as more Chinese opt to use roses to express their love.

In 2019, flower sales ahead of Valentine's Day surged 339 percent on China's popular e-commerce platform JD.com, company data showed.

This year, some farmers in Zhaoxian saw few sales before Valentine's Day as many flower shops delayed opening and as customers opted to stay at home due to the new virus, Tian said.

The local government has raced to offer support for the farmers in expanding sales channels and boosting publicity online since last week.

It contacted local supermarkets to help set up a special section for selling flowers at a relatively low price, and the local internet regulator contacted online celebrities to help with live streaming about the products.

"In a few hours, orders have surged, and we are working hard to meet the demand," said Xu, the rose farmer.

The local government estimated that 180,000 online orders totalling 4.5 million flowers have been placed. The local malls and supermarkets ordered over 1 million flowers, and two large local enterprises also ordered over 1 million.

"It is remarkable to see the help from all sides during this difficult time," said Qi Zeming, a local flower farmer.

As of Feb. 8, Tian's village had received orders for over 8 million flowers.

In recent days, his cooperative transformed a 1,000-square-meter flower shed into a workshop, and dozens of farmers arrive before 6:00 a.m. to package the flowers.

Zhang Qiang, who lives in the city of Rizhao about 80 km from Zhaoxian Town, received the roses he ordered online from the town on Wednesday.

"The flowers add color to life, and knowing that I'm helping someone else, I think it's more significant on this special occasion," said Zhang, who plans to send the flowers to his wife, a community worker who has been busy with epidemic control recently.

"Love and confidence will surely help us win the fight against the epidemic," he said.（Reported by Sun Xiaohui and Wang Kai）

China Focus: Major pharmaceutical company races to meet demand amid virus outbreak

JINAN, Feb. 21 (Xinhua) — A major Chinese pharmaceutical company is racing to meet the demand for paracetamol, a medication used to treat fever and pain, as the country deals with the coronavirus outbreak.

"We were working even during the Spring Festival holiday," said Zhou Guanjun, an employee of Anqiu Lu'an Pharmaceutical Co., Ltd, located in the city of Anqiu, in east China's Shandong Province.

The company specializes in making active pharmaceutical ingredients for paracetamol and is one of the biggest makers of its kind in the world.

The company is moving heaven and earth to keep the factories rolling 24 hours a day.

"We work in shifts, while the machines keep running," Zhou said. "We wear masks in the factory every day, and we disinfect computers and keyboards."

"We have 1,260 employees, and we require them to stay at home whenever possible when they are not working to reduce risks of infection," said Lu'an's general manager Wang Jun.

Lu'an also pays attention to the international market and has partnerships with companies such as Bayer and Pfizer.

"We can make 40,000 tonnes of active pharmaceutical ingredients for paracetamol, which makes us one of the biggest manufacturers in the field globally," Wang said. "We sell our products to more than 100 countries and regions around the world."

Wang Jun said the company wants to make more contributions to the battle against the coronavirus.

Since the virus outbreak, the company has donated more than 106,000 boxes of medication worth more than 1 million yuan (around 142,100 U.S. dollars). It has also supplied more than 800 tonnes of antipyretic and analgesic ingredients and products to the domestic market, helping a variety of pharmaceuticals produce medications to fight the pathogen-caused illness. (Reported by Zhong Qun and Zhang Zhilong)

2月 23

China Focus: Enterprises racing against time to boost medical supplies production

BEIJING, Feb. 23 (Xinhua) —Can a tofu factory produce masks? Even the owner of the factory would never have imagined such a thing before the novel coronavirus swept China.

"When our factory resumed operation after the Spring Festival holiday, to address the shortage of masks for our employees, we decided to produce them ourselves," said Shen Jianhua, chairman of the Shanghai Tramy Green Food Co., Ltd., a leading soybean food producer in Shanghai.

The food company, with a total of more than 7,000 employees, including production line workers, delivery drivers and marketing staff, would consume at least 10,000 disposable masks per day amid the virus outbreak.

Despite the difficulties, Tramy went all out to speed up its production of masks, not only for its employees but also for meeting the surging demands from across China.

As the mask production project was launched on Feb.1, the company rented a plant and production facilities from a bankrupt medical equipment company. Thanks to the local government's support, they completed the registration and obtained the license in just three days.

Less than 10 days later, two production lines for masks went into production, with all the workers, equipment and materials in place. The first batch of masks rolled off the production line on Valentine's Day.

Now, the two production lines are operating around the clock, with an initial capacity of 100,000 masks per day.

"We aim to expand the daily capacity to 200,000 by the end of this month and 800,000 by the middle of March," Shen said.

Besides the disposable masks, the company is planning to produce other medical supplies, including disinfection products such as medical alcohol.

Tramy is not alone. More and more enterprises have turned to produce medical supplies in shortage at "China speed" with the aid of governments at all levels across the nation.

It took only one day for the Dishang Group, a manufacturer of apparel and textiles

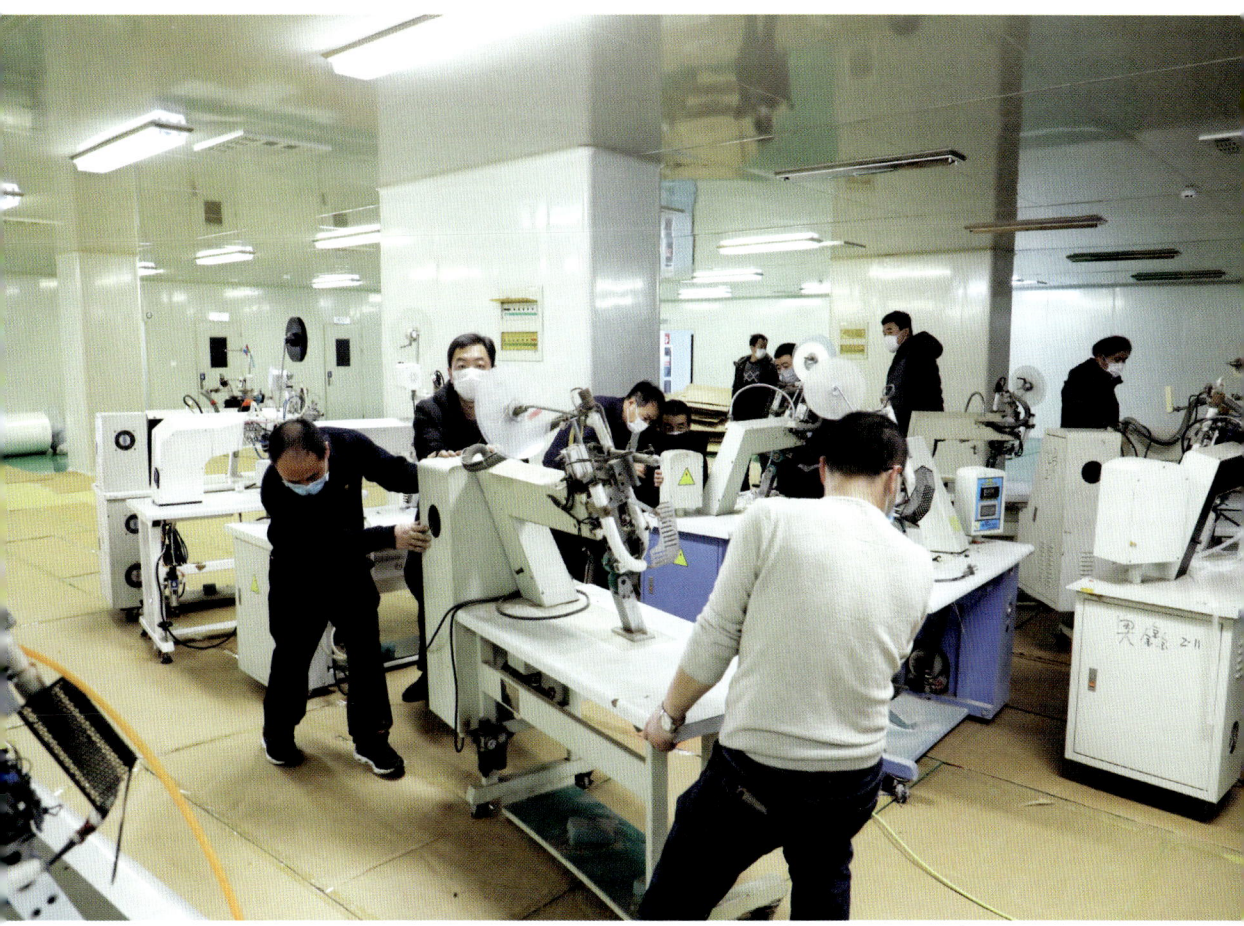

Various machines have been installed in Dishang to make protective suits. (Photo by Qu Fei)

headquartered in Weihai, east China's Shandong Province, to set up a new company to make protective suits.

The group made the decision on Feb. 9 and did not expect that local authorities gave them a vacant 1,500-square-meter plant, which had been carefully selected and cleaned up that afternoon.

Moreover, the local administrative department handed over the new company's business license to them within half an hour and the market regulator also opened up a green channel for the company's registration for medical equipment.

Tang Hongjie, a worker with over 10 years of experience in sewing, came to the workshop immediately after receiving an urgent notice from the company on the morning of Feb. 10, when the construction of the factory was basically completed.

"I'm very proud of my contribution to the prevention and control of the epidemic," she said.

In the following hours, Tang practiced the operation of the hot air seam sealing machine, an important equipment for protective clothing production, together with her colleagues who returned to work as soon as possible. In the afternoon, they finished the first samples of protective suits.

Meanwhile, more machines were urgently brought in from factories all over the country, and the company also recruited some 400 skilled sewing workers, said Zhang Chengyu, deputy general manager of the Dishang Group.

The Weihai municipal bureau of industry and information technology coordinated with the local authorities to provide 15,000 masks and one ton of disinfectant for the company and help the employees return to work amid widespread traffic controls.

"We will produce protective clothing in full gear, regardless of cost," Zhang said.

At present, Dishang produces 10,000 productive suites per day, with eight production lines operating and about 1,000 employees working round the clock. A total of 4,000 protective suits had been sent to the virus-hit Hubei Province.

In a guideline jointly issued by several ministries early this month, Chinese authorities told producers of key medical supplies not to worry about the sale of their products, as any surplus at the end of the epidemic would be purchased by the government as reserves.

Chinese Premier Li Keqiang on Friday urged related departments to offer coordinated services to encourage further expansion of production capacity of key epidemic-control materials and ensure the orderly resumption of production.

The daily production capacity of masks nationwide may exceed 100 million as additional production lines will become operational soon, according to authorities.

As of Wednesday, over 60 percent of 3,081 industrial enterprises above designated size in Beijing, as well as all the companies producing epidemic-control materials, had resumed operation.

Shanghai rolled out 28 measures on Feb. 7 to cushion companies against the impact of the epidemic. The operation resumption rate of industrial and commercial companies above designated size in Shanghai has exceeded 70 percent. (Reported by Wu Shuguang, Chen Guofeng, Ding Ting, Wang Yang and Cui Enhui)

2月 26

China Focus: China tightens crackdown on epidemic-related crimes

JINAN, Feb. 26 (Xinhua)— China has beefed up the crackdown on epidemic-related crimes to guarantee people's rights and interests, imposing harsh punishment and creating a favorable judicial environment in the fight against the virus outbreak.

On Feb. 14, a man surnamed Zhu was sentenced to six months in prison in the city of Dezhou, east China's Shandong Province, and fined 2,000 yuan (about 285 U.S. dollars) for publishing false information online pretending he had masks for sale.

This was the first online fraud case concerning the epidemic busted in Shandong, taking 48 hours from filing to the final sentencing.

In the critical period, China has handled such cases promptly and effectively. A mask-related fraud case was concluded within 24 hours on Feb. 21 in Changfeng County in east China's Anhui Province, with the defendant sentenced to five years. In the southern Chinese city of Liuzhou, a court upheld on the same day a jail sentence of three years and six months over a mask fraud, taking less than 3 hours.

"It shows the resolute attitude of China's judicial organs to crack down on epidemic-related crimes," said Yu Jiahua, director of Shandong Gongfu Law Firm.

A guideline, jointly released earlier this month by the Supreme People's Court, the Supreme People's Procuratorate (SPP), the Ministry of Public Security (MPS) and the Ministry of Justice, identified and specified several illegal acts that jeopardize epidemic prevention and control.

It stressed that strong actions should be taken to punish hoarding protective equipment such as masks and goggles and intentional price hikes, and acts of profiteering that severely disturb market order during the epidemic period shall be punished as the crime of illegal operations.

On Feb. 11, the SPP exposed the first batch of 10 typical cases of epidemic-

Police check fake masks they have seized in Linyi City, east China's Shandong Province.

related crimes.

A total of seven types of crimes were made public, including violence against medical workers, manufacturing and selling fake products, price gouging and jeopardizing wildlife resources.

The MPS, together with the State Administration for Market Regulation, has required local authorities to strengthen the coordination of law enforcement and justice departments to strictly and promptly punish hiking up prices of protective equipment and daily commodities.

Police in Guangdong, Liaoning, Shandong and Hubei provinces have been investigating in cases where the suspects had been profiteering through selling masks at exorbitant prices.

Public security authorities across China have handled around 22,000 criminal cases related to the epidemic as of Monday, according to the MPS Wednesday.

A total of 4,260 suspects implicated in the cases have been detained. So far, police have cracked 688 cases involving the production and sale of counterfeit and shoddy protective materials, with more than 1,560 suspects apprehended and over 31 million fake or inferior face masks seized, according to the MPS.

"Harsh punishment on epidemic-related crimes in accordance with the law to maintain social order and stability provides a strong legal guarantee for winning the epidemic war," said Hu Changlong, a professor at the Law School of Shandong University. (Reported by Chu Yi, Wu Shuguang and Yang Wen)

East Chinese province sends over 7,000 tonnes of vegetables to coronavirus-hit Hubei

JINAN, Mar. 3 (Xinhua) —East China's Shandong Province, a major vegetable production base in China, has sent a total of 7,060 tonnes of greens to Hubei Province, the epicenter of the coronavirus outbreak, since the Spring Festival, the provincial government said.

Wang Dengqi from the provincial agricultural and rural affairs department said besides the vegetables, Shandong has also transported 107 tonnes of pork and 2,498 tonnes of poultry to Hubei.

As an important means of support in the anti-epidemic battle, Shandong has mobilized its agricultural production companies to boost capacity.

Wang said the province is capable of producing 47,000 tonnes of flour, 20,000 tonnes of edible vegetable oil, 52,000 tonnes of vegetables and 9,300 tonnes of eggs every day.

Shandong has a pork inventory of 92,000 tonnes, and a poultry inventory of 412,000 tonnes, which can fully meet market demands, Wang added. (Reported by Cao Bin and Zhang Zhilong)

3月 4

China Focus: Officials-turned livestream hosts advertise regional specialties

JINAN, Mar. 4 (Xinhua) —At around 8 p.m., Yin Meiying, the Party secretary of Huimin County, wears a mask and sits down at a table full of specialties from pears to jars of pickles before she starts her livestreaming session.

"Welcome, babies! This is my first livestreaming session to sell goods. I feel nervous," the newbie broadcaster said.

"Baby" or "baobao" in Chinese, is a common term used by Taobao livestreaming hosts to address their audience, which makes them appear friendly and helps build rapport.

Due to the novel coronavirus outbreak, enterprises in Huimin, a major agricultural county in east China's Shandong Province, have been troubled by overstock and insufficient raw materials. Some agricultural products have become unsalable.

To advertise regional specialties, Yin resorted to Taobao Live, the livestreaming unit of China's e-commerce giant Alibaba, to sell fruits and vegetables that would have otherwise gone to waste.

"These pears are sweet and juicy," Yin said. She originally prepared 300 boxes of pears, which were snapped up by online shoppers. She had to add another 100 boxes. Soon, all sold out.

Within the two-hour livestreaming session, Yin helped local farmers and companies sell 10,000 kg of mushrooms, 10,000 kg of pears, 15,000 eggs and 10,000 jars of pickles.

When Yin is busy selling pears and mushrooms, Lu Yongchun, deputy county chief of Linshu in Shandong, is advertising purple sweet potatoes for local farmers in front of a mobile phone camera.

The purple sweet potatoes in Linshu, which used to be sold out before March, have seen poor sales this year.

Lu's livestreaming promotion on e-commerce platform Pinduoduo drew more than

200,000 views in the first two hours, and a total of 50,000 kg of purple sweet potatoes were purchased by customers.

Li Daoju, a resident of Qianshiguling Village of Linshu County, was among the farmers that benefited from Lu's livestreaming.

"Nobody came to transport my purple sweet potatoes, which are my family's only source of income. Now they have sold out," Li said.

"Livestreaming e-commerce can reach more potential customers while avoiding gatherings to reduce cross-infection risks at this special period," Lu said. "It can empower us to boost the popularity of regional specialties, increase farmers' income and help more people cast off poverty."

As measures to stem the coronavirus outbreak in China disrupted traditional supply chains and forced many offline trading centers to close, a growing number of local government officials are jumping on the livestreaming video bandwagon to win customers' trust, and promote and sell their produce.

In mid-February, A Dong, mayor of Sanya, a coastal city in south China's island province of Hainan, boosted sales of the city's mangos via livestreaming on Taobao.

Alibaba launched a rural support project to help farmers find a market for undesirable farm produce on Feb. 6. As of Feb. 27, the project has helped farmers sell 1,396 kinds of agricultural products in 20 provinces across the country, with a cumulative sales volume of 58,000 tonnes.

Zhongwu, a sociology professor with Shandong University, said livestreaming has served as an effective tool for farmers to sell their produce amid the epidemic, and it is permanently transforming the traditional sales model of agricultural products. (Reported by Cheng Lu, Shao Kun and Zhang Wuyue)

3月 14

China Focus: Young generation stands out in the battle against COVID-19

JINAN, Mar. 14 (Xinhua)—On the front line of the fight against COVID-19 outbreak, Wang Bing unexpectedly met the man who saved his life 13 years ago when he was still a child.

The 26-year-old nurse from the Intensive Care Unit (ICU) of Qianfoshan Hospital in Jinan, east China's Shandong Province, developed an allergic reaction to penicillin when he was 13 years old. Fortunately, he was brought back from the brink of death by intensive care staff at a hospital in Liaocheng, also in Shandong.

With a grateful heart, Wang studied medicine in university and chose to work in an ICU after graduation. After the COVID-19 outbreak, he signed up to join the Shandong medical team that was sent to aid Huanggang, some 800 km away from his hometown and also one of the hardest-hit cities in Hubei Province, the epicenter of the outbreak.

In Huanggang, Wang was coincidentally reunited with Liu Qingyue, the doctor who saved him 13 years ago. Liu, from the ICU of the Second People's Hospital of Liaocheng, was also dispatched to Huanggang to treat patients during the outbreak.

"I want to save more patients, just like doctor Liu, and pay tribute to them with actions," the young nurse said.

Among the over 40,000 medical workers who were sent to aid Hubei from across China, about 12,000 were born in the 1990s or even after 2000, according to Ding Xiangyang, deputy secretary-general of the State Council.

The young generation has become the backbone of the country in battling the virus, Ding said.

"I'm quite amazed at how these young people behaved on the front line," Liu said. Rather than the usual stereotype of the post-90s generation, considered spoiled and weak, they showed many excellent qualities, such as strength, bravery and decisiveness, during the outbreak. In particular, their optimism inspired the teams and moved thousands of people.

Gan Ruyi, a young doctor who works in a hospital in Jiangxia District of Wuhan, capital of Hubei Province, had already returned to her hometown of Jingzhou, also in Hubei, before the Spring Festival, which fell on Jan. 25 this year.

However, after the outbreak, she decided to end the prolonged holiday early and return to her post. Due to Wuhan's lockdown since Jan. 23 and the suspension of buses between her hometown and Wuhan, the young girl cycled more than 300 km over four days to get back to her hospital on the night of Feb. 3.

"The hospital was short-handed, I had to come back," she said.

Apart from medical workers, young people from all walks of life rushed to the front lines in the battle against the epidemic.

Hua Yuchen, a young music teacher at a primary school in Wuhan, signed up to be a volunteer amid the outbreak, though she was initially afraid to let her parents know.

She kept switching her roles in the volunteer work, including broadcasting in a temporary hospital, driving medical staff to and from work, taking body temperatures at a toll station and even helping carry aid materials from across the country.

Moreover, she also took advantage of her musical expertise to organize her students to record a Chinese choral song, "Brightest Star in the Night Sky" ,to cheer up the people suffering from the epidemic. The video clip, recorded seperately and synthesized by Hua at home, went viral online and won thousands of likes on social media platforms.

"Although I'm not a doctor and can't treat patients, I still want to do my part," Hua said.

Her thought was echoed by Liu Jiayi, a member of the Guangdong medical team who is not yet 20 years old. "At this critical moment, we won't flinch when the country needs us," Liu said.

"Actually, we are not different from the previous generation. Though more willing to express ourselves, we also have a high sense of responsibility. Maybe this means we have grown up," Wang Bing said. (Reported by Deng Weihua, Chen Hao and Cui Enhui)

Across China: Elderly students' twilight years sparkle in livestreaming classes

JINAN, Mar. 28 (Xinhua)—Despite the COVID-19 pandemic, Tang Keli, 71, is enjoying his time indoors taking livestreaming vocal music classes every week. Online learning is becoming a trend for many elderly students in China.

"Online classes are really a treasure. I never knew that there is such convenient technology," Tang said, who is a student at Shandong University for the Aged in east China's Shandong Province.

Spirited with a sonorous voice, Tang does not look like a man in his seventies. He has been taking three or four classes online every week since March, and each class takes about one hour. After the class, he will upload videos of his practicing pieces as assigned by the teacher.

Tang said that he used to take a half-hour bike ride to the university, but now he could save the commuting time while getting more constant responses from the teacher and replaying the online classes on the computer for reviews.

"My wife also takes a photography class online. My grandson, a pupil, is also taking online classes and we are even using the same livestreaming platform," Tang said.

"In mid-February, I was told to teach classes online for the spring semester," said Zhou Jun, a yoga instructor who has been working part-time in the university for 12 years. "I didn't have enough confidence to do so because I never tried livestreaming," she said.

In order to complete the unfamiliar task, Zhou changed the furniture layouts at her apartment to make room for yoga livestreaming and prepared opening words to help students concentrate on the class. She even chose bright-colored clothes to make her moves clearly-seen on camera.

Zhou is now teaching five classes with more than 170 students, who are aged between 55 to 70. Some students are quite new in front of the livestreaming app and even smartphone functions, but Zhou is always patient and teaches these gray-haired students how to use their phone and the livestreaming app.

"When a student finally downloaded the app and heard my voice on the smartphone, she proudly said, 'I can also keep pace with the era,'" Zhou said.

"The new semester should have begun on March 2. We have over 730 classes and about 20,000 students, 90 percent of whom are aged between 60 to 80," said Zou Chunxiang, director of the educational administration office of Shandong University for the Aged.

Now over 580 classes have gone livestreaming, and teaching this way is welcomed by elderly students.

However, there was not such a "technological dividend" to keep people's life on track during a public health event decades ago.

In 2003, when Zou started her work, the SARS outbreak ravaged across the country, and many schools had to postpone their new semester for half a year. Today, the Internet and smart devices have broken the limitation of time and space to help people take classes and acquire knowledge at home.

"Livestreaming classes can satisfy the elderly's curiosity for knowledge as well as their eagerness to fit themselves into the modern society," Zou said.

Shandong University for the Aged, established in 1983, is the first university for elderly people in China. The original intention of education for the elderly is to help them make friends and learn new knowledge in late life, said Lyu Deyi, president of the university.

Lyu added that the university would combine online and offline teaching methods to benefit the elderly students with more valuable time and memories in their twilight years.

(Reported by Zhao Jiasong, Sun Wenji and Xiao Haichuan)

新华社

精彩融媒
扫码视听

1月 26

出发！山东首批医疗救援队赶赴武汉

1月25日晚，大年初一，山东首批由138名医务工作者组成的医疗救援队在济南集结完毕，登上飞机，驰援武汉。（记者：冯媛媛 编辑：吴龙）

1月 27

山东首例新型冠状病毒感染的肺炎确诊病例已临床治愈

记者27日从山东省政府新闻办举行的全省新型冠状病毒感染的肺炎疫情防控工作新闻发布会上获悉,山东省首例确诊病例已经临床治愈,第一次核酸检测呈阴性,28日复查再次阴性后即可出院。(记者:张武岳 编辑:刘宇轩)

1月 28

山东捐赠 350 吨优质蔬菜驰援武汉

"武汉加油！中国加油！"28 日中午，14 辆满载 350 吨检测合格的蔬菜的货车从蔬菜之乡山东寿光出发，这批蔬菜将无偿捐赠给武汉市，支援武汉抗击新型冠状病毒感染的肺炎疫情。寿光将根据需要，每天供应武汉 600 吨质优价廉的蔬菜。（记者：张武岳、张志龙　编辑：吴龙、韩依格）

1月 31

"我把爸爸借给你们！"
济南一小学生给驰援武汉医疗队的爸爸写信

＃在抖音，记录美好生活＃"我把爸爸借给你们！"济南一小学生给驰援武汉医疗队的爸爸写信。（记者：杨文、吴飞座）

战"疫"一线的别样重逢：你好，战友！

新华网济南 2 月 3 日电（江昆） 2020 年 1 月 25 日，大年初一，山东省立医院 ICU 护士长丁敏作为山东省首批援鄂医疗队重症患者救治护理组组长，紧急奔赴湖北抗击新型冠状病毒感染的肺炎疫情一线。

3 天后的大年初四，丁敏的同事——山东省立医院 ICU 主管护师曹恒作为山东省第二批援鄂医疗队成员，增援湖北战"疫"一线。

平日，他们是同一个医院同一个科室的同事，同心协力、救死扶伤；疫情来临时，他们都是最美的逆行者，挺身而出、驰援湖北。丁敏和曹恒先后到达湖北，他们在同一个医疗中心，却来不及联络便迅速投入这场没有硝烟的战斗，在各自的岗位上为疫情防控和医疗救治奔忙……

2 月 2 日，到达湖北后一直未能见面的丁敏和曹恒在湖北黄冈大别山区域医疗中心危重者病区碰巧相遇了。穿着厚厚的防护服，戴着严密的口罩和护目镜，他们几乎看不到彼此的面孔，只能大声呼唤对方的名字。没有多余的时间交谈，隔着病区的隔离窗，丁敏和曹恒只能以特殊的方式相互问候，用手中写着"武汉加油"的纸张为彼此打气。

当曹恒在走廊大声呼唤"丁老师"的时候，旁边的医疗队队员不禁泪目，他们举起手机拍下了这感人的一瞬间。

你好，战友！加油，武汉！向所有奋战在抗击疫情一线的战友们致敬！

2月5日

中国菜乡：请放心，你碗里的菜，在地里长着

　　新型冠状病毒感染的肺炎疫情发生以来，有的市民开始囤菜，甚至抢购蔬菜。全国蔬菜供应到底够不够？要不要抢？记者在蔬菜生产大省山东走访调研发现，蔬菜产地供给充足，市场秩序井然，部分菜价走低。请放心，你碗里的菜，在地里长着呢！（记者：吴飞座、邵琨　编辑：汤谷涵、季晓庄　新华社音视频部制作）

2月 6

"缉拿令"来了：一起把这些"病毒"清光光

疫情如火，人人有责，众志成城，同心战"疫"。

要坚决打赢疫情防控阻击战，视频里这些"病毒"理应除之而后快，你认同吗？

（记者：余孝忠、邓卫华、王阳 报道员：商海春、商庆一）

"我的爸爸（妈妈）是人民警察，他（她）在抗'疫'一线"

这9名来自警察家庭的孩子，被称为"警宝"。新型冠状病毒感染的肺炎疫情发生以来，他们已经好几天没见着爸爸妈妈了。（记者：叶婧 通讯员：张海杰 编辑：姜含章、程一恒）

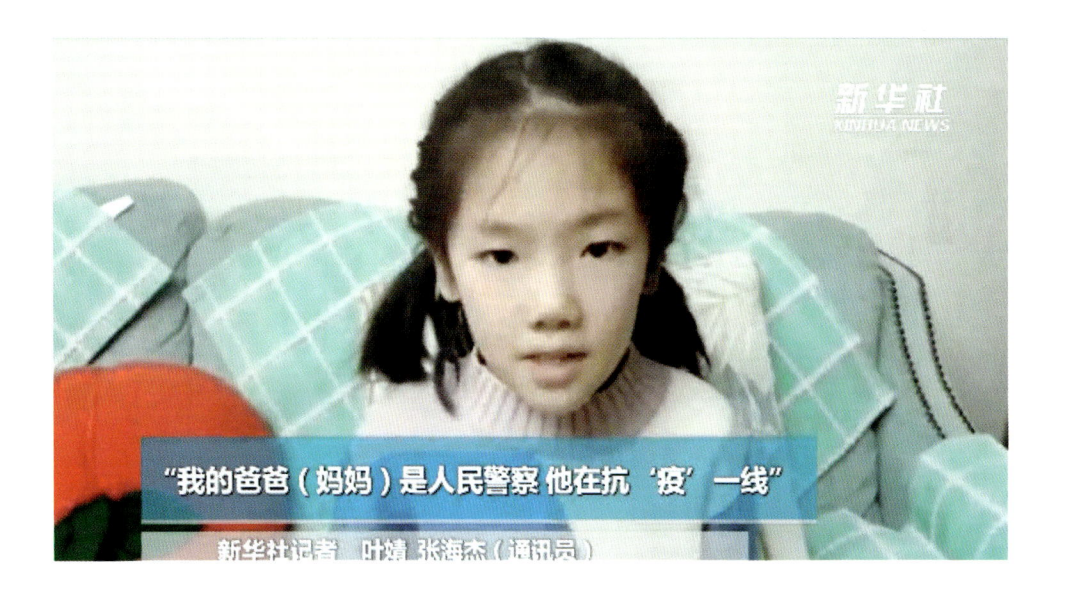

5分钟绘本故事，告诉孩子这个春节到底发生了什么

2020年的春节是一个不寻常的春节。

这是画给小朋友的绘本故事，能让你的孩子在5分钟的时间里了解这个春节到底发生了什么。

这也是画给大朋友的绘本故事，希望你看到图画和文字也能有深深的思考。

这个故事告诉大家，2020年的春节为什么跟往常不一样。

（记者：赵小羽 绘本作者：脑花与脑仁 编辑：蔡志坚、刘硕）

2月 11

暖心小故事：视频呼唤 妈妈加油

近日，在湖北黄冈大别山区域医疗中心临时医疗点，山东省援助湖北医疗队队员、山东省立医院呼吸与危重症医学科主治医师王星光，通过手机视频讲述了一个暖心的小故事。一位在隔离病房进行治疗的老人处于半昏迷状态，紧急时刻，王大夫与她的孩子进行视频对话，孩子的声声呼唤，让这位老人有了反应。（记者：吴飞座、魏圣曜 报道员：彭春风 编辑：汤谷涵 新华社音视频部制作）

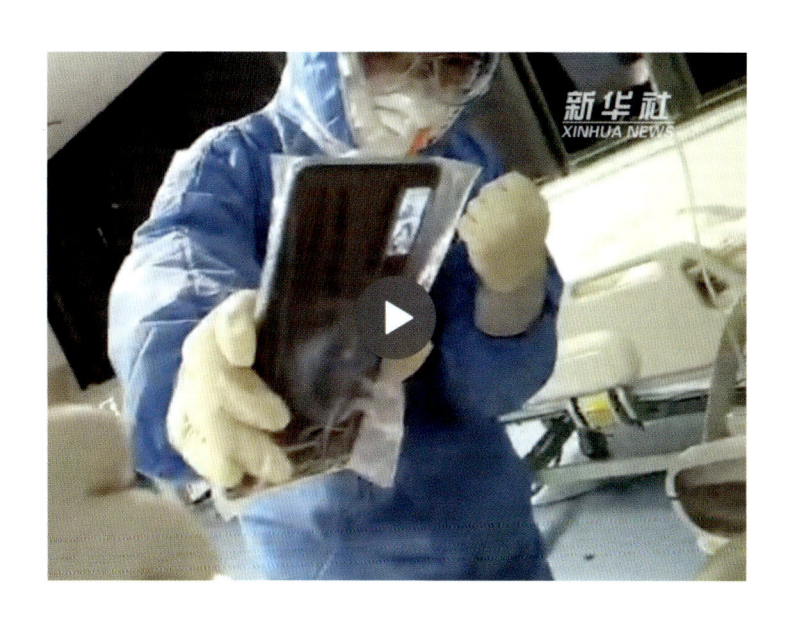

2月
12

你脸上的勒痕 我心底的泪痕

"爸爸,你在那儿累吗?""爸爸,我好想好想好想你!"11日,山东大学齐鲁医院一名奋战在抗"疫"一线多日没回家的医护人员与女儿的视频感动了许多人。(记者:吴飞座、王阳 编辑:郝广鹏 新华社音视频部制作)

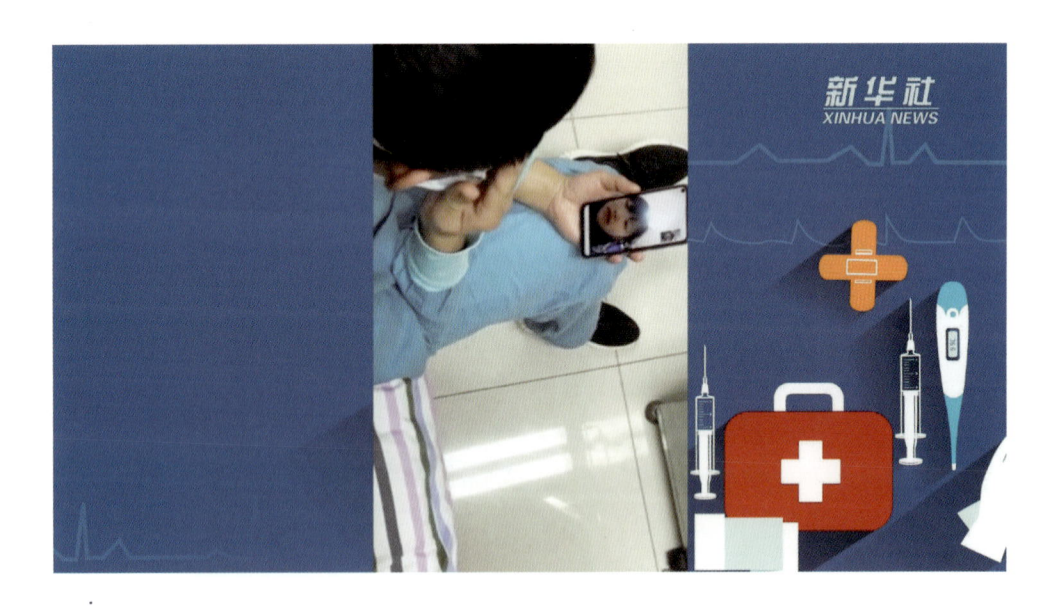

289

精彩融媒 扫码视听

2月
12

别慌！你的口罩已经在路上了！

#在抖音，记录美好生活 #别慌！你的口罩已经在路上了！（记者：杨文、王阳）

2月 13

"蓝"与"白"的爱情故事

当"铁路蓝"配上"天使白",它们之间会擦出怎样的火花?这对"90后"夫妻就是一种答案——

"老公,我平安落地!"

"老婆,加油,一定做好防护,等你回来!"

"帮我照顾好儿子!"

对话中的"老公"名叫陈晓光,今年28岁,是中铁济南西机务段的一名火车司机。妻子张珂馨小他3个月,是山东省第六批支援湖北医疗队队员、山东大学第二医院甲状腺科护士。2月9日17点30分,妻子跟随131人的医疗团队到达武汉,她们将整建制接管一个重症病区。

他们这对小两口结婚还不到3年。如今面对新冠病毒感染的肺炎疫情,夫妻二人远隔千里,只能通过电话互相加油。

送妻子登上飞机,陈晓光回到单位,郑重地向组织递交了1000元特殊党费,用于疫情防控。妻子远赴抗"疫"前线,他迫切希望自己多做些什么,只为疫情早日结束,妻子早日凯旋。

出征前,张珂馨与医院的姐妹们一起毅然剪掉了自己的一头披肩长发。来送机的老公虽早有心理准备,但看到她的样子还是吃了一惊。

在简单的出征仪式现场,陈晓光轻轻拉着妻子张珂馨的手,低声呢喃。"那边条件艰苦,千万别着了凉。""放心,老公,你值乘也很辛苦,要照顾自己!"妻子转身登上电梯的那一瞬间,陈晓光再次喊住她,话到嘴边却没来得及说。

他想说:"老婆,你短发的样子,真美!"

回想起最开始的那个时刻,陈晓光经常把它形容为做梦一样——

"老公,给你商量个事儿呗?"疫情发生后的这个春节,二人都比平时更加忙碌。大年三十,陈晓光正在段上参加火车司机抗击疫情知识培训,张珂馨也24小时都在医院值班。

张珂馨不仅业务好、责任心强,心地也非常善良。工作中看到身体不便的患者,她总是抢着上前搀扶;上班路上遇到突然发病的路人,她总会亮出身份伸出援手。有一次,病房住进一个外地人,脚上发出难闻的味道,屋里气氛变得压抑。她悄悄买来新鞋新袜子,嘱咐亲属做好看护。再来时,病友们已有说有笑,相处得十分融洽。

接到妻子的信息,还没看内容,他的心就咯噔一下。针对疫情的蔓延,他所在的车间第一时间建立机制,制定预案,确保运输畅通和货运增量实施,尤其要确保通往疫区的铁路畅通无阻。陈晓光担当的区段是京沪主干线,货运任务繁忙且重要。当前疫情复杂,为应对随时可能出现的突发状况,车间成立了党员预备队,关键时候要顶上去,陈晓光第一个报了名。

他清楚,这是一场没有硝烟的战斗,自己作

为运输后勤都忙起来了，前线必然更需要人。

"老公，我爱你，爱咱的宝宝。可是国难当头，怎么办？"打开这条信息，陈晓光就有些惊慌失措。果不其然，妻子想申请去武汉疫区，向他征求意见。

考虑再三，他字斟句酌："亲，你是认真的吗？那里危险，可不是闹着玩的。"他们可爱的小宝宝烁烁才一岁半，还没有断奶，而且陈晓光的父亲患有心脏病，已经动过两次手术，父母的精力很难保证带好孩子。这样的情况下，陈晓光确实是忐忑不安的。

但是，当他们将消息告诉老人时，同在铁路工作的父亲却异常坚定。"孩子，别管我们，这是义务，也是责任。我是党员，你也是党员，这事咱要支持她！"

在医院的统筹下，张珂馨正月十六出发赶赴疫区，开展救治工作。头天晚上，陈晓光退勤回来，小两口利用难得的团聚时光，打包行李，互诉衷肠。待到夜深了，珂馨将已经分床睡的孩子搂在怀里。一岁多，正是孩子最需要妈妈的时候，看着熟睡中胖乎乎的小可爱，她的泪水再也难以抑制。

母子连心，妻子递交申请后，陈晓光就担心这点。在少有的休班时间，他买来各种口味的奶粉，想方设法逗宝宝开心，只为让妻子放心。陈晓光细细擦去妻子的泪水，轻声说："有国才有家，你到前线参战，我开着火车支援，有这样的父母，这孩子有前途！"

此时，陈晓光知道，自己没白没黑地开火车，平日里为这个家做的事少，这时候必须做妻子的主心骨和坚强后盾。"疫情就是命令，到岗就是责任。"他支持妻子，就得像妻子支持他一样。

"你是我的天使，也是病人的天使。你没想当英雄，披上战袍你就是英雄！你这么优秀，我也有了压力。"妻子出征后，陈晓光更新了自己的微博。

妻子出发后，陈晓光也开始了自己的"英雄时刻"。值乘时，他观察瞭望更加全神贯注，防控疫情一丝不苟。准确测量体温，正确佩戴口罩，普及卫生常识，陈晓光在妻子的指导下样样精通，已经成为车间的防疫小专家。

手机里，保存着他们相识相爱以来的诸多美好瞬间。陈晓光说，她去了武汉，这是责任更是荣耀，现在看每张照片，我都觉得闪闪发光。

"铁路蓝"搭配"天使白"，那就是勤恳、安全与纯净的象征。他们虽相隔千里但并不孤单，他们时刻在并肩作战。陈晓光发微信告诉妻子，"这几天，我牵引的列车正向武汉疫区运送着一批批生产生活物资，你安心工作就好"。

"加油！平安！"这是他们离别后微信互动的高频主题。妻子尽快归来，也就代表着疫情防控阻击战早日取得胜利，这是陈晓光最大的盼望。

（统筹：吕放　编辑：江昆）

2月
13

科学防疫跟我学——"口罩侠"来了!

山东工艺美术学院数字艺术与传媒学院的师生响应学校号召,扛起艺术学子的使命担当,投身于科学防疫、构建积极舆论氛围的"假期课堂",为"生命重于泰山"主题创作活动绘制了大量作品。

《口罩侠来也》抗击疫情专题表情包是山东工艺美术学院数字媒体艺术工作室的同学们继推出《防疫三字经》《雷神治瘟,火神驱疫》表情包之后,推出的第三套微信表情包,是他们在这个特殊的"假期课堂"里交上的一份用心、动情的"防疫作业"。

本系列作品由潘鲁生担任艺术总监,顾群业、张光帅担任指导教师,学生陈嘉聪、车晓彤、刘千惠等联合创作。旨在通过塑造口罩的卡通形象,以活泼可爱的形象、直观亲和的方式,传播疫情防控知识。表情包以大学生的视角出发,应用互联网语言来传播抗"疫"知识。

利用表情包所特有的参与性、互动性、流通性等特点,将防疫知识生动化、通俗化,使防疫知识潜移默化地植入人们心中。大家赶快听"口罩侠"的话,保护好自己吧!(统筹:吕放 编辑:江昆)

293

山东首例：德州新冠肺炎康复者捐献血浆

新冠肺炎康复者的血浆用于重症患者治疗的做法目前已经应用在临床实践中。16日下午，来自德州庆云的一位康复者在济南捐献了恢复期血浆，成为山东首例。（记者：叶婧 通讯员：李静、亓伟 编辑：李恒毅 新华社音视频部制作）

2月 19

山东：时尚女装企业"转产"防护服 支援防控一线

疫情当前，医用防护服紧缺。在山东烟台，时尚女装生产企业舒朗仅用 4 天时间就实现了紧急转产，开始生产医用及民用防护服，支援防疫一线。（记者：张武岳 编辑：汤谷涵）

钢笔画记录战"疫"故事 山东德州这名画家火了!

新华网济南 2 月 20 日电（记者江昆） 近日，一组以战"疫"英雄为题材的钢笔画悄然走红网络，画作以细腻的风格和感人的背景故事收获了不少网友的热情点赞。这组画作的作者是德州市钢笔画画家高志恩，如今退休在家，他便用钢笔描绘出战"疫"英雄们的伟岸身影。

取材于实景照片，用钢笔勾勒，再用毛笔上色，高志恩的画作笔触细腻，画风传神。他笔下的抗击疫情一线的医生、护士、专家、警察、志愿者等人物形象栩栩如生，而且每一幅画的背后都有一个感人的故事。

"疫情在不断蔓延，各种关于疫情的新闻铺天盖地。医护人员出征湖北救治患者，警察顶风冒雪在卡口查控，志愿者不分早晚地忙碌着。这一切感人的场景都让我热血沸腾，让我不由得拿起手中的画笔，为抗击疫情贡献自己一分微薄的力量。"谈及自己的创作初衷，高志恩如是说道。他表示，新闻里一段段生动的影像打动了他，更点燃了他的创作激情，坚定了他的信念。

作者心声：这幅画讲述的是，一位女护士疲惫地靠坐在暖气片旁，睡着了。所谓白衣天使，其实都是一群穿上了这身衣服的孩子，他们学着前辈的样子和死神抢人。看到这让人心疼的美丽画面，我实在是按捺不住激动的心情，一时热泪盈眶！

据介绍，目前为止，高志恩已经创作了十幅战"疫"画作，来表现抗击疫情一线"战士"们的感人故事。尽管每幅作品都耗时耗力，但高志恩说，他愿尽自己的微薄之力给社会提供更多的正能量。而且因为深受感动，所以他更加心无旁骛地投入到创作中。"接下来的时间，我会继续用好手中的画笔，传递正能量，以钢笔画独有的艺术魅力讲述好故事、传递好声音！"他说。

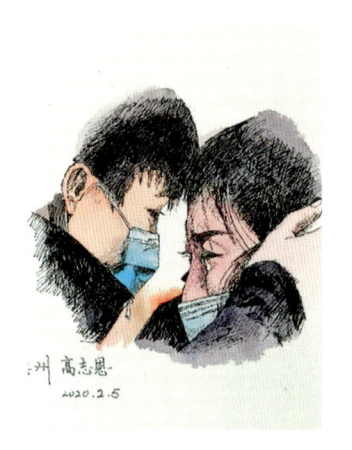

作者心声：当我看到这幅摄影作品时，不由得鼻子一阵发酸，眼泪打湿了我的眼眶。一对男女，可能是因为有人要赴前线，在不舍地作别。女孩流下眼泪，男孩在抚慰女孩，这情景让我动容。

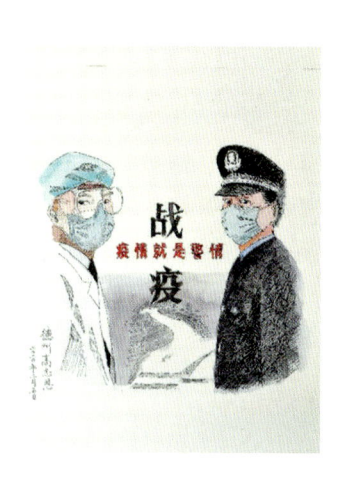

高志恩画作（画作者供图）

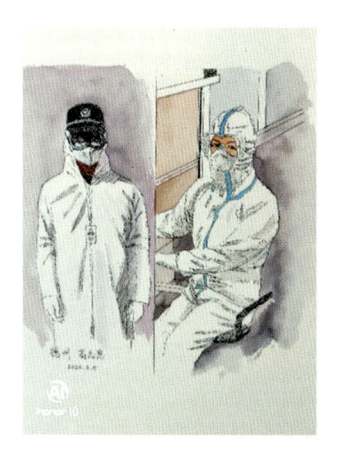

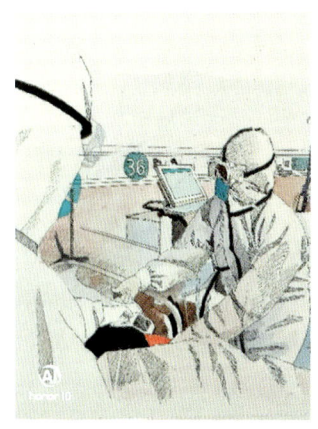

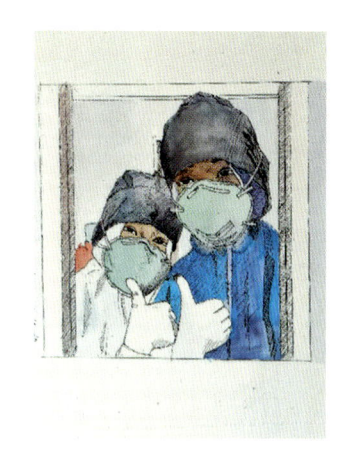

隔离病区的"抠门"医生

新冠肺炎疫情仍在继续。自疫情发生以来,全国各地陆续成立医疗队驰援湖北。各位医护人员穿"战袍",急冲锋,毫不含糊,可在隔离区里,他们变得"抠门"起来。他们"抠"衣服,怕污染防护服即使吐了也硬咽回去;他们"抠"时间,自创手势,方便交流;他们"抠"……在抗"疫"一线,"抠门"医生和"抠门"护士的故事每天都在上演。(记者:冯媛媛 编辑:汤谷涵)

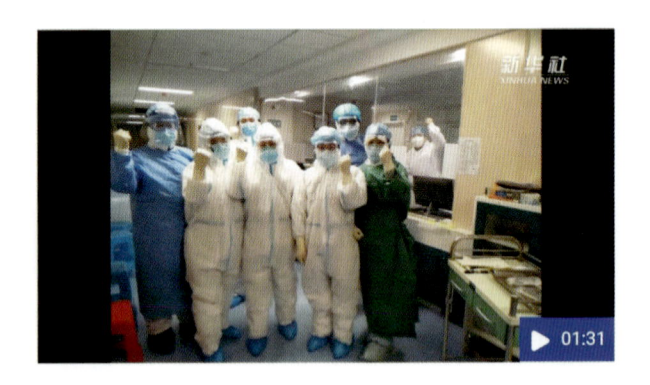

2月 25

"齐"心"鲁"力——山东战"疫"走心瞬间掠影

疫情袭来,这个春天很不平凡。

1月24日农历除夕,万家团圆时,山东启动Ⅰ级响应;

1月25日大年初一,新春佳节日,山东首批赴鄂医疗队143名队员辞别家人,逆行千里驰援湖北;

1月26日,山东各地,城市乡村,干部群众日夜值守,联防联控;

1月27日,总理承诺兑现的2万副护目镜从平度出发运抵武汉;

1月28日,山东捐赠武汉的350吨优质蔬菜从寿光起运;

……

扬厚道山东之传统,展工农业大省之优势,全力援助湖北、对口支援黄冈,从医疗物资到生活物品,山东再现当年人民"小推车"精神。

春日渐暖,别样春耕花样翻新,各行各业复工复产……磨难压不垮,奋起正当时。亿万齐鲁儿女正与全国人民一道,在这个不同寻常的春天里,播撒下新的希望与信心。

(总策划:余孝忠 统筹:邓卫华、范长国 文案:萧海川、夏莉娟 制作:韩军)

千里驱驰 精心救治

1月25日，大年初一，武汉市新冠肺炎疫情肆虐，山东省第一批援助湖北医疗队143名勇士千里急驰，英勇逆行。截至2月23日，山东省先后派出12支援助湖北医疗队共计1743名医护人员。（饶琦摄）

（谢永亮摄）

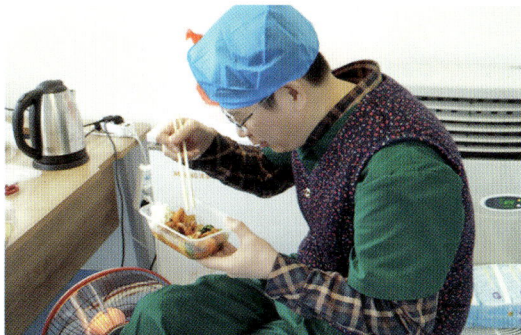

1月25日，驰援武汉的山东省医护工作者。（山东援助湖北医疗队供图）

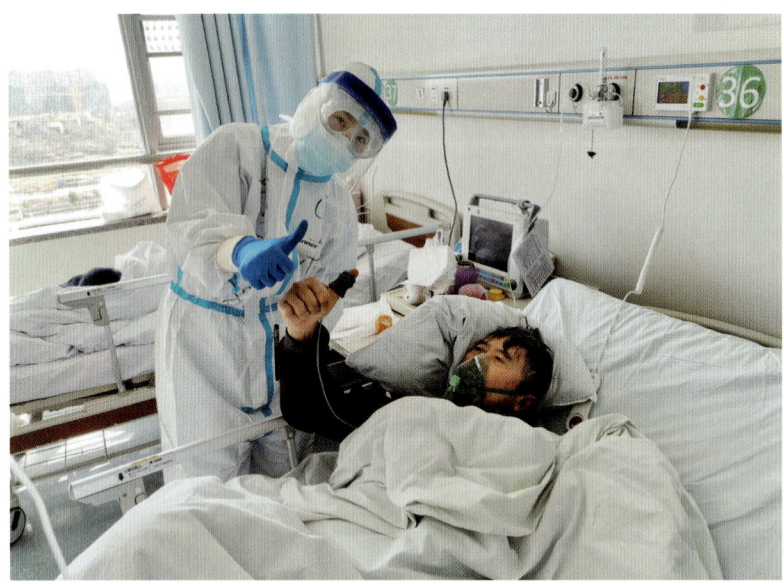

齐心鲁力——新华社山东分社战"疫"报道集

1月27日,山东省立医院护士王艳艳给患者喂了橘子后,患者表示感谢。(山东援助湖北医疗队供图)

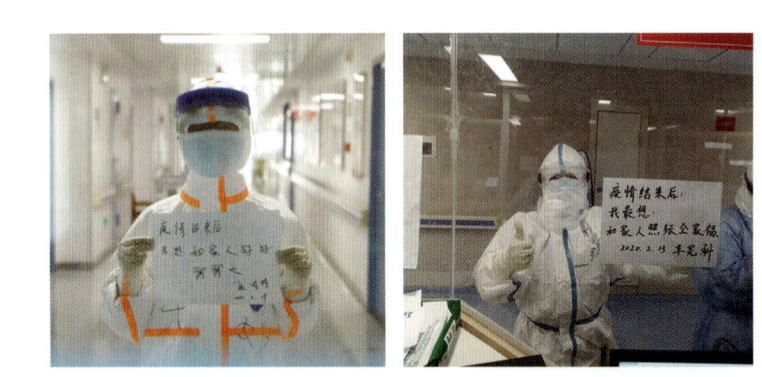

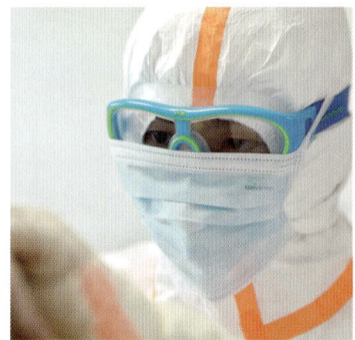

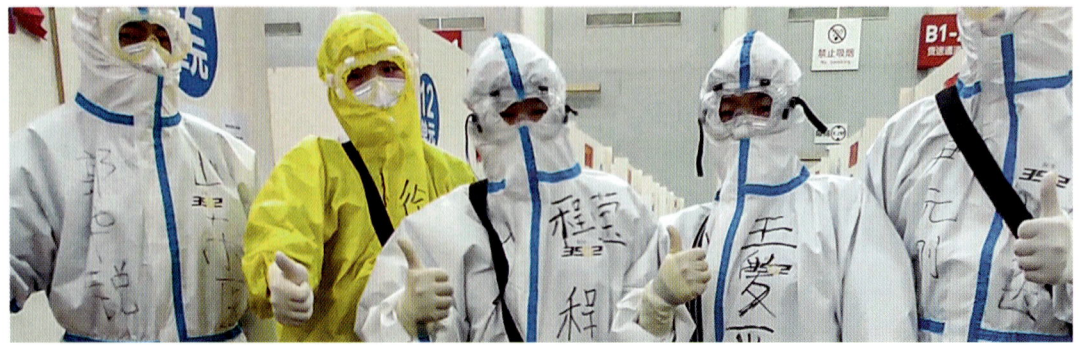

1月29日,来自济南、滨州、德州的医护人员战斗在武汉"疫"线。(山东援助湖北医疗队供图)

工农大省"搬家"支援

1月27日,山东平度紧急支援武汉的2万副护目镜打包起运。(李晓萌摄)

1月28日,山东捐赠武汉的350吨优质蔬菜从寿光起运,车辆整装待发。(张弛摄)

1月31日,山东能源新华医疗手消毒液包装车间,车间员工正在包装酒精含量75%以上的免洗手消毒液,随后将以最快速度将其发往武汉。(袁宏摄)

2月11日,位于山东潍坊的福田山东多功能汽车厂内,工作人员正在装配负压救护车。(孙树宝摄)

全民战"疫" 守护齐鲁

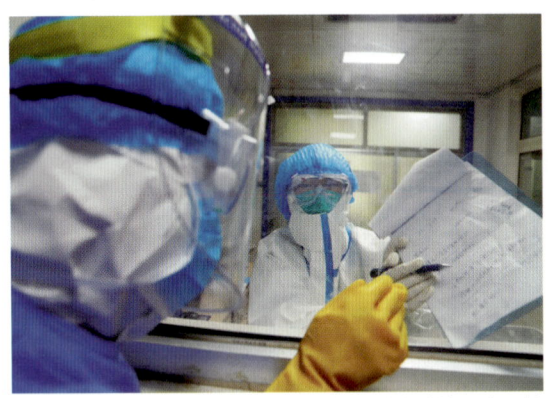

1月28日,山东省邹平市人民医院新冠肺炎感染隔离区护士站的马金苹(右),隔着玻璃用纸板和病房内的护士巩晓君交流,确认病房内患者所需的药品。(董乃德摄)

1月29日,山东首例新冠肺炎确诊患者治愈出院。(王建亮摄)

1月31日,山东省临沂市兰山区蓝钻庄园小区,物业服务中心员工将爱心菜装车推进小区,配送到正在接受隔离的业主家中。(朱武涛摄)

2月6日,山东省滨州市博兴县锦秋街道湾头村,当地"9958应急救援队"志愿者正在对村里的主要通道进行消杀作业。(陈彬摄)

2月6日凌晨，山东省枣庄市山亭区水泉镇夏岭疫情防控卡点，夜班执勤人员在"胶囊哨所"里整理《外来人员登记表》。（刘明祥摄）

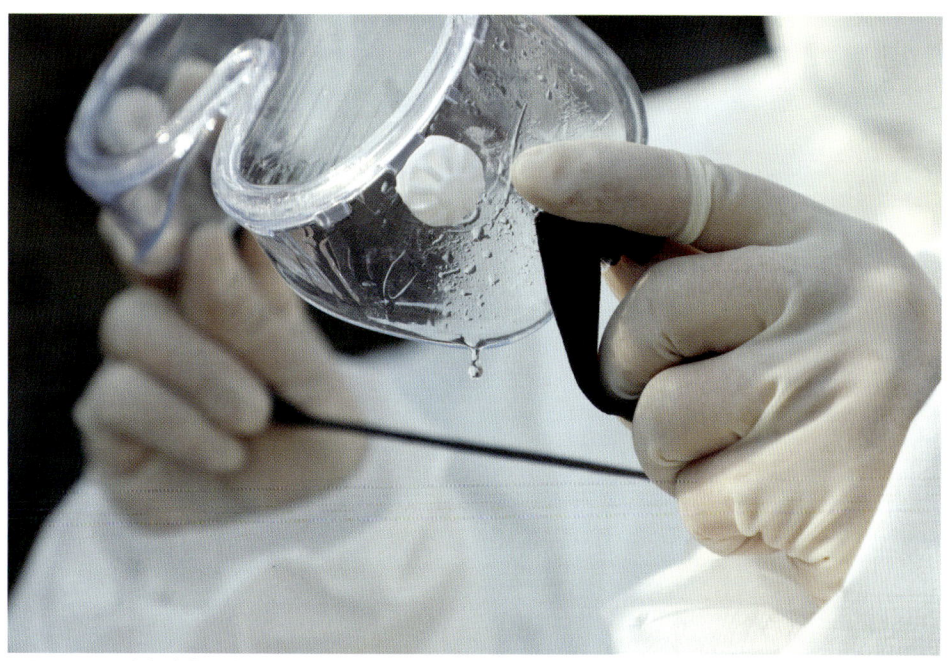

2月10日，山东省临沂市沂南县疾控中心检验员王莉莉倒出护目镜里积存的汗水。（杜昱葆摄）

2月15日,在荣乌高速公路山东烟台收费站,防疫人员冒雪对入城车辆的司乘人员进行体温测量。(唐克摄)

2月21日，济南市传染病医院第八批4例新冠肺炎患者康复出院，其中包括一对11个月大的双胞胎男孩。（黄中明摄）

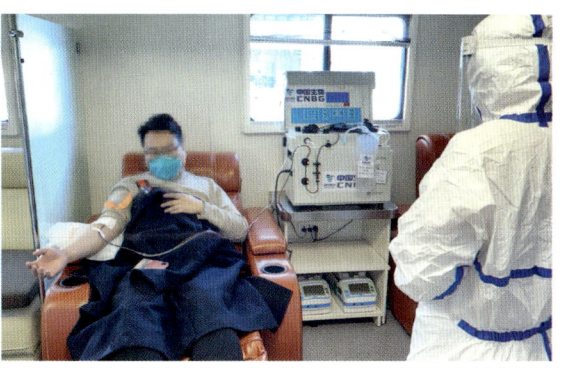

2月22日，山东省邹平市首例新冠肺炎治愈患者贾某（左）在山东省血液中心采血站成功捐献血浆。（董乃德摄）

2月1日，德州市市民在德百选购蔬菜。（张宪军摄）

2月5日,山东省枣庄市台儿庄区市场监督管理局执法人员在一家药店对药价进行检查。(高启民摄)

2月11日,山东省滨州市博兴县第三中学,一名工作人员利用电脑端实时监控"网络直播教学"进程,随时为教师们提供直播技术支持。(陈彬摄)

2月10日,旅客在济南火车站出站口准备出站。针对铁路返程人员过于集中等问题,济南出台多项措施,保障铁路返程人员快速分流。(记者朱峥摄)

2月18日，按照驾驶员提示，乘客上车后扫码"青岛市交通出行同乘信息系统"，确认乘客信息。（张进刚摄）

2月20日，青岛高新区举行2020年首批落地项目线上集中签约仪式，通过"多频连线、多屏互动"的远程网络视频系统，以"云签约"的方式完成总投资额约170亿元的8个项目和3名高端人才的签约引进合作。（解豪摄）

截至2月21日18时，山东省内因疫情影响封闭的高速公路收费站，全部解除封闭，均恢复正常通行。（房德华摄）

稳产保供 期待春暖

1月30日，枣庄市山东康力医疗器械科技有限公司的生产车间工人，在经严格消毒的环境下生产医用防护服。（孙中喆摄）

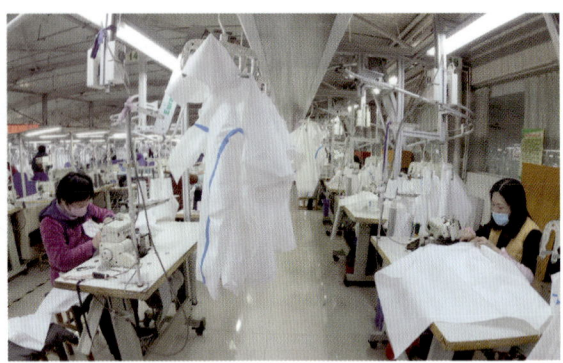

2月17日，山东盛原服装有限公司生产车间，工人加班加点生产医用防护服成衣。（周坤摄）

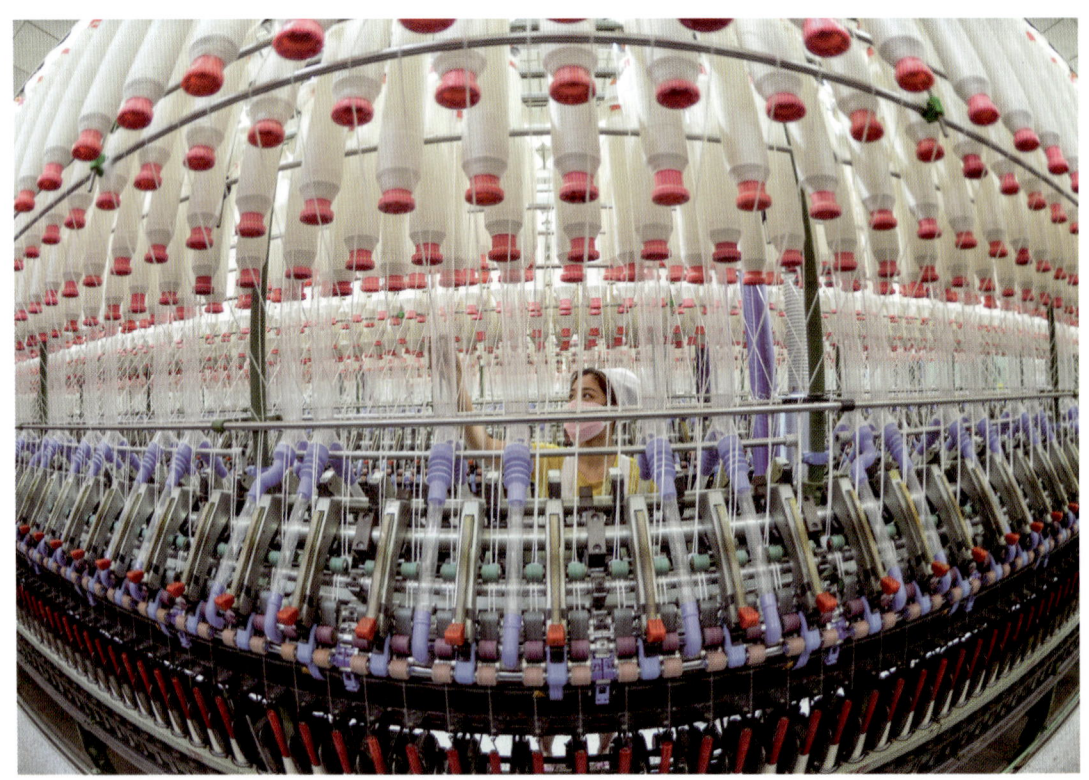

2月20日，在位于山东省枣庄市台儿庄区经济开发区的海扬王朝纺织有限公司，工作人员在车间忙碌。截至当天，全区已有40家企业在做好新冠肺炎疫情防控措施的基础上，实现复工复产。（高启民摄）

2月21日，山东省青岛市即墨区即发集团的女工在缝纫机台旁做工间操。（梁孝鹏摄）

2月24日,山东省枣庄市山亭区盛开的红梅花上挂满雨珠。当日,山东多地迎来一次降雨天气过程,花朵在雨水的滋润下格外娇艳。(李宗宪摄)

2月20日,山东省临沂市郯城县郯城街道三井村村民在麦田间喷洒农药。(张春雷摄)

2月20日,滕州市级索镇东龙岗村农民孔德斌驾驶植保机在田间作业。(宋海存摄)

2月 26

当生花妙笔遇见"天使印记"

2020年年初，一场突如其来的疫情打乱了很多人的生活节奏，千万医护人员纷纷冲向疫区前线，为祖国和人民奉献着各自的力量。奋勇、争先、无畏……他们的作为拯救了很多人，更感动着无数人。

日前，一组名为《天使印记》的水墨画作悄然走红。画中，医护人员摘下口罩后露出的红肿磨破的勒痕生动而有冲击力，人物疲惫而温暖的笑脸给人以果敢和坚毅的感觉，透着一种治愈人心的力量。

据了解，这些画作的创作者是来自山东的画家白培章。"这些穿着白大褂的天使中，有不少是我曾认为没长大的'90后'甚至'95后'。她们在家都还是父母的'小棉袄'，在生活中，可能还是个稚气未脱的孩子，而这一刻，她们长大了，在灾难面前，她们担当了重任，做了时代的英雄，她们是这个时代里最可爱的人！所以我决定刻画《天使印记》，来表达我对医护人员的崇敬之情。"谈及创作初衷时，白培章如是说。

白培章介绍，在绘制中，他选用了中国传统的水墨画的形式，强调主题内容的意味表达，在尊重客观事实的基础上增加了一些主观意念的成分，突出了天使们脸上那些红肿的勒痕、汗水打湿的头发以及微笑的嘴角。他说，希望通过"天使的微笑"表现出她们最美的神态，展现出她们内心的坚毅、无畏和希望。

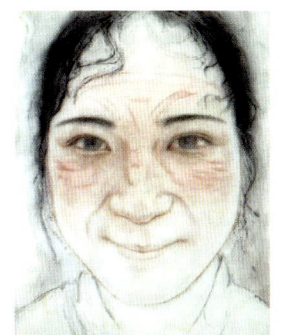

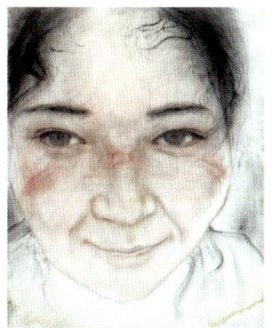

白培章创作的《天使印记》系列作品。（受访者供图）

2月 27

媒体"做媒",山东老乡捐菜到襄阳

千里迢迢路,鲁鄂一家亲。在有着"鲁西小寿光"之称的山东省聊城市茌平区贾寨镇耿店村,800多名村民因心中牵挂千里之外的湖北同胞,集体决定向湖北医护人员捐赠本地自产蔬菜,以表达对战"疫"勇士的敬意。

山东和湖北两地媒体联动,为这次捐赠活动保驾护航。新华社山东分社、新华社湖北分社牵线搭桥,聊城日报、襄阳晚报积极推动,聊城市茌平区委、贾寨镇党委努力协调,耿店村村民集结的15吨新鲜蔬菜于2月18日离开耿店村,驰援湖北襄阳。

2月19日早7时许,经过13个小时的疾驰,运菜车辆顺利抵达襄阳,将山东老乡们的一分心意送到襄阳市中西医结合医院、襄阳市传染病医院和航空工业襄阳医院的医护人员手中。

(总策划:余孝忠、段芝璞 监制:黄文 统筹:范长国、杜华举 影像采集:聊城日报、襄阳晚报 编辑/制作:黎颖)

315
精彩融媒 扫码视听

3月
1

脱我旧时裳 着我战时袍
——看白衣战袍上那些"吸睛"字符

一个有希望的民族	着我战时袍	职责
不能没有英雄	安能辨我是雄雌	祝愿
一个有前途的国家	看不到我的脸	叮嘱
不能没有先锋	星星是我的眼	表白
		还有各种小心愿
疫情袭来	见字如面	……
白衣战士闻令而动	我的战袍为你留言：	待到疫散花开时
脱我旧时裳	誓言	遍地英雄下夕烟

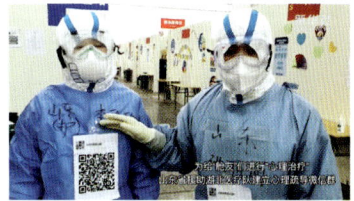

（策划：余孝忠、孙志平 文案：王阳 记者：吴飞座 编辑：汤谷涵
新华社山东分社 新华社音视频部 联合出品）

3月4日

你若性命相托 我必全力以赴
——山东医疗队战"疫"故事

在湖北黄冈大别山区域医疗中心山东医疗队办公区的白板上，写着几行红字：比病毒更顽强的是我们，比病毒更团结的是中国，比病毒传播更快的是爱。

带着这样的决心和信心，山东医疗队的医护人员始终冲在"逆行者"的最前列，帮助越来越多的患者治愈出院。他们用行动践行着那句誓言：你若性命相托，我必全力以赴。（记者：王欢 编辑：李畅）

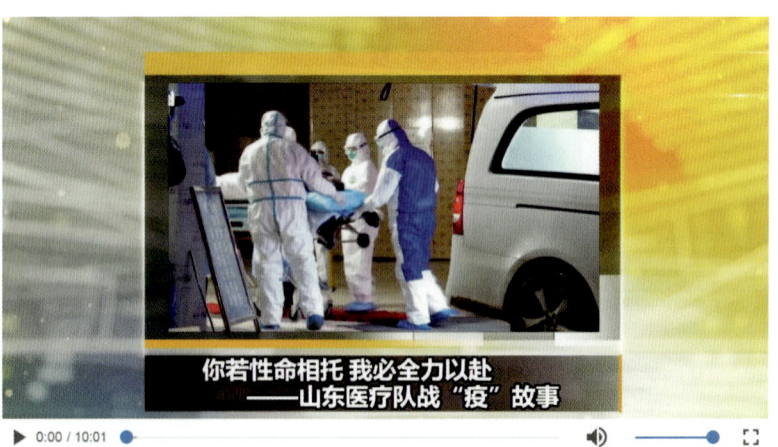

3月 6

分秒必争,打好医疗物资保障战!
——全国全力保障医疗物资供应

这是一场分秒必争的保障战——新冠肺炎疫情发生以来,面对口罩、医用防护服等防疫物资严重紧缺,各地各部门迅速组织企业复工达产、增产扩能,千方百计保障物资供给。

这是一条提振信心的"上扬曲线"——2月29日,全国口罩日产量达到1.16亿只,是2月1日的12倍;医用N95口罩日产量达到166万只。医用防护服从日产0.87万件跃升至超过30万件,供需矛盾得到初步缓解。

齐心协力,共克时艰。党中央、国务院紧急部署,各地各部门全力以赴,一系列实招硬招密集出台,重点行业企业加班加点,社会各界驰援相助。当前疫情防控形势依然复杂,医疗物资保障能力明显提升,彰显出中国速度、中国力量,为打赢疫情防控阻击战提供了强有力的保障。

从保供湖北到供应全国,重点医疗物资供应的齿轮还在加速运转,物资保障向更全更高迈进。

(视频记者:李小波、潘旭、丁汀、孙青、杨进、尹恒、周科、毛思倩、李思佳、李嘉乐、闫尊涛、郭杰文 视频编辑:高颖、韩依格 新媒体编辑:郭洁宇)

和她的 N 个约定

3月 8

自疫情防控阻击战打响以来，一批又一批女医务人员赶赴前线，贡献巾帼力量。她们是医生、护士，也是女儿、妻子、妈妈。

常超 24 岁，新生儿科护士，也是此次山东大学第二医院援助湖北医疗队中年龄最小的一个。尽管不舒服，尽管很累，但"95 后"的她每天依然元气满满。家人和她的约定：拍张全家福。

"90 后"的"美小护"毕舒宁，刚刚收到了一个浪漫的约定。男友和她的约定：相守一生。

山东第一批援湖北医疗队队员许丽，已经去黄冈 35 天了。儿子和她的约定：我不哭，你平安。

和她还有很多个约定……

期待重逢，如约而至

（记者：冯媛媛 编辑：郭琳）

3月 9

山东医疗队里的"流动"专家组

　　湖北黄冈是山东省的对口支援城市。疫情发生以来,除了数批医疗队入驻大别山区域医疗中心等主要救治点外,还有不少医疗队队员分散到各县市医院。其中有一支特殊的"流动"专家组,他们奔波于各县市之间,每天行程数百公里,为患者带去治愈的希望。(记者:王欢 报道员:孔冠军、刘洋、孙希磊 编辑:汤谷涵)

一名黄冈人的心灵独白：
公益歌曲《你逆行而来》致逆行疫区一线的勇士们

新华社客户端济南 3 月 9 日电（记者杨文） 在山东工作的湖北黄冈人周亚军 1 月 25 日凌晨从湖北老家返回山东淄博，因回来途中感冒，被淄博市第三人民医院收治（后经观察排除新冠病毒感染）。这一经历中的三个场景启发他创作了一首公益歌曲，致敬战"疫"期间的一线逆行者。

"一是返回淄博途中，一辆辆逆行驰援武汉的车辆从身边呼啸而过的情景；二是在医院期间，医护人员戴着口罩和护目镜无微不至地关怀照顾我的情景；三是深夜值班的医护人员在过道冰冷的长椅上打盹的情景。无一不让人泪目。"周亚军说，这三个画面激起了他写这首歌的冲动，再加上回单位上班后，他看着一批批医护人员冒着生命危险驰援他的家乡，这进一步激发他要创作这首歌。2 月 24 日晚，他完成了词作。

词写好后他就放到了网上，当晚，独立音乐人李少卿看到后为词所感动，决定谱曲。3 月 2 日完成谱曲编曲后，3 月 3 日下午，原济南军区文工团歌手王学华为这首歌进行了公益演唱，并邀请青年音乐人杨萌进行歌曲混音。

公益歌曲《你逆行而来》表达了对最美逆行者的敬意、声援和感谢。

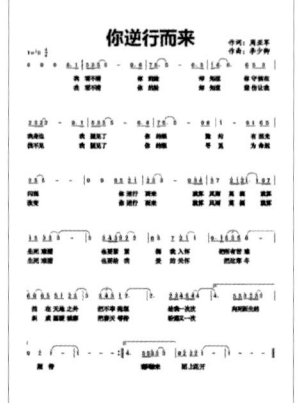

3月 11

暖心歌曲《2020不离不弃》致敬逆行者

新冠肺炎疫情发生以来,山东各地的文艺工作者积极行动起来,通过音乐、摄影、绘画等形式记录抗"疫"之旅中的点点滴滴,为声援疫情防控阻击战创作了多种形式的文艺作品。

歌曲《2020不离不弃》由淄博市歌剧舞剧院创作,歌词温暖感人,旋律优美动听,表达了对这场战"疫"中每一个逆行者的敬意和祝福。(记者:吴书光、王欢)

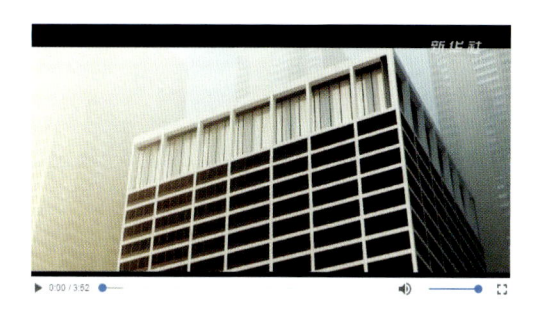

走走走，下馆子去喽

3月13日

济南市日前下发通知，全市餐饮服务单位可有序向社会开放，有条件的可逐步开放堂食。经过周密的准备，部分餐饮企业开门迎客。扫码登记、测量体温、限制客流等举措让餐饮堂食更放心。街巷重新燃起了烟火气。接下来让新华社小姐姐带你打卡好吃的济南料理！（记者：赵小羽　编辑：高颖　新华社音视频部制作）

3月 17

山东：扶贫车间生产忙

　　"扶贫车间"是吸收农村留守妇女、老人和残疾人等群体，实现"家门口"就业的特色扶贫方式。近期，山东菏泽、淄博等地紧盯深度贫困，推动扶贫车间复工复产，脱贫攻坚工作稳步推进。（记者：王欢　报道员：曹金磊、康东生、田慧、李含笑、江金玲）

3月 24

感动！非常时期，摘掉口罩果断施救，为这份医者仁心点赞

＃在抖音，记录美好生活＃感动！非常时期，摘掉口罩果断施救，为这份医者仁心点赞！（记者：杨文）

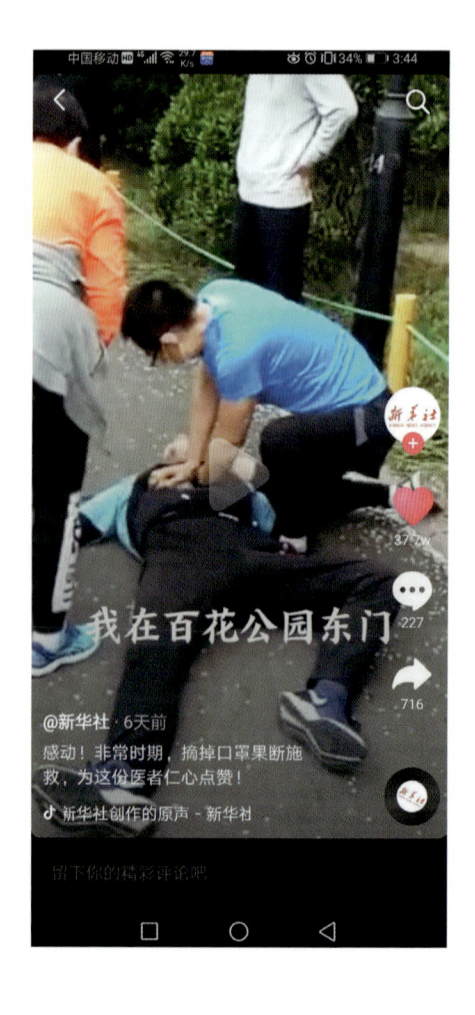

精彩融媒 扫码视听

4月
2

回家

　　3月17日，山东省第四批和第八批援助湖北医疗队全体队员，顺利完成方舱医院的工作并结束休整，离开湖北返回山东。首批返鲁队员到达济南后，直接从济南遥墙国际机场乘大巴去往德州市齐河县一家酒店，进行14天集中休整。
　　4月1日，14天休整结束，队员们终于真的回家啦！

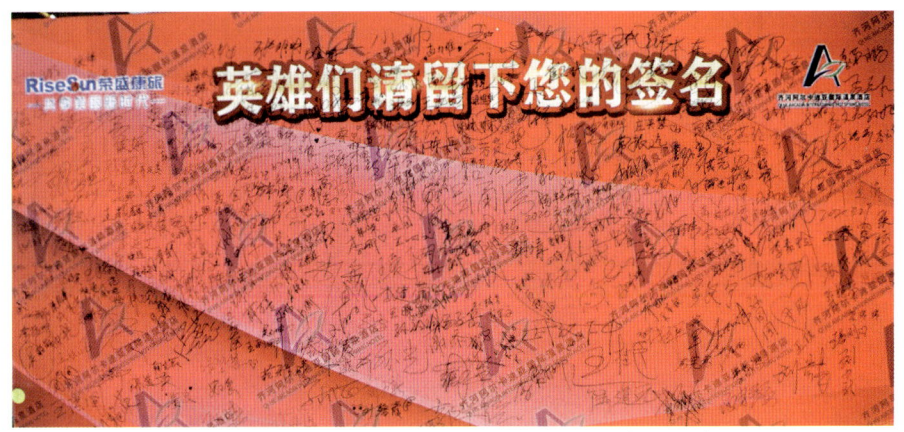

山东齐河县隔离点，援鄂医疗队队员在英雄墙上留下自己的名字。（饶琦 摄）

4月1日，山东滨州第四批援鄂医疗队的22名队员，结束14天的隔离，乘坐大巴从德州齐河返滨。在返滨途中，2辆警车开道，20辆铁骑护航，城区市民自发走上街头夹道迎接，私家车车主鸣长笛致意。一座城市，以最高规格的礼遇，向归来的英雄致敬。（张丹丹摄）

4月1日，山东无棣县举行隆重的欢迎仪式，迎接3名抗"疫"英雄平安回家。据悉，2月9日，来自山东无棣县的张洪宾、杨玲玲、黄燕3名白衣天使奉命随山东省第八批援鄂医疗队出征武汉，在圆满完成逆行远征战"疫"后，他们终于平安回到家乡和家人幸福团聚。（陈子庆摄）

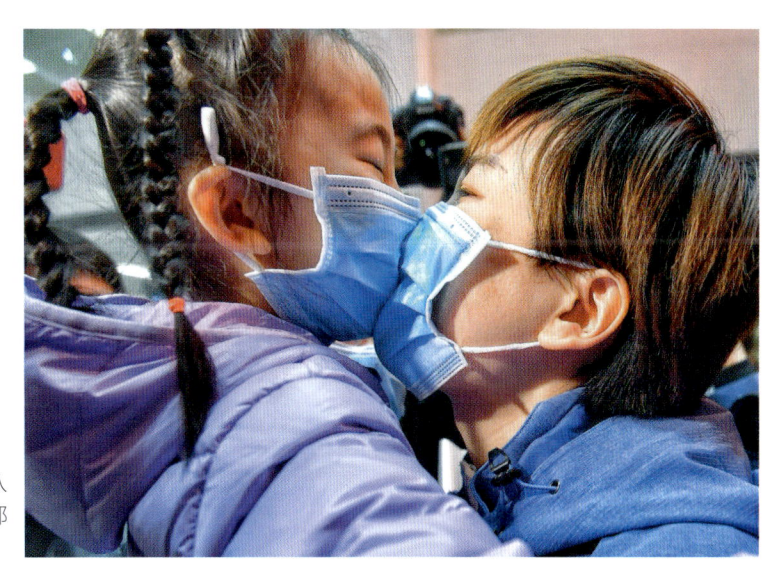

4月1日,济南1名援鄂医疗队队员(右)在亲吻自己的女儿。(郭尧摄)

4月1日,济南1名援鄂医疗队队员(右)流下激动的泪水。(饶琦摄)

4月1日，支援湖北武汉汉阳方舱医院的山东省郯城县第一人民医院护士刘颖（后排左二）解除隔离后回到了家乡。据其介绍，他和郯城县第一人民医院另外2名医护人员刘洪彬、陆道远于2月9日前往湖北武汉支援战"疫"，历时38个日夜，累计救治患者599人，其中转院291人、治愈出院308人，实现了住院病人零死亡、医务人员零感染。（房德华摄）

4月1日，来自山东聊城东昌府人民医院的援鄂医疗队队员姚飞（中）在与3位战友相拥告别。当日，山东聊城24名援鄂医疗队队员结束休整隔离，由警车护送，载誉回家。（孔晓政摄）

4月1日，山东惠民县以最高规格欢迎援助武汉汉阳国博方舱医院的4名医务工作者平安凯旋。他们是惠民县人民医院重症科主任闫尚和、重症科护士长田荣丽、内二科主管护师宋洁、重症监护室护士牛晓莉。

2月9日，闫尚和等4名医护人员临危受命，作为滨州市第四批、山东省第八批援鄂医疗队成员踏上行程，奔赴武汉汉阳国博方舱医院，开展医疗援助。3月8日上午，随着最后一批23名患者出院，汉阳国博方舱医院正式"休舱"，医疗队圆满完成了患者"零死亡、零感染、零返舱、零事故、零投诉"的工作目标。（王军摄）

4月1日，驰援湖北战"疫"的山东省临沂市第三批援鄂医疗队全体26名队员乘坐大巴回到家乡，警车开道、骑警护送，千万沂蒙人民敞开热情的怀抱，给予英雄最高礼遇，迎接千里驰援湖北战"疫"的凯旋将士。（孙运河摄）

4月1日，在山东省枣庄市驻地，贾伟平（右二）、侯妍（左二）这对分别53天的抗"疫"夫妻终于迎来了团聚时刻。他们是抗"疫"一线的警医夫妻，热爱着自己的小家，也用坚守和奉献守护着大家。丈夫贾伟平是山东省枣庄市台儿庄区公安分局的一名人民警察，妻子侯妍是台儿庄区人民医院的一名护士。在抗击疫情的日子里，结婚7年的夫妻俩一个在武汉"冲锋陷阵"，一个在台儿庄坚守"疫情在前，警察不退"的铮铮誓言。（高启民摄）

4月1日，山东省第八批、枣庄市第三批驰援湖北医疗队14名队员休整期满，回到枣庄，援鄂医疗队队员、滕州市中心人民医院护师朱广福（右）的女儿朱安淇拿着"英雄凯旋"的奖杯迎接爸爸胜利归来。（宋海存摄）

4月1日，山东省潍坊市 26 名援助湖北医疗队队员平安凯旋，潍坊市市民自发组织夹道欢迎。据了解，返潍的 26 名医护人员分别来山东潍坊市妇幼保健院以及青州市、高密市和诸城市 3 个县区的医院，其中医生 8 名、护士 18 名。（张驰摄）

4月1日,东营市援鄂医疗队第一批14名返回人员抵达东营,刚下车,东营市第五人民医院护士长王晓洁(右)就被女儿紧紧拥抱,王晓洁流下了喜悦的眼泪。(周广学摄)

4月1日,在山东省邹城市援鄂医疗队欢迎仪式现场,同事们制作了8位医疗队队员的照片。(王愿生摄)

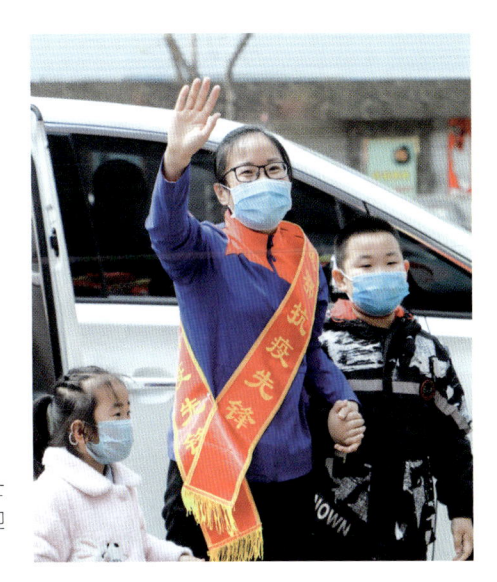

4月1日，山东省滨州市博兴县人民医院援鄂护士王丹丹（中）领着迎接她回家的儿子、女儿向欢迎人群挥手致意。（陈彬摄）

4月1日，山东烟台蓬莱市3名援鄂医疗队队员休整期满，解除集中隔离，回到山东烟台，在山东蓬莱市八仙过海雕塑广场，援鄂医疗队队员、蓬莱市中医医院重症医学科护师吕金鹏（左）与家人团聚。（于良意摄）

牡丹花开，英雄归来！4月1日，享有"中国牡丹之乡"盛名的山东省菏泽市首批26名驰援湖北医疗队队员凯旋。数千名市民自发来到大路两旁，迎接抗"疫"英雄回家。（刘心中摄）

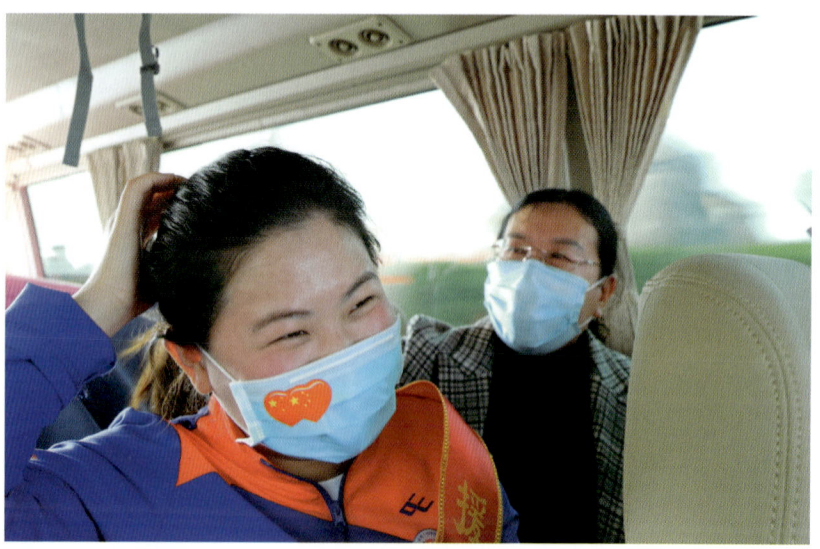

4月1日，山东省滨州市沾化区援鄂医疗队的4名医护人员结束集体休整后返回沾化，赵俊美（左）向护理部主任王明英展示，自己带着她送的头绳一起回来的。（贾海宁摄）

4月1日,山东青州市支援湖北医疗队队员、青州市人民医院呼吸内科主管护师赵振芹(左一)向欢迎的群众招手致意。当日,山东省青州市支援湖北医疗队8名队员在圆满完成逆行远征战"疫"后,终于平安回到家乡和家人幸福团聚,这8名队员分别来自益都中心医院和青州市人民医院。(王继林摄)

4月1日,在荣乌高速公路山东烟台收费站,交警向回到家乡的烟台援鄂医疗队队员敬礼。(唐克摄)

4月1日,在荣乌高速东营站,东营支援武汉医疗队返程,东营市公安局派出骑警队进行礼宾护卫,沿线交警全程维护道路交通秩序,以最高礼遇、最深敬意,向最美白衣英雄献礼致敬。(郑子林摄)

后记

新冠肺炎疫情暴发以来，山东全省人民在以习近平同志为核心的党中央坚强领导下，按照省委省政府部署，坚决贯彻"坚定信心、同舟共济、科学防治、精准施策"的总要求，万众一心、众志成城，谱写了一曲曲齐心鲁力、共克时艰的动人篇章。

为进一步做好山东抗击疫情宣传工作，我们编辑推出了《齐心鲁力——山东战"疫"全景录》，包括图书和数字出版两部分。图书主要包括《齐心鲁力——新华社山东分社战"疫"报道集》《这就是山东——山东战"疫"纪实》《群星闪耀——山东战"疫"群英谱》《战"疫"情——山东文艺工作者在行动》《刻骨铭心——山东战"疫"的永恒瞬间》《山东战"疫"实录——"学习强国"山东学习平台在行动》六个主题。数字出版紧紧围绕《这就是山东——山东战"疫"纪实》《群星闪耀——山东战"疫"群英谱》《战"疫"情——山东文艺工作者在行动》三个主题，充分发挥互联网和新媒体的传播优势，创新体裁，丰富形式，深度开发了1个微博主话题、1幅7.2米手绘长卷（含静态版、视频版）、25个视频、8集动画、8组86张主题海报、4幅手绘插画等内容。

图书和数字作品从不同角度、不同侧面，全景式地展现了勇往直前、永不服输、敢于胜利的山东力量，体现了守望相助、同舟共济、无私奉献的山东精神。许多作品先后在新华社、人民日报、微博、微信、抖音、快手、爱奇艺、新浪、腾讯、网易等30余家媒体及网络平台传播，引起了强烈反响。

项目由省委宣传部牵头，山东出版集团组织实施，省委网信办、大众报业集团、省文联、省文旅厅、省卫健委、山东广播电视台、山东工艺美术学院等部门单位均给以大力支持和帮助，在此一并表示感谢。局限于时间、条件、能力等原因，书中不妥之处，敬请读者见谅。

编者